BESTSELLER

Arantza Portabales (San Sebastián, 1973) es licenciada en Derecho por la Universidad de Santiago de Compostela. Tras participar en obras colectivas como *40 plumas y pico*, *Las palabras contadas*, *Lecturas d'Espagne*, *Purorrelato de Casa África*, *Escribo 3*, *Microvuelos* y *Cincuentos*, en 2015 publicó su primer libro de microrrelatos, *A Celeste la compré en un rastrillo*, así como su primera novela en lengua gallega, *Sobrevivindo*, merecedora del XV Premio de Novela por Entregas de *La Voz de Galicia* y que la autora ha reescrito para su publicación en castellano con el título de *Sobreviviendo* (2022). En 2017, su relato «Circular C1: Cuatro Caminos-Embajadores» obtuvo el Premio de Narración Breve de la UNED, y su microrrelato «Las musas» resultó ganador del concurso de la Microbiblioteca de Barberà del Vallès. Su segunda novela, *Deje su mensaje después de la señal* (2018), publicada inicialmente en gallego, fue ganadora del Premio Novela Europea Casino de Santiago 2021 y el Premio Manuel Murguía de relato. Con *Belleza roja* (2019), ganadora del Premio Frei Martín Sarmiento, inició la serie protagonizada por la pareja de policías Abad y Barroso, que continúa en *La vida secreta de Úrsula Bas* (2021).

Biblioteca

ARANTZA PORTABALES

Belleza roja

DEBOLS!LLO

Primera edición en esta colección: julio de 2022

© 2019, Arantza Portabales Santomé
Autora representada por la agencia literaria Rolling Words
© 2019, 2022, Penguin Random House Grupo Editorial, S. A. U.
Travessera de Gràcia, 47-49. 08021 Barcelona
Diseño de la cubierta: Penguin Random House Grupo Editorial / Andreu Barberan
Imagen de la cubierta: © Photoaisa

Printed in Spain – Impreso en España

ISBN: 978-84-663-5086-0
Depósito legal: B-9.690-2022

Compuesto en M. I. Maquetación, S. L.
Impreso en Black Print CPI Ibérica
Sant Andreu de la Barca (Barcelona)

P 3 5 0 8 6 0

A Nando, con y por amor.
A Xoana y Sabela, siempre F, siempre F.

—¿Por qué no puede pintar un pintor algo alegre a la vista? ¿Por qué salirse de su camino en busca de la fealdad?

—Algunos de nosotros, *mon chéri*, vemos belleza en lugares raros.

AGATHA CHRISTIE, *Cinco cerditos*

¿Tú qué sabrás? Si no vives dentro de esta jaula.

MIKEL IZAL, *Pausa*

Quién quiere ser normal,
yo quiero que me echen de menos.

IVÁN FERREIRO Y AMARO FERREIRO,
«La otra mitad»

Belleza roja

La belleza es roja como un cuenco de cerezas. Mi primera profesora de pintura solía decir eso. Es lo primero que me viene a la cabeza. Rechazo el pensamiento porque resulta irracional. Pero no puedo apartar la vista del suelo de la habitación. Me asalta la imagen de un vestido blanco e inmaculado sobre un enorme círculo de gelatina de fresa que vi una vez en una exposición de arte moderno. Recuerdo el vestido. El brillo rojo de la gelatina. Recuerdo el olor salvaje de las fresas. Cuando volví a las dos semanas, la gelatina había comenzado ya su proceso de descomposición. Me pregunto cuándo empezará a pudrirse este suelo.

Los seres humanos tenemos entre cuatro y seis litros de sangre en el cuerpo. Suficiente para cubrir el suelo de una habitación de diecinueve metros cuadrados. Sé lo que mide la habitación porque ayudé a Sara a amueblarla. Diecinueve metros cuadrados cubiertos de sangre. Ni un solo centímetro limpio del líquido rojo. No hay alfombras en la habitación. Xiana es alérgica a los ácaros. Lo era. También era alérgica a los frutos secos. Sara estaba obsesionada con eso. Sara. Tengo que estar con ella. Con Teo. Tengo que llamarlos. Sé que tengo que hacerlo. Y si abro la boca, seré capaz de chillar. Es solo que no quiero que vengan. Que vean el cuerpo de Xiana sobre este mar encarnado.

Un mar imperturbable.

Liso.

Compacto.

Hipnótico.

La belleza es gelatina de fresa a punto de pudrirse.

En eso pienso mientras abro la boca y empiezo a gritar.

El caso Somoza

Los ojos. Lo que más le impresionaba eran esos ojos inexpresivos que parecían dos botones de plástico cosidos al rostro de un osito de peluche. Connor hizo caso omiso del historial que estaba en la carpeta que sostenía el residente de primer año. La mujer cerró los ojos. Parecía dormida, pero Connor sabía que estaba fingiendo. Desvió la mirada hacia las vendas de alrededor de las muñecas.

—Lía Somoza. Mujer. Cuarenta años...

La voz del residente sacó a Connor de su ensimismamiento.

—¿Lía Somoza?

—Sí.

—¿Esta mujer no era paciente del doctor Valiño? —Apenas había acabado la frase y Connor ya se estaba arrepintiendo de haber hablado delante de ella. Seguro que, bajo esos párpados, bajo esos ojos muertos, ella estaba pensando que no le interesaba quién era su médico. Que ni siquiera eso tenía. Alguien que se hiciera cargo de ella.

Connor elevó el dedo índice, para hacer callar al residente y le indicó con un gesto que saliese de la habitación. Lo siguió. Una vez fuera, le quitó la carpeta de las manos.

—¿Dónde está Valiño?

—Tenía una reunión con gente de la Consejería. Dijo algo de unos protocolos de nueva implantación. Me dijo también que hablase con usted para pedirle que se hiciera cargo de esta paciente. Está muy preocupado por el alboroto de este caso.

—¿Y te manda a ti para decírmelo? Mierda. Tú quédate aquí. Revisa su medicación. Súbele la dosis si ves que no duerme. En este momento es mejor que descanse. Toma el historial. Me lo dejas en mi despacho en cuanto acabes, por favor. Yo voy a hablar con Valiño.

Connor bajó las escaleras a toda velocidad. Estaba harto de estas cosas de Adrián. No le importaba ocuparse de los casos complicados, pero estaba cansado de que no lo avisase. De que dispusiese de su tiempo sin consultarle. De nuevo le vino a la cabeza el rostro de la mujer. Sus ojos. Precisamente este caso. No. No iba a consentir que lo cargasen con esto. Este caso tenía que llevarlo Adrián. Para algo era el jefe de servicio.

—¡Brennan!

Connor dio media vuelta y vio a Adrián corriendo tras él.

—Mira, Valiño, esto no va a quedar así. ¿Cómo se te ocurre? ¿Este caso? ¿Te has vuelto loco?

—Espera solo un minuto.

—No espero nada. Voy a hacer lo mismo que tú. Primero me pasas el caso sin decírmelo, dejando que me informe un residente de primer año, y después me lo pides. Así que voy a hacer lo mismo: te devuelvo el caso. Y ahora que ya lo sabes; si quieres, te explico los motivos.

—¡Tranquilízate! ¡Yo no puedo atenderla! De verdad que no. No sería ético. Soy íntimo de su cuñado. Y no estamos hablando de una paciente cualquiera. Ya ha venido la policía dos veces. Estoy frenando los interrogatorios. Y me da miedo que se malinterpreten mis intenciones.

En la escalera, dos mujeres que conversaban se les quedaron mirando. Adrián se calló de golpe.

—Mejor vamos a tu despacho —dijo Connor.

Adrián asintió y bajó deprisa las escaleras. Adrián era lo más parecido a un amigo que Connor tenía en Santiago. Se habían conocido en la facultad, pero no habían llegado a intimar; después, él había vuelto a Irlanda y habían perdido el contacto. Cuando regresó a Galicia, hacía tres años, se había encontrado bastante solo en Santiago, y Valiño era un buen compañero. Algo prepotente, incluso pesado a veces, pero, a fin de cuentas, siempre le echaba una mano cuando se lo pedía. Connor solía jugar al pádel con él los jueves y de vez en cuando quedaban para tomar una cerveza. Le gustaba estar con él. Fuera del trabajo. En el hospital tenía esa maldita costumbre de organizarlo todo según le convenía, sin pararse a pensar en los demás.

Entraron en el despacho y Adrián cerró la puerta.

—Tienes que ocuparte del caso. Ha intentado suicidarse tan solo unos días después del asesinato de su sobrina.

—Lo sé. Y ese asesinato es el acontecimiento más mediático de esta ciudad desde el caso de la niña Asunta. No me importa ayudar a esa mujer, pero tú sabes mejor que yo lo que eso supone: aguantar a la poli, preparar un informe pericial para el futuro juicio e incluso hacer declaraciones a la prensa.

—Yo me quedo con la prensa. Prometido. Leo los comunicados en tu nombre. Y pediré a la gerencia del hospital que se encargue de hablar con la policía. Alegaremos secreto profesional.

—No hay nada que alegar. El secreto profesional se sobreentiende. Sigo diciendo que deberías ocuparte tú del caso. Es una tentativa de suicidio. Tú eres el especialista.

—¿Es que no me escuchas? Soy amigo de Teo Alén. Estudiamos juntos hasta COU. Fui a su boda con Sara. Joder, hasta me habían invitado a la cena de San Juan en su casa la noche del asesinato. No fui porque estaba en el congreso de Mérida. ¿Sabes a quién llamó Teo cuando encontraron a la niña? A mí. No puedo ocuparme de este caso.

—Desde un punto de vista estricto, nada te impide tratar a la mujer.

—Esa mujer, al igual que las otras cinco personas que estaban en esa casa la noche de San Juan, es sospechosa de asesinato. De hecho, si lees la prensa, tras su tentativa de suicidio es la principal sospechosa. Soy amigo de la familia. ¿Aún no entiendes que tienes que atenderla tú?

—¿Crees que fue ella?

—¿Qué *carallo* de pregunta es esa? Conozco a las gemelas Somoza desde hace años. Lía es la artista de la familia. No te llega el sueldo del mes para comprarte un cuadro suyo. Como buena artista, es un poco excéntrica, siempre está un tanto ida y tiene antecedentes de depresión. Algo controlado. Por supuesto que no creo que matase a la niña. Pero en esa casa solo había seis personas. Y una de ellas tuvo que hacerlo.

—Si me ocupo del caso, ¿me aseguras que no tendré presiones ni interferencias en el tratamiento? Vengo de esa habitación. Hay mucho trabajo que hacer.

—No hay opción, Brennan. Te ocupas del caso sí o sí. No hay otro médico capaz de recuperar a Lía.

—Hay un montón de médicos en este hospital.

—Connor...

—Está bien. Pero te sientas conmigo y me cuentas todo lo que sabes de Lía Somoza, de sus antecedentes, de la relación con su hermana y su cuñado. Me cuentas todo sobre esas depresiones que dices que tenía tan controladas. Y no te callas nada. ¿Está claro?

—¿Nada?

—Nada.

—Entonces te diré la verdad.

—¿Qué verdad? ¿Me estás ocultando algo?

—No te oculto nada. Si supiese algo, ya se lo habría dicho a la policía. Pero no es cierto que crea en su inocencia. No puedo evitar pensar que algo no funciona bien dentro de ella. No sé. Es posible que algo hiciese crac en su mente. Desde que pasó esto no puedo parar de pensar que quizá fue ella la que cogió un cuchillo y le rebanó el cuello a su sobrina. No sé por qué. Pero lo pienso. Pienso que fue ella la que lo hizo, porque es la única explicación posible. Creo que fue ella, sí. Pero no conseguirás que repita esto delante de nadie.

Secreto profesional

—Hay un hombre fuera que pregunta por usted, doctor Brennan.

—¿Un visitador médico? Que venga sobre las dos.

—Dice que es policía.

Ya tardaban. Maldijo por lo bajo. Le entraron ganas de descolgar el teléfono y marcar la extensión de Adrián para que fuese; a fin de cuentas, le había dicho que él se encargaría de la prensa y de la policía.

—Dígale que pase, por favor.

Mientras esperaba al hombre reparó en la carpeta que había encima de su mesa y le dio la vuelta casi sin pensarlo, de manera que la etiqueta con el nombre del paciente quedó hacia abajo. La noche anterior se había llevado a casa la historia clínica de Lía Somoza. Le había decepcionado su contenido. Apenas había constancia de un par de consultas con Adrián: cuadro depresivo, resuelto con la medicación común en esos casos. Nada destacable, hasta lo de la tentativa de suicidio. Desde el ingreso, aún no habían conseguido que hablase.

—Buenos días, soy Santi Abad. Inspector de policía.

El hombre entró sin llamar a la puerta. Era más joven de lo que había imaginado. De hecho, no parecía policía. Vestía una cazadora y unos pantalones vaqueros y llevaba el pelo rapado.

—Buenos días, inspector. Pase. Sé por qué viene, pero me temo que no puedo complacerlo.

—Aún no le he pedido nada.

—Ya, pero creo que viene para interrogar a Lía Somoza. Imagino que le han informado que yo soy su médico. Y si es así, voy a tener que pedirle que espere hasta que mi paciente se encuentre en condiciones de hablar con ustedes.

—¿Y se puede saber cuándo será eso?

—Eso será cuando yo, y solo yo, lo considere conveniente. Y tenga claro que hasta que no esté seguro de que esa conversación con usted no alterará el equilibrio emocional de Lía Somoza, no tendrá lugar.

Mientras hablaba, Connor se dio cuenta de que el policía tenía un tatuaje en la cara interna de la muñeca. Una pequeña ancla.

—En esa casa había seis personas. Solo una de ellas pudo asesinar a Xiana Alén. —El policía sacó el móvil del bolsillo de la cazadora. Presionó la pantalla con el dedo índice y se lo tendió—. Por si acaso no se hace idea de lo que le hicieron a esa niña.

Lo dijo mientras iba deslizando el dedo sobre la pantalla, mostrando una fotografía tras otra. Connor contempló la imagen de una chica. Estaba tendida boca abajo en el suelo de una habitación. Parecía flotar sobre un gran charco de sangre. En la siguiente, la chica estaba girada y tenía los ojos abiertos y el rostro cubierto de sangre. El color rojo resaltaba aún más el azul petróleo de sus iris. Connor había visto unos ojos como esos no hacía mucho. Igual de azules. Igual de profundos. Igual de muertos. En la siguiente fotografía, la niña ya estaba limpia sobre una camilla. Connor apartó la mirada del móvil.

—No puede hacer esto. Creo que estas fotografías están bajo secreto de sumario. No puede plantarse aquí y pretender que ponga en riesgo la vida de mi paciente a fuerza de despertar un sentimiento de compasión por una chica por la que ya no puedo hacer nada. Lía Somoza está viva de milagro, porque su cuñado la encontró a tiempo. No voy a permitir que su vida vuelva a correr peligro.

—Se cortó las venas, ¿verdad? Parece que a su paciente le gustan mucho la sangre y las cuchillas.

—No voy a contarle nada de esto. Le recuerdo...

—Secreto profesional. Descuide. Teo Alén ya nos contó que la encontró en el baño de su casa.

—Pues si lo sabe, no me pregunte. —La voz de Connor adquirió un matiz agresivo.

—Esa mujer es sospechosa de asesinato. Voy a interrogarla. Y no puede impedirlo. Yo lo sé. Usted lo sabe. No perdamos más tiempo.

—No, no puedo impedirlo. Pero llegado el momento puedo hacer un informe que determine su incapacidad. Eso establecería su falta de capacidad procesal. Y supongo que no querrá que la sombra de una vulneración de derechos fundamentales de la investigada salpique su investigación.

—No habría tal vulneración. Ella puede llamar a un abogado y puede guardar silencio o no, según le apetezca.

—Es una enferma mental. Y hasta que tengamos un diagnóstico, no sabremos en qué medida su derecho a una defensa efectiva está salvaguardado.

—Yo tengo que encontrar a un asesino. No estoy aquí para velar por los derechos de los vivos.

—No lo dudo, pero en este momento yo debo velar por la integridad física de mi paciente. Hace apenas cuatro días que está ingresada, y creo que lo mejor para todos es que lleguemos a un entendimiento. Tengo la certeza absoluta de que mi paciente no está en condiciones de declarar ahora mismo, pero si le parece, inspector, me comprometo a llamarlo en cuanto lo esté. Deme unos días, solo para cerciorarme de que ella puede hablar con garantías de que lo que dice no la perjudica, pero sobre todo de que puede serles de utilidad a ustedes.

El policía lo miró, desconcertado. Sabía que lo que le estaba proponiendo era lo más conveniente para ambos, aunque no podía evitar sentirse estafado, como un turista delante de un trilero. No estaba acostumbrado a que le marcasen los tiempos, pero se dio cuenta de que el médico le había dejado sin margen de maniobra.

—Pues entonces haga su trabajo deprisa para que yo pueda comenzar a hacer el mío —aceptó finalmente—. Le dejo mi tarjeta. Manténgame informado.

—Ya sabe dónde estoy.

Se quedaron mirándose. El policía hizo un gesto a modo de despedida y salió.

Solo cuando la puerta se cerró completamente, se permitió Connor darle la vuelta a la carpeta, abrirla y meter dentro la tarjeta de visita.

Sangre

Cuando éramos niñas, la tía Amalia solía contarnos un cuento antes de dormir. Sara y yo nos acurrucábamos cada una en nuestras respectivas camas y escuchábamos sus historias.

No eran cuentos adecuados para niñas. Por aquel entonces no lo advertíamos. Nos parecía normal escuchar esos relatos sobre demonios de otro mundo, diablos de ojos de fuego y meigas que practicaban magia negra. También había hadas y otros seres fantásticos. Esas eran las historias de nuestra infancia.

No puedo dejar de pensar en ellas. Con los años les fuimos perdiendo el miedo a esos cuentos de vieja. Pero de muy pequeñas, cuando la tía Amalia dejaba nuestra habitación tras contarnos esos cuentos, yo le rogaba a Sara que viniese a mi cama. Amanecíamos muchas veces abrazadas. Me gustaba dormir arropada por su cuerpo, tan igual y tan distinto al mío. Despertar viendo sus ojos, su nariz, su boca. Su rostro, que era mi rostro, fuera de mí. Ver la cara de Sara era como estar muerta y flotar en las alturas para verme a mí misma desde otra perspectiva.

No puedo dejar de pensar en ellas. En las historias de conjuros, en los diablos, en los niños robados, en los sacrificios de sangre. No puedo dejar de pensar en Xiana. En Sara. En Teo. En la sangre. En la belleza de esa primera gota que asoma tímidamente en cuanto aprieto con fuerza la cuchilla sobre mi muñeca. En esa gota que resbala por un camino no definido previamente, guiando al resto de la sangre, hasta que todo es rojo.

Y después oscuro.

Y justo después de esa oscuridad, debería llegar la nada. Después de la sangre debería llegar el silencio. La paz.

Y sin embargo, sigo aquí. Con una aguja clavada en el brazo. Fingiendo dormir. Fingiendo no escuchar a ese médico que no quiere saber nada de mí. A ese otro médico novato que murmura mi nombre. Mi edad. Lía Somoza. Cuarenta años.

No puedo dejar de pensar en esos días en los que Sara estaba en la cama de al lado. Esos días en los que éramos una sola, dividida en dos cuerpos idénticos. Eso era antes.

Antes de todo.

Antes de Teo.

Antes de la sangre.

Antes de Xiana.

Antes.

Silencio

Había una furgoneta de una empresa de limpieza a las puertas del chalé. Teo aparcó detrás de ella y entró en la casa. Miró el reloj. Hora de la siesta de la tía Amalia. Oyó ruidos en el piso de arriba. Subió las escaleras. Se detuvo en el pasillo. La puerta de la habitación de Xiana, al fondo, estaba abierta. Cuando se marchó esa mañana al trabajo aún estaban las cintas del precinto policial. Doce días. Mañana trece. Uno nunca se pregunta cuánto tardan en desaparecer de una casa los vestigios de un asesinato. Cuánto tarda en practicarse una autopsia. Cuántos interrogatorios pueden llegar a hacerse. Uno nunca sabe lo que pasa el día después del fin del mundo.

—¡Hola! —Lo dijo sin mucho convencimiento. Durante un instante, fantaseó con el hecho de que Xi se asomase por esa puerta.

—Buenas tardes.

El que hablaba era un hombre con uniforme blanco. Sostenía un trapo en la mano. Teo fijó la vista en las gotas rojas del trapo. La sangre de su hija. Desvió la mirada.

—Buenas. ¿Sabe dónde está mi mujer?

—La señora de la casa nos abrió la puerta. Nos dijo que estaría en el jardín trasero. Que si necesitábamos algo, avisásemos a la enfermera de su tía.

—Gracias. —Volvió a fijar la mirada en el paño—. Efectivamente, si necesitan algo pueden pedírselo a Olga. Yo estaré fuera con mi mujer.

—Creo que no necesitaremos nada. Acabaremos enseguida.

Teo asintió y se dirigió al piso de abajo. Sara había decidido no trabajar hasta agosto. Él, en cambio, había regresado a la oficina a los pocos días. Necesitaba volver a la normalidad. La primera semana se había quedado en casa, recibiendo a la familia. A los amigos. Respondiéndole a la policía las mismas preguntas una y otra vez; Teo se preguntaba si la policía realmente creía que las cosas podían resultar distintas por la mera razón de ser contadas mil veces. Como si los hechos fuesen a cambiar de un día para otro. Las mismas preguntas. Las mismas respuestas. No pudo soportarlo. Todas las mañanas idénticas, sin más que hacer que pasar las horas delante de esa puerta, con la vista fija en las cintas del precinto policial.

Sara estaba sentada en el jardín. Tenía un libro en el regazo, boca abajo.

—Están limpiando el cuarto —le dijo Teo.

Era un comentario estúpido. Ella había contratado a la empresa por teléfono. Y ella les había abierto la puerta. Últimamente hacían eso a menudo. Decir cosas obvias. Para callar otras cosas también obvias. Más bien era él el que hablaba. Ella no lo hacía.

Sara se quitó las gafas de sol. Tenía el pelo recogido. Casi nunca lo llevaba así. Sin su melena negra enmarcando el rostro se acentuaba su parecido con Lía. No se inmutó.

—¿Quieres una cerveza? —preguntó él.

Sara asintió, sin emitir un sonido. Hacía días que se comunicaban por medio de silencios. De leves gestos. Asentimientos. Negativas. Inclinaciones de cabeza. Movimientos de manos. Estaban descubriendo un nuevo código de comunicación entre ellos.

Entró en la casa a por las cervezas. Mientras abría la puerta del frigorífico, oyó a la tía Amalia y a Olga indicándole que se agarrase bien al andador. Cogió dos cervezas y un par de vasos y salió deprisa para evitar encontrarse con la vieja. Estos días andaba trastornada. Confundida. Esa era la palabra exacta. Confundida. Mezclaba el pasado y el presente hasta el punto de afirmar el día anterior que Xiana había estado esa misma tarde en su cuarto para pedirle veinte euros.

Sara seguía con el libro en el regazo. Había vuelto a ponerse las gafas. Aun así, percibió sus ojos cerrados a través de los cristales oscuros. Parecía concentrada en absorber los últimos rayos de la tarde.

—Aquí tienes.

Otro gesto. Este era de asentimiento.

—Ha llamado mi hermano. Llegará el jueves de Italia.

Un movimiento de cabeza.

—Creo que deberías ir al hospital a ver a Lía. He hablado hoy con Adrián. Ha cogido el caso un colega suyo. Me dijo que él no podía, por eso de que somos amigos. Va mejor. Está despierta. Y hoy hasta ha comido un poco. ¿Quieres que vayamos mañana?

Negativa rápida y contundente.

—Seguro que le hace bien.

Mano extendida. Un *stop* de guardia de tráfico.

Teo hizo un último intento.

—Ha llamado el inspector Abad. Me ha pedido que fuésemos mañana a comisaría. Me han entrado ganas de mandarlo al *carallo*. No les queda ni una pregunta por hacer. Estoy preocupado,

Sara. Mide mucho lo que dices. No hace más que insistir en que tuvo que ser uno de los seis que estábamos en casa. No sé si deberíamos llamar a un abogado. Pero si hacemos eso, pensarán que tenemos algo que ocultar. A veces creo que piensa que lo hicimos nosotros.

Sara apartó el libro del regazo y lo depositó en la mesa del jardín. Dio un último trago a la cerveza y se levantó de la silla. Lo miró y abrió la boca por primera vez en toda la tarde.

—Eso es lo que aún no has entendido, Teo. Que ese poli que tan mal te cae tiene toda la razón. Ese poli tiene muy claro lo que pasó aquí ese viernes. Xi está muerta porque uno de nosotros la mató. Eso fue lo que sucedió. Alguien subió a la habitación de nuestra hija y la mató casi delante de nosotros. Cogió un cuchillo, le cortó el cuello y dejó que se desangrara. Uno de nosotros la mató. Y yo no fui. Y tú, Teo, ¿tienes alguna puta idea de quién de nosotros mató a nuestra hija?

Fotografías

El aire acondicionado de la comisaría de Santiago de Compostela dejó de funcionar ese miércoles por la tarde. Santi abrió la ventana de su despacho, y volvió a cerrarla en cuanto se dio cuenta de que el aire era más caliente fuera que dentro.

Un montón de fotografías ocupaban la superficie de la mesa. Acababa de llamar a Teo Alén para citarlo el día siguiente. Los Alén mostraban la conducta normal de una pareja que ha perdido a su única hija de una forma tan traumática. Aun así, a Santi le parecía que ese hombre no era sincero. Claro que eso tampoco resultaba tan extraño. Todo el mundo ocultaba algo. Todo el mundo escondía secretos. Santi tan solo tenía que adivinar si esos secretos guardaban relación con la muerte de Xiana Alén o no.

Observó las fotografías que cubrían la mesa. El cuerpo boca abajo, colocado en paralelo a la cama, totalmente recto. Ni siquiera un leve escorzo. No parecía el escenario de un crimen, sino más bien la puesta en escena en un teatro. La fotografía habría podido colgarse en una exposición en un museo, una combinación cromática perfecta. Paredes blancas. Suelo rojo. Muebles blancos. Y el cuerpo fusionándose con el suelo. Él no estaba de guardia cuando descubrieron el cadáver de la niña, pero nada más ver las fotografías al día siguiente supo que era imposible que toda esa sangre fuera de ella.

—Santi.

Santi dio un respingo en la silla.

—¡Ana! No deberías entrar sin llamar.

—Perdona, como estabas solo y no hablabas por teléfono...

—Ya. ¿Qué quieres?

—He oído que mañana vas a interrogar a los Alén.

—Empezaré con ellos por la mañana y después llamaré al otro matrimonio.

—¿Y la tía de la niña?

—Sigue ingresada. Ya he estado con su médico, un tío muy listo. En serio. Es una pena que le importe una mierda que esa mujer sea la principal sospechosa del asesinato de su sobrina. No tengo esperanzas de hablar con ella en algún tiempo.

—¿De verdad crees que lo hizo ella?

—¡Y yo qué sé! Solo sé una cosa: esa casa es un fortín. Tienen cámaras de seguridad en la entrada de la urbanización, en la puerta del chalé, en el jardín, en el vestíbulo. Nadie salió de esa casa y nadie entró desde las ocho de la tarde. En las grabaciones de esas cámaras no hemos encontrado nada. Solo tenemos a cinco adultos cenando en el jardín la noche de San Juan, a una anciana casi ciega durmiendo en su cuarto y a una niña muerta.

—No tan niña. Quince años. ¿No es extraño que estuviese en casa? Era San Juan.

—Estaba castigada. Ese día había acabado el curso. Aún no le habían dado las notas, pero sus padres sabían que iba a suspender seis.

—¿Me enseñas las fotos?

—¿Y esa curiosidad?

—El caso me resulta fascinante. Me gustaría echar una mano.

—El jefe me dijo que si necesitaba ayuda de un oficial, llamase a Javi.

—El jefe no ha dicho que yo no pudiese ayudar. Sabes que Javi no va a invertir ni un minuto de más en este caso.

Ana Barroso era, sin duda, la oficial más espabilada de la comisaría. Santi no dudaba que muy pronto ascendería a subinspectora. Le gustaba su curiosidad y, sobre todo, su iniciativa.

—Está bien, pasa.

Ana entró y cerró la puerta. Se sentó enfrente de él y cogió el montón de fotografías de encima de la mesa.

—Yo conozco a las gemelas Somoza —dijo.

—¿Las conoces? ¿Cómo es eso? No puedo dejar que me ayudes si tienes algún tipo de interés personal. No quiero problemas.

—No, hombre, no... Las conozco de vista. Más a la madre de la niña. La tía no vive allí, aunque pasa largas temporadas con su hermana. Mi madre trabaja por horas en la urbanización donde viven ellos. Para un matrimonio que vive en Suiza y que viene solo durante los veranos. Es una urbanización pequeña. Se conocen todos. Ya ves que sé de lo que hablo. He ido alguna vez a ayudar a mi madre a poner la casa a punto para sus jefes, antes de que lleguen. Y tienes razón con lo de que ahí no entra cualquiera. Hay seguridad privada en el acceso a la urbanización y seguridad en todas las casas.

—Esa parte ya la tenemos clara. Y ellos también.

—Dame las demás fotos. Vamos a clasificarlas. Estas son las del cuarto de la niña, ¿no? ¿La encontró el padre?

—No, la tía. Subió al piso de arriba y descubrió el cadáver. Comenzó a gritar y fue Teo Alén el que entró en la habitación. Todas las salpicaduras que ves en las paredes las hizo el padre al entrar. Cuando llegó la policía, aún estaba abrazado a la niña.

—¿Y la madre?

—La madre subió y se quedó en el umbral.

—Resulta casi antinatural que no entrase, ¿no?

—Lo antinatural es encontrar a tu hija muerta sobre veinte litros de sangre.

—¿Veinte?

—Veinte, quince..., es una forma de hablar. Cuando Xiana Alén se desangró, el suelo ya estaba cubierto por una capa de sangre artificial.

—Eso no lo han contado los periódicos.

—Como tantas cosas. Los periódicos publican lo que nosotros decidimos. Lo único que tenemos claro es que solo había seis personas en esa casa: Teo Alén; Sara y Lía Somoza; una pareja de amigos, Fernando Ferreiro e Inés Lozano, y una anciana, la tía de las gemelas, que vive con Sara, Amalia Sieiro.

—¿Y no encontrasteis nada en el registro?

Santi le tendió dos fotografías. En la primera había ocho botellas vacías con restos de sangre. La segunda mostraba un cuchillo manchado de rojo.

—¿Sangre artificial?

Santi asintió.

—¿Dónde estaban las botellas?

—En el cuarto de la niña. Dentro del armario. Con el cuchillo.

—Supongo que sin huellas de ningún tipo.

—Supones bien. Emplearon guantes.

—Parece que a este asesino le gusta mucho la sangre.

—O no. Igual solo nos lo quiere hacer creer.

—¿Por qué?

—Eso intentaremos descubrirlo mañana. Me voy a casa. Con este calor no hay quien aguante en este despacho.

—¿Me das permiso para organizarte las fotos en el corcho? Ya sabes, para intentar tener otra visión. Ampliar nuestra perspectiva.

—No. Deja todo ahí. Echa un ojo si quieres. Estas son unas notas del caso. Y también tienes el resultado de la autopsia. Antes de salir cierra con llave. Y deja de ver películas, Ana. Un montón de fotografías pegadas a un tablero con chinchetas de colores no te llevará a resolver un caso.

—¿Podré estar en los interrogatorios?

—No.

—Calladita. Solo para escuchar. Cuatro oídos oyen más que dos.

Santi le quitó las fotografías de las manos y las dejó sobre la mesa.

—Me voy.

—Por favor...

Santi arrugó el ceño.

—¡Eres muy cabezota! Mañana a las diez y media. Como abras la boca te aparto del caso. Y otra condición.

—¿Cuál?

—Llama a los de mantenimiento. Con lo insistente que eres, no tengo ninguna duda de que conseguirás que arreglen el puto aire acondicionado.

Confesiones a un cuaderno de espiral

Lía permanecía con la vista clavada en el cuaderno de espiral naranja. En el margen superior, el médico anotó el nombre de ella y la fecha. «Lía. 5 de julio.» Después se quedó callado, mirándola fijamente a los ojos. Durante unos segundos permanecieron enganchados uno al otro. Haciendo equilibrios sobre un alambre de silencio.

—Irlandés.

—¿Cómo?

—Soy irlandés. Estás pensando de dónde soy. De Dún Laoghaire, cerca de Dublín. —Tenía un curioso acento, fruto de la mezcla del acento irlandés de su padre, con quien siempre hablaba en inglés, con el de su madre, que a pesar de haber vivido en Irlanda durante casi veinte años nunca había abandonado el acento cantarín de las Rías Baixas.

—No. No estaba pensando en eso.

—Yo creo que sí. Soy un poco brujo, ¿sabes? Acostumbro adivinar lo que están pensando mis pacientes.

—¿Y qué estaba pensando?

—Estás pensando que debo de ser extranjero porque llevo una tarjeta prendida de la bata en la que pone «Connor Brennan». También estás pensando que no vas a hablar hasta que yo te pregunte. Que qué *carallo* hace un irlandés trabajando en el Servicio Gallego de Salud. Que quieres que te suba la dosis de antidepresivos. O que te la baje. Esto no lo veo con claridad. Que por qué te miro fijamente a los ojos. Y que no quieres hablar de lo que le pasó a tu sobrina.

Lía abrió la boca para contestar. Para decirle que no. Que no le importaba si era irlandés o escocés. Que no quería pastillas. Que no quería nada. O más bien, que no sabía lo que quería.

—No.

—¿No he acertado? ¿En nada?

—No quiero hablar de Xiana.

—¿No quieres o no puedes?

—Querer, poder... Qué más da. No tengo nada que contar. Está todo en los periódicos.

—Los periodistas no estaban en esa habitación.

—¿Por qué trabajas en Galicia?

—Mi madre es gallega. De Cangas. Ahora me toca a mí.

—¿Esto va así? ¿Una pregunta cada uno?

—Esto va como tú quieras que vaya. De hecho, me parece un buen sistema. Empiezo yo.

Lía dirigió la vista de nuevo hacia el cuaderno de espiral. El psiquiatra había pintado cuadrículas alternas hasta dibujar una especie de damero. Lía comenzó a contarlas.

—¿Me puedes decir qué recuerdas del día del asesinato? —insistió Connor.

Diecisiete cuadrículas. Nueve negras. Ocho blancas. El médico comenzó a pintar la siguiente.

—Lía, hace cinco días que llegaste aquí. Casi mueres. Quiero ayudarte.

Dieciocho. Diecinueve. Veinte. Veintiuna. Veintidós cuadrículas. Once negras. Once blancas. El médico cerró el cuaderno.

—Escúchame bien, dentro de un par de días podré darte el alta por tus lesiones físicas. Puedo pedir que te ingresen en el psiquiátrico una pequeña temporada. Es más, creo que eso sería lo más conveniente, a no ser que tú o algún familiar decidáis que te vayas a alguna institución privada...

—Quiero irme a casa de Sara —le interrumpió Lía.

—No puedo autorizar eso, Lía, porque supondrá lo que ya sabes. Más interrogatorios. Más tensión nerviosa. Más ansiedad. Acabarás ingresada de nuevo en este hospital al cabo de unas semanas. Mi única duda es si estarás viva o muerta.

Lía se quedó callada unos instantes.

—Quiero volver a casa —repitió al fin.

—¿Sabes lo que eso supone?

Lía hizo un ademán de asentimiento. A Connor le llamaba la atención lo menuda que era en comparación con su gemela. Los rostros eran idénticos, pero Lía tenía un aspecto frágil, que rayaba en la androginia. Pelo muy corto, pechos pequeños y delgadez extrema. Parecía una figura de hielo a punto de desvanecerse gota a gota. Por el contrario, Sara Somoza era una mujer sensual. Más bien sexual. Connor solo había visto a la gemela de Lía en los periódicos y en la televisión, pero, más allá de sus rasgos faciales, eran tan distintas que uno casi podía olvidar que eran gemelas.

—Lía, si vuelves a casa ahora, no podrás evitar a la policía. Creo que no estás en condiciones de afrontar los interrogatorios.

—No me importa. Firma mi alta.

—Necesito estar seguro de que no vas a intentar hacer una locura.

—Estoy bien.

—Has intentado matarte.

Lía negó con la cabeza.

—No. De verdad que no. Es solo que estaba agotada.

—Cuando la gente está agotada, toma una pastilla para dormir. No se corta las venas.

—Necesito salir de aquí. —La voz de Lía adquirió un tono levemente agudo.

—Yo soy tu médico y yo decidiré lo que necesitas y lo que te conviene. Salir a la calle para convivir con el hecho de ser sospechosa de asesinato no es una buena idea.

—Puedo salir. Debo salir. Sara tiene que estar destrozada. Necesito ver a mi hermana.

—Lo que necesitas es descansar.

—Eso era lo que intentaba.

—Solo respóndeme a esto: ¿cuándo fue la última vez que lloraste?

La pregunta la cogió por sorpresa. Él abrió de nuevo el cuaderno y quitó el capuchón al bolígrafo. Lía contempló la punta, que esperaba su respuesta. Aún no había llorado. No podía decirlo. Quizá ese día. Quizá no. No se recordaba a sí misma llorando. Podía recordar a Teo apareciendo detrás de ella. Recordaba estar apoyada en la puerta. Gritando. Sin poder parar de gritar. Abrazarse a él. Esconder la cara contra su pecho para dejar de ver ese cuerpo. A él apartándola de golpe para entrar en la habitación. Podía verlo atravesando la estancia, caminando sobre un lago de sangre hasta caer junto a Xiana y darle la vuelta al cuerpo.

Recordaba a Teo abrazado a su hija, que no era más que un bulto encarnado y sanguinolento. Recordaba el tiempo detenido recreando una Piedad impura y cruel. Y podía oír sus sollozos. Él sí lloraba. Y a Sara. Recordaba a Sara a su lado. Aparecida casi al mismo tiempo que él. Quieta. Inmóvil. Como una imagen de atrezo. Callada. Sin emitir un sonido. Paralizada. En silencio hasta que comenzó a murmurar bajito el nombre de la niña. Xiana. Xiana. Xiana. Fue aumentando el volumen. Cada vez más fuerte. Hasta que el piso se llenó del llanto de Teo, de la voz de Sara llamando a su hija, y de los chillidos de ella, cada vez más agudos e histéricos. Una sinfonía atronadora que no cesaba. Aún ahora no había cesado. Podía oírla. Después habían subido Inés y Fer. Se habían quedado todos allí, apiñados a la puerta del cuarto de Xiana, en el que la línea de sangre dibujaba una frontera imaginaria. Y luego, más chillidos. Recordaba... Lo recordaba todo, excepto el llanto de ella. Pero eso no lo iba a recordar. No quería recordar. Ni contestar. No podía decir que no había llorado. No. No podía decirlo. Confesarlo. No quería ver ese dato escrito en un cuaderno de espiral naranja.

—¿Lía?

—Ayer. Creo que ayer.

Connor cerró el cuaderno de golpe.

—No llorar no es delito, Lía.

Autopsia

Lugar: Santiago de Compostela.

Fecha y hora de realización: sábado 24 de junio de 2017. 13.00 horas.

Médico legal: Salvador Terceño Raposo.

Certifica que, dando cumplimiento a: requerimiento judicial

realiza la siguiente autopsia:

- Nombre y apellidos: Xiana Alén Somoza.
- Ocupación: estudiante.
- Persona que identifica el cadáver: Teo Alén Lorenzo.
- Edad: 15 años.
- Sexo: mujer.
- Antecedentes: fallecimiento en el hogar familiar, sito en la Urbanización Las Amapolas, n.º 3, en la noche del 23 de junio de 2017, permaneciendo en el lugar de los hechos hasta el levantamiento del cadáver a las 00.15 horas del 24 de junio.
- Datos obtenidos durante el levantamiento del cadáver: cadáver encontrado sobre gran charco de sangre que cubría todo el suelo de la habitación. La sangre

hallada es de origen artificial, mezclada con la de la víctima. Localizadas 8 botellas de sangre (Grimas Sangre de cine Filmblood, 1.000 ml. Tipo B: color oscuro). Posible arma homicida encontrada: cuchillo marca Yamawaki, modelo «Yasushi Steel White n. 2». Dimensiones: 1,8 x 2,7 x 41 cm. Material: acero blanco. Mango: cuerno de búfalo.

EXAMEN EXTERNO
Cadáver en posición decúbito supino, sobre mesa de autopsia del Instituto de Medicina Legal.
- Vestimenta: vestido blanco de lino (retirado para examen físico).
- Complexión física: leptosómica.
- Talla: 1,71 m.
- Peso: 57 kg.
- Color de piel: claro.
- Cabello: largo, rubio.
- Ojos: azul oscuro.
- Dentadura: estado de conservación perfecto. Oclusión perfecta.
- Señales particulares: sin tatuajes.
Otras particularidades: verruga filiforme bajo axila derecha.

EXAMEN CADAVÉRICO
Temperatura corporal: no registrada.
Fenómenos oculares: córnea con pupilas midriáticas.
Rigidez cadavérica generalizada de intensidad media.

Signos de putrefacción ausentes.

Lividices: dorsales, violáceas.

Fauna cadavérica: no evidenciada.

Tiempo aproximado de la muerte: 15-17 horas.

Cráneo: nada que destacar.

Tórax: nada que destacar.

Abdomen: nada que destacar.

Toma de muestras realizada:

• Tejidos periféricos de la herida de degüello.

• Sangre.

• Contenido gástrico.

EXAMEN TRAUMATOLÓGICO

Lesión única en la cara anterior y lateral izquierda del cuello de 14 cm de longitud y 3 cm de profundidad, con un trayecto rectilíneo y paralelo al plano de sustentación. Cola de entrada en el lateral izquierdo y cola de salida en lateral derecho.

EXAMEN INTERNO

La lesión desgarra de forma superficial el músculo esternocleidomastoideo izquierdo y gana profundidad cerca de la línea media hasta alcanzar una profundidad máxima de 3 cm, presentando sección de arteria carótida primitiva derecha a 1,5 cm de su bifurcación, sección de la vena yugular derecha y sección completa de la tráquea a nivel de membrana cricotiroidea. Se observa sección del asta inferior derecha de la tiroides.

<u>CONCLUSIONES</u>

Causa de la muerte:

Causa inicial: herida de arma blanca que secciona vasos carotídeos/yugulares.

Causa inmediata: shock hipovolémico.

Etiología médico legal de la muerte: muerte homicida.

La longitud de la herida, su profundidad y la ausencia de lesiones de tanteo hacen descartar la hipótesis de suicidio.

Resulta destacable la ausencia de heridas defensivas, propias de los ataques homicidas. El agresor es probablemente diestro, como revela la dirección de las colas de entrada y salida de la herida. Posible ataque posterior con cuello en hiperextensión. Herida compatible con posible arma homicida encontrada en lugar de autos.

Hora de la muerte: posterior a las 20.00 del día de autos.

La autopsia tiene carácter provisional, a la espera de los resultados de las pruebas encargadas, tras la toma de muestras descrita en la presente autopsia.

SALVADOR TERCEÑO RAPOSO

El informe acababa con una serie de fotografías que a muchos les podrían resultar repulsivas. A Ana no le impresionaban. Observó con atención la garganta seccionada, que dejaba totalmente expuestos la tráquea y los demás conductos. Se fijó en la limpieza del corte, que coincidía con el filo del cuchillo encontrado en la habitación de la niña. Asesino diestro. O ambidiestro. Sin signos de defensa. La víctima no se esperaba el ataque. La autopsia aclaraba pocas cosas. Todo eso ya lo sabían.

Las seis personas que estaban en la casa eran diestras, según las notas de Santi. Y todas eran del círculo de confianza de Xiana. Sus padres. ¿Podrían unos padres empuñar un cuchillo y rebanar el cuello de su propia hija? Sí. En los asesinatos la respuesta siempre era sí. Estudió el diámetro de la tráquea de Xiana y le recordó a esas cabezas de animales colgadas en las carnicerías de la plaza de Abastos. Ninguno de los sospechosos era médico ni estaba, en teoría, familiarizado con el empleo de un arma blanca. Pero el corte era firme y certero.

Cerró el informe de la autopsia y lo colocó junto a las fotografías que había ordenado cuidadosamente. Quería que Santi se percatase de que ella deseaba trabajar en este caso. Sabía que podía hacerlo bien.

Solo le hacía falta que él la tuviese en cuenta. Solo necesitaba que él dejase de pensar en ella como la tía que tenía que llamar a los técnicos del aire acondicionado.

Hechos

Santi se encontró a su jefe a la puerta de la comisaría. Disimuló su disgusto e irguió la barbilla a modo de saludo. No era que se llevara mal con él, era solo que estaban en otra onda. Él se limitaba a lo suyo. A llamar y a decir: «¿Cómo va eso, Abad?», «¿Ya tenemos algo, Abad?». Y Abad lo iba llevando bien. Los dos sabían lo que podían esperar el uno del otro.

—Buenos días, Santi. Hoy vienen los padres de la niña, ¿no?

—Pues sí.

—A ver si empiezas a sacar algo en limpio. Ya he hablado dos veces con los medios. Algo tendré que ir avanzando.

—Pues puedes decir la verdad: que encontremos lo que encontremos, la jueza ha decretado el secreto de sumario.

El comisario arrugó el ceño.

—¿Vas con Lois o con Javi?

—Con Ana Barroso.

—¿Y eso?

—Un poquito de perspectiva femenina no nos vendrá mal. Es bastante despierta y vive por la zona del crimen. Puede resultarnos de utilidad.

Llegaron a la puerta del despacho de Santi.

—En cuanto acabes, quiero que me informes.

—Cómo no, jefe —dijo Santi mientras entraba en su despacho.

Las fotografías seguían en la mesa, pero Santi se dio cuenta de que ahora estaban apiladas en cuatro montoncitos, separadas en función de su temática. Llamaron a la puerta. Murmuró un «Pase», bajito, mientras volvía a desperdigar de un golpe todas las fotografías. Ana entró.

—¡Hola, Santi! Los del aire acondicionado ya han estado aquí. Tienen que encargar una pieza. Creo que seguiremos así hasta mañana. —Ella miró el caos de la mesa—. ¿Qué pasa? Juraría que te gustaba tener todo perfectamente clasificado.

—Solo intentaba fastidiarte un poco. ¿Qué has sacado en limpio de estas fotografías?

—Nada que no hayas deducido tú ya.

Santi advirtió que Ana llevaba el pelo recogido en un moño. No era una mujer especialmente guapa. Tenía unas facciones demasiado angulosas y los ojos bastante pequeños y juntos. Su figura era atlética, de las que se consiguen después de muchas horas en el gimnasio. Era algo común entre los agentes más jóvenes. Se pasaba el día con el ceño fruncido, lo que le daba un aire inquisitivo que le restaba atractivo. Parecía estar siempre en tensión. Aunque imaginaba que eso era normal, teniendo en cuenta que trabajaba rodeada de hombres.

—Una pena —le contestó Santi—. ¿Han llegado ya los padres de la niña?

—Ahora mismo.

—Acompáñalos a la sala dos.

—¿Puedo hacerte una pregunta?

—Estás haciendo una pregunta.

—Mierda, Santi, no me vaciles. Es respecto de esta fotografía.

—Ana cogió la foto de la escena del crimen. En ella Xiana Alén permanecía boca abajo, recta y colocada en paralelo a los pies de la cama.

—¿Qué le pasa?

—Dijiste que el padre había entrado en la habitación, y aquí está todo tan, tan...

—Tan bien colocado que resulta artificial. Lo sé. Cuando llegaron a la casa se toparon con la escena que te conté. Teo Alén en la habitación y abrazado a su hija. Y todos los demás en la puerta mirando dentro como el que mira un cuadro en un museo. Una vez que se hicieron cargo del padre, le pidieron que dejase el cuerpo tal como lo había encontrado. Si te fijas, el vestido de Xiana tiene dos manchas de sangre detrás. Creo que antes de que el padre entrase en la habitación, el cuerpo de Xiana debía de dibujar una perfecta isla blanca dentro de ese mar de sangre.

—¿Por qué tanta sangre?

—No estoy en condiciones de comenzar a contestar porqués.

—Quiero decir que toda esa sangre indica una gran premeditación. Quizá el asesino estaba dejando un mensaje...

—Y yo quiero decir lo que he dicho —la interrumpió Santi—: que estamos en esa fase de la investigación en la que no podemos empezar a hacer conjeturas. No quiero comenzar con las especulaciones hasta tener claros los hechos.

Santi deseaba volver a hablar, una a una, con todas las personas que estaban en la casa. Los primeros días de la investigación habían resultado frenéticos, con el tema de la sangre, de la seguridad en la urbanización y del análisis de las redes sociales de Xiana

Alén. Y cuando comenzaban a tener claro que tan solo una de las seis personas que se encontraban en la casa había podido cometer el crimen, Lía Somoza había intentado suicidarse, en un acto imprevisible que tenía mucho de confesión.

—Estarás conmigo en que la fotografía resulta totalmente artificial. A pesar de la sangre, no parece el escenario de un crimen —insistió Ana.

—Parece lo que el asesino preparó: un escenario teatral, un cuadro de los que se exponen en los museos. Una verdadera obra de arte.

Ana hizo un gesto de sorpresa.

—Creo que tienes muy claro que esto es cosa de la artista de la familia —apuntó Ana.

—O eso, o el asesino se esforzó mucho para hacérnoslo creer.

Esculturas danzantes

Una vez, cuando tenía diez años, entré en el estudio de mamá sin permiso. Fue un domingo, después de comer. Papá leía en el sofá de la sala. La tía Amalia y mamá estaban en la cocina tomando café. Sara ensayaba en la biblioteca su baile para el festival de fin de curso.

Todavía hoy soy incapaz de escuchar la música del *Cascanueces* sin recordar esa tarde de mayo. Era la primera vez que yo no participaría en el mismo festival que Sara. Ese año, por fin, mamá había dejado de obligarme a ir a clases de ballet. Y también por primera vez, yo había conseguido que me apuntasen a clases de pintura.

Creo que mi madre nunca creyó que mi arte estuviese a la altura del suyo.

Yo tampoco lo creo ahora.

Hoy sé que no lo estaba, cuando toda su obra se encuentra catalogada y ha sido expuesta en multitud de museos nacionales e internacionales. No lo sabía entonces. En aquel momento, el arte de mamá era un misterio indescifrable que habitaba tras la puerta del estudio donde ella trabajaba.

Así que aquella tarde, aquel domingo de finales de mayo, decidí coger del mueble de la entrada las llaves del cobertizo que hacía las veces de estudio y entrar a descubrir qué escondía mi madre tras aquella puerta.

Mamá ya había puesto fin a lo que los estudiosos calificarían después como su «etapa roja». Aun así, de cuando en cuando todavía se podía encontrar alguna nota de ese color. Allí, sobre una multitud de sedas rojas, se alzaban cinco esculturas de escayola. Blancas. Calvas. Sin rostro. Sin extremidades. Los troncos terminaban en una forma esférica como la de esos juguetes de los niños que siempre se mantienen tiesos y se balancean a cada empujón de una mano humana. No pude resistirme y, una a una, fui poniéndolas todas en movimiento. Recuerdo la cadencia de esas figuras, balanceándose en la dirección que yo decidía. Su movimiento oscilante se aceleraba o ralentizaba a medida que yo aplicaba más o menos fuerza.

Y entonces, una de las esculturas tropezó con otra provocando un golpe seco. Recuerdo quedarme parada, mirando la escayola hundida, mientras las grietas culebreaban sin control por el cuerpo blanco y frágil de la escultura.

Salí corriendo de allí. Cerré la puerta y atravesé el jardín a toda velocidad. Metí las llaves en el mueble de la entrada y me apresuré a encerrarme en nuestra habitación. Pasaron dos días hasta que mamá descubrió el estropicio. Nos cogió a Sara y a mí y, muy enfadada, amenazó con dejarnos sin excursión de fin de curso si no confesábamos cuál de las dos había entrado en su estudio.

Las dos lo negamos, tozudas. Estuvimos toda la tarde castigadas en nuestro cuarto. Sin salir. A la hora de la cena, Sara se esforzó por convencer a mamá de que ninguna de las dos había entrado en su estudio. Que seguramente una ráfaga de viento había movido las figuras. O que quizá había sido Miau, nuestra gata. A fin de cuentas, había una ventana pequeña en el estudio que se quedaba abierta muchas veces.

Mamá nos levantó el castigo. Aquel año fuimos de excursión a las Dunas de Corrubedo.

Y aquella noche, después de que mi gemela convenciese a mamá de nuestra inocencia, Sara, desde su cama, me dijo muy bajito: «Sé que fuiste tú, Lía».

Y treinta años más tarde, la noche en que murió Xiana, después de que viniese la policía y la jueza, después de que levantaran el cadáver, después de que acostáramos a la tía Amalia, después de que nos despidiéramos de Fer e Inés, después de que Teo se dirigiese como un autómata a su habitación dar comienzo a la primera de miles de noches sin Xiana, después de todo eso, frente a la puerta de la habitación de invitados que ocupaba siempre que visitaba a Teo y a Sara, mi hermana, mi mitad, me miró a los ojos y silabeó exactamente esas cinco palabras.

«Sé que fuiste tú, Lía.»

Palabras que no aparecen
en un diccionario

Sara Somoza era una de las mujeres más elegantes que Ana había visto jamás. Acostumbrada a verla de lejos, en alguna cafetería de Cacheiras o en el quiosco comprando el periódico, nunca se había percatado de la sobriedad de su ropa. De la perfección con la que estas se adaptaban a su cuerpo. Un cuerpo musculado y moldeado que en nada se parecía a la figura anémica e infantil de Lía Somoza.

Sara vestía una falda de color negro ajustada por debajo de las rodillas y una blusa blanca que se ceñía a su pecho generoso, aunque no excesivo. Demasiado perfecto para tener que agradecérselo a la genética. Ana se fijó en que Santi estaba examinando minuciosamente el aspecto de la mujer. Ella no se daba cuenta. Las mujeres como Sara Somoza estaban acostumbradas a que las mirasen así.

Era más exótica que guapa, con una gran melena negra que enmarcaba un rostro proporcionado en el que destacaban unos ojos profundos y azules. Si uno se fijaba bien, podía adivinar unas ojeras oscuras debajo del sutil maquillaje.

Teo Alén había hecho amago de acompañar a su mujer, pero en el último instante Santi había decidido interrogarlos por separado. Ana ocultó su sorpresa cuando se lo dijo y se limitó a pedirle a Teo que esperase en la sala contigua. No entendía muy bien la decisión de Santi, pero no era momento de cuestionarlo. Se moría por estar presente en esos interrogatorios. Trabajar en el caso Alén era la oportunidad que estaba esperando para dejar de ser invisible ante sus jefes.

La sala número dos era pequeña, con una mesa redonda y seis sillas alrededor. Ana se sentó al lado de Santi y Sara se acomodó enfrente de ellos.

—¿No tienen cámaras ni espejos tras los que se esconden policías que escucharán esta conversación?

La voz de Sara Somoza era cálida y envolvente. Santi esbozó una leve sonrisa. A Ana le extrañó esa muestra de humor por parte de su jefe.

—Esto es una charla informal.

—Como todas las que hemos tenido hasta ahora, inspector Abad. Supongo que por eso no traemos a un abogado con nosotros. Y creo que no tenemos nada más que decir. De todas formas, tras no sé cuántas charlas informales con todos nosotros, ¿ya han sacado algo en limpio? ¿Han avanzado algo en la investigación?

—Estamos estudiando los hechos. ¿Cómo se encuentra su hermana?

El semblante de Sara cambió de pronto.

—Aún no he ido a verla. Lía es una persona muy sensible. Lo sucedido la ha perturbado hasta límites insoportables.

—Pero la madre es usted —replicó Santi.

Ana admiraba su capacidad de sacar punta a los más pequeños detalles en los interrogatorios.

—Yo era la madre. La pérdida de un hijo es algo tan horrible que una nunca está preparada para afrontarlo. No hay una palabra en el diccionario para quien pierde a un hijo, ¿sabe? «Huérfana», «viuda»..., hay palabras para describir toda clase de pérdidas de personas amadas. La muerte de un hijo es algo que no nos atrevemos ni a nombrar. La madre era yo, no se equivoque. Pero Lía es mucho más débil que yo. No todos tenemos la misma capacidad para afrontar el dolor.

—Discúlpeme, no pretendía decir lo contrario. Es solo que la reacción de su hermana ha resultado algo..., cómo decirlo..., desproporcionada.

Sara no contestó.

—Si le parece, repasaremos lo sucedido la noche de San Juan. Celebraron ustedes una pequeña fiesta en casa.

—Tan solo una pequeña reunión. Mi hermana, que estaba pasando unos días con nosotros, y un matrimonio amigo nuestro, vecinos también de la urbanización. Todo eso ya lo saben. ¿Cuántas veces van a hacer las mismas preguntas?

—¿Cuánto hace que viven en Las Amapolas?

—Casi diecisiete años. Nos casamos en noviembre de 2000 y estrenamos la casa tras la boda.

—Cuentan ustedes con buenas medidas de seguridad.

—Al principio cada casa instaló sus propias alarmas y cámaras. Hace nueve años hubo una gran proliferación de robos y decidimos levantar un muro para cerrar la urbanización y contratar seguridad privada.

—Eso hace prácticamente imposible que ningún extraño entre en su urbanización sin que quede registrado.

—A esa conclusión ya llegaron ustedes hace una semana.

—¿Dónde trabaja usted?

El giro de la conversación sorprendió a Sara, que contestó sin vacilar.

—Soy directora del departamento jurídico de una empresa del sector eólico. Vento de Galicia-Vengal.

—¿Es usted abogada?

—Sí.

—Su hermana es artista, como su madre. ¿Usted ni siquiera es aficionada al arte? ¿Pinta? ¿Esculpe?

—Me temo que Lía heredó todas las cualidades artísticas. Sin embargo, Xiana tiene... tenía un talento increíble para la pintura. Por eso estaba tan unida a Lía.

—¿Hay alguien en su trabajo que tuviese algún motivo para estar disgustado con usted?

—Muchos.

—¿Muchos?

—Claro que sí. Pero eso no quiere decir que nadie tuviese motivos para matar a mi hija. Ocupo un puesto directivo. No voy al trabajo a hacer amigos. Soy exigente con mi equipo, aguanto mal la incompetencia, soy crítica y no perdono errores injustificados. No doy segundas oportunidades. Supongo que habrá gente que no comprenda mi actitud, pero ha sido esta forma de trabajar la que me ha hecho ser la mejor en mi trabajo.

—¿Ha despedido a alguien últimamente?

—No exactamente, pero no contraté a dos de los cuatro becarios que estuvieron trabajando los seis últimos meses conmigo. En concreto uno de ellos, Rafael Guitián, se alteró bastante cuando se lo comuniqué.

—Defina «alterarse».

—Dijo que era un placer no seguir trabajando para una hija de puta maquinadora y fría. Y que se marchaba él sin necesidad de que lo echase yo. También me deseó que algún día me sintiese como le hice sentir yo a él: como una mierda.

—¿Se disgustó usted?

—Hace falta mucho más que eso para disgustarme. El insulto es el último recurso de los mediocres.

—¿Ha sabido algo más de él?

—No. Tuvo la elegancia de no venir al tanatorio.

—Hablando del tanatorio, ¿le llamó la atención la presencia de alguien?

Sara Somoza arqueó las cejas y puso los ojos en blanco.

—¿Aparte de la prensa amarilla, la prensa rosa, la policía y la mitad de la población de Santiago de Compostela y alrededores?

—Disculpas de nuevo. ¿Ha visto a Fernando Ferreiro e Inés Lozano desde la noche del asesinato?

Ana se dio cuenta de que era la primera vez que Santi pronunciaba esa palabra delante de Sara.

—No.

—¿Han intentado ellos ponerse en contacto con usted?

—No.

Santi comenzó a repiquetear en la mesa con el boli, callado, como pensando qué más preguntar. Sara Somoza hizo la pregunta por él.

—¿Quiere saber si creo si fueron ellos?

Santi dejó de golpear en la mesa y miró a Sara fijamente.

—Por supuesto que quiere saberlo —añadió ella—. Y voy a decir que sí. Que creo que ellos vinieron a mi casa con dos botellas de godello para tomar unas sardinas en mi jardín. Y que aprovecharon algún momento en el que entraron en la casa para ir al baño o a por pan, o a por agua, para subir al primer piso, entrar en la habitación de mi hija y matarla. Y después, no me pregunte cómo, creo que llenaron todo ese suelo de sangre con la única finalidad de arruinar nuestra vida.

Santi permaneció inmóvil.

—Pero ¿por qué?

—¿Por qué? No hay porqués. Pero la otra posibilidad, la posibilidad de que fuesen la tía Amalia, Lía o Teo..., esa posibilidad no la puedo concebir.

Ana miró a la mujer, asombrada y al mismo tiempo admirada de su fortaleza.

—Olvida otra posibilidad, señora Somoza —dijo Santi.

—¿Cuál?

—Que fuese usted.

La soledad de Lía Somoza

Connor Brennan marcó el número de Sara Somoza por tercera vez. El teléfono estaba apagado. Buscó en el historial el número de Teo Alén. Tampoco hubo respuesta.

Salió al pasillo y se dirigió a la consulta de Adrián.

Dos pacientes aguardaban a la puerta. Connor golpeó con los nudillos y abrió sin esperar permiso. Una mujer de unos cincuenta años estaba sentada delante de Adrián.

—¡Brennan! Estoy ocupado. ¿Ha pasado algo?

—Necesito hablar contigo.

—Espera fuera, acabo enseguida.

Connor obedeció. Él también tenía varios pacientes por atender, pero el caso de Lía Somoza lo tenía preocupado y necesitaba tomar una decisión ya. Estaba indeciso sobre cómo proceder. De haberse tratado de un caso normal, tenía claro que podía aconsejar que Lía regresara a su domicilio. Pero este no era un caso normal.

La señora salió y Connor se coló dentro a toda velocidad.

—No puedes irrumpir en mi consulta sin avisar —dijo Adrián.

—Sí que puedo. Digamos que estoy tomándome las libertades que me he ganado al quitarte de encima el caso de Lía Somoza.

—Imagino que quieres hablar de ella.

—¿Qué coño pasa con la familia? Hace seis días que ingresó y todavía no han pasado por aquí. Estoy en condiciones de mandarla para casa si cuenta con el respaldo familiar. Tú mejor que yo sabes que no puedo mandar a una suicida a su casa sin la estricta colaboración de la familia. Y la opción de ingresarla en un psiquiátrico no me gusta. Tengo la sensación de que lo único que Lía Somoza necesita es un poco de normalidad. Y lo único que puedo ofrecerle yo es una estancia en el hospital o la compañía de una hermana que no viene a verla porque seguramente piensa que Lía ha matado a su hija. Sin olvidar a ese poli que parece Bruce Willis, que está deseando lanzarse sobre ella para interrogarla. Si firmo ese alta y Lía Somoza aparece muerta dentro de una semana, no quiero ser responsable de esta decisión.

—Tienes razón —admitió Adrián.

—Claro que tengo razón. Lo que pasa es que no veo nada claro.

—Creo que debemos buscar una solución intermedia que no pase por internarla y que nos permita protegerla un poco. De hecho, ayer llamé a Teo para comentar con él la situación y pedirle que viniesen por aquí a estar con ella. Pero Sara también está muy afectada. No sé si es una buena idea que Lía vuelva a esa casa. No se trata solo de que hayan matado a su hija; es que además la policía no les da ningún respiro. No lo están pasando bien.

—¿Que no lo están pasando bien? ¿Y cómo lo está pasando Lía?

—Eso no es justo. Tú no los conoces como yo.

—Pues debería. Si tengo que tratar a Lía, debería empezar a conocerlos un poco mejor. Por cierto, ¿por qué vive con ellos? ¿No tiene casa propia?

—Tiene un ático en Madrid que hace las veces de estudio. Pasa largas temporadas aquí, con su hermana.

—¿No tiene casa en Galicia?

—Tienen una casa de verano en Sanxenxo. Era la casa de veraneo de los padres. Ahora es de las dos. Pero si la mandamos allí, no tendremos quien cuide de ella.

—¿Y en alguna institución privada que no sea un psiquiátrico al uso?

—¿A Rodeira?

—¡A Rodeira! ¿Cómo no se me había ocurrido?

A Rodeira era una casa de descanso. Así se anunciaba en internet, dirigida por Alba Fernández, una compañera de promoción de ambos. Alba había iniciado hacía casi veinte años un programa experimental de tratamientos psiquiátricos al margen de los métodos convencionales. Por A Rodeira pasaba gente con adicciones, trastornos alimenticios o depresión. Las estancias allí eran caras, pero el dinero no debería ser un problema para Lía.

—Me parece una idea estupenda. Creo que podría prescribir una estancia de al menos un mes. También sería bueno consentir un interrogatorio policial —sugirió Connor. Pediré estar presente si es posible. Para quitarnos de encima a ese inspector Abad, más que nada. Hoy ha vuelto a llamarme.

—¿Podrás acercarte a A Rodeira un par de veces por semana y llevar tú el caso?

—Pero ¿por qué yo? Alba es perfectamente capaz de manejar el asunto. Yo apenas he tenido una conversación con Lía Somoza. Esa mujer guarda mucho dentro. Viene de vivir un infierno. Tanto si mató como si no mató a su sobrina.

—Siento haberte dicho el otro día que pensaba que había sido ella. Realmente lo que quise decir es que era una posibilidad. Pero no tengo ni la más mínima prueba. Hablé sin pensar. Supongo que mi amistad con Teo me hizo perder la imparcialidad.

—Me da igual. Saber quién mató a Xiana Alén no es mi trabajo. Mi trabajo consiste en adivinar qué sucede en la mente de Lía.

—Si te parece, llamo a Teo y a Alba y cerramos el tema del ingreso en A Rodeira. Antes de trasladarla tenemos que convencer al inspector Abad para que tú estés presente en el interrogatorio. Ellos pueden hablar con ella cuando quieran, pero si marcamos nosotros los tiempos, Lía no se alterará tanto. Y después hablamos con Alba para que visites a Lía en A Rodeira. Respecto a tus honorarios, acuerda algo con Alba. Ya nos ha contratado antes a muchos cuando los casos son complicados. Así nos aseguramos de que Lía continúa siendo tratada y la mantenemos bajo vigilancia.

—No he dicho que sí. ¿Por qué no se encarga Alba directamente del caso? —insistió Connor—. Yo ya voy un par de tardes al policlínico de la Rosaleda y estoy llevando la tesis de dos estudiantes. Estoy hasta arriba.

Adrián cogió el móvil de la mesa y se puso a buscar algo en él. Después se lo tendió a Connor.

—Esta fotografía la hicimos en Sanxenxo el año pasado, en casa de las gemelas Somoza.

En ella aparecían las hermanas, Teo Alén, Xiana, Adrián, y su mujer y su hijo. Se hallaban todos tras una mesa en un jardín. Adrián estaba situado entre las dos gemelas, abrazándolas. El hijo de Adrián le ponía los cuernos a Xiana Alén, que, sin percatarse, extendía el brazo hacia delante haciendo el símbolo de la victoria con los dedos índice y corazón. Teo Alén agarraba por la cintura a Sabela, la mujer de Adrián.

—Esta gente es como de mi familia. Mi hijo tiene pesadillas. Soy psiquiatra. Sé que no necesita más tiempo para entender que lo que le ocurrió a Xiana no le va a ocurrir a él. Y aun así, estoy completamente seguro de que pasarán años hasta que consiga olvidarlo. Por eso necesito que trates a Lía Somoza. Te lo pido como compañero y amigo.

Connor se quedó callado, sabiendo que no podía hacer otra cosa que aceptar la propuesta de Adrián. Finalmente se rindió.

—Está bien. Intentaré curar a Lía.

—No sé si quiero que la cures. Lo que realmente quiero es que descubras la verdad. Si fue ella quien lo hizo. Tengo que ofrecerle a Teo la verdad. Y no solo a Teo: a todos. Necesito ofrecerles una explicación. ¿Qué pasa por la mente de un asesino? Se supone que somos expertos en sumergirnos en las mentes de nuestros pacientes. Necesito ofrecerles consuelo. La verdad. Y paz. Un poco de paz para todos.

Preguntas

Ana despidió a Sara y le informó que en breve llamarían a su marido.

—¿Qué te ha parecido? —preguntó Santi en cuanto los dejó solos.

—Me parece una de las mujeres más frías con las que he hablado en mi vida. Hace apenas dos semanas que murió su hija y ni se ha inmutado. Ha contestado a todas tus preguntas con precisión, como si estuviese haciendo un examen.

—¿Ese es tu diagnóstico? ¿Que Sara Somoza no está afectada por la muerte de su hija?

—¿Y cuál es el tuyo?

—Que no duerme. Que apenas está exteriorizando lo que siente. Que se encuentra sola. Que al peso de perder a su única hija se le ha sumado el hecho de que su hermana casi muere. Y lo que es peor, estoy convencido de que cree que su hermana mató a Xiana.

—¡Pero si la ha defendido!

—No la ha defendido. Cuando le pregunté por su hermana fue el único momento en que se puso a la defensiva.

—No me he dado cuenta.

—Cuando hablé de Lía, apoyó las palmas sobre la mesa y se humedeció dos veces los labios. Y no ha ido a verla al hospital. No son simplemente hermanas, son gemelas. Y creo que son de las que tienen ese vínculo especial del que se habla siempre que tratamos con gemelos. La hermana no tiene ni casa en Galicia. Prácticamente vive con ellos cuatro meses al año. No es un vínculo fraternal al uso, y sin embargo, ¿me estás diciendo que te resulta normal que todavía no haya pisado el hospital para ver a Lía, después de que casi se muriera hace unos días? Te digo que ese «Aún no he ido a verla» es lo más destacable de la declaración de Sara.

—No lo había visto así.

—Tienes que aprender a estar más atenta. Esa mujer está sufriendo muchísimo. Lo que no sé es si es porque se le ha muerto su hija o porque la ha matado ella.

—Quería darte las gracias por permitirme estar en los interrogatorios, Santi.

—Imagino que fui un ingenuo al pensar que cuatro ojos verían más que dos.

—¿De verdad crees que pudo hacerlo ella?

—Por supuesto que sí. No estoy en condiciones de descartar a nadie.

—¿Ni a la vieja medio ciega?

—He dicho a nadie, Ana. Anda, sal y ve a decirle al padre que pase.

Ana salió y se acercó a la sala donde esperaba Teo Alén. Sara estaba con él.

—¿Puede acompañarme, por favor?

—Enseguida vuelvo —dijo Teo.

Sara no apartó los ojos del móvil.

Ana conocía a Teo de vista, igual que a Sara. Pero mientras que apenas había coincidido con Sara un par de veces en Cacheiras, era normal ver a Teo por las tardes en alguna de las terrazas tomando un café, solo o acompañado por su hija. Había leído en el periódico que era funcionario. Si Sara era una alta ejecutiva de una empresa privada, parecía lógico que él estuviese más tiempo con la niña.

Ana se esforzó por intentar analizar los movimientos de Teo tal y como había indicado Santi. Se percató de que Teo arrastraba los pies al caminar. Era la viva imagen de un hombre derrotado. Santi estaba escribiendo en su cuaderno cuando entraron en la sala. Se levantó y tendió la mano a Teo.

—Buenos días, y gracias por la paciencia y por acercarse hasta la comisaría.

Teo no dijo nada y contestó con un leve gesto.

—Quisiera comenzar por preguntarle si desde los primeros interrogatorios ha recordado algún detalle que pueda ayudarnos.

Teo negó con la cabeza.

—¿Ha hablado con su cuñada desde el incidente del sábado pasado?

—No. He hablado con un amigo nuestro que trabaja en el hospital. Nos ha dicho que está mejor. Seguramente me pase hoy por allí.

—¿Solo? ¿Su mujer no irá?

—Esta situación no le está resultando fácil.

—¿Cómo es la relación entre Sara y Lía?

—Pues buena. Muy buena. Son gemelas. Lía pasa con nosotros largas temporadas todos los años. Le gusta nuestro chalé.

Dice que aquí duerme y pinta mejor que en ningún otro lugar. Tienen una gran conexión. A veces parece que se comunican casi sin palabras.

—¿Y la relación entre Lía y Xiana?

—Se adoraban. Lía era la madrina de Xi. Mi hermano, el que vive en Italia, es el padrino. Xiana admiraba a su tía más que a nadie en el mundo. Quería estudiar Bellas Artes como ella. Lo cierto es que tenía un gran talento también. Y Lía la consentía en todo. Era su única sobrina y, como ya saben, ella no tiene hijos.

—¿Y pareja?

—No.

—¿Ni la tuvo antes? ¿Hombre o mujer?

—Lía no es lesbiana, aunque no entiendo qué importancia tiene eso. Además, creo que no me compete hablar de su vida privada.

Teo Alén estaba tenso y crispado. Ana se fijó en que llevaba días sin afeitarse. Era tan rubio que apenas se le veía la barba a no ser que una se acercase mucho. Era un hombre guapo. Parecía un muchacho inglés de buena familia, de los que salen en los anuncios de Burberry. Xiana Alén también tenía ese aire de extranjera. Parecía sacada de una película de adolescentes de los que se pasan la vida haciendo surf en las playas de California. Había heredado de Teo el color del pelo y la tez dorada. Tan solo los ojos eran los de su madre.

Ana decidió intervenir, aunque había prometido que estaría callada.

—El inspector no pretendía juzgar a su cuñada. Solo intenta delimitar su círculo de amistades para descartar a posibles sospechosos.

—Pero esa parte ya la tienen clara, ¿no? Solo los que estaban en la casa son sospechosos. Eso es lo que repiten los periódicos y la televisión a todas horas. —Teo se cubrió el rostro con las manos.

—No estamos acusándolo de nada —dijo Santi.

—No. Claro que no —contestó Teo sin convencimiento.

—¿Han sabido algo del novio de Xiana?

—Ya les dije que lo de ese chaval no era nada serio. Solo tenía quince años. Además, ella había dejado a Hugo hacía un tiempo. Creo que por febrero o así.

—¿Y él estaba enfadado?

—No. De hecho, eran amigos. Y volvemos al mismo punto. Él no pudo entrar en la casa esa noche.

—¿Por qué estaba castigada Xiana?

—Ya se lo dijimos: porque iba a suspender seis. Se pasó el curso pintando en su habitación. Estaba un poco rebelde. Intentábamos llevarlo lo mejor posible. Creíamos que necesitaba un escarmiento y al final, ya ve...

A Teo le temblaba la voz. Parecía a punto de romper a llorar. Santi decidió cambiar de tema.

—¿Tiene usted enemigos en su trabajo?

—¿En la Xunta? ¡Por el amor de Dios! ¡Soy funcionario!

—Creo que eso es todo. Tan solo una pregunta más: ¿tenía Xiana patrimonio propio?

—Sí.

—¿De dónde procedía?

—De sus abuelos maternos. Mis suegros le dejaron una cantidad bastante elevada en fideicomiso. Nosotros éramos los administradores. Xiana dispondría de ella cuando cumpliese veinticinco años. De tener familia mi cuñada, esa cantidad se repartiría con mis sobrinos.

—¿De qué cantidad estaríamos hablando?

Teo se aclaró la garganta, como el que tiene ronquera, incómodo ante la pregunta. Respondió con una voz apenas audible:

—Del producto de la venta de la casa familiar de mis suegros en Ames. Cerca de un millón de euros.

Isaías, capítulo 63, versículos 5-6

Olga Vieites se había acostumbrado al silencio que reinaba en la casa de los Alén desde la muerte de la pequeña Xiana. Llevaba cuatro años trabajando para ellos y no tenía una sola queja. Pero lo cierto era que en los últimos días estaba dándole vueltas a la posibilidad de buscar otro trabajo.

En la última semana había recibido varias ofertas para ir a diversos programas de televisión. Ella las había rechazado educadamente todas. Nunca le haría eso a los Alén, ni a Xiana.

No podía creer que la chica estuviese muerta. Que un loco le hubiese rebanado el cuello mientras la familia estaba cenando tranquilamente. Tomando unas sardinas mientras esperaban las fogatas.

Estas cosas no pasaban en las casas decentes. Eso le decía su madre. Pero los Alén, sin ser especialmente simpáticos, la trataban bien, respetaban sus días festivos y las vacaciones y le pagaban un sueldo bastante aceptable. Era más de lo que se podía pedir, con los tiempos que corrían.

La vieja era maniática, pero Olga la llevaba bien. A veces confundía los sueños con la realidad, y otras retrocedía en el tiempo, pero la mayor parte de las veces estaba lúcida y era amable.

Así que ella no iba a arriesgar un buen puesto de trabajo para ir a cotillear a un programa de televisión. Y aunque le habían ofrecido tres mil euros por contar la intimidad de sus patrones, sabía que eso era pan para hoy y hambre para mañana. Nadie mete en su casa a una persona capaz de desvelar la intimidad de sus jefes a cambio de dinero.

Olga no creía las especulaciones de los periódicos, que afirmaban que uno de los asistentes a la cena había matado a Xiana. Era absolutamente imposible que Teo o Sara lo hubieran hecho. La vieja apenas se movía sin su andador, y además estaba casi ciega. Los otros invitados eran amigos de la familia. Gente normal que no ganaba nada con la muerte de la niña. Y después estaba la tía. Todo el mundo decía por lo bajo que había sido ella. El día del funeral, Lía no pudo ni ir. Se había quedado en casa. Sentada en el sofá. Abrazada a un cojín sin derramar ni una lágrima. Con los ojos cerrados. Olga se acercó a ella un par de veces para interesarse y ofrecerle un refrigerio, una aspirina o un café. Y ella había rechazado sus ofrecimientos todas las veces. Después le dijo que era una cobarde. Que ella querría ser capaz de estar en ese tanatorio y en esa iglesia, pero que no podía. Que lo único que podía hacer era quedarse en el sofá con la nariz enterrada en el cojín de Xiana. «Todavía huele a ella», le dijo. Y después se lo tendió y lo puso bajo su nariz. Olga percibió un leve aroma a vainilla, el aroma del champú de Xiana. «¿Y si me marcho y el aroma desaparece? Tú me entiendes, ¿verdad? Si cierro los ojos, puedo sentirla aquí. Pero si me marcho, si el aroma se desvanece, no quedará nada. Ya no quedará nada, Olga.»

A ella esas palabras le habían parecido más desoladoras que los llantos de Teo, que las lágrimas de Sara a la puerta de aquella habitación precintada en la que no la dejaban entrar.

Así que no podía creer que Lía hubiese sido capaz de hacerle eso a la niña.

Y después estaba la vieja, invocando maldiciones y diablos oscuros. Olga no creía ni una sola palabra de sus delirios, pero no podía negar que cada vez que entraba por la puerta del chalé le daban escalofríos.

Miró el reloj y comprobó que era la hora de despertar a doña Amalia y darle su medicación. Se dirigió a la cocina. Cogió un vaso de agua y las pastillas. Cogió también un pedazo de bizcocho para acompañarlas. Era una suerte que, con lo golosa que era, doña Amalia no tuviese problemas con el azúcar. Teo y Sara debían de estar a punto de llegar. Habían salido por la mañana y habían dicho que volverían pronto. Doña Amalia había tenido un día tranquilo. Había almorzado sin protestar y había pasado más de una hora en el jardín tomando el aire.

Habían instalado un ascensor dos años atrás, cuando la anciana comenzó a perder movilidad. A Olga le gustaba sacarla en su silla de ruedas o con un andador en función de cómo se sintiese doña Amalia. Algunos días los dolores de su artritis eran tan insoportables que se quedaba en cama. Olga acostumbraba darle masajes con aceite de romero.

El grito la cogió por sorpresa. Sin querer volcó el vaso y el agua se derramó por encima de la mesa de la cocina.

Echó a correr. Voló escaleras arriba, se abalanzó sobre la puerta y la abrió de golpe. Un intenso olor la impactó de pleno.

Doña Amalia estaba en la cama, totalmente destapada. Debajo de ella, un enorme charco oscuro empapaba las sábanas. Al principio pensó que era sangre y se quedó paralizada observando a la vieja, que chillaba con todas sus fuerzas, en un estado de pánico absoluto. Después se percató de que no era sangre. Se acercó a ella para intentar calmarla. Doña Amalia seguía chillando.

—¡Tranquilícese, doña Amalia! No ha pasado nada. No le ha dado a tiempo a llamarme, pero está bien. No ha pasado nada.

El olor a mierda invadía todo el cuarto. Olga abrazó a la anciana y comenzó a hablarle bajito, como el que susurra cuentos a un niño.

—Chsssss. No ha sido nada. Se le ha escapado. Voy a limpiarla. Está bien. Ea, ea, ea...

La vieja tenía la mirada perdida y los ojos muy abiertos, de forma que parecían estar a punto de salírsele de las órbitas.

—Vamos a morir todos. Está escrito en el libro del Apocalipsis: «Entonces uno de los ancianos me preguntó: "Esos que están vestidos de blanco, ¿quiénes son y de dónde vienen?". "Eso usted lo sabe, mi señor", respondí. Él me dijo: "Aquellos son los que están saliendo de la gran tribulación; han lavado y blanqueado sus túnicas en la sangre del Cordero"».

Olga pensó que la vieja no estaba en sus cabales. Fue al baño y cogió una toalla. La empapó con agua y jabón y volvió a la habitación. La vieja seguía hablando sola.

—Ya lo predijo el profeta Isaías: «¿Por qué están rojos tus vestidos como los del que pisa las uvas en el lagar?».

Olga le quitó el camisón y le limpió el cuerpo como pudo. Después la levantó a pulso y la sentó desnuda en la silla de ruedas que estaba al lado de la cama.

—«He pisado el lagar yo solo; ninguno de los pueblos estuvo conmigo. Los he pisoteado en mi enojo; los he aplastado en mi ira. Su sangre salpicó mis vestidos, y me manché toda la ropa.»

Olga arrancó todas las sabanas de golpe y las arrojó al suelo. Después empujó la silla de ruedas hasta el baño. Metió a la vieja en la ducha. Refregó su cuerpo con jabón y agua caliente. Doña Amalia no paraba de recitar los versículos de la Biblia.

—«¡Ya tengo planeado el día de la venganza! ¡El año de mi redención llegó!»

Olga secó y vistió a la anciana, que estaba cada vez más alterada. El volumen de su voz se elevó.

—Cállese, por el amor de Dios, doña Amalia. Que no ha sido nada. ¡Ya está! —le susurró al oído mientras volvían al cuarto.

En cuanto entró en la habitación, doña Amalia se levantó de la silla. Olga se sorprendió al ver la facilidad con que la vieja se había erguido. La anciana se encaró con ella y la apuntó con el dedo.

—Moriremos porque está escrito que así sea. Y dijo el profeta Isaías: «Miré, pero no hubo quien me ayudara, me asombró que nadie me diera apoyo. Mi propio brazo me dio la victoria; ¡mi propia ira me sostuvo! En mi enojo pisoteé a los pueblos, y los embriagué con la copa de mi ira; ¡hice correr su sangre sobre la tierra!».

Olga retrocedió y cogió el bulto de sábanas del suelo. Bajó las escaleras y se encontró de frente con Teo y Sara, que acababan de llegar. Sin poder controlarse, Olga soltó las sábanas y rompió a llorar.

Después presentó su renuncia y se fue al cuartito trasero a coger sus cosas, dejando a sus jefes con la palabra en la boca.

Y un intenso olor a mierda en el vestíbulo de la casa.

Credulidad

—¡Cerca de un millón de euros! Dinero. Siempre el dinero...

Estaban en el despacho de Santi. Ana tomaba notas en un cuaderno.

—¿Qué escribes? —preguntó él.

—Todo lo que se me pasó por la cabeza mientras los escuchaba.

—¿Salimos a tomar un café? Mientras no arreglen el aire acondicionado no hay quien ponga en claro las ideas dentro de estas oficinas.

—Vamos.

—Después voy a pasar por la casa de Hugo Guillén, el chaval que salía con Xiana hasta hace unos meses. Vienes conmigo, ¿no?

—Pues entonces igual me quedo allí. Ya son las doce y media y hoy salgo a las dos. En teoría. Voy a coger el bolso. Pero..., espera, ese chaval es un menor. ¿Te vas a presentar en su casa así, sin avisar a los padres?

—Siempre que estén los padres delante no habrá problema. Ve a coger tus cosas. Te espero fuera.

Mientras Ana iba a por su bolso, Santi llamó a la puerta del comisario y entró.

—Gonzalo, ya hemos acabado con los padres. Todo normal. Lo único que he sacado en limpio es que la madre de la niña no va a visitar a su hermana y que el padre está a punto de sufrir un colapso nervioso. Y hay algo más...

—¿Importante?

—Los abuelos de Xiana Alén le dejaron una herencia de cerca de un millón de euros. Quisiera una autorización judicial para revisar las cuentas de la administración de ese fideicomiso. También me gustaría pedir una orden para entrar en su casa de nuevo y hacer un registro. Por si acaso. Más de la mitad de los sospechosos viven ahí. ¿Te encargas tú?

—Sí, claro.

—Me voy con Ana. Vamos a pasar por la casa del chaval que salía con Xiana Alén.

—Ese chaval estuvo toda la noche en la fogata de Los Tilos. No es sospechoso.

—No dije que lo fuese. Pero necesito saber quién era Xiana Alén, qué le preocupaba y qué relación tenía con sus familiares.

—Está bien. Pero compórtate, que ya te conozco. No seas agresivo. No quiero quejas de padres enfadados porque acosas a un menor.

Santi asintió con desgana y salió del despacho. Ana estaba esperándolo.

—¿Un café primero, entonces?

—Vale. ¿Terraza?

—Aquí enfrente.

—¿En la del Tokio?

—Mismamente.

Las terrazas de la avenida de Figueroa estaban siempre llenas. En verano Compostela era un hervidero de peregrinos y turistas

73

insufrible para los habitantes de la ciudad, que cuando llegaban esas fechas y el calor huían hacia la costa. En unos días comenzarían las fiestas del Apóstol, y Santi tenía pensado encerrarse en su casa con las persianas bajadas y un buen aprovisionamiento de cerveza.

—¿Vives cerca de aquí? —preguntó Ana.

—Al ladito. En el Pombal. ¿Te importa no fumar? —contestó él.

Ana volvió a meter el cigarrillo en el paquete.

—¡Estamos en una terraza!

—Fumar es una mierda. Mi madre murió de cáncer hace cinco años. No lo soporto, de verdad.

Ana se quedó parada. Sorprendida por la confesión. Santi era un compañero reservado. Cortante. Antipático a veces. Le sorprendió un comentario tan personal. Le asaltó un sentimiento de culpa y escondió el paquete de tabaco de nuevo en su bolso.

—Yo... Lo siento. La verdad es que... —No sabía muy bien qué decirle. De repente observó en su rostro un gesto extraño. Como si estuviese conteniendo la risa—. ¡Maldito hijo de...! ¿Es mentira?

—Por supuesto que sí. Mi difunta madre está a puntito de cumplir setenta y cinco años y aún hace una empanada de maíz para chuparse los dedos —ahora ya no disimulaba y casi se podía decir que se reía—, pero me ha encantado ver tu cara de pena.

—Tienes un sentido del humor bastante extraño, ¿sabes?

—Tan solo estaba comprobando lo fácil que resulta mentirte.

—Pues te he descubierto.

—Solo porque no he podido reprimir la risa. Eres muy crédula. Esa no es una buena cualidad para un investigador. Porque tú quieres ascender, ¿no? ¿Vas a presentarte a la promoción interna?

—Sí, este año. Hasta ahora no había podido. Espero aprobar y ser subinspectora en breve. También he empezado a estudiar Criminología.

—¿Y por qué lo hiciste al revés? ¿Preferías ascender desde abajo?

—No pude. Me presenté a las oposiciones para policía en cuanto tuve la edad que exigen. Necesitaba trabajar. No podía ponerme a estudiar una carrera.

—¿Y eso?

—Tengo un niño. Necesitaba mantenerlo. Tiene once años.

Santi sabía que tenía un niño. Trabajaban juntos desde 2013 y durante ese tiempo la había oído hablar de él. Lo que le había llamado la atención era la edad.

—¿Once? —Ella no aparentaba más de veinticinco—. Pero ¿tú cuántos años tienes?

—Veintisiete.

Santi se quedó callado.

—No hagas cuentas, me quedé embarazada a los quince.

—La misma edad que tenía Xiana Alén.

—Quizá estemos olvidando eso.

—¿El qué?

—Que siempre hablamos de ella como si fuese una niña. Deberíamos empezar a verla desde otra perspectiva. Xiana Alén ya era una mujer.

Manos

Xiana tenía luz en las manos. Los pintores siempre estamos buscando la luz, pero Xiana no necesitaba buscarla. Era la dueña de la luz. Era capaz de pintar lo mismo diez veces y que siempre fuese distinto. El pasado diciembre, mientras estaba en Madrid, recibí un paquete de ella. Veinte láminas. Y una nota: «Manos. Love. Xi».

Manos.

Veinte láminas pintadas a carboncillo.

Manos.

Las manos arrugadas de la tía Amalia, retorcidas por la artrosis. Deformes. Los dedos como ramas desnudas de un árbol en invierno. El dolor traspasando los límites de la lámina. Manos dolorosas, lacerantes, atormentadas y acabadas. Encendidas por el fuego del carboncillo de Xiana. Veinte manos iguales pero distintas.

Manos.

Las manos de Xiana pariendo manos.

«¿Te han gustado?», me preguntó por WhatsApp.

«Me han gustado», contesté por WhatsApp.

También le escribí un mensaje diciendo que tenía un talento prodigioso. La capacidad de reflejar el mundo removiendo almas.

Que yo mataría por tener ese talento. Su talento. El de mi madre. Por dejar de sentirme una farsante.

Y después borré ese mensaje antes de enviarlo.

Y ahora no puedo dejar de pensar que la luz de Xi está apagada. Que ya nunca pintará mundos, captará instantes ni dibujará almas.

Ya nunca más desearé ser ella. Ni ambicionaré su talento. Ni podré decirle que es la reina de la luz.

En eso pienso mientras el doctor Brennan me pregunta: «¿En qué piensas, Lía?». En eso pienso mientras le respondo: «En nada».

Clap, clap, clap

—¿En qué piensas, Lía? —preguntó Connor.

—En nada.

—No estoy casado.

—¿Cómo?

—Estás mirándome las manos. Pensé que estabas buscando un anillo.

—Estaba pensando en pintarlas.

—¿Tienes ganas de pintar?

Ella asintió. Connor pensó que parecía muy joven, casi una niña. Tenía un aire de indefensión y fragilidad que despertaba en uno las ganas de protegerla. Por lo general, él estaba muy por encima de esos sentimientos. Siempre que hablaba con una paciente intentaba poner la mente en blanco. Pero en este caso no podía dejar de pensar en las imágenes de Xiana Alén que le había mostrado Santi Abad en su móvil. Así que estaba casi más tenso que Lía, tratando de concentrarse en las preguntas adecuadas para meterse en su mente, aunque aún no sabía si estaba preparado para saber lo que se iba a encontrar allí.

—Me parece bueno que quieras volver a pintar. Y creo que podré ayudarte. ¿Cómo verías pasar una temporada en una casa de descanso que tiene una colega nuestra? No está muy lejos. Cerca de Muros. Con vistas a la ría. Es una casa muy tranquila. Ideal para recuperarte del estrés nervioso que estás padeciendo. Y si te parece, yo puedo ir un par de días a la semana para comenzar con una terapia.

Casa de descanso. Terapia. Estrés nervioso. Temporada.

Lía asimiló la información a toda velocidad.

—¿Cómo es la luz allí?

—¿La luz?

—Quiero pintar.

—Eso ya lo has dicho.

—¿Podré ver a Sara?

—Podrás recibir visitas, sí. Pero antes de eso, vendrá a verte el inspector Abad. Ya lo conoces. Yo estaré presente en esa reunión.

Utilizó la palabra «reunión» en lugar de «interrogatorio» deliberadamente. Lía asintió, sin darle importancia.

—¿Podría ir al cementerio antes? No he ido a ver a Xi.

—¿Cómo era tu relación con ella?

¿Cómo era su relación con Xi? ¿Cómo definir quince años en quince líneas escritas en un cuaderno de espiral naranja? ¿Cómo era su relación? Como las cuadrículas blancas y negras de ese ajedrez que había dibujado el otro día, pensó Lía.

—Vamos a hacer una cosa —dijo Connor—: empieza a decir palabras que te recuerden a Xiana. Pueden ser objetos, por ejemplo, bicicleta. O sentimientos. O simplemente palabras que te recuerden a ella. Dilas a toda velocidad, sin pensar.

—No sé si podré hacerlo.

—Pues te ayudaré. Voy a aplaudir. Y con cada palmada quiero una palabra que te recuerde a Xiana. ¡Y comenzamos... ya!

Clap.

—Luz.

Clap.

—Rubia.

Clap.

—París.

Clap.

—Teo.

Clap

—Cuentos.

Clap.

—Foski.

Clap.

—No sé qué más decir. Estoy bloqueada.

—No pienses —insistió Connor.

Clap.

—Bicicletas.

Clap.

—Lasaña.

Clap.

—Sanxenxo.

Clap.

—Sangre.

Clap.

Clap.

Clap.

Clap.

Silencio.

Café doble

La madre de Hugo Guillén resultó ser la frutera del supermercado Gadis de Cacheiras. Ana la saludó efusivamente y la tranquilizó de inmediato. Que no se preocupase, que ya sabían que Hugo no había tenido nada que ver. Que tan solo querían hacerle unas preguntas rutinarias para confirmar datos sobre las costumbres de Xiana. Que podía estar presente, y que acabarían enseguida.

Mientras su compañera hablaba con la mujer, Santi observaba a Ana. Tenía bastantes dotes para tratar con la gente. Era un alivio dejarle a ella esa parte social de los interrogatorios. El chico estaba al lado de la madre, con cara de susto. Era el típico adolescente. Camiseta negra, bermudas de cintura baja que dejaban ver el elástico de los calzoncillos, y zapatillas de marca.

—¿Quieren tomar algo? —ofreció la mujer.

—No, gracias.

Santi se acomodó en una silla. Estaban en el comedor. Ana lo siguió y le indicó a Hugo que se sentase. La madre permaneció de pie.

—Bien, Hugo, una vez examinado el móvil de Xiana, podemos afirmar que fuiste la última persona con la que se comunicó el día de su muerte. Te mandó un wasap a las 21.43.

—Sí. Yo estaba con unos colegas en Los Tilos, cerca de las canchas de básket. Le mandé un wasap para ver si al final sus padres le habían levantado el castigo. Me contestó. No sé exactamente a qué hora fue.

—«Fucking parents.» Ese fue su último mensaje. ¿Erais muy amigos?

—Sí, claro. Xi era una tía genial.

—Fuisteis novios.

—Salimos juntos un par de meses.

—¿Quién cortó?

—Ella.

—¿Y qué tal te sentó?

—¿Qué está insinuando? —interrumpió la madre de Hugo.

—No estamos insinuando nada, queremos saber cómo era la relación entre ellos.

—Pues ya se lo he dicho —continuó el chico—. Éramos amigos, me quedé hecho polvo al principio, Xi era una tía espectacular, guapísima y todo eso, pero no fue ningún drama. Seguimos viéndonos.

—Tenéis una foto en Instagram en una piscina, de la semana anterior a su muerte.

—Es de la fiesta de cumpleaños de Mauro, fuimos a la piscina pública de Calo a celebrarlo.

—Ya nos ha quedado claro que seguíais en la misma pandilla. ¿Sabes si estaba saliendo con alguien ahora?

—Ni idea.

—Y tú, ¿sales con alguien?

Hugo se quedó callado. Mirando a su madre.

—Creo que vamos a aceptar ese café, señora —dijo Santi.

Ana abrió la boca para decir que no hacía falta, pero se topó con la mirada de Santi.

—Sí, claro, ahora mismo. ¿Solo?

—Con un poco de leche.

En cuanto la madre salió por la puerta, Santi se dirigió al chaval.

—Y ahora que no está tu madre, voy a pedirte que digas rápido qué es lo que sabes.

—No sé nada, en serio.

—Estás hablando con la policía. Si sospecho que estás mintiendo, te llevo a comisaría.

El chico empezó a hablar a toda velocidad.

—Xi me dejó porque me pilló con otra chica. Fue en un botellón, en carnavales. Yo había bebido muchísimo, y ella ese día no había venido porque estaba en París con su tía. Alguien le mandó las fotos por WhatsApp y me dejó. Estuvo casi un mes sin hablarme. Después de eso, las cosas volvieron a la normalidad. Yo estoy saliendo ahora con una amiga de clase, Clara.

—Vale, no pasa nada. Está bien, Hugo. Y Xiana, ¿salía con alguien?

—Sí. Me lo contó en la fiesta de Mauro. Me dijo que estaba enamorada, pero que no me podía contar nada más.

—¿Y ya está?, ¿ni una pista?

—Ya está. ¿Han mirado en su móvil?

—Claro, y no hemos encontrado nada, por eso estamos aquí, hablando contigo —le aclaró Ana.

—Pues no me dijo quién era, pero sé que era alguien que no gustaría a sus padres. Me dijo que si sus padres se enteraban de con quién se estaba viendo, la mandarían a un internado en el extranjero. Y yo la creí. Eran superestrictos, y además tenían mucha pasta. La abuela era una artista famosa, ya saben.

—Aquí tienen —les interrumpió la madre de Hugo.

La mujer llevaba el café, leche, azúcar y pastas en una bandeja.

—Pues muchas gracias —dijo Santi.

Tomaron el café deprisa. Santi sacó una tarjeta del bolsillo y se la entregó a la madre.

—Si se acuerdan de algo que pudiese ser de utilidad, no duden en llamarnos.

Ana reiteró las gracias, y salieron del piso. Santi no abrió la boca hasta que entraron en el ascensor.

—Espero que te salga el café por las orejas —dijo Ana.

—Que sea la última vez que empiezas a hablar antes que yo. ¿Por qué le ofreciste a la madre que se quedase para escuchar el interrogatorio?

—¡Es un menor!

—¡Precisamente! Los menores no hablan una mierda delante de los padres. No estamos aquí para hacer amigos. Cuando vas conmigo hablas después de mí, a no ser que yo te diga otra cosa, ¿entendido? ¿Te ha quedado claro?

Ana abrió la boca para contestarle, pero la cerró al instante. Salieron a la calle y subieron al coche de Santi.

—¿Hacia dónde vas?

Ana miró el reloj. Casi las dos. El niño estaba en casa de su madre, así que no tenía prisa por volver a la suya. Tenía margen.

—¿No vas a hacer nada más?

—Sí. Voy a comer, voy a echarme una siesta y voy a leer el informe de la autopsia de nuevo. Me llegó ayer y tan solo lo he leído en diagonal. No voy a encontrar nada interesante, seguro.

—Yo lo leí ayer. Confirma lo que ya sabemos. Nada de huellas. Sangre artificial. Asesino diestro. Ausencia de heridas de autodefensa.

—Lo has resumido muy bien. De todas formas, voy a volver a leerlo.

—¿No ibas a hablar hoy con el otro matrimonio, Fernando e Inés? —insistió Ana, complacida por el cumplido inesperado.

—Voy a dejarlo para mañana. No estaría de más que hicieras un pequeño resumen de lo que hemos escuchado hoy. Yo me he quedado con alguna idea. Así que ya tienes tarea para la tarde.

—Vale. ¿Me llevas de vuelta a Santiago?

—Pero ¿tú no vivías aquí? Te entendí antes que querías quedarte.

—Sí, en la Ramallosa, pero voy a aprovechar que tengo al niño colocado para hacer unos recados.

—Vale. ¿Dónde te dejo?

—Me da igual. En el centro.

Apenas abrieron la boca en el trayecto de vuelta. La dejó en la plaza de Galicia.

Él dio la vuelta a la plaza y deshizo el camino para regresar a Cacheiras, sintiéndose un poco culpable por no llevarla con él.

Ella cogió un taxi hacia la Ciudad de la Cultura, sintiéndose un poco culpable por no llevarlo con ella.

Centrifugado

Teo Alén estaba llamando a una agencia de colocación mientras maldecía por lo bajo a Olga.

Había salido corriendo tras ella, tratando de calmarla, pero no hubo nada que hacer. Dijo que estaban todos locos. Que era pobre pero honrada. Que la casa estaba maldita y que no volvería a poner un pie en ella ni por todo el oro del mundo. Que lo sentía mucho por ellos, que habían sido muy buenos con ella, pero que ya no aguantaba más seguir allí. «¿Y si yo soy la siguiente?», concluyó.

Teo no podía menos que entenderla. Él mismo estaba a punto de perder los nervios con ese poli haciendo pregunta tras pregunta. Y ese día, encima, había sacado el tema del dinero.

Oyó a Sara en el piso de abajo, en el cuarto de la colada. No podía dejarle todo eso a Lola, que no iría hasta la mañana siguiente. La lavadora debía de estar a punto de terminar. La tía Amalia estaba sentada en un sillón de su cuarto con el rosario en la mano, rezando sin rezar. En agosto cumpliría ochenta años. No eran tantos, pero lo de Xiana la tenía totalmente desorientada. Siempre había sido amiga de cuentos de diablos y meigas, aunque en las dos últimas semanas no había hablado de otra cosa que del apocalipsis y de baños de sangre. Tampoco es que fuese extraño.

Lo de Olga era una pena. Era una mujer discreta y con mucha experiencia. Y ya llevaba con ellos por lo menos tres o cuatro años. Vivían despreocupados de la vieja. Y además, Olga nunca tenía problema en ir con ellos a Sanxenxo. Él había intentado que Sara metiese a su tía en una residencia, pero Sara se había negado en redondo. Su tía había vivido siempre con su madre, y había criado a Lía y a Sara, mientras Aurora se pasaba la vida de exposición en exposición. Y Sara tenía un gran sentido de la lealtad familiar.

Hizo las gestiones rápidamente. Acordó con la encargada de la agencia una cita para el día siguiente y después hizo una segunda llamada. Escuchó tres tonos.

—¡Hola, Adrián! ¿Cómo va todo por ahí?

—(...)

—Pues eso es bueno, ¿no? ¿Y qué tal ese compañero? Sé que me dijiste que era un fuera de serie, pero ya sabes lo especial que es Lía, sus paranoias; cualquiera que no la conozca bien puede pensar que...

—(...)

—Sé que me lo dijiste, pero yo no puedo pensar en mí ahora. Me preocupa más Sara. Apenas habla, está casi agresiva. Y lo peor es que no quiera ver a Lía. Eso me tiene totalmente desconcertado. Tú sabes que ellas no son nada la una sin la otra. No entiendo a Sara.

—(...)

—¿A Rodeira? No, nunca me has hablado de ese sitio.

—(...)

—¿Alba? No, tampoco me acuerdo de ella. Yo hice Económicas, ¿recuerdas?

—(...)

—Ah, ya, ahora caigo. Se había casado con Fermín Sacido, el filólogo, ¿no? ¿Y dónde dices que está la casa?

—(...)

—No, no he ido nunca. Nosotros solíamos ir más hacia la zona de Sanxenxo.

—(...)

—Por el dinero no habrá problema, Lía tiene. Pero ¿estás seguro de que no es mejor que vuelva con nosotros?

—(...)

—Eso sí que ya no me parece buena idea. Pero imagino que no se puede evitar que hagan su trabajo. Incluso así, ese policía me parece muy agresivo. Aún hemos ido hoy a un interrogatorio a la comisaría. Ha sido muy desagradable. Ha estado preguntando por el dinero de Xi, ya sabes, el que le dejaron mis suegros. En fin, no te cuento más. Nos mira a todos como si fuésemos capaces de...

—(...)

—Graciñas, lo sé.

—(...)

—No, ni una llamada. Estuvieron en el tanatorio. ¡Yo qué sé! Él está de vacaciones, pero Inés creo que no.

—(...)

—Ya te digo que quien me preocupa es Sara. No es solo lo de no ir a ver a Lía. Es que casi no come, ni habla ni hace nada de nada. Pero después es capaz de ponerse a organizar la vida diaria como si nada hubiera pasado, y de preocuparse de ir al súper o al banco. Es muy extraño.

—(...)

—Pues no es mala idea. Pero antes de ir a Sanxenxo tenemos que arreglar el tema de la tía Amalia. Hoy se ha despedido Olga. Estaba... Estamos todos bastante nerviosos.

—(...)

—Tranquilo, tú atiende a lo tuyo. Los pacientes son lo primero. Mañana seguimos hablando. Pediré el día en el trabajo. Después de solucionar lo de la tía Amalia paso por ahí a ver a Lía. Y cuídamela bien, ya sabes lo especial que es. Chao.

—(...)

Teo colgó el móvil y se recostó en el sofá. Cerró los ojos. Al instante le asaltó la imagen del rostro de Xi cubierto de sangre. La misma sangre en sus propias manos después de cogerla en sus brazos. Recordó el lavabo lleno de agua rosada, y la espuma del jabón tiñéndose lentamente. Todas las noches recreaba la imagen del pelo rubio de Xi convertido en una madeja pegajosa. No reconocía a su hija debajo de esa capa roja.

Unas manos frías lo devolvieron al presente. Abrió los ojos y vio a Sara de rodillas, delante de él. La miró a los ojos. Los ojos de las mujeres Somoza. Sara, Lía, Xiana. Sara le desabrochó uno por uno los botones del pantalón. Teo estaba tan sorprendido que no era capaz de emitir un sonido. Le bajó los pantalones un poco. Posó los labios justo debajo de su ombligo. Con la punta de la lengua descendió lentamente. Le bajó el calzoncillo y se metió el pene en la boca. Después empezó a chuparlo rítmicamente. Dentro. Fuera. Dentro. Fuera. Le llegó el ruido de la lavadora, comenzaba el centrifugado. Dentro, fuera. Más rápido. Más fuerte. Más contundente. Pum, pum, pum, pum, pum, pum.

Se corrió al mismo tiempo que enmudeció la lavadora.

Sara se levantó y, sin apenas mirarlo, cogió el teléfono fijo y encargó una pizza de cuatro quesos para cenar.

¿Quién fue Aurora Sieiro?

La biblioteca de la Ciudad de la Cultura era la preferida de Ana. Solía ir a estudiar allí porque no había problemas para aparcar. El wifi no se caía nunca, y no se podía decir que estuviese muy concurrida. Había más turistas que estudiantes. También le gustaba el complejo arquitectónico, si bien esa opinión no la compartían muchos de sus compañeros. Ana admiraba la pureza y blancura de las líneas modernas de su interior, así como la altura de los techos y su luminosidad.

Se dirigió a la sección de arte. Aurora Sieiro era la escultora gallega más representativa del arte moderno de la segunda mitad del siglo XX.

A Ana no le interesaba mucho el arte contemporáneo, y no conocía gran cosa de su obra, más allá de su emblemático zapato rojo de espinas. Uno podía comprar reproducciones de ese zapato por menos de diez euros en cualquier tienda de souvenires de la zona vieja de Santiago. Camisetas, chapas, imanes de nevera... Seguramente las gemelas Somoza estaban viviendo de los derechos de autor de ese zapato.

Ana paseó la mirada por los estantes. Si no encontraba a simple vista lo que buscaba, haría una consulta digital o pediría ayuda.

Pero estaba segura de que habría varios volúmenes dedicados a la madre de las gemelas.

Efectivamente, encontró varios. Eligió dos: *Aurora Sieiro. El nacimiento de la escultura social* y *Aurora Sieiro. Obra completa. Estudio detallado de la etapa roja.*

Cargada con ambos volúmenes, se dirigió a una mesa. Sacó del bolso la libreta y un boli. Comenzó por el más delgado. Era un ensayo sobre la importancia de Aurora Sieiro en el movimiento feminista y describía la evolución de la obra de Sieiro, que en los primeros tiempos se movía en terrenos más estéticos, hasta el ámbito social. Se destacaba la reinvención del concepto social de la escultura, combinando las formas puras y blancas con el mensaje reivindicativo. La mujer y su papel en la sociedad habían sido el eje central de la obra de Aurora. La escultura del zapato de espinas había sido prohibida en España en los años sesenta y erigida como un icono en los movimientos estudiantiles de Mayo del 68 en Francia. La obra representaba un zapato cubierto de pétalos de rosa rojos. El tacón reproducía el tallo de la rosa en el que destacaban las espinas. La belleza y el dolor caminaban de la mano en un símbolo de la feminidad. El original, que marcaba el inicio de su etapa roja, lo había donado la autora al Centro Gallego de Arte Contemporáneo.

Ana anotó en el cuaderno las fechas de sus principales exposiciones y los detalles de sus obras más destacadas.

No sabía lo que estaba buscando. O sí. Algo con lo que demostrar a Santi que sabía lo que hacía. La mayoría de las veces él tenía razón, pero no podía soportar ese tono de autosuficiencia con que le hablaba siempre. Como si él nunca se equivocase.

El segundo volumen, menos descriptivo, recogía reproducciones de la mayor parte de la obra de Aurora Sieiro. En los años cincuenta destacaban las figuras de mujeres rurales. Eran figuras blancas que representaban a mujeres realizando las tareas del campo y del mar. Ninguna tenía boca. A finales de los años sesenta se inició su etapa roja, que se extendería hasta finales de los setenta e incluso principios de los ochenta. De esa época eran el zapato y la serie nupcial. En los ochenta mudaría en formas más simples. Mujeres sin extremidades, sin ojos y de nuevo sin boca. Hacia finales del siglo XX, Aurora Sieiro comenzó a experimentar con materiales efímeros en descomposición, siempre unidos a la denuncia social.

Ana examinó las imágenes. Sintió un gran desasosiego. Pasó deprisa las páginas y comenzó con el último capítulo del libro, que analizaba la obra de Aurora como fotógrafa. Las primeras fotos eran en blanco y negro. Se notaba la mano de la escultora detrás de esas fotografías: la disposición de los volúmenes las dotaba de un aire casi arquitectónico. Su obra fotográfica era un calco de su obra escultórica. Hacia la década de los sesenta sus fotografías habían comenzado a teñirse de color rojo.

Cuando Ana pasó la página y se encontró de frente con la fotografía se quedó paralizada. Sintió que un grito le trepaba por la garganta y lo detuvo. Lo ahogó dentro de la boca, impidiéndole salir e invadir el silencio sepulcral que reinaba en la biblioteca. Se le aceleró el pulso y notó la garganta rígida, como si se hubiese atragantado con una espina de pescado. Notó que le faltaba el aire. Sacó el móvil del bolso e hizo tres o cuatro fotos. Después recogió sus cosas y salió.

El sol de la tarde caía con fuerza. Un matrimonio de alemanes se acercó a ella para pedirle que les sacase una foto delante del dónut de libros que había a la puerta de la biblioteca. Ana se excusó como pudo y llamó a un taxi. Corrió hacia el aparcamiento. De camino marcó el número de Santi. No le contestó hasta que sonaron cinco tonos.

—¿Ana?

—Santi, no vas a creer lo que acabo de encontrar...

Amor/odio

Tengo ganas de pintar. Hacía tiempo que no me sucedía con tanta intensidad. Supongo que esto es estar viva. Significa que quiero estar viva. Que lo que pasó la semana pasada fue un accidente. Algo que no tenía que haber pasado.

Necesito pintar. Si ahora tuviese un pincel en la mano, dibujaría este pedazo de cielo que puedo ver desde la ventana del hospital. Me asaltan formas. Quizá, si pudiese pintar, solo dibujaría eso. Un cuadro hiperrealista en el que reproduciría el marco de la ventana y el cielo azul. Y el cristal, que desluciría el brillo de ese cielo. El cristal es importante. Es lo que te impide tomar contacto con el exterior.

Resulta un alivio tener ideas propias. Sentir ganas de pintar algo, representando la disposición de los elementos del cuadro en mi cabeza. Elegir los colores en mi paleta mental imaginaria.

No siempre fue así. Hubo un tiempo en el que homenajeaba a mamá. Capturaba su arte para hacerlo mío.

Cuando se casaron Sara y Teo, les regalé un cuadro. Estuve un tiempo pensando en algo que de verdad los impresionase. Al final decidí hacer una fresa gigante. La fresa era la fruta favorita de Sara desde pequeña. Elegí un lienzo de dos por dos metros. Una fresa de cuatro metros cuadrados. La representé cubierta de pétalos de rosa.

Y en lugar de las características semillas de la fresa, la cubrí de espinas. El famoso zapato de tacón de Aurora Sieiro convertido en la fruta favorita de mi hermana.

Sara y Teo se casaron en el año 2000. Era invierno. Sara estaba preciosa. Llevaba un traje de encaje de chantillí y un abrigo rematado en armiño con la misma cola que el vestido. Su larga melena negra le daba un aire romántico. Casi trágico. Parecía una reina de las nieves.

Les entregué el cuadro en el banquete. Lo abrieron allí. La gente aplaudía. Eso recuerdo. Lo recuerdo todo.

Los aplausos sinceros. La cara de Teo. Me besó en la mejilla y me dijo: «Graciñas, Lía». Gracias. Gracias de mi madre, presumiendo del homenaje que le hacía. Y esa frase por lo bajo, a Sara: «Ya tiene edad de empezar a pintar algo propio». El brindis de papá. Feliz por casar a su abogada favorita, la que fue capaz de seguir sus pasos. «Tengo una réplica libre, por si alguien la quiere.» Más risas, más brindis. El vals. Un baile con papá. Otro con Adrián. Y uno con Teo. «Graciñas, Lía», murmuró de nuevo. Y la cara de Sara, reina de las nieves, en el espejo del baño de señoras, retocándose los labios, tan rojos. «¿Te ha gustado?», le pregunté. Y su risa. «Es perfecto, hermanita.» Se acercó. Me besó fuerte, hasta dejar la huella de sus labios en mi mejilla. «Un perfecto amorodio.»* Comenzó a reír a carcajadas por su ocurrencia. Volvió a pintarse los labios y salió del baño, arrastrando la cola con bordes de armiño.

Amorodio.

No había vuelto a recordar esa palabra hasta hoy.

* Amorodio: juego de palabras con el término gallego «amorodo», «fresa». *(N. de la A.)*

Más preguntas

Santi se había pensado mucho lo de llevar a Ana a interrogar a Fernando Ferreiro e Inés Lozano. Le gustaba Ana. Tenía iniciativa y era bastante intuitiva. También era muy humana y eso le facilitaba el trato con la gente. En su día, él también lo era. Le llevaría un tiempo darse cuenta de que la naturaleza humana era como un bicho insaciable que devora todo lo que encuentra a su paso. Nunca había trabajado mano a mano con ella, pero se había percatado de su agudeza. Tan solo tenía que ganar un poco de experiencia. No era mala idea que trabajase con él en este caso y esperaba que no le viniese grande. Era demasiado influenciable. Él no. Ya no. Mientras él interrogaba a Sara y a Teo, no había apartado ni por un minuto de su pensamiento la imagen de Sara Somoza degollando a su hija, o la de Teo rebanándole el cuello para bajar después al jardín a seguir asando sardinas. En su cabeza, Lía Somoza había sido capaz de entrar en esa habitación y matar a su ahijada para acto seguido verter ocho litros de sangre artificial en el suelo. Y también había imaginado que la vieja Amalia era capaz de levantarse de la cama y matar a Xiana en un arrebato de locura. O de cordura.

Y estaba seguro de que durante el interrogatorio que estaba a punto de tener lugar, su mirada estaría fija en las manos de

Fernando Ferreiro, y mentalmente colocaría en esas mismas manos ese cuchillo japonés valorado en casi quinientos euros que apareció en el armario de Xiana Alén. También calcularía si Inés Lozano, una mujer especialmente baja, tendría suficiente fuerza para someter a una chica más alta que ella. Y llegaría a la conclusión de que a Xiana la habían atacado por detrás y por sorpresa, por lo que sí sería posible.

Ana era incapaz de ver eso. Él lo sabía. Ana tan solo estaba preocupada por no herir sus sentimientos como padres y amigos de la niña. Ana veía las lágrimas de Sara en el funeral, o el tic nervioso de Teo en su ojo derecho. Y su andar de vagabundo errante, ese andar de ser mitológico que camina por el mundo condenado a sostener el peso del orbe sobre sus hombros.

Necesitaba no distraerse con Ana. Y demasiado lo distraía ya, claro que eso tampoco tenía mucho que ver con la investigación. Así que había decidido dejarla fuera, pero al día siguiente compartiría con ella su conversación con Fernando e Inés. Soportaría su mosqueo y él estaría encantado de recordarle quién estaba a cargo de la investigación.

Pasó junto a la garita de seguridad de Las Amapolas. Se identificó al guardia.

—Soy el inspector Abad. Voy a casa de Fernando Ferreiro e Inés Lozano. Es el número 12, ¿verdad?

El otro asintió con la cabeza y levantó la barrera.

Las Amapolas era una urbanización relativamente nueva. Se había construido en pleno *boom* inmobiliario, pero no era la típica urbanización de la periferia de Santiago. Mientras que la mayoría de las urbanizaciones amontonaban cientos de chalés pegados los unos a los otros, clónicos y sin apenas terreno alrededor, en

Las Amapolas tan solo había quince casas. Si bien compartían materiales y un cierto estilo arquitectónico, todas eran distintas. Tan solo había dos calles, con siete casas en cada una de ellas. En el extremo común de las dos calles estaba la casa más grande, que había reservado el promotor para sí. Todas las casas tenían piscina propia y una finca de más de mil metros cuadrados. Desde luego no estaban al alcance del sueldo de un poli, pensó Santi, mientras aparcaba a las puertas del chalé número doce.

Le abrió Inés Lozano, y a Santi le volvió a sorprender lo menuda que era. Más de lo que recordaba. Se dio cuenta de que estaba vestida con ropa deportiva y unas zapatillas, mientras que la primera vez que había hablado con ella llevaba tacones. No creía que llegase al metro cincuenta. Le asaltó de nuevo la duda de si una mujer de ese tamaño sería capaz de matar a una chica que le sacaba más de veinte centímetros.

—Buenas. No sé si se acordará de mí. Soy el inspector Abad. Siento venir sin llamar. Necesitaría hablar con usted y con su marido.

—Estábamos comiendo...

—Serán tan solo unas preguntas. Pero puedo esperar en el coche a que acaben.

—De ninguna manera. Pase.

La casa de Fernando e Inés era un poco más pequeña que la de los Alén, pero ambas compartían una identidad sustancial que hacía reconocible la mano del mismo constructor. Inés lo acompañó al salón. La decoración era bastante más conservadora que la de la casa de sus vecinos: muebles de líneas modernas, pero de caoba y castaño; sofás de cuero negro; estantes con libros y manuales de Derecho. Fernando Ferreiro apareció de repente.

—No me importa esperar a que acaben de comer —insistió Santi.

—Ya casi habíamos acabado. —Fernando le tendió la mano a modo de saludo.

Era un hombre cordial. Parecía un político estadounidense en plena campaña electoral: cabello negro impecable que ya comenzaba a clarear en las sienes, dientes blancos, cuerpo de jugador de tenis y sonrisa de vendedor de enciclopedias. Todo en él resultaba falso, pero Santi estaba acostumbrado a que la gente se comportase así delante de él: como seres normales, aparentando que sus vidas transcurren tranquilas mientras cuentan hasta diez esperando que la policía salga por la puerta para poder volver a ser lo que son. O lo que desean ser.

—No he tenido ocasión de hablar con ustedes, desde que los entrevisté al día siguiente del suceso en casa de los Alén.

—Ya le dijimos todo lo que sabíamos a los dos policías que vinieron la noche que…, la noche de San Juan —intervino Inés.

Santi ya había repasado las notas de Javi y Lois, los dos agentes de guardia. No había nada destacable en esas declaraciones.

—Ya lo sé. Pero, a veces, pasados unos días las cosas se ven con más claridad.

—¿Cómo está Lía?

—Aún no se nos ha permitido hablar con ella. Creo que está fuera de peligro. Sin duda Teo y Sara tienen más información. ¿No están en contacto con ellos?

Fernando e Inés se quedaron callados.

—¿Han tenido algún desencuentro con ellos tras el funeral?

Siguieron en silencio, esperando el uno por el otro como dos desconocidos que se ceden mutuamente el paso cuando tropiezan en un portal, o a la puerta del dentista. Santi dirigió la mirada a Inés, invitándola a contestar.

—No hemos querido molestar. Es una situación muy traumática.

—Pero ustedes son amigos.

—Sí, claro. Llevamos dos años en la urbanización. Ellos llegaron mucho antes. Congeniamos enseguida. Somos casi de la misma edad, apenas nos sacan un par de años.

—¿Ustedes no tienen hijos?

—No —dijo Inés—. De momento.

—¿A qué se dedican?

—Yo soy profesor de instituto —intervino Fernando—, e Inés es notaria.

Notaria. Esos ingresos ya le cuadraban más con el nivel de la urbanización. Y con el montón de libros de derecho que había en ese salón.

—¿Profesor de qué?

—De matemáticas.

—¿Dónde?

—Aquí, en el instituto de Cacheiras.

—Xiana iba a ese instituto. ¿Le daba usted clase?

—El año pasado. Pero evidentemente ya la conocía de antes. Éramos vecinos.

—¿Era buena alumna?

—Normal.

—Pero este año había suspendido seis.

—Andaba loca con el tema de pintar, y Sara y Teo no son los padres más comprensivos del mundo. Todo lo arreglan con castigos.

—No seas injusto —le interrumpió Inés—. Xiana estaba en una edad muy complicada. Lo único que quería era marcharse a Madrid con su tía para vivir con ella.

—Es la primera noticia que tengo en ese sentido —dijo Santi—. ¿Era tan solo un deseo de la chica? ¿La tía estaba de acuerdo? ¿Estaba Xiana echándoles un pulso a sus padres?

—Pues no sé tanto —dijo Inés—; éramos amigos de Sara y Teo, pero no de la familia. Sara me lo comentó un día por la tarde. Y ella no se negaba a que la niña pintase. Quiero decir que no era la típica madre que considera que Bellas Artes sea una carrera sin provecho. No podría sostener eso siendo hija de Aurora Sieiro y hermana de Lía.

—¿Qué opinan de Lía Somoza?

—¿Qué clase de pregunta es esa? —respondió Inés visiblemente molesta.

—Quiero decir que si consideran que es una persona estable desde el punto de vista psicológico.

—Lía intentó suicidarse hace solo unos días —dijo Fernando—. Evidentemente, es una persona muy sensible que no pudo soportar lo sucedido. Creo que eso no es lo mismo que insinuar que ella...

—Yo no he insinuado nada. Pero ustedes conocen a la familia.

—Es absolutamente imposible que nadie de la familia matase a Xiana.

—Eso solo nos deja una posibilidad.

—Ya sé lo que pretende insinuar. Lo que dicen los periódicos. Que fuimos uno de los seis. Pero pudo ser alguno de los que trabajan allí, que se quedara y escapara después escondido en un coche. No sé, esa Olga, o la señora que va a limpiar por las mañanas.

También va un jardinero un día a la semana. O quizá algún empleado de otra casa.

—Parece una teoría un poco rebuscada, y hay un montón de grabaciones que la echan por tierra. Además, olvida una cosa importante.

—¿Cuál?

—Que el asesino, fuese quien fuese, deseaba exactamente esto. Que quedase claro que la niña fue asesinada por uno de ustedes.

—¡No lo diga así! —chilló Inés—. Nosotros no tenemos nada que ver con esa familia. Solo somos amigos. Nuestra relación no va más allá de cenar y comer juntos de vez en cuando o quedar para tomar unas cervezas, y no voy a consentir que usted ensucie mi nombre o el de mi marido o nos cuestione solo porque...

—Tranquilícese. Nadie los está acusando de nada, pero le sugiero que mantenga la calma. Sigamos con las preguntas. ¿Qué bolso llevaba usted la noche de la cena?

—¿Bolso? ¿Me está preguntando por mi bolso? —repitió Inés, incrédula.

—Exactamente.

—No sé. No me acuerdo...

—El negro que te regalaron tus amigas por tu cumpleaños —contestó Fernando.

—¿Puede enseñármelo?

—Sí, claro —dijo Inés antes de abandonar el salón.

Fernando comenzó a jugar con su alianza, subiéndola y bajándola, una y otra vez. Inés interrumpió su silencio.

—Aquí lo tiene.

Era un bolso negro, de los que se usan como una cartera grande, sin asas. En él apenas cabría una billetera y el móvil.

—Un poco pequeño, ¿no?

—Disculpe, pero no entiendo...

—Está bien, no se preocupe. ¿Alguno de los dos fue a casa de los Alén ese día antes de la cena?

—Yo fui a tomar un café con Sara —dijo Inés—. Estuvimos en su jardín. Fue apenas media hora porque tenía que ir a ver a mi madre a Santiago y ella tenía que hacer unas compras. Teo se quedaba en la casa.

—¿Y usted no fue en todo el día allí? —le preguntó Santi a Fernando.

—No.

—Sí que fuiste —dijo Inés—, a llevar las sardinas.

—Ay, sí, es verdad, ya no me acordaba —se excusó él—. Es que había quedado yo en cogerlas al salir del instituto y fui allí a dejarlas. Sara y Teo aún no habían llegado del trabajo. Eran las dos y media.

—¿Quién estaba en la casa?

—Me abrió Olga, la enfermera.

—¿Le entregó a ella las sardinas o las metió usted en la cocina?

—Las metí yo, ella volvió al piso de arriba porque estaba dando de comer a la tía de Sara.

—¿Vio a alguien más?

—No. Cuando salía por la puerta, Xiana me saludó desde lo alto de la escalera.

—Está bien. No les robaré más tiempo. Les dejo una tarjeta por si recuerdan algo.

Estrechó las manos de los dos y se dirigió a la salida. A punto de entrar en el coche, le sonó el móvil. Era Ana.

Desde la ventana del salón, Fernando e Inés lo observaban.

—¿Qué *carallo* fue eso del bolso? —preguntó Inés—. ¿Se ha vuelto loco?

—No. No tiene nada de idiota. Estaba intentando averiguar si pudiste llegar a casa de Sara con todas esas botellas de sangre artificial que encontraron.

—Eso no es oficial, son chismes de asistentas. Se lo contó Lola a Maribel, pero no estamos seguros.

—Lola es una cotilla, pero trabaja en esa casa y oye hablar a Sara y a Teo. Puedes estar segura de que es verdad. ¡Tú viste la cantidad de sangre que había en ese cuarto!

—Bien, pues ya le ha quedado claro que yo no podía llevar nada en mi bolso.

—Sí, pero ahora piensa que aproveché mi visita a esa casa para llevar algo más que sardinas.

Inés lo miró a los ojos con un aire de profundo desprecio.

—¿Y fue así, Fer?

Morriña

Connor Brennan se puso un pantalón corto y una camiseta promocional de una marca de cerveza y salió a correr. No llevaba ni música ni ningún aparato para medir las pulsaciones, los pasos dados o las calorías consumidas. Corría por el mero placer de correr, de escuchar su respiración. De notar el sonido de su corazón latiendo en su cuello, como si esas pulsaciones fuesen el único testimonio de que estaba vivo. Creía firmemente en el poder terapéutico del deporte. Solía decir que la sensación del sudor resbalando por la espalda era más efectiva que los antidepresivos y los ansiolíticos.

Connor vivía en un pequeño apartamento en Pontepedriña, por lo que corría generalmente por el parque Eugenio Granell. Hoy había más gente de la habitual, y corrió esquivando triciclos de niños, parejas cogidas de la mano y chavales con patinetes, mientras intentaba dejar de pensar en Lía Somoza.

Estaba preocupado por su caso. Era una mujer extraña. A punto de ser trasladada a una casa de reposo, tan solo preguntaba por la luz. La luz. ¿Qué contestarle a eso? Esa mujer veía el mundo con otros ojos. Veía el mundo pensando en cómo representarlo. Se paseaba por delante de él, pero sin sumergirse en él. Lo sucedido con su sobrina había sido demasiado. Necesitaba hacerla hablar. Necesitaba que le contase cómo se había sentido al descubrir a esa niña muerta sobre un mar de sangre. La imagen. Ese era el problema. Que Lía no soportaba pasar de un mundo de dos dimensiones a uno de tres.

Mañana recibiría al inspector Abad. Y después la acompañaría por la tarde a A Rodeira. Había quedado en ir a Cangas a ver a su madre. Tenía que acordarse de llamarla y dejarlo para el fin de semana.

Corrió durante casi una hora y después enfiló hacia su edificio. Le gustaba vivir en el centro. A veces echaba de menos el mar. No el mar de Cangas. El de Dún Laoghaire. Y no solo el mar: el alboroto de George Street, el viaje en el Dart hasta Dublín, las noches en O'Neill's. Y echaba de menos a Allison. A veces se despertaba en la noche y estiraba la mano, esperando encontrar su pelo rojo desparramado sobre la almohada. Su cuerpo desnudo entre las sábanas. Ella siempre dormía desnuda.

Rechazó el pensamiento y entró en el baño. Se duchó con agua templada, casi fría. Le asaltó la imagen de Allison en la ducha, emergiendo entre las aguas, con su pelo rojo y rizado pegado al rostro, como una Venus de Botticelli. Sus ojos gris hielo. Sus piernas infinitas. Blancas. De una palidez fantasmagórica. Su pubis ardiente. Sus pechos duros y pequeños. Toda ella parecía estar allí, bajo el agua, murmurando su nombre como solía hacerlo. Connor, Connor, Connor... Volvió a sacudir la cabeza, tratando de expulsarla de su mente.

Salió de la ducha y se secó deprisa. Se miró en el espejo. Se atusó el cabello con la mano. No lo llevaba muy largo. Había poco de su padre en su físico. Lo cierto era que su nombre era lo más irlandés que tenía. Eso, y los ojos verdes de los Brennan. En todo lo demás se parecía a la familia de Cangas. Cuando Allison estaba embarazada, solían hacer apuestas sobre si la niña saldría gallega o irlandesa. Ese pensamiento era doloroso. Lo rechazó también. Se puso unos vaqueros y una camiseta blanca y fue a la cocina a por una cerveza. Después se sentó en el sofá y cogió el móvil.

—¡Hola, mamá!

—¡Hola, hijo! ¿Mañana vienes a comer o vienes por la tarde?

—No puedo ir, me ha surgido un asunto de trabajo.

—¿Por la tarde? Pensé que los viernes era el único día en que te quedaba libre la tarde.

—Mamá, es mejor que lo sepas por mí: estoy llevando el caso de Lía Somoza.

—¿Lo de la tía que asesinó a la niña?

—¡No hay nada de eso, mamá! O por lo menos nada definitivo. Para mí no es más que una paciente. De momento está ingresada. No te puedo contar nada más.

—¡Ay, cómo me recuerdas a tu padre! ¡Qué testarudo eres! Entonces, ¿cuándo vienes? ¿Quieres que vayamos nosotros a Santiago? Podemos comer el fin de semana.

—No, ya me acerco yo el sábado o el domingo.

—Hijo...

—Dime.

—Me ha llamado Alli.

Connor sintió una patada en la boca del estómago.

—¿Y qué tal?

—Bien. Te cuento cuando vengas.

—Puedo soportarlo mamá. Sé que sale con un tipo de Monkstown que es entrenador de fútbol. El muy simpático hasta me ha pedido amistad por el Facebook. ¿Qué ha pasado? ¿Se van a casar?

—Connor, no te pongas a la defensiva.

—Yo soy el psiquiatra, no me psicoanalices. No me pongo a la defensiva. Evidentemente esto es algo que podía pasar.

—Está embarazada.

Connor recogió todos los pensamientos que llevaba rechazando durante todo el día. A veces sucedía. Pasaban los días sin recordar a Alli. Pasaban los días sin apenas vivirlos. A una cita le seguía otra. Tras un paciente entraba otro. Pasaba el día, la tarde, la noche, la semana, el mes..., y apenas pensaba en ella. Pero había días como ese. Días en que no podía ni ducharse sin pensar en el tacto de su piel mojada. Siempre que eso sucedía, Connor se sentía como en esos videojuegos de cuando era pequeño. Esos en los que estás en una carretera conduciendo y tienes que esquivar los coches que vienen de frente. En días así, la presencia de Allison estaba en todas partes. Y Connor ya se había vuelto experto en rechazar su imagen, su recuerdo, su olor.

Y ahora, con dos palabras, todas las imágenes y recuerdos de Allison rechazados durante esos tres años lo embistieron de golpe, como una ola gigante. «Estoy embarazada, Connor.» Hubo un tiempo en que se lo dijo a él. Un tiempo en el que estuvo embarazada de él. De una niña de pelo rojo y ojos verdes a la que ella llamaba Mary y él Maruxa.

—Connor.

—Está bien, mamá. Voy el sábado.

Colgó sin darle tiempo a responder. Cogió la cerveza y la tiró contra la pared. El ruido de los cristales al estallar le resultó reconfortante. Después deseó no haber llorado tanto hacía tres años. Tanto que ya no era capaz de apretar los párpados, deshacer ese jodido nudo que tenía en la garganta y volver a llorar.

Muerte roja

Ana bajó del taxi delante de la comisaría. Entró y comprobó que Santi aún no había llegado.

Ya no quedaba nadie excepto los agentes de guardia. Se dio cuenta de que no había comido ni bebido nada desde ese segundo café en casa de Hugo, el compañero de Xiana.

Esperó a Santi y repasó en el móvil las fotografías que había sacado. Aprovechó para llamar a su madre. Estaba con el niño en la piscina pública de Los Tilos. El niño. Tenía que dejar de llamarlo así. Ya era casi tan alto como ella y eso que ella no era precisamente baja. Comenzaría sexto curso al cabo de un par de meses, y el año siguiente, el instituto. De momento, Martiño era un niño bastante formal, aunque lo dejaba todo tirado y la volvía loca, pidiéndole a todas horas un móvil y un viaje a Madrid para visitar el Santiago Bernabéu. Ella ya tenía billetes de tren para ir en el puente del Pilar, aunque no se lo había dicho. Se moría por darle la sorpresa.

El padre del niño ni estaba ni nunca se le había esperado. Toni trabajaba en un taller de coches en Calo y tenía una hija de cinco años y un niño de dos. Martiño no llevaba los apellidos de Toni y Ana nunca había movido un dedo para reclamarle la paternidad.

Quería que fuera Martiño el que recorriese ese camino cuando llegase la hora, si es que quería hacerlo. Ella no lo necesitaba. Nunca lo había necesitado.

Santi entró en el despacho. Llegaba acalorado y casi corriendo.

—¿Cuándo demonios van a arreglar el aire acondicionado? ¡Se está mejor fuera!

—Ya te he dicho que están esperando que les llegue una pieza. Volví a llamar ayer.

—¿Qué has encontrado? ¿Una fotografía? ¿Dónde la tienes?

Ana le tendió el móvil.

—¿Dónde estaba?

—En un libro. En una biblioteca pública.

—¿Qué *carallo* estabas buscado?

—No se trata de lo que estaba buscando. Se trata de lo que he encontrado.

Santi miró el móvil.

—Es idéntica —dijo Ana.

—Idéntica del todo no es.

—¿Estás buscando las ocho diferencias?

La fotografía que había encontrado Ana en el libro representaba una habitación blanca con el suelo lleno de un líquido rojo. En el suelo aparecía boca abajo una figura humana, también vestida de blanco. Al lado tan solo había una cama, también blanca. Bajo la fotografía podía leerse «*Muerte roja* (1979)».

Evidentemente, los muebles eran distintos. De otra época. La figura del suelo era más corpulenta que la de Xiana Alén. La ventana abierta al fondo no se correspondía con la moderna carpintería metálica de la casa de Las Amapolas.

—Ahora ya sabemos para qué llenaron todo ese suelo de sangre.

—Lo sabrás tú —contestó Ana.

—Para reproducir una obra de Aurora Sieiro.

—Bravo, jefe. Esta respuesta nos lleva a otra pregunta: ¿por qué?

—Ya te dije el otro día que no era momento de empezar a hacer hipótesis. ¿Has comido?

—No. Pero son casi las cinco. No tengo ni hambre.

—Vamos a comer algo. Yo tampoco he comido. He ido a casa de Fernando e Inés.

—¿Qué? ¿Qué has ido adónde? Pero ¿puede saberse de qué vas?

—No te podía llevar a ese interrogatorio. Necesitaba sacar mis conclusiones sin dejar que te hicieses amiga de esa mujer o que cayeras rendida al encanto de la sonrisa de Fernando Ferreiro.

—No es tan guapo. Lo conozco. Dio clase a mi sobrina y va al gimnasio de la Ramallosa.

—¿Italiano o bocata? —preguntó Santi, cambiando de tema.

—Bocata. A estas horas, ya...

Salieron a la calle y caminaron hacia el Ensanche.

—¿Te parece bien el Latino?

—Ya te he dicho que me da igual. Sigo enfadada. Creo que piensas que no soy capaz de sostener un interrogatorio serio. Igual crees que tan solo sé decir frases amables a madres histéricas porque la poli está interrogando a su hijo. Soy capaz de sacar mis propias conclusiones. Soy capaz de analizar la mente del asesino. Acabo de demostrártelo. Pero, por supuesto, aquí tenía que quedar claro quién manda, ¿no?

Santi no contestó.

—Metí la pata en casa de Hugo. Vale. Ya me he dado cuenta. Tienes razón. Pero creo que ya te he demostrado que puedo ayudarte en esta investigación —dijo Ana mientras abría el bolso y encendía un cigarro.

—Si estás esperando que te diga que eres la hostia, te lo digo. ¡Bien hecho, Barroso! Pero ¡qué demonios! Esto no es una competición. Todo, absolutamente todo lo que te digo es para que aprendas algo. Y deja de fumar, es una puta mierda.

—Estamos en la calle —respondió Ana. Después cambió el tono—. Y gracias.

Se sentaron en la terraza. Pidieron dos cañas y dos bocatas. Calamares y jamón asado.

—Creo que deberíamos empezar a concretar los hechos —dijo Ana—. Hechos irrefutables. Xiana Alén estaba viva a las 21.43 porque mandó un wasap a Hugo. Nadie entró ni salió de esa casa desde esa hora hasta las 22.25, cuando se recibió la llamada en el 112. En la casa solo estaban los seis sospechosos. La vieja estaba en su habitación y hasta donde sabemos es capaz de andar. El resto pudo entrar en la casa, subir a la habitación de Xiana y matarla. Todos ellos abandonaron en algún momento el jardín. Para ir a por bebidas. Al baño. Inés Lozano entró varias veces porque tenía el móvil cargando dentro. Su marido se encargó de ir a por las sardinas y coger las cervezas. Sara era la anfitriona, entró y salió constantemente. Lo mismo se puede decir de Teo. Lía Somoza subió dos veces a su habitación: una a por un jersey y la segunda a preguntar a Xiana si quería comer algo. Fue entonces cuando encontró el cadáver.

—Exactamente. Me preocupa el tema de la sangre. La están analizando y en el laboratorio creen que mañana podremos saber quién la comercializó. No están seguros. Pero lo que me preocupa es que esas ocho botellas de litro ocupaban bastante. Tenían que estar escondidas en la casa, igual que el cuchillo, que ni Teo ni Sara reconocieron como propio. Tanto Fernando Ferreiro como Inés Lozano visitaron la casa ese día. Fernando fue a llevar las sardinas que había comprado para la cena. Inés estuvo en la sobremesa tomando café con Sara. Lo que sí es cierto es que no pudieron llevarlas por la noche. Ella iba con un bolso pequeño y él tan solo cargaba con dos botellas de vino en una caja de esas que venden en las tiendas gourmet. Ya lo había comprobado en las grabaciones, pero hoy los he interrogado sobre eso con la simple intención de que sepan que a ellos tampoco les quitamos el ojo de encima.

—¿Qué te han parecido?

—A él le duele la cara de ser tan guapo y ella está histérica por temor a que este escándalo la pueda perjudicar. Y está enfadada con él.

—¿Cuernos?

—Yo qué sé. Sara Somoza es una mujer muy guapa. Ya la has visto.

—Y la hermana también.

—Para gustos... Demasiado delgada para el mío.

—Sigo intrigada con la fotografía —insistió Ana—. ¿Por qué el asesino querría reproducir una foto de Aurora Sieiro?

—Porque las respuestas a este crimen igual están en el pasado de esa familia.

—Eso descartaría a Inés y a Fernando.

—Nunca sabes lo que se puede encontrar revolviendo en el pasado de la gente —dijo Santi, antes de atacar con ansiedad su bocata.

Tres cervezas, seis chupitos

La primera vez que lo vi, estábamos en la cervecería de la calle Nueva de Abajo. Me invitó a una cerveza. Y yo lo invité a otra. Era muy alto. Me gustó la proporción de su cuerpo. La longitud de sus brazos. La anchura de sus hombros. El tamaño de su cabeza. No era cuestión de musculatura, ni de belleza. Era la proporción. En cuanto lo vi deseé pintarlo, quitarle la ropa y medir la distancia exacta de su cintura, de sus caderas, de su pecho. Proporción. La de los dedos en relación con su mano. La de su fémur comparada con la de su pierna. La de su cadera confrontada con la de sus hombros.

Proporción, pensaba mientras tomábamos una cerveza. Y otra. Y otra más. Y luego fuimos a las Galerías. Un tequila. Otro. Limón. Tequila. Saliva. Su lengua en mi cuello. Sentí ganas de pintarlo. Sentí su aliento en su cabello. «Tienes ojos de meiga», me dijo. Metió su mano debajo de mi falda. Debajo de las bragas. Me llevó a un rincón. Me levantó la falda. Lo hicimos allí. Sin que nadie se diese cuenta. Lo sentí dentro. Lo sentí gemir cerca de mi oído. Me colgué de su cuello. Nos movimos rítmicamente. Como las esculturas de mamá. Esas esculturas que se balancean fuera de control. Perdimos el control nosotros también. Gemí. Gimió. Gemimos. Acaricié su pelo rubio. Tan rubio.

Nos quedamos abrazados allí, en las Galerías de la calle Nueva de Abajo. Sin separarnos. Si me preguntan cuál fue el momento más feliz de mi vida, puede que fuera ese. Con la espalda pegada a la pared. Colgada de él. Con los ojos enterrados en su cuello. Sin más visión que su cabello rubio. Tan rubio... Como el de Xi.

Fui la primera en presentarse. «Me llamo Lía», dije.

Él me miró a los ojos para decirme, por primera vez en la noche, su nombre. «Y yo Teo.»

Lía empieza a hablar

El inspector Abad comprobó que Lía Somoza tenía mucho peor aspecto que antes de su tentativa de suicidio. Estaba muy pálida. Se preguntó si quedaba algo de sangre en ese cuerpo casi adolescente. Lo cierto es que Xiana Alén, a sus quince años, era mucho más mujer que su tía. Recordó el cuerpo de Sara Somoza, en el interrogatorio del día anterior, mientras reparaba en la figura anémica y enfermiza de su gemela. Se concentró en el rostro de Lía para buscar la réplica exacta de la madre de Xiana.

Al lado de Lía, el doctor Brennan permanecía sentado. Sostenía un bolígrafo Bic y lo hacía girar sobre el capuchón en sentido contrario a las agujas del reloj. Había insistido en estar presente, y Santi se lo había permitido. Le convenía tenerlo contento, por lo menos por ahora. Lo que menos necesitaban era un informe determinando la incapacidad procesal de Lía Somoza.

Se percató de que el psiquiatra tampoco tenía buen aspecto. No se había afeitado. Tenía cara de cansado. Él también debía de tenerla. Había dormido fatal. Había soñado con ríos de sangre que inundaban la Ciudad de la Cultura.

—Inspector, como le expliqué cuando lo llamé, aún no vamos a firmar el alta de la señora Somoza. Prescribiremos su traslado a la clínica A Rodeira. Si necesita interrogarla una vez allí, acordaremos una cita con la directora del centro. Tiene que entender que en este momento es necesario supervisar los estímulos externos de la paciente para evitar tensiones innecesarias. Imagino que no dudará de nuestra capacidad para guardar el secreto profesional.

Santi estaba harto del secreto profesional de Connor Brennan. Estaba harto de su mirada de autosuficiencia. Sin duda creía que estaba por encima del bien y del mal. Los tíos como Connor Brennan se merecían que un hijo de puta rebanara el cuello a su hija. Y que después un psiquiatra defendiese al asesino ante los tribunales alegando un desequilibrio emocional. Querría comprobar cuánto le duraba al doctor Brennan el respeto por el secreto profesional de los médicos y por el equilibrio mental del sospechoso. Por supuesto que la persona que había asesinado a Xiana Alén, fuese o no esa mujer, estaba desequilibrada. Pero eso no justificaba que no le dejasen a él hacer su trabajo.

—Señora Somoza, espero que se encuentre mejor. Intentaremos acabar lo antes posible.

Lía no contestó.

—Quisiera preguntarle sobre su relación con Xiana.

—Xiana era mi ahijada, mi única sobrina y lo más parecido a una hija que nunca tendré.

—¿Estaban ustedes muy unidas?

—Por supuesto que sí.

—¿Hasta el punto de que ella quería marcharse a vivir con usted a Madrid?

—Xiana estaba en una edad muy complicada. Recuerdo perfectamente mi adolescencia. A esa edad, los padres..., ya sabe.

—No, no lo sé —le contestó Santi—. ¿Era muy mala la relación con sus padres?

—Yo no he dicho eso —replicó Lía—. Es solo que ellos ejercían su autoridad normal como padres y yo la consentía, y además estaba el asunto de que ella quería ser pintora, y supongo que... me admiraba mucho.

—¿Igual que admiraba usted a su madre?

—Por supuesto.

—Imagino entonces que reconocerá usted esta fotografía.

Santi le tendió el móvil y le mostró la foto que había encontrado Ana en la biblioteca. Lía se quedó callada, como hipnotizada. De forma instintiva se llevó las manos a las muñecas y tocó las vendas.

—Señora Somoza, ¿reconoce o no esta fotografía?

Lía siguió callada.

—Señora Somoza...

—La señora Somoza ha oído la pregunta perfectamente. Tan solo está pensando la respuesta —le interrumpió Connor—. Lía, tómate tu tiempo.

Lía asintió y cogió el móvil con una mano. Se mantuvo en silencio un rato y después le devolvió el móvil.

—*Muerte roja*. Esta fotografía se hizo en el estudio de mamá. Yo no tengo recuerdos de cuándo se hizo. Nosotras éramos apenas unos bebés. No sé decirle. Tendríamos dos o tres años, más o menos. Mamá contaba siempre que había llenado todo el suelo de pintura y que habían bajado una cama de la casa al cobertizo que usaba como estudio. Pintó todas las paredes de blanco. La mujer del suelo es la tía Amalia. Ella tiene el original de la fotografía.

—Y sabiendo todo eso, ¿no dijo nada hasta hoy? —le recriminó el policía.

—Quiero recordarle que la señora Somoza está convaleciente —dijo Connor.

—Y yo quiero recordarle que el asesino de Xiana Alén Somoza reprodujo esta fotografía cuando la mató —dijo Santi, fijando la vista en Lía.

—Yo no maté a mi sobrina.

—No la estamos acusando de nada —contestó Santi.

—No necesita acusarme. Usted está pensando que el asesinato de Xi fue una reproducción de una obra de arte. Está pensando que maté a Xi para emular a mi madre. Está pensando que estoy loca. —La voz de Lía iba adquiriendo un matiz de histeria.

Santi la observaba con expectación, esperando la palabra siguiente, la frase siguiente.

—¿Podemos dejarlo aquí, doctor?

«¡No! ¿Estás loco, Brennan? Está hablando. Está a punto de decir algo. Esta mujer tiene cosas que contar. Maldito idiota, ¿a quién coño te crees que estás protegiendo?» Las palabras acudieron a los labios de Santi, pero en un instante las cambió por otras que sonaron casi sinceras.

—Si no hay más remedio... Pero no he acabado. Tendremos que seguir hablando de esto —insistió—. No estamos acusando a nadie de nada, pero tiene que entender que estamos haciendo nuestro trabajo.

Lía asintió, con un movimiento de cabeza.

Connor se levantó y acompañó al inspector Abad fuera de la habitación.

—Sé que está enojado, pero la exposición a estos interrogatorios pone muy nerviosa a la señora Somoza. Apenas hemos comenzado con la terapia. Le prometo que en cuanto afiance mi relación médico-paciente con ella y tenga claro que ya es capaz de aguantar un interrogatorio completo, con más garantías, se lo haré saber. Entiendo que tiene una investigación por hacer. Es solo que debo velar por la salud de esta mujer.

—¿Sabe una cosa, Brennan?, le voy a decir en qué estaba yo pensando mientras estábamos ahí dentro. Estaba pensando en si es usted capaz de ponerse en el lugar de los padres de esa niña. Que son sospechosos, pero, al mismo tiempo, vieron morir a su hija delante de sus ojos. Usted estaba pensando en su paciente. Yo estaba pensando en que necesito atrapar a ese asesino. ¿Y sabe por qué? Porque había otras cinco personas en esa casa y no mataron a Xiana Alén. Esas cinco personas necesitan seguir con sus vidas. Así que deje de mirarme como si yo fuese el enemigo. El enemigo es un monstruo capaz de degollar a una chica de quince años. Si no siente compasión por ella, intente imaginar que podría ser hija suya.

Connor se quedó callado, sin saber qué contestarle. Más bien, callando lo que realmente le salía de dentro. Que él también necesitaba hacer su trabajo. Que encontrar un culpable no devolvería a la vida a Xiana Alén. Que sabía muy bien lo que se siente cuando un hijo muere. Que cuando un hijo muere, uno también se muere por dentro. Que uno se queda seco. Vacío. Despellejado. Desconchado. Perdido. Confundido. Nublado. Oscurecido. Enojado. Apesadumbrado. Superado. Que cuando un hijo muere, uno deja por fin de tener miedo, porque ya no hay nada que temer ni nada más que perder. Que qué *carallo* sabría él de lo que es abrazar el cuerpo inerte y sin vida de tu hija en el suelo.

Al final respondió:

—No, no puedo imaginarlo.

Gemelas

—Ya han arreglado el aire —dijo Ana, irrumpiendo en el despacho de Santi.

—Ana, ya te he dicho que no entres sin llamar. ¿Dónde demonios estabas? Ayer por la tarde me llamaron del hospital para ir hoy a hablar con Lía Somoza. He venido a primera hora y no estabas.

—Hoy tenía que llevar a Martiño al pediatra.

—Tenías el móvil apagado.

—Repito: estaba en el pediatra.

—He tenido que ir solo.

—¿Qué pasa?, ¿hoy te has levantado en plan «somos un equipo»? Te recuerdo que ayer fuiste solo a casa de los vecinos, después de mentirme y decirme que te marchabas para casa.

—Ayer fue ayer. Y conviene que recuerdes de vez en cuando quién dirige esta investigación, que vengo siendo yo. Y, si no estoy equivocado, ayer tú también me mentiste.

—Vale. Déjalo ya.

—Voy al chalé de los Alén. Quiero hablar con la vieja. ¿Vienes?

—Claro que sí.

Ana no perdería la oportunidad de ir allí por nada del mundo. Había estado analizando las fotografías una por una. También los vídeos. Pero se moría por echar una ojeada a esa casa.

Durante el trayecto en el coche, Santi le contó la conversación con Lía Somoza.

—Parece tan culpable que solo puedo pensar que no lo es. Sus ojos, su estado de nerviosismo..., ese aire de estar escondiendo un secreto inconfesable la va a llevar directa a la cárcel. No sé. No puede ser tan fácil.

—No es tan fácil. No tienes ninguna prueba. Y ha estado a punto de morir.

—La distancia más corta entre dos puntos es la línea recta. En la vida real, cuando alguien parece culpable, acostumbra ser culpable.

—¿Pero?

—Pero creo que esa mujer quería de verdad a la niña.

—¿Por qué lo dices?

—Porque apenas es capaz de pronunciar el nombre de Xiana. Está en estado de shock. Creo que incluso el doctor anda algo perdido con ella. Estamos suponiendo que esa mujer intentó matarse porque no puede soportar lo que hizo. Yo creo que simplemente no puede soportar lo que pasó.

—Entonces, ¿eso quiere decir que crees que fue uno de los otros cinco?

—¿Te has vuelto loca? Estoy dando vueltas en círculo. Desde luego sigue siendo la principal sospechosa. Siempre nos queda la respuesta de que es una actriz cojonuda y que fingió un suicidio para darnos pena.

—¿Cómo fue la tentativa de suicidio?

—Fue el sábado pasado. Teo y Sara estaban en la misa de la tarde. No son feligreses devotos, pero parece ser que con la muerte de la niña les dio por ir a misa. Salieron a las ocho de casa, pero cuando llegaron a la iglesia, Teo se dio cuenta de que no le había dado la medicación a la vieja. Los sábados y los domingos la enfermera libraba. Volvió a casa y se encontró a la vieja dormida. Llamó a Lía, pero no contestó. Ya se marchaba cuando vio que salía agua por debajo de la puerta del baño. Echó la puerta abajo y se encontró a Lía casi desangrada en la bañera. Se había dejado el grifo abierto y eso le salvó la vida. No fue una farsa.

Santi saludó al guardia de seguridad con la mano.

La casa de Teo y Sara era la número tres; debía de ser una de las más grandes de la urbanización. Santi recordó que llevaban casi diecisiete años viviendo allí, desde el principio. Debieron de comprar sobre plano. Como el resto de los chalés, era de piedra rústica y menuda y tenía un porche en el jardín, con vigas de madera, a juego con las contraventanas de toda la casa. El jardín estaba perfectamente cuidado. El césped parecía dibujado por un niño, de un verde de caja de acuarelas. Las azaleas y las hortensias estaban en flor. Un muro de piedra cercaba la propiedad y podía olerse a distancia el jazmín que cubría una de las paredes.

—La casa donde trabaja mi madre está en la otra calle, es el número catorce.

—A ver, lúcete; te dejo hablar.

Abrió la puerta Teo Alén.

—¿Inspector? Disculpen, estaba esperando a alguien.

—¿No trabaja hoy?

—He pedido el día. ¿Necesitan algo?

—Necesitábamos hablar con doña Amalia.

—Bien, pasen. Pasen. Desde luego. Sí, claro. En fin..., es que..., verán, su enfermera tuvo que dejar el trabajo. De hecho, la persona a la que estaba esperando es una candidata de la agencia de colocación. En fin. Pues eso. Que aún no la he bajado. Sara la aseó por la mañana y está en su habitación, así que mejor hablan con ella allí. Síganme.

Ana echó una ojeada a su alrededor. La casa tenía dos pisos muy amplios. A simple vista, en la planta baja había una cocina y un salón comedor enorme. Le llamó la atención una reproducción del famoso zapato de Aurora Sieiro en la pared del comedor que atisbó desde el vestíbulo.

Detrás de ellos estaba la cocina. También observó que había un ascensor al lado de las escaleras.

En el segundo piso había un número importante de habitaciones. Siete puertas. Todas cerradas. Ana calculó cinco habitaciones y dos baños. En las paredes había cuadros de Lía Somoza. Su pintura tenía mucha fuerza. Figuras geométricas y multicolores que encerraban escenas figurativas de corte surrealista. Era como coger a Picasso y a Dalí y mezclarlos con un programa informático.

—¿Cuál era la habitación de Xiana? —preguntó Ana.

Teo señaló la puerta del fondo del pasillo.

—Ya la limpiaron —dijo mientras abría la del cuarto de la anciana.

La habitación de Amalia Sieiro era muy austera. Apenas una cama, un aparador y una mesilla de noche con una Biblia encima.

—Buenos días, doña Amalia.

Al momento sonó el timbre de la entrada.

—Vaya sin problema —le dijo Ana a Teo—, serán solo unos minutitos.

Teo se disculpó y abandonó el cuarto.

Amalia Sieiro vestía toda de negro, lo cual no era de extrañar dados los recientes acontecimientos. A Ana le llamó la atención que tuviese los labios pintados de rojo. La pintura se salía irregularmente del perfil de su boca, y parecía casi una herida sanguinolenta. No llevaba joyas excepto un grueso cordón de oro alrededor del cuello y dos colgantes idénticos con la letra A.

—Doña Amalia, lo primero de todo, queremos darle el pésame por la pérdida en su familia —dijo Ana.

—Todos mueren. Se murió Aurora. «No me moriré antes que tú», decía. Pero se murió. Se murió Xiana. Casi se muere Lía. Está escrito. Todos nos moriremos. Y todos resucitaremos al tercer día.

«Está de atar», pensó Ana mirando hacia Santi.

—Señora Sieiro —comenzó Santi—, tengo entendido que ha vivido toda su vida con su hermana Aurora y que crio usted a las gemelas.

—Dos. Éramos dos. Siempre juntas. Unidas. Yo nunca me separé de ella. Y después llegaron ellas, tan pequeñitas, ¿sabe? Tan iguales a nosotras. Eran como mías. Éramos nosotras de nuevo, juntas.

Ana intentaba descifrar las palabras de la vieja, que hablaba a toda velocidad, sin poder apartar la vista de esos labios sangrientos que escondían unos dientes pequeños, amarillos y afilados.

—Espere un momento —dijo Santi—. ¿Aurora y usted eran también gemelas?

—Gemelas. Hermanas. Réplicas exactas. Éramos dos mitades idénticas. Nunca me separé de ella, y nunca abandonaré a nuestras niñas.

—Ya. Acostumbraba usted ayudar a su hermana en la composición de sus obras. En concreto, ¿recuerda usted este trabajo de Aurora?

Santi le enseñó la fotografía a la vieja.

—«Yavé dijo a Caín: "¿Dónde está tu hermano Abel?" Contestó: "No sé. ¿Soy yo acaso el guardián de mi hermano?" Replicó Yavé: "¿Qué hiciste? Se oye la sangre de tu hermano clamar a mí desde el suelo".»

A Ana le corrió un escalofrío por la espalda.

—Doña Amalia, ¿esta fotografía está basada en la historia de Caín y Abel? ¿Su hermana representó su muerte?

La vieja pareció recuperar algo la conciencia.

—Solo era su arte, ¿sabe? Ella estaba obsesionada con la sangre. Morí por ella en esa fotografía. Y resucité. Igual que hizo Xiana.

Santi y Ana se miraron el uno a otro.

—Xiana está muerta. Usted lo sabe, ¿verdad?

La vieja alzó la mirada. De nuevo parecía desconectada de la realidad.

—Xiana resucitó. Vino a verme hace unos días por la noche. Estaba sentada a los pies de la cama. Era ella. Vestía un camisón blanco. Pude verla como los veo a ustedes ahora. Estaba oscuro, pero era ella. Su cabello rubio resplandecía bajo la luna. Era su voz. Me despertó tocándome el brazo. Abrí los ojos y estaba allí. Después fue hacia la puerta. Antes de salir, me dijo, bajito: «Tita Amalia, ¿por qué me hizo esto mi madrina?».

Acompasadas

Adrián Valiño estaba repasando su conferencia para el Congreso de Salud Mental que tendría lugar en Santiago de Compostela en septiembre. Quería dejarla lista antes de marcharse de vacaciones y no tenía claro, con la de trabajo que llevaba atrasado, que le diese tiempo. Llamaron a la puerta.

—¿Tendrás un minuto para una vieja amiga?

La que hablaba era Sara Somoza. Adrián se alegró de verla en el hospital. Como psiquiatra, estaba acostumbrado a analizar los comportamientos ajenos. Era algo inconsciente. Así que sabía bien de la naturaleza de la relación entre Sara y Lía. Eran seres casi complementarios. El hecho de que Sara no hubiera aparecido aún por el hospital lo tenía desconcertado, si bien era cierto que lo sucedido era un acontecimiento tan traumático que cualquier reacción era posible.

—Por supuesto, pasa. —Se levantó y la besó—. ¿Vienes a ver a Lía?

—Supongo —dijo Sara mientras jugaba con un pisapapeles de cristal que había encima de la mesa.

Adrián se quedó callado, invitándola a hablar.

—Quería que me recetases algo para dormir. Los primeros días tomé unas pastillas, pero no me sentaban bien, así que las dejé. No sé, igual tienes algo menos fuerte. Y de paso puedo dárselo a Teo. Y también quiero que me cuentes qué le pasa a Lía.

—Por supuesto que sí. De hecho, le dejé a Teo una caja de pastillas tras el funeral.

—Teo y yo no hablamos mucho últimamente.

—Es lo normal en estas situaciones.

—No hay nada normal en esta situación. Teo volvió a trabajar como si nada hubiese pasado. Inés y Fernando están escondidos en su casa como si esto no fuese con ellos. Mi tía ha perdido el norte y anda diciendo que Xiana se le aparece por las noches. Yo, al igual que todos, soy sospechosa de matar a mi hija. Y mi hermana casi se muere mientras mi marido se empeñaba en ir a la iglesia de Cacheiras porque mi tía se emperró en ofrecer una misa semanal por mi hija. No, no es normal. Y lo peor es que no me importa nada. Lo único que me importa es que he perdido a mi hija. Y me duele tanto que no hago más que llorar y llorar. Que es normal, que lo sé. Pero entonces explícame por qué Lía, que la quería como si fuese su hija, no llora. Nada. Ni una puta lágrima. Absolutamente nada. Yo no lo entiendo. Así que, definitivamente, no emplees el adjetivo «normal» cuando hables de nosotros.

—Sara, perder a una hija es durísimo, pero podréis superarlo. Y creo que pensar que tu hermana la mató es demasiado para cualquiera, incluso para ti. Sabes que te conozco bien. Eres brillante y dura. Como un diamante. Pero tienes que pensar que quizá necesitas pedir ayuda para no acabar como Lía.

Sara se levantó y fue hacia la ventana. Quedó de espaldas a Adrián.

—No tengo ni un solo recuerdo de mi vida que no esté unido a Lía. Siempre supe lo que pasaba por su mente. Siempre supe que era demasiado sensible para este mundo, Adrián. Es curiosa la naturaleza humana, que nos hizo tan idénticas por fuera y tan distintas por dentro. O no tanto. A fin de cuentas, nos enamoramos del mismo hombre.

—Eso nunca fue un problema entre vosotras.

—No, supongo que no. Cuando Teo y ella eran novios, yo estaba en Madrid, acabando la carrera. Cuando volví, ella ya estaba centrada en su pintura y ellos ya no estaban juntos. Sé que me enamoré de él nada más verlo. En cuanto me lo presentaste. Evidentemente, sabía que era el Teo de mi hermana, del que había estado hablando todo el curso, antes de marcharse a Londres. Y también sabía que ella no iba a volver con él. Fue así. Lo vi y lo supe. Supe que quería pasar con él el resto de mi vida. Para él fue distinto. Creo que aún estaba algo colgado de ella, ¿sabes? Ese rollo místico de artista engancha mucho. Claro que Lía no estaba preparada para llevar una vida normal. Siempre andaba a la búsqueda de su arte. El amor, la vida en familia..., todo eso era secundario. Así que conseguí traer a Teo a mi vida. Conseguí que Teo se enamorase de mí. De mi cuerpo, que no es el de Lía. De mi mente. De mi visión de la vida. Y en apenas seis meses estábamos casados. Dejó atrás a Lía y se casó conmigo. ¿Puedes imaginar qué sucedería si esos polis supiesen esto? Les daría por pensar que Lía tenía celos.

—¿Y era así?

—Adrián, ¿me creerías si te dijese que era yo la que tenía celos de ella?

Adrián sabía perfectamente cuándo alguien estaba mintiendo y cuándo no. No era el caso de Sara. Y sin embargo, le parecía increíble que Sara pudiese sentir celos de su hermana. Era mil veces más atractiva que ella. Sabía que Teo estaba loco por su mujer. Cuando comenzó a salir con ella, borró a Lía de su mente. Lía se había marchado a Londres a hacer un curso y le había dejado hecho trizas, y entonces conoció a Sara. Él mismo se encargó de presentarlos, y ya no se despegaron el uno del otro. Teo estaba totalmente absorbido por ella. Adrián lo entendió: al lado de ella, Lía no era más que un pálido reflejo. Y allí estaba Sara, delante de él, enfundada en su vestido negro, apoyada en esa ventana, confesando que tenía celos de su gemela.

—Me cuesta creerlo.

—Debí ser más lista. Debí hacer lo que hizo ella, limitarme a vivir mi vida, sin entregarme a nadie. Cuando compartes tu vida, renuncias a parte de ti. Cuando eres madre, pasas a un segundo plano. Ella fue mucho más inteligente que yo, puso su arte por delante de todo. A ella siempre le quedará su arte. Y ahora que mi hija ha muerto, ¿qué me queda a mí, Adrián? ¿Qué me queda?

—Te queda Lía. Ve a hablar con ella. Tenéis que reconciliaros. Tú no puedes creer en serio que ella...

—¿Qué tal la encuentras? ¿Qué tal es el médico ese que la atiende?

—Según dice el doctor Brennan, Lía está en un estado de shock profundo. Intentó suicidarse. Hemos de tener mucho cuidado con ella. Brennan es un profesional estupendo. Se licenció aquí, pero ejerció mucho tiempo en Irlanda. Nació allí, vivió allí muchos años. Estudió en Galicia, y después volvió a marcharse a Irlanda. Regresó hace tres años. Si te sirve de consuelo, yo pondría la salud mental de mi hijo en sus manos. Es un tío serio, formado y sobre todo muy responsable. Nunca deja nada a medias. Se implica mucho. Podéis estar tranquilos. Creo que si Lía se marcha a A Rodeira y Connor la visita allí regularmente, podremos hacer que remonte este mal momento. Pero no te voy a mentir: tu ayuda es fundamental.

Sara asintió.

—Llévame con ella.

Adrián la acompañó a la planta superior.

—Ya debe de estar vestida y con la maleta preparada. De hecho, no sé si aún la encontraremos en la habitación. Connor se ofreció a acompañarla.

Lía todavía no se había marchado. Estaba sentada en la silla azul destinada a los familiares del paciente. Nadie había dormido en ella en los días que Lía había pasado en el hospital.

Sara se quedó parada en la puerta. Lía alzó la vista y en cuanto vio a su hermana se levantó.

—¡Sara!

Fue hacia ella y le dio un abrazo. Sara demoró el suyo. Se quedó con los brazos caídos a lo largo de su cuerpo. Fue entonces cuando Lía rompió a llorar. Primero calladamente. Después el volumen de su llanto fue incrementándose poco a poco. Adrián observó las lágrimas resbalando por sus mejillas. Decidió entonces dejarlas solas.

Lía continuó llorando. Después comenzó a hablar de manera atropellada.

—¡Dios, Sara! No sé por qué lloro. Creo que he estado todo este tiempo guardándolo dentro. Creo que necesito llorar contigo. Y estoy tan contenta de verte... Pensé, pensé..., y tú pensaste que yo... Yo nunca habría podido hacerle daño a Xi. Porque ella era parte de ti. De nosotras. Yo nunca... Y no pude soportarlo, ¿sabes? No pude soportar que tú creyeras que lo había hecho yo. Yo siempre sé lo que estás pensando y tú pensaste que yo... Es por lo de la fotografía de mamá. Tú pensaste que me había vuelto loca. Yo nunca... Sara, estoy tan contenta de que hayas venido... Me da igual lo que piense ese poli, de verdad, me da igual, pero necesito que me digas que tú me crees. Porque me crees, ¿verdad? ¿Me crees?

Sara miró a su hermana. Levantó la mano y le acarició sus cabellos cortos. Apartó el pequeño flequillo negro de su frente. La apretó contra sí.

—¿Me lo prometes? —dijo Sara.

Lía asintió sin dejar de llorar.

Sara la apretó aún con más fuerza. Hasta casi cortarle la respiración. Y así se quedaron, unidas. Consolándose. Sin hacer nada más que sentirse. Que acompasar los latidos de sus corazones. Como siempre había sido. Como siempre debió ser.

El crepúsculo sobre un carballo

A Rodeira era lo menos parecido a una clínica psiquiátrica que uno podía imaginar. Esa había sido la intención de Alba cuando la fundó. Quería un espacio apartado, tranquilo, en el que sus pacientes se retirasen sin sentirse recluidos en una institución mental. Por supuesto, no era nada totalmente pionero, pero a ella la avalaba una trayectoria impecable y un prestigio entre sus colegas que hacía de A Rodeira el lugar ideal para que Lía se recuperase.

Se había quedado dormida. Connor la observó de reojo mientras conducía por la autovía, camino de Noia. Apagó la música. Un buen sueño era mucho mejor que un montón de pastillas y medicamentos.

A Rodeira estaba en Abelleira, en la carretera entre Noia y Muros. Era una enorme casa de piedra rodeada de unos amplios y cuidados jardines. Los altos muros de piedra no parecían estar allí para aislar a los pacientes del mundo exterior. Pero esa era exactamente su finalidad, pensó Connor mientras atravesaba el portalón de entrada.

Alba Fernández era una mujer gorda y baja. Connor había leído por ahí que se tiende a confiar más en la gente gorda. Resultaban más afables. Era una estupidez de estudio. Estaba seguro de que ni siquiera era un estudio científico. Seguro que lo había hecho una revista de esas que regalan con el periódico de los domingos. Pero lo cierto es que uno se sentía al momento muy cómodo en presencia de Alba.

Lía continuaba dormida. Connor sabía que era una reacción normal tras superar una gran tensión emocional. Puede que la visita de Sara hubiera sido más beneficiosa para la recuperación de Lía que toda la afabilidad y profesionalidad de Alba.

Aparcó el coche y se inclinó sobre Lía para despertarla. Cada vez que la tenía cerca de sí, le asaltaba un sentimiento casi paternal. Le daban ganas de tratarla como a una niña pequeña. Observaba sus pestañas largas cuando de repente abrió los ojos. Connor se retiró. Le seguía impresionando su mirada desvalida, profunda e inquisitiva.

—Hemos llegado.

Lía miró a su alrededor. Detuvo su mirada en un carballo que había al fondo del jardín. Eran las diez menos cuarto de la noche y el sol estaba a punto de ponerse. Connor supo al instante que ella estaba capturando la imagen para reproducirla más tarde. Envidió su mente fotográfica y esteta. Cuando se tenía una pasión como la de Lía Somoza, superar una tragedia era mucho más fácil. Tenía que hablar con Alba para que basase toda la recuperación en sus ganas de pintar de nuevo. Él no comenzaría con la terapia hasta la semana siguiente.

Alba los saludó y acompañó a Lía a su habitación mientras Connor permanecía en el jardín. Sí sentía envidia de Lía. Le gustaría quedarse allí. Sin nada más que hacer que pensar y reflexionar. Sin nada más que hacer que olvidar, que aprender a no culparse.

Quizá Lía Somoza podría conseguirlo. Eso siempre y cuando no fuese culpable de la muerte de la niña.

«No podría decirse lo mismo respecto de mí», pensó al tiempo que se abrochaba el cinturón de seguridad y giraba la llave en el contacto.

Cosas que hacer un viernes de julio

Los viernes por la noche Inés y Fernando acostumbraban ir al cine. Siempre, excepto que tuviesen algún compromiso. A mediodía consultaban la cartelera y discutían sobre qué película ver. A Fernando le gustaban las europeas, preferentemente subtituladas, y tenía predilección por las de época. Inés era más de películas de miedo y grandes superproducciones norteamericanas. Acababan echándolo a suertes. Ese mediodía, Fernando no consultó la cartelera e Inés no sacó el tema. Comieron en silencio, como era habitual desde hacía dos semanas. Inés se sentó en el sofá a leer un libro. Fernando cogió su iPad y navegó sin rumbo por internet. Y así pasaron la tarde. Hacia la noche, él le propuso preparar algo de sushi y sashimi, ya que esa mañana había ido a la plaza y había comprado bonito de Burela y un buen salmón noruego. Inés levantó la vista del libro y preguntó a su marido si ya había encontrado el cuchillo japonés que les habían comprado de la lista de bodas. Él no contestó, y al cabo de diez minutos llamó al restaurante Pórtico para encargar una tortilla de patatas con chorizo.

En la calle de al lado, en el número tres de la Urbanización Las Amapolas, la vieja Amalia leía la Biblia. Esa mañana, una nueva mujer había ido a hablar con Teo para intentar conseguir el puesto de enfermera. Teo encontró adecuada a la candidata y fue a presentársela. A Amalia la mujer le pareció demasiado pequeña. A veces ella no estaba en condiciones de levantarse sola. A veces sí. Aquella noche pudo. Olga era muy fuerte, podía cargar con ella casi sin esfuerzo. La tal Merche no tenía pinta de ser de gran ayuda. Amalia continuó leyendo el libro del Apocalipsis. Tenía miedo. Se sentía sola en esa casa. Echaba de menos a Aurora. Estaba incumpliendo la promesa que le había hecho de cuidar a las niñas. La semana anterior había estado a punto de morir su pequeña Lía. La más parecida a Aurora. Y ella no lo vio venir. Y después se había presentado ese policía, y ella les había contado lo de Xiana. No estaba segura de que no fuese un sueño. Y ahora ese policía y esa mujer estaban pensando mal de Lía. Por su culpa. Tenía que pedir a Sara que los llamase. Les diría que estaba equivocada. Que no fue más que una pesadilla. Le entró el sueño. Antes de apagar la luz rezó. Rezó a Aurora, para que le diese fuerzas para proteger a sus niñas. Pidió a Xiana que no la molestase esta noche. Necesitaba dormir.

En el piso de abajo, Sara y Teo estaban en el salón fingiendo que veían la televisión. Teo pensó en iniciar una conversación en la que le contaría a Sara que la nueva enfermera era una mujer que vivía en Calo, que se llamaba Merche y que parecía muy dispuesta. También pensaba decirle que podrían marcharse unos días a Sanxenxo. Que él podría ir y venir para trabajar. Y que había llamado Adrián para decir que Lía ya estaba en la clínica esa de Muros. Pero no despegó los labios porque desde hacía un par de días había descubierto que era más cómodo seguir en silencio. Sara, por el contrario, decidió en ese mismo instante comenzar a hablar.

Y para sorpresa de Teo, le contó que había estado en el hospital, que estaba segura de que Lía se iba a curar. También le dijo que deberían pedir a Adrián que fuese un día para hablar con la tía Amalia, ya que estaba más confusa de lo normal. Después se acercó y se sentó encima de él. Comenzó a besarlo en el cuello. Cogió las manos de él y se las colocó sobre los pechos. Siguió besándolo. Nada más. Teo esperaba que ella se subiese la falda del vestido, pero no sucedió. Se quedó quieto, dejándose besar. De repente, ella le dijo al oído que estuviese tranquilo. Que nadie iba a averiguar lo del dinero del fideicomiso, repuesto desde hacía una semana. Y que no tendría que habérselo ocultado. Después sí, después se subió la falda y bajó el pantalón de él, de manera que Teo ya ni pudo, ni quiso ni fue capaz de pensar en nada más.

En ese instante, Lía Somoza daba vueltas en la cama sin poder dormir. Extrañaba la habitación. Casi echaba de menos la presencia de las enfermeras, de los médicos residentes. A Connor, con sus preguntas incómodas. Pero a quien echaba de menos de verdad era Sara. Ese día la había tenido a su lado, aunque al mismo tiempo la había sentido muy lejos. Dio otra vuelta en la cama. «¿Me lo prometes?», le había preguntado Sara. Había preguntas que era mejor no hacer, se dijo Lía mientras pensaba en lo larga que sería esa noche. Seguro que Sara tampoco podía dormir. Porque las dos sabían que la pregunta no era necesaria. Porque ambas sabían todas las respuestas.

A esa hora, en la Ramallosa, Ana estaba tomando una caña en una terraza con su amiga Lorena y el novio de esta, Brais. Ambos hablaban de lo único que hablaba todo el mundo esos días. En los bares, en el médico, en el súper, en la piscina pública. Del asesinato de la niña Alén. Ana no contó que estaba metida en el caso. Escuchó las sospechas de sus amigos. Seguro que había sido la madre, que era una estirada que se lo tenía muy creído. Lorena creía que había sido la tía. Que sabía de buena fuente que habían encontrado una nota de suicidio en la que confesaba el crimen. Brais conocía a Fernando y a Inés, y estaba seguro de que ese matrimonio no iba bien, y no le extrañaría que él anduviese con otra, y esa otra bien podría ser Sara Somoza que, ¡qué *carallo*!, cualquier tío soñaría con meterse en las bragas de esa mujer. Y Lorena le dio un codazo en las costillas que lo dejó sin respiración. Ana casi no los escuchaba porque Toni y su mujer estaban apenas a dos mesas de distancia. Y le dio por pensar que le gustaría llegar al fin de semana tomando una caña con alguien que entendiese lo que pensaba, con alguien que adivinase cuáles eran sus inquietudes y deseos. Ese alguien nunca fue Toni, que lo único que había hecho fue echarle un polvo en el vestuario de chicas del instituto de Cacheiras. Ese alguien bien podría ser un tío con un extraño sentido del humor y que frecuentemente la perseguía con la mirada, cuando creía que ella no se daba cuenta. Así que se levantó de la mesa y se alejó un poco de la terraza del bar mientras marcaba el teléfono de Santi. Sonó un tono. Dos. Tres. Cuatro. Cinco. «El número marcado no se encuentra disponible en estos momentos. Deje su mensaje después de la señal.» Así que volvió a la mesa, notando una sensación incómoda en el estómago y la mirada de Toni clavada en su culo.

Justo en ese momento, Santi tenía la mirada fija en su móvil, hipnotizado por las palabras que aparecían en la pantalla: llamada entrante de Ana Barroso. Se apresuró a contestar, aunque de repente se dio cuenta de que era viernes por la noche. Que seguro que esa llamada no tenía nada que ver con los Alén o con las Somoza. Seguro que Ana estaba pensando que él era un tío cojonudo que tenía un extraño sentido del humor y que congeniaban muy bien. Seguro que ella había pensado eso, porque a él también le gustaba ella. Su cuerpo musculado y contundente, pero femenino al mismo tiempo. Sus ojos siempre atentos. Su curiosidad. Su ilusión. Su fuerza. Hacía tiempo que no le gustaba nadie tanto para permitirse reír, hacer bromas o romper su norma de no pensar en nada que no fuese el trabajo. Así que detuvo el dedo justo a tiempo, a un milímetro de la pantalla del móvil, y no contestó. Porque Ana Barroso era una tía que se merecía a un buen tipo. Porque Ana Barroso no se merecía a un tío capaz de mandar a su mujer al hospital de una paliza.

Y mientras Santi observaba cómo se oscurecía la pantalla del móvil, Connor iluminaba la del suyo y vacilaba. Buscó a Allison en los contactos. Pensó en llamarla. En decirle que se alegraba por ella. Pero no se alegraba. Estaba furioso. Furioso por que fuese capaz de sustituir a Mary. De sustituirlo a él. De sustituir su vida. Por envidiarla. Envidiarla por ser capaz de levantarse una mañana sin pasar por ese estado de semiinconsciencia en el que uno no distingue la realidad de los sueños. Ese estado en el que uno despierta y cree encontrarse en su piso de Dún Laoghaire, con su mujer durmiendo a su lado y su niña a puntito de entrar por la puerta del cuarto. Porque a ese estado de semiinconsciencia le sigue un estado de consciencia real. Un estado en el que la puta realidad te mira a la cara y te recuerda que no hay más Mary, no hay más «mi Maruxiña linda», no hay más Allison, no hay más noches en el pub de Dún Laoghaire. No hay nada más que un piso en Pontepedriña tan lleno de silencio que lo único que puedes hacer un viernes por la noche es coger el móvil y quedarte parado delante de él, decidiendo si llamar o mandar un mensaje. Al final abrió el WhatsApp y envió un mensaje a Allison de una sola palabra: «Congratulations». Y al instante el check gris. Enviado. Doble check gris. Recibido. Y unos segundos después, doble check azul. Leído. Y luego, nada. Nada. Nada más que hacer que quedarse con el móvil en la mano, esperando una respuesta.

Cada uno pasa como quiere un viernes de julio.

O como puede.

Promesas

En A Rodeira, las habitaciones tienen nombre de planta o de animal. La mía se llama Las Mimosas. Me gustan las mimosas. Es una planta humilde y bella. Una planta sin pretensiones. Me gusta su capacidad de teñir paisajes. Esos mares amarillos que cubren los montes cuando rompe la primavera. Siempre me han gustado las flores silvestres y sencillas.

La habitación es amplia. Podría ser un hotel si hubiese televisión. Si hubiese wifi. Si me permitiesen tener conmigo el teléfono móvil, la tablet o el portátil. Alba se quedó con todo. Podría ser un hotel si esos muros altos no me recordasen que están ahí para impedirme salir. Si el portalón de fuera no estuviese cerrado con llave. Si Alba, esa mujer tan amable y comprensiva, no me tratase como un florero de porcelana china que se puede romper en mil pedazos cuando menos te lo esperas.

Las vistas desde mi ventana son espléndidas. Puedo vislumbrar ese magnífico carballo que vi nada más llegar. Voy a pintarlo. Voy a pintarlo de la misma manera como lo vi en cuanto abrí los ojos en el coche. Cubierto por la luz del sol, casi ardiente. Quizá rojo. A lo mejor necesito pasar una etapa roja como la de Aurora Sieiro. Los muros son altos, pero por encima de ellos la ría dibuja una estampa de calma y tranquilidad. Me apetece pintarlo todo. La ría, las mimosas, el carballo, el muro de piedra invadido por la hiedra, las manos de Connor Brennan. Todo. Deberían dejarme salir. Eso es lo que quiero. Volver con Sara. «¿Me lo prometes?», eso fue lo único que me dijo. Tres palabras que encerraban un «Prométeme que no has matado a mi Xi. Prométemelo».

Prometer, jurar. ¿Qué valor le damos a las promesas? «Prométeme que volverás», dijo Teo cuando me marché a Londres. ¿Qué sería de nosotros de no haberlo dejado? De haberme quedado en Santiago. De ser yo una mujer normal, que vive con un hombre. Que tiene hijos. Quizá yo habría tenido a mi propia Xiana Alén. Una Xiana que ahora estaría viva. Siempre me pregunto si yo podría ser Sara. Si podría haber hecho una vida con Teo. Casarme. Tener niños. Vivir sacrificando mi tiempo para compartirlo con ellos. Sé lo que supondría. Nada de exposiciones en Europa. Nada de viajes a Nueva York. Nada de exposiciones en Berlín. Nada de cursos de verano en la Universidad de Roma o de Londres. Nada de encerrarse en un ático en Atocha a pintar durante quince días seguidos, sin casi dormir, sin apenas comer ni beber. Solo pintando presa de una fiebre creadora que ataca cuando uno no lo espera.

Tengo clara la respuesta. No, no podría ser Sara. Y menos mal que no fui yo. Eso pensé a la puerta del cuarto de Xiana. No fui yo. No es mi hija. No fui yo la que se casó vestida de armiño blanco. No parí una niña rubia de ojos azules. No fui yo la que se quedó con él. Renuncié a él. Y después apareció Sara. Era tan perfecto... Era como si siguiese siendo parte de mí. Teo y Sara. Era así como debía ser.

«¿Me lo prometes?», dijo Sara.

Como si mi promesa tuviese algún valor. Aquel día, en el aeropuerto, besé a Teo. Me abracé a él. A su cuerpo perfecto que ya estaba cansada de pintar. Lo besé. Nuestro último beso antes de dejarlo. «Te quiero —dijo él—. Prométeme que volverás.» Y seguí abrazada a él, de la misma manera en que he estado abrazada a Sara esta tarde. Abrazados, sintiéndonos uno. Y, sabiendo que mentía, lo besé. Le di ese último beso.

Y le murmuré al oído: «Prometido».

Esperando el lunes

A Santi le gustaban los sábados en la plaza de Abastos. Le gustaba pasear entre la gente. Recorrer los puestos e ir haciendo su propia elección. Regatear el precio del pescado. Casi siempre lo compraba en el mismo puesto. Para ese día había elegido una buena maragota. Los sábados dedicaba tiempo a los fogones. Llegaba a casa, tras pasear por la plaza y tomarse una cerveza en la zona vieja, y se encerraba en la cocina. Abría una botella de vino, ponía música y cocinaba. Pescado al horno, generalmente. La maragota no. La maragota como estaba buena, de verdad, era a la gallega, con su ajada.

Mientras pelaba unas patatas y escuchaba a Johnny Cash, pensó en qué hacer esa tarde. Lo que le pedía el cuerpo era seguir investigando. Volver a casa de Inés y Fernando. Volver a hablar con la vieja. Llamar a la enfermera que se marchó de la casa para averiguar los verdaderos motivos de su renuncia. Intentar hablar con las amigas íntimas de Xiana para adivinar con quién *carallo* andaba..., pero el mundo se había detenido para él. Era fin de semana.

Le dio por acordarse de los fines de semana con Samanta. Sam siempre estaba organizando planes. Un concierto de Sés. Una tarde en la playa nudista de San Vicente, sin nada más que hacer que dejarse acariciar por los rayos del sol. Una fiesta de la cigala o de la centolla o del percebe, que no hay marisco que no tenga fiesta propia en el verano. O una cena en Casa Marcelo, su restaurante favorito. En aquellos días, el tiempo se detenía los domingos y él pasaba la semana esperando por el viernes. Ahora esperaba por el lunes. Lo único que le ofrecía el fin de semana era un paseo por la plaza de Abastos y la vida suspendida, en paréntesis, hasta que el lunes llegase de nuevo para volver a escudriñar en las vidas ajenas, para olvidar el vacío que habitaba en ese piso del Pombal que antes compartía con Sam. Desde que su madre había muerto de cáncer de pulmón, hacía unos años, ya no aparecía por Ferrol, excepto en Navidad, para ver a su hermano y dar a sus sobrinos los regalos de Reyes. No, no había mucho que hacer un sábado de julio. Casi se permitía sentir envidia de los millares de turistas que invadían las calles de Compostela. Le recordaban a una de esas grabaciones de los hermanos Lumière en las que el paisaje parece dibujado, casi imperturbable, mientras ellos se deslizan de forma mecánica, con la única finalidad de estar en movimiento para ser capturados por una cámara.

Se comió la maragota en silencio, por no levantarse a poner otro CD. La salsa le había quedado demasiado picante, y se pasó con el vino. Hacía tiempo que no bebía tanto. Comenzó a sudar. Se quitó la camiseta. Después de fregar se sentó delante del ordenador. Cuando entró en su correo corporativo, comprobó que tenía un mensaje del día anterior, del laboratorio, confirmando que la sangre artificial se correspondía con la de la marca comercial que aparecía en la botella y que, según el lote, había sido comercializada a través de la web de una empresa de Valladolid especializada en productos cosméticos. Santi cogió el móvil para marcar el teléfono de contacto de la empresa y al instante cayó en la cuenta de que no habría nadie. Lo primero que haría el lunes sería pedir información sobre un pedido de ocho botellas de sangre. Navegó por la web de la empresa distribuidora de productos de belleza. La sangre que vertieron en el cuarto de Xiana Alén era la que solía emplearse para las caracterizaciones en el cine. Había muchos formatos, en versión clara y oscura y en distintos tamaños. Seguramente el lunes podría seguir el rastro de la compra. Sabe Dios. Lo más normal es que la hubiera comprado Pepito Grillo y la hubieran pagado contra reembolso. No confiaba en que el asesino hubiera pagado esa sangre con tarjeta de crédito.

Qué complicada era la mente humana. ¿Cuánto odio tenía que acumularse dentro para planificar un crimen así? ¿Qué se siente al coger un cuchillo y desgarrar la garganta de una chavala de apenas quince años? Lo primero que le había acudido a la mente había sido la posibilidad de un ritual satánico. ¿Y si la vieja había perdido la chaveta de verdad? ¿Y si Lía Somoza tenía una obsesión con la sangre o con su madre? ¿Y si Sara y Teo estaban tan mal el uno con el otro que la única manera que tenían de joderse mutuamente era destruir a su hija común? Esa era una posibilidad que debían estudiar más a fondo. Podía imaginar a Sara Somoza levantando ese cuchillo. Era una mujer muy fría. Santi llevaba el tiempo suficiente en esto para reconocer ese instinto y esa frialdad. ¿Y Teo? ¿Y si Sara Somoza se estaba acostando con el marido de Inés? Eso abría nuevas perspectivas. Teo e Inés en su condición de agraviados podrían haber decidido vengarse de manera macabra. ¿Cómo era esa cita? «Cuidado con los celos. Son un monstruo de ojos verdes que se burla de la carne de la que se alimenta.» La pasión era, con frecuencia, móvil de muchos crímenes. Y Sara Somoza era una mujer por la que muchos hombres perderían la cabeza. No sucedía lo mismo con la hermana. A Santi le gustaban las mujeres fuertes. Como Sam. Como Sara. Como Ana. Mujeres que saben lo que quieren y cómo conseguirlo. Ese tipo de mujeres también eran peligrosas. ¿Qué quería Ana? Lo mismo que él, encontrar al asesino, encajar las piezas del rompecabezas.

Le había sorprendido lo bien que se había movido con la investigación de la obra de Aurora Sieiro. ¿Cuántas veces en las últimas dos semanas se había repetido a sí mismo que el escenario del crimen parecía un cuadro para exponer en un museo?

La leve vibración del móvil lo sacó de su ensimismamiento. Abrió el WhatsApp.

«¿Qué haces?»

«Nada en especial. ¿En qué andas?»

«Nada en especial. ¿Invitas a un café?»

«¿Dónde estás?»

«Justo en el Pombal. ¿Número?»

«Al lado del hotel. Segundo.»

Un pulgar hacia arriba. Y nada más. Se levantó de la silla y bajó la tapa del portátil. Cogió la camiseta y se la puso a toda velocidad. Echó una ojeada a su alrededor. Estaba todo relativamente ordenado. ¡Qué chorrada! Él era un tío muy ordenado. Llamaron abajo y se apresuró a abrir. Esperó en la puerta y la abrió en cuanto sonó el timbre.

Ana llevaba el pelo suelto y un vestido de verano blanco. Él nunca la había visto así. Abrió la boca para invitarla a pasar. Y se encontró con la de ella. Se abrazó a Ana y la apoyó contra el marco de la puerta. Se besaron como si llevasen toda la vida esperando para hacerlo. La levantó casi sin esfuerzo y la llevó hacia el sofá. Sin parar de pensar que Ana merecía algo más que un tipo como él. Que debería pedirle que se marchase. Que cómo podrían volver a trabajar juntos si se acostaba con ella. Pensó todo esto mientras le arrancaba el vestido y ella le quitaba la camiseta. Pensó en decirle que no. Que era un error. Que era su jefe. No paró de besarla mientras pensaba en preguntarle qué sucedería cuando pasase ese fin de semana. Qué sucedería cuando llegasen a la oficina. Y después pensó que qué *carallo* importaba. Que se moría por llevarla a la cama. Que ojalá el lunes no llegase jamás.

A Rodeira

La niebla entraba por la ría desde Muros, dibujando la figura de un gusano gigante y blanco. Seguramente se despejaría hacia el mediodía, pero Lía cogió una chaqueta para ponerse encima de la camiseta. Desechó los *shorts* y se puso unos vaqueros.

Alba le había dicho que por ser el primer día y fin de semana, podría bajar cuando se despertase. Durante la semana tenían unos horarios más estrictos. Acababan de dar las nueve. Abrió la ventana e hizo la cama. Se oían ruidos abajo. Alba le había dicho que ella y su marido vivían en la casa. Se preguntó cuándo cogían vacaciones, cuándo desconectaban del trabajo.

Al bajar al primer piso le llegaron voces desde el comedor. Estaba convencida de que el portalón estaba cerrado. ¿La dejarían salir si lo pedía? Sintió que le faltaba el aire y una leve opresión en el pecho. No tenía sentido. Intentó concentrarse en respirar. Inspirar, espirar. No estaba presa. Podría salir si pedía permiso. No estaba presa. Inspiró. Espiró. Entró en el comedor.

Alba estaba tomando un café. Había además tres hombres y otra mujer.

—Aquí esta vuestra nueva compañera, Lía. Pasa, Lía, y ponte cómoda. Hay café, tostadas, tomate, jamón y aceite de oliva.

Y fruta fresca. Por aquí no somos mucho de dulces. Aunque no lo parezca —dijo Alba, sonriendo, mientras con la mano derecha se tocaba la cadera.

—Buenos días —dijo Lía, sin atreverse a mirar a sus compañeros. Cogió una manzana y se sirvió un café negro sin azúcar.

—No tiene cafeína —dijo la mujer que estaba a su lado.

Lía intentó sonreír, pero se dio cuenta de que acababa de hacer una mueca extraña, así que se apresuró a llevarse la taza a los labios.

—Parece que hoy está el día regular. ¡Con la primavera que hemos tenido! En fin. Este es mi marido, Fermín —intervino Alba, señalando con una sonrisa a uno de los tres hombres—. Es profesor de literatura. Aquí, en A Rodeira, imparte un taller de escritura creativa. En este momento tan solo estáis vosotros cuatro. En A Rodeira no acostumbramos admitir a más de media docena de huéspedes. Actualmente sois seis, pero dos están pasando el fin de semana con la familia. Así que esto contesta la pregunta que seguramente te estás haciendo, Lía. Podrás salir y podrás recibir aquí a tu familia. Ya iremos hablando de eso. Tus compañeros son Teresa, Pedro e Iván. Después, si queréis, salís un rato y le mostráis a Lía los jardines y el resto de las instalaciones.

Lía no despegó la taza de los labios para no tener que contestar. Se sentía como un chimpancé en el zoo. Posiblemente esta gente ya sabía quién era. O quizá no. No había televisores, ni móviles. Igual Connor tenía razón y el mejor lugar para estar ahora mismo era ese. El lugar donde la gente no sabía que era la principal sospechosa de matar a Xi.

Apuró el café y pidió permiso para subir a su cuarto.

—Solo quiero lavarme los dientes —aclaró.

Alba sonrió.

—Esto no es una cárcel, Lía. Guardamos una serie de normas de convivencia y seguimos un horario de actividades. Pero no necesitas pedir permiso para ir al baño.

Lía notó que se ruborizaba. Se sentía muy avergonzada, convencida de que todos estaban mirándola fijamente, intentando adivinar por qué estaba allí. La chaqueta de punto tapaba las vendas de sus muñecas. Se había olvidado de preguntar a Connor cuándo podría quitárselas. No sabía qué era peor. Las vendas. Las cicatrices. Las cicatrices que no se veían.

Mientras se cepillaba los dientes, echó una ojeada al espejo. Estaba más delgada que nunca. Seguro que sus compañeros pensaban que sufría un trastorno alimenticio. Intentó adecentarse, poniéndose un poco de brillo en los labios. Se echó también un poco de perfume. Connor había aparecido con una maleta que contenía lo esencial para pasar una buena temporada fuera de casa. Debió de prepararla Sara. Ella solo le había preguntado por su maletín de pinturas y por los lienzos. El material llegaría el lunes.

Bajó de nuevo y se encontró a Teresa esperándola.

—Alba me ha pedido que te enseñe la casa.

—Gracias —respondió Lía, sin saber qué más añadir.

Salieron. La parte delantera se correspondía con las vistas de su habitación.

El carballo era imponente. Le gustaban los árboles centenarios. En la finca de Bertamiráns, donde se había criado, había un castaño inmenso que se convirtió en el protagonista de sus primeros lienzos. Unos trabajos que su madre había ridiculizado por realistas, poco innovadores y enormemente predecibles. Ella acabó odiando esas pinturas. No sucedió así con el árbol. Años después había pintado el mismo castaño con una técnica distinta. Había empleado una técnica de mosaico, compuesto de pequeños erizos de castaña hasta dibujar el árbol completo. Su madre no dijo nada. Supo que le gustaba porque cuando le devolvió el cuadro le dijo: «Has crecido». Y ella se había quedado en paz. Ahora se moría por descubrir cómo iba a pintar ese carballo.

Mientras su mente divagaba alrededor del árbol, Teresa hablaba sin parar sobre las instalaciones, rutinas y actividades de A Rodeira.

—Y también nos obligan a hacer una hora diaria de ejercicio físico. En el sótano hay un buen gimnasio. Yo prefiero nadar. Ven por aquí, que te enseño dónde.

Bordearon la casa y llegaron a la piscina. Había una cubierta plegada, que en invierno seguramente garantizaba el poder nadar a pesar del frío. Lía se sorprendió del gran terreno que había tras la casa. A lo lejos consiguió distinguir un cercado.

—¿Eso son caballos?

—Pues sí. ¿Montas?

—De pequeña —contestó Lía.

Odiaba montar. Odiaba los animales en general. Incluso a Foski, el perro que tenía Xi cuando era pequeña. Nunca quiso mascota. Los animales exigían, como los humanos, una dedicación que ella no estaba dispuesta a tener con nadie. Y los animales lo notaban.

Volvieron a la casa.

—Los lunes y los miércoles montamos. Como ya te he dicho, hacemos ejercicio a diario. También algo de relajación, yoga y pilates. Los viernes bailamos.

—¿Bailáis?

—Con una profesora de baile moderno. A mí me encanta. Además, escribimos y tomamos el sol. Y cuando estamos casi a punto de olvidar la verdadera razón de por qué estamos aquí, entonces tenemos una sesión con nuestra matasanos favorita, Alba, que nos recuerda que estamos todos para que nos encierren, claro que eso ya no es posible porque ya estamos encerrados.

—¿Tú por qué estás aquí?

Teresa se echó a reír.

—Sí que eres directa tú, ja, ja, ja, ja. Nada extraño. Nervios. Algo de ansiedad.

—¿Depresión?

—Supongo que no me gusta mucho esa palabra. ¿Y tú?

—Yo intenté suicidarme. Y dicen que he matado a mi sobrina. —Lía hizo la revelación sin apenas pensarlo. Impulsada por la necesidad de compartir su angustia con alguien.

—¿Y es cierto?

La pregunta no la cogió de improviso. Era la misma pregunta que callaban todos los que se acercaban a ella. La pregunta que Lía adivinaba en todos los ojos. Estaba en los de Teo, los de Sara, los de la tía, los del inspector ese que la había interrogado, de Alba, en los ojos del doctor Brennan. Así que fue un alivio oír la pregunta en voz alta, así, a las claras. Esa fue la razón por la que contestó. Sin pensarlo. Abrió la boca y respondió lo primero que le pasó por la cabeza:

—A veces, creo que sí.

Mary *sweetheart*

«Esta mañana, el doctor Adrián Valiño ha emitido un comunicado en nombre del Servicio de Psiquiatría del Complejo Hospitalario Universitario de Santiago de Compostela en el que ha informado que la paciente Rosalía Somoza Sieiro fue dada de alta ayer por la tarde. El doctor Valiño ha matizado que si bien la paciente se encuentra recuperada de sus lesiones físicas, se ha aconsejado su ingreso voluntario en una institución psiquiátrica. La paciente fue trasladada ayer por la tarde a un centro privado. El doctor Valiño no ha desvelado su paradero, aunque fuentes contrastadas de Radio Gallega afirman que podría tratarse de la casa de descanso A Rodeira, situada en Abelleira, en el municipio de Muros. Les recordamos que Lía Somoza Sieiro es la tía de Xiana Alén Somoza, la niña asesinada el pasado 23 de junio en Cacheiras durante una celebración familiar. El caso de Xiana Alén se encuentra bajo secreto de sumario. Está previsto que hoy a las doce del mediodía el comisario Gonzalo Lojo, de la comisaría de Santiago de Compostela, emita a su vez un comunicado al respecto.

Ya en el plano internacional, el presidente de los Estados Unidos, Donald Trump...»

Connor apagó la radio y se concentró en la línea de la autopista. Prefería pensar en Lía Somoza que en Allison. El trabajo era lo único que lo mantenía activo. Entendía perfectamente ese sentimiento que había asaltado a su paciente: las ganas de acabar con todo. Él mismo deseó morir, pero siempre fue consciente de que seguir vivo era su penitencia. Así que se concentró en vivir. En comenzar de nuevo. Era una hermosa expresión. Comenzar de nuevo. Como si fuese posible apretar el botón de reinicio y empezar como si nada. Como si la vida fuese un tablero del juego de la oca, obligándote a volver al inicio de la partida cuando caes en la calavera. Comenzar de nuevo. No era posible, no. Porque el pasado es testarudo, y tiene por costumbre pegarse a las espaldas de uno. Daba igual que estuviese a cientos de kilómetros de ella. Desde el día anterior, la presencia de Allison lo invadía todo otra vez.

Cogió la vía rápida para no pasar por Bueu. Por ese restaurante donde habían celebrado su boda galaicogaélica. Allison se había empeñado en celebrarla allí. Él no quería. Todos sus amigos y la familia de ella estaban en Dublín. Pero ella quería complacer a su suegra, que ya bastante se había disgustado cuando Connor le había dicho que quería volver a Irlanda.

Los padres de Connor habían regresado a Galicia justo cuando él había empezado a estudiar la carrera. Durante los años en Compostela, Connor se limitó a estudiar y a tontear con algunas chicas. Nada serio. Y tras acabar la residencia, se marchó un par de meses a casa de su tío paterno, en Dún Laoghaire. Y después ya no quiso volver. En el mismo momento en que conoció a Allison en O'Neill's supo que no volvería a Galicia sin ella. Así que, sin contar nada a sus padres, buscó un trabajo en Dublín, y encontró un puesto en el Departamento de Psiquiatría del hospital

Beaumont. Antes de acabar su verano en Irlanda, ya había pedido a Allison que se casase con él.

Tardaron un año en hacerlo. Allison lo convenció para que fuese en Cangas. Celebraron el banquete en Bueu, y la llevó a pasar la noche de bodas a un pequeño hotel frente a la playa de Agrelo. Recordaba haberla llevado esa noche a la playa. Y su luminiscencia dentro de las frías aguas de la ría, donde se habían bañado desnudos. Recordaba su cuerpo milímetro a milímetro. Por aquel entonces tan delgado. Había sido esa delgadez la que le había provocado grandes desarreglos hormonales que le impedían quedarse embarazada. Pero tras casi diez años, cuando ya habían perdido la esperanza, llegó Mary. Recordaba a Allison embarazada, más hermosa que nunca, con su barriga llena y plena, a punto de dar a luz a Mary. La línea alba recorriendo su vientre, rebosante de vida. Recordaba besar esa línea, silabeando el término médico exacto. Aponeurosis. Y ella se reía. Siempre se reía. Hasta que Mary murió, y entonces se abrió una brecha invisible entre ellos. Como esos cortafuegos que se abren en los montes para evitar que los incendios se propaguen. Y se quedaron uno a cada lado, sin posibilidad de llegar a tocarse.

Connor dejó atrás el corredor del Morrazo y enfiló hacia la casa de sus padres. La casa de Will Brennan y Maruxa Cabaleiro estaba en Coiro. Para Connor, la casa aún guardaba todos los recuerdos de su infancia, de cuando iba en los veranos y navidades a casa de sus abuelos. Allí jugaba con todos sus primos Cabaleiro, y allí dio su primer beso a una prima segunda que se llamaba María del Mar cuando ambos tenían tan solo siete años. Esa era la casa de sus recuerdos infantiles. La infancia era eso. Pan caliente. Atrapar luciérnagas. Tostar el pan en el fuego. Bañarse en el lavadero cuando no tenían ganas de bajar hasta la playa. Jugar al escondite de noche. Ese era el tipo de recuerdos que daba gusto tener, pensó Connor al tiempo que aparcaba.

Su madre, Maruxa, lo esperaba a la puerta de la casa. En cuanto salió del coche, le llegó el aroma de las sardinas.

—¡Ay, hijo! Que tu padre ya se estaba subiendo por las paredes. Y eso que ya le dije que llegabas prontito, que me habías mandado un mensaje al salir.

Maruxa Cabaleiro era una mujer todavía joven. En septiembre cumpliría los sesenta y cinco. Era delgada y tenía la piel tostada de tanto trabajar en su finca. Desde que había vuelto de Irlanda había rejuvenecido diez años. Había conocido a Will Brennan a través de su hermano, que andaba embarcado con él en Cork. Will había ido a la boda de Antonio en Cangas. Y a Maruxa ese irlandés rubio y de ojos verdes le había parecido el hombre más guapo que había visto en su vida. Bailaron durante toda la boda y después prometió escribirle. Claro que por aquel entonces ella no hablaba ni una sola palabra de inglés y él tan solo sabía dos frases en su idioma: «Dame un beso, Maruxa» y «Más aguardiente de hierbas, por favor». Así fue como ella acabó en Dublín. Nunca se había arrepentido de seguir a Will Brennan, pero desde el primer día hasta el último que pasó en Irlanda no se le calmó la morriña dentro del pecho. Y cuando la gente le hablaba de lo parecida que era Irlanda a Galicia, del verdor de sus campos, de esos acantilados que parecían los de la Costa da Morte, ella sonreía, sin ganas de explicar que no hay amaneceres en el mundo como los de las Rías Baixas. Que la sal del mar huele distinta en Galicia. Que la belleza no es más que un atardecer sentada en cabo Home. Que echaba de menos matar el cerdo, hacer chorizos, atar las viñas, plantar patatas, moler el maíz y amasar el pan. El pan. Se moría por el pan de verdad. Durante casi veinte años le preparó a su hijo bocadillos con pan de molde que parecía de plastilina.

Por eso se había empeñado en hablar a Connor en español y llevar a Cangas por lo menos una vez al año, para que estuviese con el abuelo Eugenio y la abuela Dolores. Para que su infancia estuviese llena de los mismos recuerdos, olores y sonidos que la de ella.

Cuando Connor decidió volver a Dublín, ella no dijo nada, pero le partió el alma saber que su hijo hacía el mismo camino que ella había hecho tantos años antes. Y se sentía culpable por haber rezado para que pasase algo que lo hiciese volver.

Y pasó.

La pequeña, Mary *sweetheart*, murió. Y todos murieron un poco con ella. Maruxa no podía culpar a Allison por no ser capaz de perdonar a Connor. A veces, ella misma lo culpaba. Y sentía dentro una ira sorda. Claro que duraba tan solo unos segundos. Lo justo para darse cuenta de que estaba culpando a su Connor. Y ya bastante tenía él. Bastante tenían todos.

—*My darling*, dale un beso a tu madre. Voy a tener que ir a Santiago para darte de comer, cada día me estás más delgado.

—Hago ejercicio, como bien, *mum*.

Mum. Él siempre la llamaba *mum*, porque ella siempre le pedía que no se lo llamase.

—Vete a donde tu padre para ayudarle con las sardinas. Ya estoy acabando de cocer las patatas. ¿Qué tal día hacía en Santiago?

—Bueno. He llamado a Pablo, después de comer voy a verlo.

—Me parece bien. ¿Te ha contado que lo han hecho fijo en la empresa? Mi hermana no hace más que presumir, pero, *arre caray*, si llega a tener un hijo médico, como yo, no hay quien la aguante.

Connor sonrió. Historias de su madre. Se acercó a la parte trasera de la casa. Will estaba asando las sardinas. Will Brennan era hombre de pocas palabras. Nadie sabía si era verdaderamente reservado o si le daba pereza hablar en gallego, que a esas alturas de la película ya lo tenía muy dominado. Con Connor siempre hablaba en inglés, salvo que estuviese Maruxa delante. Connor adoraba a ese viejo marinero que había sido capaz de retirarse a una parroquia de Cangas solo porque se lo había pedido su mujer. Él sabía cómo echaba en falta las tardes en el pub, la espléndida Navidad en Grafton Street y un té en condiciones, y no ese brebaje que preparaban por allí.

Entraron con las sardinas. Comieron en la vieja mesa de carballo. La casa era de piedra y mantenía una temperatura fresca que se agradecía.

—Y entonces, hijo, ¿qué ha pasado con la mujer esa del asesinato? Está muy loca, ¿no? —dijo Maruxa.

—Sabes que no puedo hablar de eso. Pero como sé que tienes mucha curiosidad, tan solo te diré que es una pintora con mucho talento y que parece una mujer muy agradable.

—Muy agradable. Esa pandilla de locos de los que te rodeas siempre parecen muy agradables. A mí me da miedo que algún día te hagan algo, hijo.

—El enfermo psiquiátrico no es peligroso, *mum*. Hay mucha más gente que no parece enferma y anda haciendo barbaridades por el mundo.

En cuanto dijo la frase, los tres se quedaron callados, pensando lo mismo. Connor levantó la vista hacia el aparador del comedor. La foto de él con Mary seguía allí. Siempre estaba por pedirle a su madre que la quitase, pero nunca era capaz de hacerlo. En ella, Mary tenía apenas trece meses. Connor caminaba sosteniéndola por los dos brazos mientras ella aventuraba sus primeros pasos. Era como una pequeña Allison, con el cabello ardiente y revuelto, sujeto con un enorme lazo de seda verde a juego con sus ojos. Connor se acordaba de que la habían hecho en la alameda de Cangas, un verano. De repente sintió la necesidad de hablar de Allison, de la niña, de lo solo que se sentía. De contar a sus padres que a veces se sentía tan muerto que la única manera que tenía de recordar que no lo estaba era salir a correr, para comprobar el latido de sus pulsaciones en la carótida. Que, a veces, abría el contacto de Allison en el móvil y, sin apretar el botón verde de llamada, hablaba con ella. Que había borrado todas las fotos del móvil, de la nube, del portátil y de los discos duros, y que la única imagen que le quedaba de Mary era la de ese domingo en las fiestas del Cristo de Cangas, mientras le enseñaba a caminar.

Pero no habló.

Se comió tres sardinas. Dos patatas. Un poco de pan de maíz hecho por su madre. Se tomó un café. Y se sentó con su padre a ver el telediario. Finalmente se levantó y dijo que iba a bajar a la casa de su primo.

Y antes de salir, abrazó a su madre y la besó. Le dijo que ya no pasaría a la vuelta, que ya se iba derecho a Santiago. Y también antes de salir, desvió la vista al aparador. Y cogió aire antes de hablar de nuevo.

—*Mum*, la próxima vez guarda esa foto, ¿quieres?

Demasiado

Resultaba absurdo coger el coche para ir a correr en una cinta del gimnasio. Así era su vida. Absurda. En eso pensaba Inés mientras Fer aparcaba el BMW a la puerta del gimnasio de la Ramallosa.

Él se dirigió al vestuario de hombres. Ella dejó sus cosas en una taquilla. Había ido cambiada de casa. Entró en la sala y se sentó en el aparato de remo. Era tan bajita que tenía que ajustar la máquina hasta el tope para poder remar con comodidad. Comenzó a moverse rítmicamente. Aceleró el ritmo todo lo que pudo hasta que sintió el sudor resbalando por la frente. Tras veinte minutos, inició su rutina de pesas. Luego se dirigió a la cinta de correr. Elevó la inclinación y marcó un ritmo de once kilómetros por hora.

Se dio cuenta de repente de que todas las miradas convergían en ella. En el espejo que tenía enfrente veía reflejada la imagen de dos mujeres, cada una en su bicicleta elíptica, hablando por lo bajo. En la cinta de al lado, un hombre gordo caminaba despacio sin quitarle ojo. Igual lo estaba imaginando. Entonces vio a dos adolescentes sacándole una foto desde la puerta de la sala. Estuvo a punto de saltar de la cinta y acercarse a ellas para recriminarles no sabía qué. Que estaba prohibido hacer fotografías en el gimnasio. Que estaban invadiendo su intimidad.

Siguió corriendo. Cerró los ojos. Era una chorrada. No estaban invadiendo nada. Ya no tenía intimidad. El día anterior le había llegado un wasap de su hermano con un enlace a un programa matinal de Telecinco. Una famosa presentadora moderaba un debate en el que hablaban de ellos, de los motivos que podrían tener todos y cada uno de los presentes en la cena de San Juan para matar a Xiana Alén. Especulaban con una presunta relación entre Teo y ella. Entre Sara y Fer. Un colaborador apuntó su presencia habitual en un local de intercambio de parejas que estaba en Cacheiras. Basura. Mierda. Ni siquiera sabía si merecía la pena emprender acciones legales. No, no merecía la pena. Lo mejor era actuar con normalidad para que ese inspector Abad pensara que la vida continuaba como si nada hubiera sucedido. Bastaba con eso, con aparentar normalidad. Ir al gimnasio los domingos por la mañana, aunque para eso tuviera que aguantar las miradas de todo Cacheiras fijas en su espalda. Ducharse en el vestuario esquivando miles de ojos mientras se ponía la ropa interior. Marcharse con Fer a una terraza a tomar un vermú sin apenas dirigirse la palabra.

Se puso la muda que llevaba en la bolsa de deportes. Nunca se secaba el pelo. Echó una ojeada al espejo. Tenía el pelo rubio y corto. Un peinado que se acomodaba perfectamente a su figura pequeña. Todo en ella era pequeño y perfectamente proporcionado. En los primeros tiempos, cuando empezó a salir con Fer, él solía besarla por todo el cuerpo. Le encantaban sus pies. Comenzaba siempre por los pies, subía después por las piernas, hasta continuar por la cara interna de los muslos, demoraba su lengua dentro de ella para seguir ascendiendo por su ombligo, hasta sus pechos. Sintió que le dolía el vientre. Los pechos. La boca. El deseo insatisfecho. Llevaban más de un mes sin hacer el amor. Un mes durmiendo en camas separadas, desde que ella había encontrado la caja de preservativos escondida en el bolsillo de su cazadora vaquera. No era la primera vez. Él siempre decía que sería la última.

Salió y vio que Fer ya la estaba esperando a las puertas del gimnasio. Demasiado guapo. Eso le dijo su madre cuando se lo presentó. «¿Qué te parece, mamá?», le había preguntado ella el día que lo había llevado a casa por primera vez. Y esa fue la respuesta. Demasiado guapo. Demasiado amable. Demasiado educado. Demasiado. Todo en Fer lo era. Los hombres como Fer eran siempre demasiado para mujeres como ella. Mujeres que pasaban la adolescencia y gran parte de la juventud con la nariz enterrada debajo de un libro de leyes, preparando oposiciones. Mujeres inteligentes, no especialmente hermosas, ni especialmente mundanas ni especialmente nada. Mujeres comunes que sueñan con encontrar a un hombre así. Un hombre al que le gustan todas las mujeres. Ese era el problema. Lo que le gustaban las mujeres. Todas las mujeres.

Lo observó mientras se ponía el cinturón de seguridad. Su perfil era perfecto. Le gustaba así. Callado. Concentrado en hacer la maniobra para salir mientras conectaba el bluetooth del móvil al coche para escuchar música.

—¿Vamos a tomar el vermú? —dijo él.

Hablaba casi con timidez. Como un niño al que pillaban en el patio del colegio haciendo alguna trastada. El cuerpo le pedía a Inés perdonarlo ya. No parar en el bar. Ir a casa. Desnudarse para él, entera, para hacer las paces. Para olvidar el infierno del último mes. De las dos últimas semanas. No era la primera vez que sucedía. «Ya pasó, nena», había dicho él.

—Mejor nos vamos a casa —dijo ella, intentando sonreírle.

Él condujo los escasos tres kilómetros que había hasta su casa. En cuanto entraron, ella sintió las manos de Fer en su espalda. Se giró hasta quedar enfrente de él. Mientras la boca descendía por su cuello, ella lo observó de cerca, y lo único que podía pensar era que era suyo. Pasase lo que pasase. Pasase quien pasase.

Cerró los ojos y se concentró en el recorrido de su lengua. Era suyo. Ahora sí.

Solo suyo.

El día después

El dedo índice de Ana descendió lentamente por el pecho de Santi hasta llegar a su pelvis. Dibujó el perfil de la letra «S» que Santi tenía tatuada allí.

—Eres muy egocéntrico.

—¿Por?

—«S» de Santi.

—Supongo que tengo claro que nunca me voy a fallar a mí mismo —dijo él mientras recordaba a Sam, apoyada en la almohada, exactamente en la misma posición en que se encontraba Ana ahora, haciendo el mismo gesto.

Ya era cerca del mediodía. Sabían que tenían que abandonar la cama. Sabían que no tenían ningunas ganas de hacerlo. En las últimas dieciocho horas habían hablado poco, se habían besado mucho, habían hecho el amor, se habían acariciado, se habían descubierto el uno al otro, se habían vuelto a amar, se habían escuchado, se habían interrogado, se habían acariciado, se habían tocado, habían vuelto a hacer el amor, habían descubierto el placer de mirarse en silencio, se habían contado algunas cosas, habían callado muchas más y habían vuelto a empezar. Se habían comido y saboreado con ansia, apurados por esa urgencia que solo provocan los primeros besos.

Ana se levantó de la cama y fue hacia el baño. Santi observó su cuerpo moreno y fuerte, sus pechos levemente separados, la cicatriz en el bajo de su vientre, con toda probabilidad por una cesárea. En cuanto ella cerró la puerta, él aprovechó para echar un vistazo al móvil. Abrió un periódico digital en internet y vio la foto de Gonzalo en primera plana. «El asesino de Cacheiras empleó sangre artificial para recrear una fotografía artística de Aurora Sieiro.»

—¡Maldito cabrón! —gritó.

—¿Qué pasa? —preguntó Ana desde el baño.

—Gonzalo, que ha filtrado a la prensa lo de la sangre y lo de la fotografía. Ni siquiera tuvo los cojones para decirlo a las claras. Lo filtró y después no lo negó. Escucha esto: «Ante los rumores de que el asesino había cubierto con sangre artificial el suelo de la habitación donde apareció asesinada Xiana Alén, el comisario Gonzalo Lojo contestó que no podía ni confirmar ni desmentir esa noticia. Preguntado sobre el rumor que indicaba que la escena del crimen reproducía una obra de Aurora Sieiro, el comisario, tras recordar que la investigación se encontraba bajo secreto de sumario, confirmó que la escena del crimen presentaba similitudes con la obra artística de la abuela de Xiana Alén».

Ana lo escuchaba mientras se vestía.

—¿Y qué esperabas? ¿Que saliera ahí a decir que no tenemos ni idea de si a la niña la mató uno de los vecinos, sus padres, su tía o una vieja loca que se pasa el día leyendo la Biblia? Gonzalo tiene que salir ahí a decirles algo, y mañana ya se encargará de decir que esta información puede abrir nuevas vías de colaboración ciudadana. Y punto. No sé qué te sorprende. Llevas más años que yo en esto, Santi.

Santi se puso una camiseta y unos vaqueros. Se acercó a ella y la besó.

—Tendré que irme en algún momento —dijo Ana.

—¿Tienes que irte con tu hijo?

Ella negó con la cabeza.

—Está en Louro, pasando unos días con mi hermano y mi cuñada.

—Y entonces, ¿a qué viene tanta prisa?

Ella sonrió.

—A que tengo que empezar a ensayar en el espejo la cara de «ayer no me acosté con mi jefe».

Santi la miró de frente.

—Supongo que eso es un problema. ¿No podemos ser aquí Santi y Ana y mañana por la mañana volver a ser Abad y Barroso?

—Imagino que sí. ¿Y tú vas a ser capaz de no mezclar lo que acaba de pasar con el trabajo?

—Yo nunca mezclo nada con el trabajo.

—Pues entonces deja de hablar de Gonzalo y dame algo de comer.

Él se echó a reír, rompiendo la tensión que se había generado entre ellos. Era extraño oírlo reír. Ana conocía a Santi desde hacía cuatro años. Le parecía un tío bastante interesante, sobre todo porque era de los que callan más de lo que hablan. Y porque era de los que siempre se molestan en explicar sus métodos de investigación. Por la pasión que mostraba por su trabajo, mientras que presumía de ser un tipo desapasionado. Le gustaban más cosas. Los hoyuelos que se le formaban en las mejillas al reír. Lástima que se riera tan poco. Sus pestañas largas, sus ojos negros, tan comunes como intensos. Le gustaba cómo la miraba. Y sus manos. Le gustaba que no se pareciera en nada a Toni.

—Tengo pan, jamón, fruta, yogur, cereales y café sin cafeína.

—¿No tomas nada que no sea sano?

—No.

—¿Y no puedo fumar?

—No voy a contestar a esa pregunta en la primera cita.

—Sé que tengo que dejarlo. En fin, hazme un café de esos que no sirven para nada.

Se sentaron en la cocina. Ella observó con interés a su alrededor, intentando conocer un poco más al hombre con el que acababa de pasar la noche. Sabía muchas cosas del inspector Abad y pocas de Santi. Se percató de la limpieza de la cocina y su obsesión compulsiva por el orden. De la simetría con la que había doblado las servilletas de papel sobre los manteles individuales. De la disposición descendente de los paquetes de comida dentro del armario de donde sacó los cereales.

En el trabajo también era sistemático, pero no esperaba que se llevase eso a casa.

—¿En qué piensas? Estás muy callada.

—Pensaba que no te conozco en absoluto.

—Bien. ¿Qué quieres saber?

—¿Cuántos años tienes?

—¿Cuántos crees?

—Esa pregunta es trampa. Paso de contestar.

—Adelante, no me enfado. —Volvió a sonreír. Ella también.

—Treinta y cinco —se aventuró Ana.

—Treinta y tres.

—¡Mierda!

—No pasa nada. Desde que me rapo la cabeza sé que parezco mayor. ¿Qué más quieres saber?

¿Has tenido novia? ¿Has estado casado? ¿Te gusto? ¿Por qué te has acostado conmigo? ¿Y ahora qué? ¿Y ahora qué *carallo* hacemos? Ana se quedó callada, sorbiendo pequeños tragos de ese café de mentira que no era un café mientras pensaba en qué preguntarle sin parecer una loca.

—Quiero saber qué vamos a hacer mañana. Y me refiero al caso Alén. Trabajo. Abad y Barroso.

—Pues mañana tenemos que averiguar quién compró la sangre a través de la web, aunque creo que no sacaremos nada en claro, y he pensado en volver a hablar con la vieja. Quiero el original de la fotografía.

—Y el cuchillo. Tenemos que empezar con el tema del cuchillo.

—Ya empecé yo el martes pasado. Es un modelo muy raro. Marca Yamawaki. Cuesta una pasta. Me llegó la lista de los vendidos por Amazon en el último año. No hubo suerte. Se vendieron todos a restaurantes especializados. ¿Quién coño mata a una niña con un cuchillo tan extraño? En la casa no lo reconocieron ni Lola, la mujer que va a limpiar, ni Teo, ni Sara.

—Ya sabía la marca. Lo leí en el informe de la autopsia. Lo que no sabía es que fuera tan raro. ¿Y los vecinos? ¿No puede ser de ellos?

—Pues no les he preguntado. Pero si fuera de ellos, ¿crees que lo iban a reconocer así, como si nada?

—Yo voy a preguntar. A ellos no. A la chica que trabaja en su casa. Se llama Maribel.

—¿Es que conoces a todo Cacheiras?

—No. Estuve echándole un ojo a la documentación que tenías en la mesa, ¿recuerdas?

—¿Cuándo?

—El otro día, cuando me quedé en tu despacho ordenando las fotografías. Vi las fotos, leí el informe de la autopsia y tus notas. De hecho, cuando leí que la escena del crimen estaba dispuesta de manera artística, se me ocurrió la idea de que podría estar basada en una obra de Aurora Sieiro.

—Estoy confuso con varias preguntas sin respuesta. ¿Por qué un cuchillo tan caro? ¿Por qué recrear una obra de arte? ¿Por qué hacerlo con toda esa gente en la casa, sabiendo que estaban generando un asesinato de círculo cerrado? ¿Por qué matar a una niña de quince años?

—Contesto a la última: por un millón de euros.

—El dinero estaba en poder de los padres. Gonzalo está pidiendo ya autorización para revisar los movimientos del fideicomiso.

—¿Y si encontramos algo raro?

—Vale, pongámonos en esa situación. Supongamos que sí. Supongamos que descubrimos que Sara Somoza o Teo Alén robaron dinero de ahí. ¿Y qué? ¿Justifica eso la muerte de un hijo? Lo peor es que puedo imaginar claramente a Sara Somoza matando a su hija. A él me cuesta más. Ese tipo no tiene sangre en las venas. Y aun así, puedo imaginarlos a ambos cometiendo el acto físico del asesinato, pero soy incapaz de imaginar el porqué.

—¿Y no sería suficiente si pudiéramos probar que fueron ellos?

—No. Para mí no. No soy esa clase de detective. Si no entiendo por qué lo hicieron, siempre me quedará la duda de si atrapamos a la persona correcta.

—Qué perfeccionista.

—No se trata de eso. Creo que puedo vivir con el hecho de no atrapar a un asesino, pero no con el hecho de encerrar a un inocente. Y sin móvil, siempre tendría la duda.

—¿Te ha pasado alguna vez?

—Una vez. Fue un caso de robo. Y el chico era un drogadicto que se estaba desenganchando. Me cargué su recuperación.

—¿Qué fue de él?

—No lo sé. Después de que lo soltaran, no me preocupé de saber de él. Pero creo que fue la primera vez que me falló el instinto.

—¿Y qué te dice el famoso instinto Abad en este caso?

—Estoy bloqueado. Como si hubiera un velo que no me dejara ver lo que hay detrás.

—Vuelves a lo mismo, a la puesta en escena del crimen.

—Esa puesta en escena es la clave. Si conseguimos contestar la pregunta de por qué se recreó una obra de Aurora Sieiro, encontraremos las demás respuestas.

Ana se levantó, cogió las tazas de la mesa y se puso a fregar. Lo sintió a su espalda. Él colocó las manos en sus caderas y enterró la cara en su cabello. En el trabajo siempre lo llevaba recogido. Nunca había imaginado que lo tenía tan largo. Nunca había imaginado que la tendría allí, delante de él. Bien, sí que lo había imaginado alguna vez, pero nunca pensó que sucedería.

—¿Y si dejas de fregar y olvidamos por un momento esta conversación entre Abad y Barroso y nos dedicamos a ser Ana y Santi durante un rato? —le dijo él.

Ella giró sobre sí y colocó los brazos sobre sus hombros.

—Vale. Pero después bajamos a tomar un café de verdad y a fumar un cigarrillo. Y no protestas.

Él no le contestó y se limitó a besarla.

—Café y cigarrillo —insistió Ana.

Él asintió finalmente al tiempo que le bajaba los tirantes del vestido.

Cicatrices

La primera vez que fui a clase de ballet me sentí así. Fuera de lugar. Nos recuerdo a las dos en aquella sala enorme, llena de espejos. Con nuestras mallas rosas, a juego con las medias y las zapatillas. El moño recogiendo nuestras melenas idénticas. Éramos exactas. Por debajo de esas medias yo tenía una cicatriz en la rodilla que me había dejado una caída, al intentar subir al castaño de nuestra finca. Y Sara se había quemado el brazo con una sartén al intentar hacer filloas con la tía Amalia. Tenía una señal en el antebrazo derecho, una línea larga y oscura. Pero todas esas señales estaban debajo de la ropa. Por fuera éramos exactamente iguales.

Yo permanecí quieta delante del espejo. Sara danzaba imitando a las bailarinas de la televisión. Elevaba los brazos dibujando un arco por encima de su cabeza, y sonría feliz. Ella sí quería ir a esas clases. Yo las odié desde el instante en que entramos por la puerta de la academia. La profesora era una mujer mayor que a primera vista mostraba un rictus severo, pero lo cierto es que no puedo recordar nada malo de ella. Los únicos recuerdos que tengo de aquellas clases son recuerdos de Sara. Siempre danzando sin parar, y dando vueltas. Ella estaba hecha para que la miraran. Aún hoy es así.

Alba y Fermín me preguntan cómo me siento en A Rodeira: como en medio de ese salón de baile. Preparada hasta el último detalle para hacer algo que no deseo. No necesito curarme. No hay nada que curar. Tan solo necesito dejar de pensar en Xi. Y no dejo de pensar en ella. En Sara. En mí. En lo que hemos cambiado en estos años. Ahora es justo al revés. Ahora somos totalmente distintas por fuera. Han cambiado nuestros cuerpos, pero somos idénticas por dentro. Con las mismas cicatrices.

El día después del día después

Santi permaneció más de diez minutos bajo el agua. Demoraba el instante de salir de la ducha. De salir de casa. De encontrarse con Ana en la comisaría. Había mentido el día anterior al decir que no le preocupaba trabajar con ella. Le preocupaba, y mucho. Lo cierto es que no era exactamente eso lo que le preocupaba. Lo que le había quitado el sueño esa noche era saber si se podía permitir tener una relación con una mujer.

Mientras Ana dormía la siesta de espaldas a él, Santi la observaba sin poder conciliar el sueño. Comparando su cuerpo moreno y su pelo castaño con el cuerpo dorado de Sam y con su melena roja. Sam se teñía el pelo de colores imposibles: azul, rosa, morado... La última vez que había estado con ella lo tenía rojo. Estaba en el hospital. Él entró en su habitación, y en cuanto lo vio, ella se dio la vuelta. Esa era la última imagen que tenía de Sam. Su pelo rojo. Y el camisón del hospital abierto, mostrando los morados en su piel.

No lo denunció. Había dicho en el hospital que lo había olvidado todo. Que no sabía quién la había atacado. Que estaba muy borracha. No lo estaba. Lo estaba él. Estaba borracho y agotado. Cansado de buscarla por las calles. En los bares. En el Agarimo. En el Suso. En el Atlántico. Una cerveza tras otra. Un whisky. Y otro más. Se repetía eso todos los días. Que estaba borracho. Que no era él. Pero sí que lo era. Era él el que la encontró. Vagó por las calles en la noche de Compostela hasta encontrarla con aquel tío, a la puerta del pub. La agarró de la mano y la sacó de allí. La llevó a casa a rastras. Mientras ella le gritaba que quién *carallo* se creía que era. Que ella hacía lo que quería. Que estaba harta de esperarlo día tras día. Que estaba harta de ser la mujer de un inspector. Que estaba harta de él.

Le partió el labio con la primera bofetada. La agarró del pelo. La empujó contra la pared. Y la golpeó. La golpeó hasta echar fuera la rabia, la cólera y la imagen de ella besándose con ese hombre. Y después se quedaron los dos en el suelo. Vencidos. Agotados.

Estuvo a punto de presentarse en comisaría voluntariamente. Esperaba todos los días la denuncia de ella. Mientras, se repetía que no había sido él. Que había sido el alcohol.

No la volvió a ver. Una prima de ella le llevó el divorcio. Los papeles llegaron por correo certificado. En Navidad había hecho dos años.

Debería contárselo a Ana. El día anterior había estado a punto de hacerlo. Mientras le contaba que había jugado en el equipo universitario de baloncesto, mentalmente iba construyendo la historia para adornarla de la mejor manera posible. Que él estaba muy borracho. Que había descubierto hacía unos días unos mensajes en el móvil de Sam que dejaban claro que estaba tonteando con un compañero de trabajo. Que estaba tan borracho que ni siquiera fue capaz de llamar a una ambulancia. Que allí, tirados en el suelo, ella habló bajito, restregándole por la cara cada tarde sola, cada cena con una bandeja en el sofá esperándolo, cada wasap sin respuesta, cada conversación de ella sin que él se tomara la molestia de emitir un sonido. Y en su imaginación, Ana le decía que lo entendía. Que cualquiera puede perder el control.

Decidió entonces que se lo diría. Pero no en ese momento. Así que cambió de tema y le contó el operativo de hacía cinco años de los narcos colombianos que operaban en las Rías Baixas, cuando ella aún no estaba en esa comisaría, en lugar de hablarle de Sam. Aunque no había nada que contar de Sam. Era de él del que tenía que hablar. ¿Qué podría decirle? «No soy un buen tío, Ana. Le partí el labio y dos costillas a mi mujer porque se acostaba con otro. Y en vez de sentir vergüenza, sentí alivio. Alivio de que ella no me denunciara. Callé. Dejé que callase. Callamos los dos. Firmé los papeles del divorcio y seguí con mi vida. ¿Qué clase de tío soy, Ana?»

Pero no le dijo nada. Demasiado lleno de su dolor. Demasiado necesitado del contacto del cuerpo de una mujer. Demasiado ansioso por volver a tener una vida más allá de ese despacho. Se limitó a cogerla en brazos y a llevarla a la cama.

Se secó enseguida y se puso una camiseta negra y unos vaqueros. Salió de casa y se dirigió a la comisaría.

Entró derecho en su despacho. Miró el móvil para ver si tenía algún mensaje de Ana. Nada.

Encendió el ordenador y llamó a la empresa distribuidora de productos cosméticos. Se presentó y solicitó hablar con el director. Le explicó que el laboratorio había identificado el número de lote de las ocho botellas. Le proporcionó el número y le pidió los datos del pedido. También le advirtió respecto del carácter confidencial de dicha información. El director de la empresa, un tal Ángel Fernández, prometió devolverle la llamada.

Después se asomó a la puerta del despacho de Gonzalo.

—No está.

Se quedó parado en el umbral, escuchando la voz de Ana a su espalda. Solo Abad y Barroso. Nada más. Se giró.

—Bien. Tampoco lo necesitaba para nada.

—Querías echarle en cara sus declaraciones del sábado. Decirle al jefe lo que se piensa de él no suele ser buena idea.

Santi no movió ni un músculo de la cara.

—¿Has llamado ya a la empresa de la sangre? —preguntó Ana.

—Sí. Me devolverán la llamada hoy.

—Yo he llamado a casa de Fernando e Inés y he hablado con ella. Aún no se había ido a trabajar.

—¿Que has hecho qué?

—Hice lo que hablamos. Llamé y pregunté por el cuchillo. A las claras. Me reservé lo de ir a hablar con la asistenta para más tarde. Inés Lozano me dijo que tienen un cuchillo japonés pero que no recuerda la marca. Ni su valor, porque estaba incluido en la lista de bodas, aunque cree que era muy caro. Le pregunté si lo había echado de menos y dijo que no. Le pedí que comprobara si lo tenía a mano y... no lo encontró.

—Mierda. ¿Por qué no me has esperado? ¿Qué dijo? ¿Estaba violenta? ¿Se enfadó?

—Estaba tranquila. Actuó con normalidad. Me preguntó si el cuchillo que estábamos buscando era el del asesinato.

—¿Y qué sensación te dio? El otro día estaba nerviosa.

—En absoluto. Me dijo que se iba a la notaría y que estaría en casa a partir de las dos de la tarde. Nada más. También me dijo que su marido podría atendernos por la mañana.

—Tendría que haber llamado yo.

—Sé interrogar a una testigo. Te busqué a primera hora y no estabas. Por eso llamé. Y si quieres que te diga la verdad, seguro que ella ya lo había echado en falta porque literalmente dijo: «Era muy caro» y no: «Es muy caro».

Santi vio que estaba molesta. Evitó mirarla.

—¡Abad!

La que lo llamaba era Lui, de centralita.

—Una llamada. Un tal Ángel Fernández, de Valladolid. Dice que lo has llamado tú hace diez minutos.

—Pásamelo al despacho.

—¿El de la sangre? —preguntó Ana.

—El mismo —le contestó Santi mientras se dirigía a su despacho.

Ana entró con él. Santi le indicó que cerrara la puerta, y ella lo observó mientras hablaba por teléfono. Estaba raro. Muy raro. Estaba segura de que iba a pasar eso. Tendrían que haber dejado las cosas claras el día anterior. Lo que le pedía el cuerpo era hablar con él y decirle que era mejor que olvidaran ese fin de semana.

—Eso es imposible —dijo Santi al hombre del teléfono.

Ana se moría por saber qué sucedía. Santi le dio las gracias y le pidió que le mandara todo lo relacionado con el pedido por correo electrónico.

—¿Quién fue? ¿Quién pidió la sangre? —preguntó Ana, ansiosa.

—Esto es una puta broma.

—Pero ¿quién fue?

Santi cruzó los brazos sobre el escritorio y movió la cabeza. Después levantó la vista y la miró a la cara por primera vez en toda la mañana.

—Xiana Alén.

Alivio

Tras salir de la consulta, Connor cogió su coche y sin perder tiempo se dirigió a Abelleira. Esa misma mañana había recibido una llamada de Alba diciéndole que sería mejor que comenzase con la terapia de Lía lo antes posible.

El día estaba nublado, con un calor pesado de los que anuncian tormenta. Connor reparó en que no había apenas tráfico en la carretera. Igual no era mala idea sacar a Lía de A Rodeira y llevarla a dar un paseo por la playa para que se sintiera más cómoda.

La encontró en el jardín. Delante del roble y con un cuaderno en la mano. A su lado, un hombre leía un libro. Se acercó a ellos.

—¡Hola!

Lía alzó la vista y se apresuró a cerrar el cuaderno.

—¡Hola, doctor!

Connor miró a su alrededor.

—Parece que no se está nada mal aquí.

El hombre saludó a Connor con un gesto.

—Es mi médico, Connor Brennan. Él es Iván, un compañero.

Connor le tendió la mano, pero Iván no hizo amago de devolverle el saludo.

—He hablado con Alba por teléfono. Le dije que bajaríamos a la playa a dar un paseo. ¿Te apetece?

—¿A la playa? Voy a cambiarme.

—No es necesario. Tan solo daremos un paseo. Está nublado. Puede que hasta llueva. Pero así hablamos un poco. Vamos.

—Voy a dejar el cuaderno en mi habitación. Vengo ahora.

—Te acompaño; voy a saludar a Alba.

Connor entró en la casa con ella. Alba estaba en su despacho.

—¡Hola, Connor! ¿Ya has estado con Lía?

—Sí. Ha ido a dejar el cuaderno a su habitación. ¿Cómo la ves?

—Callada. Furtiva. Asustada. Y muy triste. Si me pides una palabra precisa para definir su estado, diría «avergonzada».

—Sí, ya lo noté mientras estuvo en el hospital. Es como si sintiera que sus sentimientos no son los que debieran ser y se avergonzara de ellos. A veces percibo que se siente culpable. Y no me refiero a culpable de matar a su sobrina. No voy a entrar ahí. Ese no es mi papel.

—¿Culpable de qué, entonces, Connor?

—Culpable de no estar teniendo los sentimientos correctos. Culpable de no llorar. Culpable de no sentir más. No sé explicarlo. Voy a dar un paseo con ella y a hablar un poco más.

—Ha estado dibujando en ese cuaderno desde que llegó. Sus lienzos y pinturas llegaron esta mañana. ¿Cuándo volverás?, ¿el miércoles?

—Lo intentaré.

Connor besó a Alba y salió del despacho. Lía estaba esperándolo en la puerta de la casa con un pantalón de lino blanco y una camisa también blanca. Su cabello negro y corto destacaba con su palidez y con la ropa clara.

—Vamos —dijo él, dirigiéndose hacia el coche.

La playa de O Ribón tenía una arena fina y clara. En su centro, como consecuencia de la desembocadura de un pequeño arroyo, se formaba un estuario. Connor propuso a Lía caminar por la lengua de arena. Lía se remangó los pantalones de lino. Caminaron en silencio al principio. El agua estaba fría y el mar les lamía los pies con ansia. Connor no se había molestado en remangarse los vaqueros.

—Te estás mojando.

—Crecí en Irlanda. Cada vez que me mojaba, mi madre solía decirme: «Es agua, niño, no ácido sulfúrico».

Ella rio. Connor pensó que era la primera vez que la veía reír.

—Cuéntame tú un recuerdo tuyo relacionado con la lluvia —dijo.

—No sé... —Ella se quedó mirando hacia el mar, pensativa—. No se me ocurre nada.

—Piensa.

—Una vez nuestra gata Miau se escapó de casa y subió a un castaño enorme que había en nuestra finca de Bertamiráns. Yo quise salir a cogerla y convencí a Sara para que viniera conmigo. Yo no podía trepar sola. Llovía tanto que nos pusimos como una sopa en cuanto pisamos el jardín. Al final me dio miedo subir y pedí a Sara que lo hiciese ella. Siempre fue mucho más ágil que yo. Por lo de hacer ballet y eso. Subió y después no fue capaz de bajar. Nos quedamos allí un buen rato. Yo bajo el árbol hablando con ella, y ella cobijada entre las ramas, abrazada a Miau. Nos encontró la tía Amalia a la hora de la merienda. Hubo que llamar a los bomberos y todo. Estuvimos castigadas casi dos semanas. Y Sara cogió una fiebre tan grande que hasta le regalé mi muñeca favorita.

—¿Por qué? ¿Te sentías culpable?

—Supongo que sí. Había sido idea mía. Y además ella se echó la culpa de todo. Solía hacerlo siempre. Ella llevaba mejor los castigos que yo.

—¿Te sientes culpable ahora?

Lía lo miró con sorpresa, como si acabaran de sacarla de un sueño para sumergirla en la realidad.

—¿Qué se supone que tengo que contestar a eso? ¿No es mejor que me preguntes a las claras si maté a mi sobrina?

Connor se agachó y cogió una piedra. La lanzó al mar, haciéndola rebotar tres veces sobre la superficie del agua.

—Vamos a dejar una cosa clara: no me interesa quién mató a Xi. Yo no soy el inspector Abad. Yo te he preguntado si te sientes culpable por algo, si hay algo que te haga sentir mal, respecto de lo que pasó, respecto de la relación con tu hermana o con Teo. Lo que me importa, Lía, es saber cómo te sientes. Puedes callar, y podemos seguir paseando como si fuéramos una pareja en su primera cita, o puedes tratar de poner un poco de orden en tu cerebro para intentar superar lo que pasó y continuar con tu vida.

Lía se quedó callada. Cogió un guijarro e intentó hacerlo rebotar en la superficie del agua. La piedra se hundió en cuanto tocó la superficie.

—Más inclinada y con menos fuerza —dijo Connor.

Lía lo intentó de nuevo. A la quinta consiguió un bote doble que celebró con una leve sonrisa. Después siguieron caminando en silencio unos minutos.

—¿Por qué crees que me siento culpable?

—No lo creo. Sé que te sientes culpable. No sé si se trata de algo que hiciste, de si sientes que pudiste evitarlo, de si crees que no estás ofreciéndole suficiente consuelo a tu hermana... Puedes sentirte culpable por muchas cosas.

—Me cuesta dormir. En cuanto cierro los ojos vuelvo al umbral de esa puerta. Vuelvo a ver a Xi. Vuelvo a verla tirada en ese suelo. ¿Sabes que el primer sentimiento que me asaltó al verla fue que se trataba de una imagen hermosa? En el primer momento fue eso en lo que pensé. En la belleza de la combinación cromática. En la simetría del cuerpo en esa habitación. Y después sentí horror. Por Sara y por Teo. Luego grité. Chillé porque necesitaba que ellos vinieran. Y sí, me siento culpable. A veces despierto en plena noche y recuerdo que Xi está muerta. La recuerdo a ella, de pequeña. Con meses, con un año. Recuerdo sus primeros pasos. Su primer diente. Su primer cuadro, con ocho años. Lo pintó conmigo. Una réplica de una fresa gigante que regalé a Sara y a Teo por su boda. Y después pienso que podría ser hija mía. Y que entonces yo sería una madre a la que le mataron a su hija. Y siento... siento alivio.

Connor se daba cuenta de lo difícil que le estaba resultando a Lía hacerle todas esas confidencias.

—Alivio. Curioso sentimiento. Entonces, ¿te sientes culpable de experimentar alivio? ¿Esa es tu conclusión?

—No lo había visto así.

—¿Y por qué sientes alivio?

Lía echó a caminar hacia el pinar que atravesaba la lengua de arena de la playa.

—Fui novia de Teo. No es ningún secreto. Salimos juntos cerca de nueve meses, en mi último año de carrera. Después yo me marché a Londres a estudiar. Y lo nuestro se acabó. Luego él conoció a Sara, se enamoraron y se casaron enseguida. No fue nada extraño ni traumático. No me robó el novio. Siempre he mantenido una relación muy buena con Teo. Lo quiero muchísimo, de verdad. Pero estos días no dejo de pensar en que pudo ser mi hija. Xi podría haber sido hija mía. Y cuando pienso en eso siento un alivio inmenso, por no ser su madre. Intento comprender lo que siente Sara. Lo que siente Teo. Y te juro que no puedo ni imaginar por lo que están pasando. En serio. Me duele pensarlo, me duele de verdad. Físicamente. Pero por encima del sentimiento de lástima, está la sensación de alivio. Y sí, supongo que me siento culpable por sentir esto. ¡Mierda!

Lía comenzó a llorar. En silencio. Se secó con el dorso de la mano una lágrima que le corría por la mejilla derecha.

Connor le cogió la mano y se colocó enfrente de ella.

—Mírame a los ojos, Lía. Escúchame bien. Llorar es bueno. Sentirse culpable, también. Lo que sientes es algo natural. Hace un par de años asistí a un seminario con doctores que estuvieron tratando a los supervivientes del atentado del 11-M en Madrid. El sentimiento que estás describiendo es muy común. El hecho de sentir alivio cuando se sobrevive a una desgracia está ligado al instinto de supervivencia.

Lía siguió llorando. Ahora más fuerte. Connor la abrazó. Quien los viese de lejos podía pensar que eran una pareja de novios. Pero no se trataba de un abrazo de ese tipo. Connor dejó que ella se apoyara en él para echar fuera toda su angustia. A esa mujer le hacía mucha falta llorar.

La agarró de la mano y la obligó a sentarse. Lía apoyó la espalda contra el tronco de un pino.

—Hay algo peor que el sentimiento de culpa. Que el alivio —dijo ella con voz entrecortada.

—¿Qué? —dijo Connor.

—El hecho de que Sara esté encubriéndome. Ella cree que fui yo, ¿sabes?

Connor calló. Sabía que ya había hablado demasiado por ese día. No era él el que le tenía que preguntar si lo había hecho ella.

Ella esperó la pregunta, dispuesta a contárselo todo.

Se quedaron sentados en el pinar, viendo el discurrir de las nubes negras por encima de la ría. Los ojos de Lía se teñían de las tonalidades grises del agua del mar. Connor la miró de frente, sin decir nada, y ella cerró los ojos, esperando la pregunta que no llegaba. Un silencio cálido y cómodo se instaló entre ellos. Él sabía lo que ella sentía en ese momento.

Alivio.

Salto al vacío

Santi mandó a un agente al polígono industrial del Tambre para que examinara el registro de la empresa de mensajería que había entregado el paquete con las ocho botellas de sangre. El gerente de la empresa le remitió escaneada la firma de la persona que lo había recibido. No era más que un garabato, pero las iniciales X. A. se distinguían claramente. Santi pasó el correo electrónico a Grafología.

—¿Crees que es de ella? —preguntó Ana.

—Creo que sí. Falsificar una firma es una prueba demasiado contundente incluso para un asesino novato.

—¿Y entonces?

—Entonces tenemos que dejar de pensar que el asesino intentó reproducir una obra de Aurora Sieiro —admitió Santi.

—¡Pero lo hizo!

—Él no. Lo hizo Xiana. Y él o ella aprovechó para matarla.

—No tiene sentido.

—Nada en este caso lo tiene. Te dejo —le dijo Santi—, voy a hablar con el jefe. Quiero ir a echarle un vistazo a las cuentas del fideicomiso ya. No me gusta un pelo ese Teo Alén, tan alto, tan rubio, tan guapo, tan a punto de tener un ataque de nervios de un momento a otro.

—Ese hombre no esconde nada. Es un tío simple.

—¿Simple? ¿Qué quieres decir?

—Que lo que ves es lo que hay.

—No lo tengas tan claro. No puedes ser tan categórica.

—Hazme caso: no esconde nada. Por lo menos, nada importante. ¿Puedo ir contigo? —dijo Ana, sin apenas pensarlo.

Esa era la clase de pregunta de trabajo que ya no se podía permitir. En realidad, era una pregunta sin doble intención. Una pregunta que solo tenía por finalidad saber si podía continuar con él en la investigación. Una pregunta estrictamente profesional que con toda seguridad él ahora estaba interpretando de otro modo.

Sintió que le ardía la cara y bajó la cabeza para fijar los ojos en el suelo.

—Como quieras. Estaba pensando en mandarte a hablar con Olga Vieites, la enfermera que dejó la casa de los Alén. Tan solo para comprobar que se fue ella por voluntad propia y que no la invitaron a marcharse.

—Pues si te parece, voy para allá y paso también por casa de Fernando Ferreiro. Para asegurarme de lo del tema del cuchillo.

—Entonces dame media hora para hablar con Gonzalo y con la juez de instrucción y te acompaño. No pienso dejar que vayas sola a ver a ese hombre.

—Soy una agente de la autoridad armada y perfectamente adiestrada.

—Y yo no pienso dejar que vayas sola a ver a ese tío. Así que espérame —insistió Santi—. Y recuerda por un momento quién es tu jefe, por favor.

Salió del despacho dejando a Ana con la palabra en la boca.

Ana fue hacia su puesto de trabajo y consultó el correo electrónico. Consultó también el móvil para ver si tenía algún mensaje de Martiño. Seguía en Louro con su hermano. Ella no cogería vacaciones hasta agosto, y de momento iba trampeando entre su madre y su hermano. Su madre era cocinera en el comedor del colegio de la Ramallosa, así que en verano no trabajaba, excepto un par de horitas en la casa de Carmen y Manuel, el matrimonio que vivía en Las Amapolas.

Abrió el WhatsApp y vio los mensajes que había cruzado con Santi el sábado. ¿Dónde andas? ¿Invitas a un café? Estoy en el Pombal.

Fue una loca. No había sido buena idea empezar esto. Sabía que si quedaba con él, iba a suceder. Ella había notado hacía mucho cómo la miraba. Podría haber ignorado lo que estaba pasando.

Una compañera se acercó y Ana se guardó el móvil rápidamente.

Santi salió del despacho de Gonzalo.

—¡Barroso, vamos!

Una vez en el coche, Santi conducía en silencio. Ella había vuelto a coger el móvil y fingía que leía mensajes para no tener que esforzarse en hablar. Le entraron ganas de preguntarle qué significaba la pequeña ancla que tenía tatuada en la muñeca. Igual si se lo preguntaba, le mentiría, como hizo cuando le preguntó por la «S» que tenía en la pelvis. Ana sabía que había una mujer por ahí. Una Sara, Susana o Sabela que una vez había sido tan importante para él como para tatuarse su inicial. A ella no le gustaban los tatuajes. Los de Santi no estaban mal. Eran pequeños, y estaba segura de que tenían un significado importante. Se preguntó si se estaría enamorando de él. La respuesta era sí. Sin ser especialmente guapo, era muy atractivo. Inteligente, agudo, con ironía. Le gustaba estar con él. Le gustaba tanto como para esforzarse a cada minuto en mostrarle que no. Y sobre todo, le gustaba por el fin de semana que acababan de pasar. No solo por el sexo, que había sido increíble, aunque llevaba tanto tiempo sin acostarse con nadie que no estaba segura de si tenía ya mucho criterio al respecto o si le habría servido cualquiera. La manera en que habían conectado no fue normal. Eran desconocidos y viejos amigos al mismo tiempo. Resultó apasionante descubrirse desde nuevas perspectivas. Y qué demonios, se moría por volver a esa casa, a esa cama, a ese cuerpo. Estaba comportándose como una adolescente.

—¿Vas a dejar de fingir que estás mirando el móvil y hacerme caso en algún momento? —dijo Santi.

Sus miradas se encontraron en el espejo retrovisor. Después los dos se echaron a reír.

—¿Ya está? ¿Clic? ¿Somos Santi y Ana de nuevo?

—No dije que fuera fácil, ¿sabes? Yo soy muy bruto. Y esto es todo muy extraño.

Conducía despacio. Detuvo el coche en el semáforo, delante de El Corte Inglés.

—¿Sabes qué me apetece?

—¿Ir a tu casa?

Él soltó una carcajada espontánea.

—Eso también. Pero no, creo que me conformaría con que te soltaras el pelo.

—¿El pelo?

—Nunca te había visto con el pelo suelto, hasta ayer. Me gusta.

—No me voy a soltar el pelo. Estoy de servicio.

El semáforo se puso en verde. Se quedaron callados de nuevo.

—¿Qué haces por la tarde? ¿Estás libre para cenar? —le dijo Santi.

Ya está. Le estaba pidiendo continuar con el fin de semana. Ella no había pegado ojo esa noche pensando en si podía iniciar una relación con su jefe.

—¿Te refieres a cenar en un sitio público, donde cualquiera puede vernos?

—No, no estaba pensando en eso. Pero si tú quieres...

—No, no quiero. Y no puedo. Tengo que estar con mi hijo.

Otra vez el silencio. Ella pensó entonces en decirle que vale. Que no era cierto. Que el niño seguía en Louro. Que estaba libre. Que nada le apetecía más que volver a su casa. Pero continuó callada el resto del camino.

Él condujo más despacio al aproximarse a la garita del guardia de Las Amapolas, donde se identificó.

—Vamos a casa de Fernando Ferreiro.

El guardia asintió. Pasaron con el coche delante de la casa de Teo y Sara. Giraron al cabo de la calle hasta la casa de Fernando e Inés, pero una vez allí no contestó nadie.

—Podemos llamarlo por teléfono para ver por dónde anda.

—Da igual. Volveremos por la tarde. Ya que estamos aquí, vamos al banco. Tengo una cita con el director para revisar las cuentas del fideicomiso.

—¿No te las podían mandar por correo?

—Sí, pero quiero hablar con él también.

Un estruendo rompió el silencio de la calle. Una sirena aguda.

—¿Policía? —preguntó Ana.

—Ambulancia. En la otra calle.

Echaron a correr a la vez.

La ambulancia se encontraba delante de la casa de los Alén.

—Mierda —dijo Ana.

La dejaron atrás y subieron las escaleras de la entrada de dos en dos. En la puerta, dos mujeres se abrazaban llorando.

—Policía. Soy el inspector Abad. ¿Qué ocurre?

La mujer más mayor, a la que reconoció como la asistenta de los Alén, fue incapaz de dejar de llorar. La otra se sacó un pañuelo de la manga de la chaqueta y se limpió la nariz.

—Es la señora. ¡Ay, Dios mío! Esto ha sido un sufrimiento muy grande. Esta casa tiene una maldición.

—¿Qué ha pasado? —preguntó Santi, impaciente.

—La señora, que saltó de la ventana de su habitación. Y ahora está muerta. Está ahí, en el jardín trasero. Llena de sangre. Está muerta, Dios mío —dijo la mujer al tiempo que se persignaba.

Santi y Ana corrieron hacia la parte trasera de la casa.

Allí, bajo una ventana abierta, había un cuerpo tendido boca abajo. Las piernas dibujaban un ángulo imposible. El verdor de la hierba estaba teñido de sangre.

Santi se acercó al cuerpo y le dio la vuelta.

El rostro de la mujer estaba deshecho. Ana sintió una náusea en la boca del estómago.

Santi cerró los ojos de doña Amalia mientras le cogía de entre las manos dos viejas fotografías.

Más alivio

El tanatorio estaba abarrotado de gente. A la puerta, los medios de comunicación esperaban para capturar imágenes de la familia. El día anterior no había trascendido más que la noticia del fallecimiento, pero en distintos programas especulaban ya con la posibilidad del suicidio de Amalia Sieiro, así como con la existencia de una carta de confesión por parte de la tía de las gemelas Somoza.

Teo Alén hablaba en un rincón con dos compañeros de trabajo cuando vio entrar a Adrián con un hombre moreno que no conocía.

—Hola, Teo. Mi más sentido pésame —le dijo mientras le daba un fuerte abrazo—. Te presento a Connor Brennan, el compañero que está tratando a Lía.

—Mucho gusto —dijo Connor, estrechándole la mano—. Los acompaño en el sentimiento.

—Muchas gracias. ¿Lía va a venir? —preguntó Teo.

—La traen de camino. Ella no puede conducir, por la medicación. Y además, de momento no conviene dejarla sola ni un segundo.

—¿Cómo está?

—Muy conmocionada. Hablé con ella por teléfono. Son dos golpes muy duros —dijo Connor.

—La tía Amalia las crio. En estos últimos tiempos estaba muy agitada y confundida —reconoció Teo—, y no quiero saber lo que le pasó por la cabeza, ni si es cierto que... ¡Dios! No aguanto este sitio. No hago más que pensar en Xi.

—¿Quieres que salgamos a tomar un café? —dijo Adrián.

—¿A la jungla? ¿Has visto la de medios que hay ahí fuera?

—¿Habéis contratado seguridad privada?

—Son policías. Esto es de locos, Adrián.

—¿Cómo está Sara? —preguntó Adrián, buscándola entre la gente.

La vislumbró al fondo, hablando con Lola, la mujer que trabajaba en su casa desde hacía más de diez años.

—Sara no entra en razón. Dice que la tía Amalia nunca le haría daño a Xi. Que no es posible —contestó Teo.

—La verdad es que Sara ya me había advertido de que su tía estaba muy confusa y me pidió que fuera un día a echarle un vistazo. Debí hacerle caso y venir a verla. Nunca pensé que fuera peligrosa. Sara me contó lo de la carta de confesión. La policía se ha quedado con ella, imagino. ¿Qué decía?

Teo miró hacia Connor, dubitativo.

—No pasa nada, Teo —dijo Adrián—. Connor está tratando a Lía. Evidentemente, sabe muchas cosas ya.

Teo asintió.

—Que no soportaba vivir con el remordimiento. Que con Xiana había pagado el tributo de sangre exigido. Que iba a reunirse con Aurora. Y por último le pedía a Sara y a Lía que la recordaran siempre con amor.

—¡Por el amor de Dios! Estaba verdaderamente mal.

—Lo peor es que no supimos verlo. Yo me empeñé en pensar que quizá Lía... Y no solo yo. También Sara.

En ese instante se oyó un gran barullo fuera. Una lluvia de flashes rodeó a la persona que se dirigía a la entrada del tanatorio. Teo observó a través de las puertas de cristal la figura menuda de Lía aproximándose con gesto serio, casi sin inmutarse, y sin pronunciar una sola palabra. Vestía toda de negro y llevaba gafas de sol. Entró en el tanatorio, dejando atrás el montón de micrófonos, cámaras y periodistas. Se acercó a ellos y, sin mediar palabra, se abrazó a Teo y comenzó a llorar. Teo la consoló con un leve murmullo, como quien acuna a un niño para que duerma. Al momento apareció Sara a su lado. Lía soltó a Teo y se fundió en un abrazo con su hermana. Teo se unió de nuevo a Adrián y a Connor.

—Ahora deben estar solas. Ellas no necesitan hablar. Les basta con estar así.

—Mira quién llega —apuntó Adrián.

Teo levantó la vista y vio que Inés y Fernando se dirigían hacia ellos. Le cambió el semblante.

—Buenas tardes. Lo sentimos mucho, Teo.

Teo se quedó callado, pensando la respuesta idónea. Al final no dijo nada. Todos estaban visiblemente incómodos.

—¿Es cierto lo que dicen en televisión? ¿Es cierto que dejó una carta confesando el crimen de Xiana?

Teo los miró con desprecio.

—¡Es que no tenéis respeto por nada! —les susurró por lo bajo.

—No te entiendo, Teo... —dijo Inés.

—¿No me entiendes? Hace veinte días que murió mi hija. Murió delante de vosotros y desaparecisteis. No habéis dado señales de vida. Como si fuéramos unos apestados. ¡Estabais demasiado ocupados en no salpicaros con nuestra mierda! Y ahora... ahora... ahora venís aquí, como si nada hubiera pasado para comprobar si vuestro culo está a salvo. Supongo que eso es lo único que os importa, ¿no? —El tono de Teo se fue elevando gradualmente.

—Teo, no merece la pena —dijo Adrián, agarrándolo por la mano y alejándolo de Inés y Fernando.

Sara se acercó al grupo.

—Fernando, Inés, creo que estamos todos un poco conmocionados. Os agradecería que nos dejarais pasar este duelo en familia.

Teo miró a Sara y la admiró por la frialdad con la que hablaba a sus vecinos. Inés recompuso el gesto y asintió.

—Comprendo —dijo—. Tan solo queríamos daros el pésame. En cuanto pasen estos momentos, espero que podamos hablar los cuatro.

Se acercó a Sara y la besó en la mejilla. Después cogió a su marido por el brazo y se dirigieron a la salida. Alrededor de ellos rápidamente se congregó un enjambre de cámaras y micrófonos.

—Malditos cabrones —dijo Teo.

—No es para tanto. A fin de cuentas, tan solo sienten lo mismo que estás sintiendo tú desde que te llamé ayer —le dijo Sara, tan bajito que solo Teo pudo oírla—. Una enorme sensación de alivio.

Perfectas

Buceo en mi mente a la búsqueda de mis primeros recuerdos de la tía Amalia. Y no los encuentro. No hay recuerdos individuales. Está en todos los recuerdos en general. Ella siempre estuvo ahí. Siempre. Conmigo y con Sara. Mamá aparecía a veces, pero la mayor parte del tiempo estaba encerrada en su estudio o viajando por el mundo. Papá estaba siempre en su despacho de Santiago. Sin embargo, en la casa, esperando por nosotros, siempre estaba ella. La infancia son tardes de chocolate caliente al lado de la chimenea, escuchando cuentos de la tía sobre duendes o meigas. La infancia son abrazos con su olor a lavanda. La infancia son esas manos, que tan bien dibujó Xi, alrededor de las nuestras.

Me viene a la cabeza nuestro primer día en el colegio en Santiago. Sara y yo con nuestro uniforme idéntico, nuestras trenzas apretadas y nuestros zapatos azules, bien lustrados para la ocasión. Sara saltaba sobre un pie, y después sobre el otro. La tía se hartó de mandarla al baño, pero yo ya sabía que no era más que el puro nervio. Lo sabía porque yo también estaba muerta de miedo. Le pedí a la tía que me dejara quedarme en la casa de Bertamiráns, con ella.

La tía Amalia sacó entonces una piedra de su bolsillo. No era más que un canto común, de los que se pueden encontrar en el borde de un camino. Y me contó que era mágico. Que lo dejaban las hadas para proteger a los seres mágicos.

Le contesté que yo no era un ser mágico.

Entonces ella me contó la historia de una reina celta que vivía en un castro, de una belleza desbordante y con una inteligencia superior. Confluían en ella todas las virtudes de las hadas: aptitud para el canto, hermosa oratoria, gracilidad y armonía para el baile. Era tan perfecta que las fuerzas oscuras quisieron acabar con ella. La secuestraron y la llevaron a las profundidades del bosque, y nunca más se volvió a saber de ella. Durante sesenta días y sesenta noches, los habitantes del castro imploraron a los dioses y hadas que les devolvieran a su reina. Transcurrido ese tiempo, la mujer más joven de la aldea dio a luz a dos hermosas niñas. Y desde entonces, cada vez que nace en el mundo una mujer hermosa, inteligente y llena de dones, la naturaleza hace una réplica exacta para asegurarse de que aunque los diablos la roben, una de ellas se quedará en este mundo.

«Y tú y Sara, pequeña, sois unos seres tan perfectos y maravillosos que la naturaleza se vio obligada a hacer dos. Así que no debes tener miedo. Estarás bien en ese colegio. Porque sois dos. Y sois perfectas. Y mientras estéis juntas, igual que mamá y yo, y conserves esta piedra mágica, nada malo os podrá pasar.»

Y me fui de la mano de Sara hacia mi primer día de colegio, presionando con fuerza aquella piedra que guardé en el bolsillo del abrigo.

Así era la tía Amalia. Y así quiero recordarla. No como la mujer que escribió esa horrible carta. Seguro que ahora ya está con mamá. En las profundidades del bosque de las hadas.

Sin poder evitarlo, comienzo a llorar mientras el coche avanza por la autopista a toda velocidad. Fermín no se percata de mi llanto. Me seco las lágrimas bajo las gafas de sol. Meto la mano en el bolsillo del pantalón, deslizando los dedos sobre la superficie lisa y suave de la piedra, en un intento vano de recuperar la sensación de sosiego que me había proporcionado ese día en el que partí hacia el colegio sintiendo que nada malo podría pasarnos mientras estuviéramos juntas. Convencida de que éramos bellas y hermosas. Y perfectas. Simplemente perfectas.

You killed my baby

Connor observó a Lía mientras esta contemplaba el ataúd rodeado de coronas de flores. La encontró inusitadamente tranquila. Como si la reconfortase estar rodeada de muerte. Se acercó a ella.

—¿Cómo estás?

—Bien. Bien. Al principio me quedé impactada, pero ahora creo que esto es lo que ella quería. No volvió a ser la misma desde que murió mamá.

—¿Hace mucho de eso?

—Mi madre murió en 2011. Tuvo un derrame cerebral y no se recuperó. Tras una semana en la UCI, murió.

—Una lástima.

—Sí. Supongo. O quizá no. No sé si mamá soportaría todo lo que ha sucedido este mes. Connor...

—Dime.

—¿Sería posible que me quedara hoy en casa de Sara?

Connor guardó silencio, pensando si sería una buena idea sacar a Lía tan pronto de A Rodeira. Apenas llevaba cuatro días allí.

—Lía, sé que piensas que estás bien, pero hace una semana estabas ingresada. No es tan fácil.

Sara Somoza se acercó a ellos.

—Imagino que usted es el doctor Brennan.

—Sí. Mi más sentido pésame, Sara —dijo Connor mientras le daba dos besos.

A Connor le impresionó su presencia. Era como una imagen mejorada de Lía. Mucho más mujer, como había intuido en la televisión. Se percató de cómo la faz de Lía cambiaba al instante al tener cerca a su hermana.

—Estaba comentando con Connor la posibilidad de quedarme hoy con vosotros a cenar. Pero el doctor cree que debo volver a A Rodeira.

—En cuyo caso no tengo nada que decir, excepto que el doctor decida cambiar de opinión —dijo Sara, mirando hacia Connor y arqueando una ceja a modo de interrogación.

—Supongo que luchar contra las dos a la vez es más de lo que se me puede pedir —contestó Connor—. Pero realmente convendría que Lía volviera a A Rodeira en cuanto finalice el oficio religioso.

—Teo podría llevarla.

—Seguro que a usted también le hará bien estar acompañada esta noche.

Sara miró a Connor como evaluando sus intenciones. Connor percibió la frialdad con que lo examinaba. Esa mujer estaba sufriendo una gran tensión nerviosa. La fragilidad de Lía se le antojaba mucho menos peligrosa que la situación emocional que atravesaba Sara Somoza. Estaba convencido de que esa mujer estaba a punto de sufrir un colapso nervioso. La relación entre las dos hermanas le resultaba un misterio. Era obvio que Lía tenía una dependencia emocional muy fuerte de su hermana. Y tras hablar con Lía le había quedado claro que Sara había roto parte de ese vínculo tras la muerte de Xiana. Quizá la muerte de Amalia Sieiro sirviera para reconducir las cosas. Normalizar la situación con Sara sería más decisivo para Lía que la terapia y la medicación. Lía necesitaba encontrar de nuevo su sitio dentro de la vida de su hermana. Recordó en ese momento las peticiones que le había hecho desde que empezó a hablar con ella. «Necesito ver a mi hermana.» «Necesito salir de aquí.» «Sara tiene que estar destrozada.» Todo giraba en torno a Sara. Quizá debería implicarla más en la terapia.

Connor miró a Teo Alén. Un extraño triángulo. Si tuviera que apostar con cuál de las dos hermanas estaba casado, él diría que con Lía. Parecían dos chavales de instituto. Había algo infantil en ambos. Sin embargo, Sara era como una réplica madura de Lía. Estaba seguro de que el control de esa relación se hallaba en manos de Sara. Se dio cuenta de que no podría entender a Lía sin conocer un poco más a su gemela.

Se alejó de ellas y fue a hablar con Fermín para decirle que se llevara a Lía en cuanto finalizara la misa que oficiarían en el mismo tanatorio.

—Le pareceremos una familia extraña. ¿Ya nos ha analizado a todos?

Connor se giró y encontró a Sara Somoza casi pegada a su cara.

—Ese es mi trabajo. Y no son una familia extraña. Son una familia a la que le han pasado cosas extrañas.

—Es una forma poética de decirlo. Doctor Brennan...

—Connor. Llámeme Connor, por favor.

—He oído que es usted irlandés.

—Medio irlandés. Mi madre es de Cangas.

—Lía y yo pasamos tres veranos en Bray, en Wicklow.

—El colegio más esnob de Irlanda.

—A estas alturas ya sabrá que Lía y yo éramos dos niñas bien de Compostela.

—No sé tantas cosas como debería. No sería mala idea que mantuviéramos una conversación. Evidentemente, este no es el lugar idóneo.

—Connor, sé que está centrado en ayudar a Lía. Y estoy segura de que es usted un gran médico. Pero necesito que me conteste a una pregunta.

—Diga.

—¿Mató Lía a mi hija?

Connor se sorprendió de la franqueza de Sara. Por unos instantes no supo qué contestarle, más allá de su discurso habitual de que su trabajo no era descubrir quién era el asesino de Xiana, sino curar a Lía. ¿Creía que Lía podría matar a una niña de quince años? Sí, se respondió a sí mismo para sus adentros. Recordó la culpa en los ojos de Lía. Su fascinación por la sangre. Su obsesión por el arte. Su obsesión por su hermana.

—Sara, no sé quién mató a su hija.

Sara Somoza lo miró directamente a los ojos.

—Y si lo descubre, no dirá nada, imagino.

—Creo que hay una carta de su tía... Disculpe, estuve hablando con Teo.

—Ya, claro. Se lo preguntaré de otro modo: ¿cree que Lía pudo matar a Xi?

—Sara, este no es el lugar ni el momento.

—¿Y cuál es el lugar? ¿Y cuál es el momento? Disculpe si he olvidado los modales de niña bien que espera de mí. Pero resulta que han matado a mi hija y mi gemela se cortó las venas en mi casa. Resulta que una semana antes de la muerte de Xiana oí a mi hermana hablar con mi hija en el jardín. ¿Sabe qué le decía? «Compra tú la sangre, Xi. Llenaremos todo el suelo de la habitación. Quedará genial.» ¿Le contó Lía algo de esto?

Connor negó con un gesto.

—Lía me ha prometido que no fue ella. Todo mi cuerpo me pide creerla. ¡Ayúdeme a creerla! ¡Ayúdeme a creer a mi hermana, Connor! Pero pregúntele qué sabe ella de esa sangre. De ese cuchillo.

—¿Le ha contado algo a la policía?

—No he contado nada. Llevo veinte días metida en casa. Pensando, callando, reflexionando. Especulando sobre qué sucederá si hablo y estoy confundida. Pensando qué pasará si provoco una cadena de acontecimientos que perjudiquen a mi hermana. Estoy harta de callar. De no hablar. De quedarme en el sofá mirando el televisor apagado. Me voy ahora mismo a comisaría. No aguanto más. En cuanto finalice el oficio religioso y Fermín se lleve a Lía, me voy a hablar con el inspector Abad.

—Sara, piense en lo que va a hacer.

—Han matado a mi hija.

«You killed my baby.» La voz de Allison resonó en la cabeza de Connor.

—Claro, pero acaso su tía Amalia...

—Eso sería tan fácil para todos..., ¿verdad?

—Sara, ¿podría pasar mañana por mi consulta en el hospital?

—Supongo que sí. ¿Le importaría si voy mejor pasado mañana?

—Por supuesto que no. ¿Ha pensado en iniciar una terapia con Adrián o con otro doctor?

—Yo no soy Lía. No me voy a cortar las venas. Lo único que necesito es saber quién ha matado a mi hija.

«You killed my baby», había dicho Allison en el hospital.

La avisó la policía y llegó empapada, tras correr bajo la lluvia. Entró por la puerta y lo vio sentado con la cara enterrada entre las manos, recordando cómo las luces del otro coche invadían su campo de visión. Reviviendo las últimas horas una y otra vez. Una tarde en O'Neill's como otra cualquiera. Unas pintas de Guinness con los amigos. Alguna más para celebrar que Andrew acababa de encontrar un trabajo nuevo. Y después la llamada de Allison para que fuese a buscar a la niña a casa de una amiga. ¿Cuánto había bebido? Contó mentalmente las pintas. Cuatro, cinco. Quizá seis. Recogió a la niña en casa de Jordan y la metió en el asiento trasero. No recordaba si le había puesto el cinturón de seguridad. Llovía. Solo recordaba eso. La cadencia del limpia-parabrisas. Cada vez más rápido, pero no lo suficiente para expulsar el torrente de agua. Y recordaba las luces del coche.

Y nada más.

Nada más, excepto la sangre en su frente. El agujero en el cristal del parabrisas, por donde salió despedida. Mi Mary *sweetheart*. Y su cuerpo al borde de la carretera. Mojado. Inerte.

Allison en el hospital, llorando histérica.

«You killed my baby», chilló.

«Han matado a mi hija», repetía ahora Sara.

Hore shakul

Santi recogió todas las fotografías de la mesa, incluidas las dos que había encontrado en las manos de Amalia. Los originales de *Muerte roja*. Exactamente iguales, excepto por una pequeña variación. En la segunda, la mujer que estaba tendida en el suelo exhibía un cuchillo en la mano izquierda. La noche anterior Santi había estado investigando en internet sobre esas fotografías. Encontró referencias tan solo a la primera de ellas. Todas las imágenes aparecían sin el cuchillo. Seguramente Aurora Sieiro había hecho dos versiones y había descartado la segunda.

No cabía ninguna duda de que Amalia Sieiro se había suicidado. En ese momento, en la casa tan solo se encontraban Lola, la mujer que iba a limpiar, y Merche, la enfermera nueva, en su inolvidable primer día de trabajo. Teo estaba en la Xunta y Sara se había ido a Sanxenxo para echar un vistazo a la casa, porque quería ir a pasar unos días unos días en ella. Merche dijo que la vieja estaba muy tranquila. Que la había aseado por la mañana y la había dejado escuchando la misa en la radio, sentada en la butaca de su habitación. También dijo que se había levantado con facilidad de la cama y que había ido con el andador hasta el baño ella sola. Había dicho que se encontraba muy bien.

Grafología estaba examinando la nota de suicidio. Santi no tenía duda de que era suya y de que se había suicidado. Pero no le cuadraba que ella sola fuera capaz de matar a la niña. Xiana Alén medía un metro setenta y uno. Era joven y vigorosa. No parecía posible que la redujese una mujer octogenaria y medio ciega, por muy loca que estuviera.

¿Cómo convenció Amalia Sieiro a Xiana para que comprara la sangre por internet? ¿Con qué fin? ¿Qué necesidad tenía la vieja de matar a la niña?

Santi fue hacia el despacho de Gonzalo para intentar decidir con él el curso de la investigación. Había muchos interrogantes por resolver. ¿Era el cuchillo de Inés y de Fernando? ¿Cómo llegó a la casa de los Alén? ¿Cuál era ese tributo de sangre al que hacía referencia la vieja en la nota?

Gonzalo estaba hablando por teléfono. Le hizo una señal indicándole que se sentara. Santi esperó pacientemente a que finalizase.

—¿Qué mierda es esta, Abad? ¿Se supone que tengo que salir ahí fuera a decir que el asunto está resuelto? ¿Una vieja que casi no se podía mover? ¿Estamos locos?

—No tenemos que salir a decir que está resuelto.

—Pues creo que es exactamente lo que voy a hacer. Diré que durante las dos primeras semanas estuvimos dando vueltas en círculo, pero que en cuanto encontrasteis la fotografía, la vieja no pudo aguantar la presión. ¿Tenemos noticias de Grafología ya? ¿Tenemos claro que la vieja escribió la nota?

—Mañana nos dirán algo, pero estoy completamente seguro de que la vieja se suicidó.

—Habla con Grafología ahora mismo. Quisiera salir lo antes posible a hablar con los medios para explicar nuestras labores de investigación. Cómo encontramos la fotografía y cómo asediasteis a la vieja hasta que se rindió. Brillante el trabajo que hiciste con esa foto, Abad.

—Fue Barroso la que dio con ella.

—Está bien. Esa chica tiene instinto. Bien hecho.

—De todas formas, tú y yo sabemos que la vieja no pudo hacerlo. Todavía no estamos en condiciones de cerrar el caso. Está claro que se suicidó, pero eso de que mató a Xiana Alén no se sostiene.

—Tenemos la confesión, tenemos la fotografía y tenemos a la asesina muerta. No me fastidies, Santiago. Esto lo vamos a hacer a mi manera. Voy a salir ahí y voy a decir que el caso está cerrado.

—¿Y quién te va a creer? ¿Y el móvil?

—¿El móvil? ¡Qué *carallo*! La vieja estaba completamente loca. Tributo de sangre. Si tú mismo me contaste la conversación con ella la semana pasada. Veía muertos. Recitaba pasajes de la Biblia. Blanco y en botella, Abad.

—Aprendí hace mucho que la locura nunca es de por sí la causa de un crimen. Puede ser un factor que estimule al asesino, pero nunca es un móvil en sí mismo.

—Llevo dos semanas y media sometido a todo tipo de presiones. Delegación de Gobierno, Policía Autonómica, Interior... No voy a salir ahí fuera a decir que esa vieja no es la culpable del asesinato. Voy a salir con este discurso, y te voy a hacer un regalo cojonudo: tiempo para investigar por detrás, de manera casi extraoficial. Solo lo sabremos tú y yo. Y Barroso, si quieres. Y sobre todo, vamos a conseguir que los otros sospechosos olviden que estamos encima de ellos. Quizá cometan un error, Abad. Y mientras, nos libramos de la presión mediática. Tengo el discurso aprendido: por lo que a mí respecta, la vieja convenció a Xiana Alén para recrear la obra de Aurora Sieiro y después la mató en un arrebato de locura. Al verse acorralada por vosotros cuando le enseñasteis la fotografía, se suicidó tras confesar el crimen en una nota. ¿Algo de lo que he dicho contradice tus descubrimientos hasta este momento?

—¿Cuánto tiempo se va a sostener esto?

—El tiempo suficiente para que me digas algo más. Ya aviso yo a la jueza. Te doy unos días de margen.

Santi se calló, sabiendo que no tenía más que hablar en ese despacho. Se levantó y fue hacia la puerta tras murmurar un «Entendido, jefe».

—¿Vas a seguir con Barroso?

Santi se giró hacia Gonzalo.

—¿Cómo dices?

—Que si vas a seguir trabajando con Ana. Habéis hecho un buen trabajo juntos. Si quieres puedo liberarla de tramitar denuncias y quitarle algo de trabajo administrativo.

—No quiero que se acostumbre a trabajar solo conmigo, pero es demasiado buena para tenerla metiendo datos en un ordenador. Podrías mandarla con el tema ese de los robos del Ensanche.

—¿Y tú con qué vas a seguir?

—¿Cómo que con qué voy a seguir? Con el caso Alén.

—Bien, tendrás que dedicarle algo de tiempo a otras cosas. Si hacemos como que cerramos el caso, cerramos el caso.

—Yo tengo pendiente lo de la agresión sexual en San Juan a dos chavalas en Vite. Con el asunto de la niña Alén, solo mandamos a Álex a hacer un par de interrogatorios. Me pondré con eso. Y en agosto me largo de vacaciones.

—Yo debería marcharme esta semana, pero no lo haré. Y tú tampoco. Quiero las cosas claras, Abad. Mírame. Aquí sigo. Tendría que haber empezado el día 1 y aún estamos a vueltas con el caso Alén. Un día de estos mi mujer me pone las maletas en la puerta.

«O se marcha con otro por la zona vieja hasta que tú la encuentres y le pegues la paliza de su vida», pensó Santi.

Salió del despacho. Eran casi las diez, ya anochecía, así que cogió la cazadora en su despacho y enfiló la puerta. Estaba totalmente agotado. Sacó el móvil del bolsillo y buscó el contacto de Ana. Después lo pensó mejor y lo volvió a guardar.

Estaba en la terraza de enfrente. En un primer momento, no se percató de que era ella. En cuanto lo vio salir, se acercó a él. Santi sintió un alivio tan grande que fue incapaz de decirle nada. Echaron a andar hacia casa de Santi. En silencio.

—Martiño está en Louro —dijo finalmente ella.

Él estiró la mano y ella se la cogió. Caminaron, de nuevo callados, despacio. Santi deseaba llegar a casa y, al mismo tiempo, continuar caminando sin rumbo fijo, simplemente por el placer de mirarla de soslayo mientras paseaban. Hacía una vida que no paseaba con una mujer a su lado. Había olvidado el placer de sentir a alguien cerca, de acomodar el paso, de notar el tacto de una mano. En cuanto llegaron al portal, él sacó las llaves. Estaba abriendo la puerta cuando oyeron una voz tras de ellos.

—¡Inspector!

Se giraron a un tiempo. Detrás de ellos estaba Sara Somoza.

Santi se quedó con la boca abierta y ambos se soltaron la mano rápidamente, como si acabaran de recibir una descarga eléctrica.

—Perdón —dijo Sara—, sé que no debí seguirlos pero necesito hablar con ustedes, y no puede ser en la comisaría.

Santi y Ana se miraron, confusos.

—¿Quiere que vayamos a tomar algo? —preguntó Ana.

—Sí, claro. Es solo que tendremos que buscar un sitio discre-
to. No está siendo fácil salir a la calle, ¿saben?

—¿Quiere subir? —dijo Santi, casi sin pensarlo.

—Si no es mucha molestia...

Subieron los dos pisos a pie.

En el apartamento, todo estaba perfectamente ordenado. Santi encendió las luces y se quitó la cazadora.

—¿Un café?

Sara Somoza negó con la cabeza.

—No estoy durmiendo muy bien. Mejor un vaso de agua.
Qué apartamento tan bonito. ¿Viven aquí los dos?

—No —se apresuró a decir Ana—. Nosotros no... Yo vivo en
la Ramallosa.

—¿En la Ramallosa? Muy cerca de nosotros.

—Sí. Mi madre trabaja en la casa de Carmen y Manuel, en
Las Amapolas.

—¡Ajá! —dijo Sara, sin que a Ana le quedara claro si sabía
quiénes eran o solo se limitaba a contestar educadamente.

Se acomodaron los tres alrededor de la mesa redonda del salón. Santi fue a por un par de cervezas y un vaso de agua para
Sara. No entendía muy bien qué estaba haciendo esa mujer en
su casa.

—Usted dirá —dijo él.

—Inspector Abad, necesito que me ayude. Necesito que con-
tinúe con la investigación.

—Seguimos con la investigación —dijo Ana.

—No me entienden. Estoy completamente segura de que mi tía no mató a Xiana. Esa carta es un absurdo.

—¿Cree que no la escribió ella?

—Por supuesto que la escribió ella, pero mi tía no mató a Xi. Ella habría dado la vida por Xi, al igual que la dio por mí y por Lía.

—¿Qué está insinuando?

—Que el único motivo por el que mi tía saltó de esa ventana fue para liberarnos a nosotras dos de sus sospechas. Pero si la policía abandona la investigación, nunca sabré quién mató a mi hija.

—¿Por qué dice eso? Señora Somoza, no le voy a mentir. El comisario Lojo cerrará el caso en cuanto nos confirmen en Grafología que esa carta la escribió su tía.

Santi observó la sorpresa en la cara de Ana. Él sabía que ella encontraría muy extraño que el caso se cerrara con una confesión y una mera prueba grafológica. Ya hablaría con ella después. Sara Somoza comenzó a llorar calladamente. Uno no diría que lloraba, pero las lágrimas resbalaban delicadamente por su rostro. Sin embargo, hablaba con un tono casi normal, apático y cansado.

—Hoy he enterrado a la mujer que me crio. No me parió, pero me crio. Sus manos curaron mis heridas cuando caí, ella me consoló cuando lloré, ella me enseñó a montar en bicicleta, asistió a todas y cada una de mis funciones de ballet, acudió a mi graduación en Madrid. Ella me ayudó a vestirme en mi boda. Ella, después de Teo, fue la primera en coger a mi hija en el regazo. Su amor era más grande que el de una madre. Precisamente porque no me parió, valoro más cada acto suyo de amor. Esa era la mujer que he enterrado hoy. Una mujer que se arrojó por una ventana para protegernos a mí y a mi hermana de ustedes. Y debería estar rota de dolor. Pero no lo estoy. Casi no me duele porque aún no hace tres semanas que enterré a mi hija. La hija que yo sí parí.

»Le dije el otro día que no hay palabras para quien pierde a una hija, pero yo quiero mirarme al espejo y saber quién soy. Ponerle nombre. Me han amputado una parte mí. Me han amputado a mi hija. En hebreo existe esa palabra. *Hore shakul.* Padre o madre privado de su hijo. Un pueblo valiente, los judíos. Hay que serlo para ponerle nombre a esta pérdida. Para decirlo en voz alta. Supongo que queremos imaginar que si no se verbaliza, no es real. A mí aún me cuesta decirlo. Han matado a mi hija. No saben cómo me cuesta aún pronunciar estas palabras. Pero soy capaz de decirlas. Es real. Xiana está muerta. Puedo afrontarlo. Lo que no puedo afrontar es no saber quién lo hizo. Así que no voy a consentir que cierren esta investigación. Díganme qué quieren. Qué necesitan.

—¿Qué necesito? —dijo Santi—. Necesito que deje de callarse cosas. De encubrir a su hermana y a su marido. Que hablen libremente sin medir cada palabra. Quiero saber cómo estaban las finanzas de Xiana. Quiero saber hasta qué punto forzó ella la situación para marcharse a vivir a Madrid con Lía. Y si tiene usted idea de quién era el chaval con el que estaba saliendo ahora, porque ella aseguraba que usted la mataría si supiera quién era. Quiero que me diga sinceramente si Lía tenía algún motivo para matar a su hija. Si tiene algún motivo para odiarla. Si ha sido usted fiel a su marido. Cómo va su matrimonio. Necesito saber si su relación es estable. Si él le ha sido infiel alguna vez. Quiero que me diga si reconoció el escenario del crimen como una fotografía de su madre el primer día. Y si fue así, por qué no nos lo dijo. Necesito saber si estaba al corriente de que Xiana había comprado la sangre que apareció en su armario. Cuántas veces entró esa noche en la casa. Si puede recordar cuántas veces lo hicieron Fernando Ferreiro e Inés Lozano. Y sobre todo, necesito que me conteste a una pregunta sinceramente.

—¿Cuál?

—Si sigo investigando, a espaldas de mi jefe, exponiéndome a un expediente disciplinario y descubro que la persona que mató a su hija no es un extraño, ¿me permitirá llegar hasta el final?

—Usted atrape a ese asesino. No permita que el comisario Lojo cierre la investigación.

—¿Es usted consciente de lo que está provocando? Las sospechas volverán a recaer sobre todos los que asistieron a esa cena. Usted incluida.

—No hay nada que no pueda aguantar ya. Si tengo que vivir escondida tras unas gafas de sol y sin salir a la calle, lo haré. Me da igual. Vengan a casa cuando quieran. Pondré toda la información a su disposición. Hablaré con Connor Brennan para que tengan más acceso a Lía. Respecto al dinero de Xiana..., en fin, les daré toda la información. Pero, por favor, no cierren el caso.

Ana miró a Santi y ambos se entendieron con un simple vistazo. Fue Ana la que habló.

—Tranquilícese, Sara. No lo haremos.

Hagámoslo

«Hagámoslo», me dijo.

Xi tenía la foto entre las manos. Acababa de explicarle la disposición de los volúmenes dentro de la fotografía. Medimos la distancia justa entre la pared y el cuerpo. Entre el cuerpo y la cama. Le expliqué la perfección de la simetría del cuerpo respecto de la pared frontal, de la cama y de la pared lateral. Límites blancos a un plano rojo que rodeaban un cuerpo también blanco. Si cerraba un poco los ojos, los colores se mezclaban provocando un curioso efecto óptico.

También hablamos de su significado. De la simbología de la sangre. Mamá siempre hablaba del significado vital de la sangre. La sangre menstrual como premisa de creación de vida. La sangre como sacrificio en las antiguas religiones. La sangre como elemento purificador. Como catalizador. La sangre como elemento liberador.

«Hagámoslo, madrina», dijo ella.

Y comenzó a decirme que sería un hermoso homenaje a la abuela. Que sería bonito regalársela a la tía Amalia. Y que podríamos exponerla con mis cuadros. Que su habitación sería perfecta. Que tan solo teníamos que comprar sangre artificial. Y que incluso podríamos hacer las dos versiones. Sin cuchillo. Con cuchillo. Que ella lo conseguiría todo.

«Hagámoslo, tía, por favor», rogó.

«Está bien —dije—. Lo haremos.»

Abad y Barroso

—¿Qué acaba de suceder? —dijo Ana.

—No lo sé. En realidad no ha sucedido nada. Esa mujer se ha plantado aquí y ha intentado convencernos de que Amalia Sieiro no mató a Xiana. Y tú le has prometido que no cerraríamos la investigación. Imagino que serás tú la que informe a Gonzalo.

—¿No me dirás que creíste que había sido la vieja? Y aún peor, ¿no pretenderás que me crea que Gonzalo lo creyó?

—No. No lo he creído ni por un segundo. Pero lo que me preocupa es que tú llegaste a esa conclusión porque te lo dijo Sara Somoza. Esa mujer también es sospechosa del asesinato. Tienes que aprender a sacar tus propias conclusiones. Eres la persona más sugestionable que he visto en mi vida.

—Bueno, no puedo evitar sentir empatía. No todo el mundo es capaz de pensar lo peor del resto de la humanidad todo el tiempo. Debe de ser bastante triste tener tanta mala hostia dentro siempre.

Santi se puso rígido.

—¿Es así como me ves?

—No te pongas así. ¿No te cansas nunca de tu pose de poli duro? ¿No sientes lástima por ella?

—Sentiré lástima por ella en cuanto encuentre al asesino, si resulta que no es ella. En cuanto sepamos quién es el asesino de Xiana Alén, entonces me permitiré sentir lástima por los restantes sospechosos. Mientras, voy a mantener mi famosa mala hostia a la vista para que no te olvides ni por un momento de que ahí fuera hay alguien capaz de rebanarle el cuello a una niña —contestó Santi, alzando la voz.

A Ana le entraron ganas de marcharse, de salir dando un portazo, pero optó por callarse y dejarlo hablar. Fue al frigorífico a coger otra cerveza. Abrió la ventana y se asomó para beber tranquila.

Lo notó moverse a su espalda. Había dicho que no mezclaba nada con el trabajo. Lo que realmente sucedía es que no había nada más que el trabajo. Seguramente ahora se acercaría a ella. Y puede que la besara, que la desnudara, que la llevara de vuelta a la cama. Se preguntó si seguiría pensando en el asesinato todo el tiempo mientras estaba con ella. Si por un instante podría concentrarse solo en ella.

La besó en el hombro. Ella no le dio el gusto de girarse.

—Perdona —le dijo él.

Ana sabía lo que le costaba pedir disculpas. Sintió que él le soltaba el cabello y se dio la vuelta. Lo separó un poco.

—Abad y Barroso. Hablemos del caso. ¿Por qué no pudo ser la vieja? ¿Y si resulta que podía andar? —le cortó.

—Podía andar. Pero ¿cómo salió de la habitación sin dejar tras de sí un rastro de sangre? ¿Cómo hizo eso? ¿Cómo cogió las botellas de sangre de donde fuera que las tuviera Xiana Alén? ¿Cómo colocó el cuerpo? ¿Y el cuchillo? La escenografía del crimen exige cierta agilidad. Esa vieja puede cuadrar en la psicología del crimen, pero creo que es físicamente imposible que lo hiciera.

—¿Y los demás?

—Veremos si mañana descubrimos qué *carallo* pasa con los vecinos. Y Sara y Teo pueden estar mal entre ellos. No hay mejor forma de joder a alguien que matarle a un hijo. ¿Es que no ves el telediario?

—Si sigues hablándome con condescendencia, me voy.

—Vale. —Saltaba a la vista que estaba molesta—. Ya sabes cómo digo siempre las cosas, la clase de jefe que soy. Tienes razón, has trabajado bien en este caso. De hecho, Gonzalo acaba de decirme que está muy contento con tu trabajo.

—¿Vas a hablar tú con él? ¿Le dirás que vamos a continuar con el caso?

—No. Gonzalo me ha confirmado hoy que va a salir en los medios para dejar caer que el caso se cierra —le mintió él—. La finalidad de esto es que todos los sospechosos bajen un poco la guardia mientras yo sigo investigando por mi cuenta.

—Nosotros. Nosotros seguimos.

—Nosotros —dijo Santi, atrayéndola hacia él.

—¿Crees que Sara Somoza te proporcionará toda la información que le has pedido?

—Mañana lo sabremos.

Se acercó a ella para besarla. Ella lo besó también. Después se separó de él y cogió su bolso de encima de la mesa.

—Mañana trabajamos. Y creo que esta noche estamos los dos cansados y muy nerviosos. Y tienes razón: sé muy bien la clase de jefe que eres, pero tú no tienes ni idea de la clase de mujer que soy fuera de la comisaría. Y soy de las que tardan en digerir los enfados —dijo Ana.

Lo volvió a besar sin darle opción a hablar.

—Hasta mañana, jefe.

Se dirigió a la puerta mientras se hacía una coleta, y salió sin que Santi tuviera tiempo de reaccionar.

Lo dejó mirando hacia la puerta cerrada, con ganas de salir tras ella. No lo hizo. Fue a la habitación. Se quitó la ropa y se metió en la cama. Aún tardó dos horas en conciliar el sueño.

Pintar. Vivir

Connor aparcó el coche justo al lado del de Fermín. Eran las tres y media y el sol caía sobre el terreno de A Rodeira, cegándolo. Hasta que se acercó a la casa no descubrió a Lía en el jardín. Estaba situada a pleno sol, delante del caballete, pintando, totalmente ajena a todo. Él se aproximó despacio, sin hacer ruido, pero sabedor de que, aunque lo hiciera, ella no repararía en su presencia. Estaba empapada en sudor, con el cabello corto y negro pegado a la frente. Pintaba con trazos enérgicos y nada delicados. Connor se preguntó cómo era posible que un cuerpo tan pequeño albergara tanta energía.

El cuadro representaba el enorme carballo del jardín. Tan solo estaba empleando pintura roja. Sobre el fondo blanco del lienzo, Lía había representado el árbol desnudo. Solo tronco y ramas, que parecían un conjunto de venas, arterias y capilares. El árbol había mutado en una representación de un sistema linfático. A los pies del árbol rojo, las hojas, que no eran más que gotas de sangre, se arremolinaban sin control. Connor sintió un gran desasosiego.

—¡Hola, Lía!

—¡Connor! Hoy no te esperaba.

—Salí de trabajar y una estudiante a la que le llevo la tesis me canceló la tutoría. Pensé que después de lo sucedido con tu tía, igual te apetecía hablar un rato.

—Hablar. Qué obsesión con hablar. El inspector Abad quiere que hable. Alba quiere que hable. Fermín imparte un taller de escritura creativa, pero pretende que hable. No me gusta mucho hablar.

—¿Sería más fácil si todo se limitara a la pintura?

—A veces siento lástima por aquellos que no pueden pintar. Tú no conoces la sensación de plasmar exactamente lo que estás viendo en tu cabeza, que no es necesariamente lo que ven tus ojos. Uno no conoce los verdaderos sentimientos humanos hasta que es capaz de descubrirlos en una obra de arte. ¿Hay soledad más desoladora que la que exhibe Hopper en *Nighthawks*? La primera vez que vi esa pintura en Chicago me pasé dos horas delante del cuadro, sintiendo el peso opresivo de la soledad de esa gente. Lo mismo me sucede con sus escenas de hotel. ¿No darías media vida por tener la capacidad de captar los sentimientos humanos y plasmarlos así, para la posteridad?

—Daría media vida por sentir la pasión que tú sientes. Así que contéstame a una cosa —dijo Connor.

—¿A cuál?

—¿Qué te hizo rendirte, bajar los brazos, renunciar a esta pasión? Si tienes ganas de pintar, tienes ganas de vivir.

Lía endureció el gesto.

—Eso no es justo.

Connor sabía que se había excedido. No podía acosarla así.

—Tienes razón, no lo es. ¿Me explicas el cuadro?

—Los cuadros son como los chistes: si necesitan explicación, es que no son buenos —dijo ella, sonriendo.

—Yo solo quiero saber si estoy haciendo la interpretación correcta.

—No hay interpretación correcta. El arte es simplemente un conjunto de percepciones individuales. Lo que siente cada persona al contemplar una escultura, una pintura o una fotografía es legítimo.

—Pues yo percibo que estás empleando la sangre como elemento de vida. Creo que estás visualizando la vida interna de este árbol y representando toda su vitalidad a través de toda esa sangre. Y no hace falta ser psiquiatra para entender por qué lo haces.

—No, no hace falta ser el doctor Connor Brennan.

—¿Qué tal estás aquí?

—Supongo que bien. Alba es un encanto. Fermín se pasa las horas intentando hacer que escribamos todas nuestras frustraciones. Ya he escrito tres relatos horrorosos. ¿Sabías que es filólogo? Lo cierto es que alguno ha descubierto su vocación aquí dentro. Iván escribe de maravilla. Y después está la manía esa del poder terapéutico del deporte. El yoga. Esto es casi como un balneario para gente esnob. Supongo que se trata de mantenerme vigilada para que no me tire por una ventana como mi tía. Debe de haber formas más sencillas de conseguirlo. Y mucho menos caras.

—¿Eso que percibo es sentido del humor?

Ella se rio. Estaba hermosa cuando reía. Connor pensó que le gustaría encontrarla en el cine, o en una terraza de la plaza Roja. Invitarla a un café. Que él no fuera su psiquiatra. Que ella no fuera una mujer capaz de cortarse las venas.

—¿Qué piensas? —preguntó Lía.

—Estaba pensando que eres una mujer muy guapa. Que me gustaría haberte conocido fuera de la clínica.

—¿Estás ligando conmigo, Connor?

—Por supuesto que no. Soy tu psiquiatra. Es solo que eres una mujer muy guapa, con mucho talento y acabas de demostrarme que tienes una conversación muy interesante. Es agradable comprobarlo.

—¿Subir mi autoestima forma parte de la terapia?

—Sí. Pero eso no quiere decir que esté mintiéndote.

—Y si te preguntase quién te resulta más atractiva de las dos, Sara o yo, ¿qué contestarías?

—No voy a contestar a esa pregunta.

—Ya la has respondido.

No, no la he respondido.

—Yo creo que sí.

—Te la voy a responder. Seguramente me apetecería más acostarme con Sara que contigo. Y seguramente me apetecería más vivir contigo que con ella. Pero la verdadera respuesta es que tu pregunta me es muy útil como psiquiatra.

—¿Por qué?

—¿Siempre ha sido así, desde pequeñas? ¿Es esto una competición?

—¡Nooooo! ¡Por supuesto que no! —La voz de Lía sonó furiosa.

—Has sido tú la que ha hecho la pregunta.

Lía se quedó pensativa.

—No somos nosotras. Es el resto del mundo el que se empeña en compararnos. Supongo que yo envidié su vida normal, su matrimonio, su inteligencia. Ella es tan analítica, ¿sabes?… Tan pragmática… ¡Me recuerda tanto a mi padre! Es abogada, como lo era él. Y yo soy como mamá, abstraída del mundo, solo preocupada por darle forma y color a la vida. Somos como dos mitades que encajan perfectamente. No hay competición. Ella es mi mitad.

—Eso suena casi perverso. La mayoría de la gente habla en esos términos de su pareja, no de su hermana. ¿Dónde quedó el amor, Lía?

—El amor es una promesa incumplida. El amor es renuncia.

—¿Estás enamorada de tu cuñado?

—¡¿Qué mierda de pregunta es esa?! —chilló Lía. Esta vez el tono de su voz sonó enfadado.

—Una pregunta normal. He preguntado si estás enamorada de Teo. Fue tu novio. Me lo contaste el otro día. Os vi juntos ayer.

—¡Es el marido de mi hermana!

—Eso ya lo sé.

—Es ridículo.

—Ahora has sido tú la que ha respondido a mi pregunta.

Ella se quedó callada, sin saber qué decir. Después comenzó a recoger los útiles de pintura. Connor miró dentro de su caja de materiales. Había varios cuadernos de dibujo. Mientras ella limpiaba los pinceles, los cogió y comenzó a pasar las hojas, contemplando los bocetos.

—¿Puedo? —preguntó.

—Ya los estás mirando —contestó Lía.

Él se dio cuenta de que se había roto la complicidad que habían conseguido hasta ese momento, pero no le preocupaba, ya se le pasaría.

Los bocetos de Lía eran maravillosos. A Connor le entraron ganas de pedirle alguno. Contempló las distintas escenas: la niebla sobre la ría, múltiples versiones del carballo, un banco de madera.

Cogió otros cuadernos: arte abstracto; arte cubista; deconstrucciones de la realidad; una colección de ojos de diversos colores y formas que reflejaban y refractaban la luz; un sobre con veinte láminas de manos a carboncillo; y un cuaderno, también a carbón, que representaba el cuerpo de un hombre desnudo, en todas las posiciones. Era un cuerpo hermoso y proporcionado, como los de las estatuas griegas. Connor pensó que no se correspondía con el resto de su obra, tan experimental. El realismo del cuerpo parecía traspasar el cuaderno.

—Son fabulosos.

Lía cogió el cuaderno. Los ojos se le llenaron de lágrimas.

—No son míos. Son de Xi. Y las manos también.

—¡De Xiana! ¿De verdad? Es increíble, era...

—Era maravillosa. Lo era. No puedo creer que nunca más volverá a pintar. Tengo que dárselos a Sara y a Teo. Yo... supongo que aún no he tenido valor. Me los mandó a Madrid. Supongo que ahora Teo y Sara deberían quedarse con ellos.

—¿Quieres que se los lleve yo?

—¿Harías eso por mí?

—Por supuesto que sí. ¿Sabes quiénes son los modelos?

—Las manos son las de la tía Amalia. Los otros no sé.

—Lía, si te parece, con tu permiso me llevaré las láminas y el cuaderno hoy. Pero creo que no se los daré a tu hermana.

—¿Por qué?

—Porque creo que debería verlos Santi Abad.

—Pero ¿por qué?

—Porque estas no son pinturas normales para una chica de quince años.

Lía hizo un gesto de extrañeza.

—No te entiendo.

—Da igual. ¿Te importa si me marcho a llevárselas?

—¿Por qué tanta prisa?

—Porque me gustaría que dejara de pesar sobre ti la sospecha de que mataste a tu sobrina.

—¿Y por qué no me preguntas simplemente si fui yo quien la mató?

—Porque no se trata de lo que yo piense. Y hablaremos de lo que pasó ese día cuando estés preparada. ¿Puedo llevárselos, entonces?

—Yo creo que no me pertenecen. Quizá deberías pedir permiso a Teo y a Sara.

—Los llamaré por teléfono. ¿Te gustaría pasar el fin de semana con Sara?

El rostro de Lía se iluminó.

—¿Sería posible?

—Creo que sí. En fin, me marcho. ¿Necesitas que te traiga algo?

Ella negó con la cabeza. Sonreía abiertamente.

Mientras conducía, Connor no podía dejar de pensar en la extraña relación de las dos hermanas. Puso música. Al final decidió no llamar a Teo y a Sara y llevar el cuaderno directamente a Abad. Se concentró en la línea de la carretera para no pensar. Necesitaba no pensar. Subió el volumen para que no le venciese el sueño. Esos días le estaba costando dormir.

Eran cerca de las cinco y media cuando llegó a la comisaría. Quizá Abad no estuviese en su despacho, pero decidió intentarlo de todas formas. Tan solo había estado allí una vez, para renovar el DNI. Preguntó por el inspector Abad y fueron a avisarlo.

Abad también tenía cara de cansado. Connor se fijó en las ojeras.

—Doctor Brennan, ¡qué sorpresa!

—Inspector —dijo Connor, estrechándole la mano a modo de saludo.

—Acompáñeme.

Connor lo siguió. El despacho de Santi Abad no era como había imaginado. Esperaba encontrar un montón de papeles, una luz tenue de una pequeña lámpara y un corcho lleno de notas y fotografías. En realidad encontró un despacho normal; podría ser el de un asesor fiscal o el de un director de sucursal bancaria, con un ordenador, una impresora y un armario. Se fijó en que había un estante con varios volúmenes legales. Abad era un tipo ordenado. Demasiado.

—Vengo de A Rodeira. He estado con Lía. Creo que su recuperación avanza de manera satisfactoria. Le he propuesto que pase el fin de semana en casa de Sara. De ser así, si quiere hablar con ella, podría ir allí, siempre y cuando no le importe trabajar en sábado. Yo también me acercaría.

—¿No tiene nada mejor que hacer en su tiempo libre, doctor?

—¿Le parece que nos tuteemos?

—Claro. Es solo que estoy demasiado acostumbrado a no hacerlo. De buenas a primeras supongo que a todos los policías nos gusta marcar las distancias. Como estés más cómodo.

—Pues estoy más cómodo así. ¿Santiago? ¿Santi? ¿Inspector?

—Santi. O Abad. O como te apetezca. En fin, tú dirás. Imagino que no habrás venido simplemente para invitarme a tomar café el sábado en Las Amapolas.

—He encontrado esto entre los cuadernos de Lía. Se los mandó Xiana. Las láminas representan las manos de la difunta Amalia. Como ves, son extraordinarias. Pero el cuaderno me ha dejado perplejo.

Santi lo abrió para descubrir más de quince bocetos de un cuerpo masculino. De cara, de espaldas. De los pies. De la espalda. Detalles de los genitales. De los muslos. De los hombros.

—Son muy...

—La palabra que estás buscando es sexuales.

—¿Estás seguro de que son de ella? ¿Que Lía Somoza no te ha mentido?

—Creo que no. Ha dicho que se los había mandado por correo a Madrid. Que no se encontraba con fuerzas para devolvérselos a Teo y a Sara. Y de hecho los sobres con el remite aún estaban en la caja donde Lía los tenía guardados.

—Connor, sé que no me puedes decir nada, pero ¿cómo está? ¿Tú crees que es posible que...?

—¡Por ahí no, inspector! Mis opiniones personales no son relevantes. Cuando lleve más tiempo tratándola, y si me lo pedís por los conductos oficiales correspondientes, haré un informe pericial. Pero no puedo hablar contigo de lo que ella me cuenta en el marco de la terapia.

—Ya lo sé. De todas formas, estamos a punto de cerrar la investigación.

—¿Tenéis claro que fue doña Amalia?

—No he dicho eso. He dicho que estamos a punto de cerrar la investigación. En fin. Me conformaré con hablar con Lía Somoza el sábado. Es bastante triste que no tengamos nada mejor que hacer un sábado.

Los dos se echaron a reír.

Los dos pensaron que eso tan solo era cierto respecto de sí mismos.

El cuaderno de Xiana

Santi cogió el móvil para llamar a Ana. Ella no le había dirigido ni una mirada en todo el día. Había llegado a las ocho y media y se había marchado con Javi al Ensanche. Habían robado en cuatro tiendas en la última semana y aún no habían entrado a investigar el asunto con seriedad. Había demasiado personal de vacaciones y Gonzalo había ordenado darle prioridad absoluta al caso Alén. Javi y ella volvieron sobre las doce y desde entonces no se había apartado de su ordenador. Santi salió tres veces de su despacho. Las tres estuvo a punto de acercarse a Ana. Las tres disimuló. Fue al baño, fue a hablar con Javi y hasta entró en el despacho de Gonzalo, incapaz de reunir el valor para dirigirse a ella.

Ahora tampoco se veía capaz, a pesar de que efectivamente tenía que comentarle un asunto de trabajo. Fotografió los dibujos de los cuerpos masculinos. Y después se los mandó por Whats-App. «Son de Xiana Alén. Me los ha traído el psiquiatra de Lía.»

Esperó una respuesta que no llegó. Estaba enojado consigo mismo. Solía trabajar solo. Quería ayudarla. Veía en ella muchas ganas. Y muchos errores. Sabía que no estaba acostumbrado a compartir información ni a decir las cosas de manera delicada. O simplemente a decir las cosas. Le costaba hablar.

Después de lo de Sam, había pedido cita con un psicólogo, consciente de que tenía un problema con el control de la ira. Llegó con mucho tiempo a la puerta de la consulta y esperó a que lo llamasen. Antes que él, entró una adolescente con su madre, y después una mujer de mediana edad. Sin embargo, cuando el psicólogo se asomó a la puerta y dijo su nombre, se quedó clavado en la silla. Santiago Abad. Lo repitió tres veces. Él permaneció sentado, sin mirarlo a los ojos. Después dijo otro nombre, y un tipo que estaba sentado junto a él se levantó y entró en la consulta. Santi salió de allí casi corriendo.

No podía contarlo en voz alta.

Y ahora se sentía igual. Estaba paralizado. Aunque no sabía por qué. Hacía dos años que no se sentía tan bien como la semana anterior. Ana era capaz de entender lo que estaba pensando. Entendía sus procesos mentales, la importancia de un interrogatorio, de un registro. Ella le recordaba a él cuando era joven. Tenía una curiosidad innata y una gran intuición. Le gustaba su capacidad para entrar en la psicología ajena. Eso era lo que pensaba de ella. Pero no había sabido decírselo claramente. Se había limitado a subestimarla, a despreciar sus observaciones, a ponerse por encima de ella. Yo. Yo. Yo. Yo investigaré. Yo sé. Yo creo...

La recordó en la cocina, recogiéndose el cabello en una coleta mientras cogía el bolso y se marchaba de su casa, en un gesto que decía mucho de ella. Yo llevo el cabello como quiero. Tú no decides si me suelto el pelo. Tú no decides dónde duermo esta noche. Tú no eres mi jefe aquí. Ahí te quedas.

Ahora tenía que hablar con ella. Si estuviera llevando el caso con Javi o con Álex, ya los habría llamado al móvil. Pero no podía. Se sentía como aquel día a la puerta del psicólogo.

Clavado a la silla.

El móvil vibró suavemente y se apresuró a ver el mensaje. Ni una palabra. Tan solo le compartía su ubicación. Estaba en la Ramallosa. Santi salió y cogió un coche de la comisaría.

En doce minutos estaba a la puerta de su casa. Le hizo una llamada perdida y Ana bajó de inmediato.

—¡Hola! —dijo él.

—Hola. ¿Traes los dibujos?

—Sí. Están ahí atrás.

—Vamos a Las Amapolas —dijo ella mientras se daba la vuelta y se estiraba hasta coger el cuaderno. Fue pasando las hojas una por una—. Era buena.

—Sí que lo era. En el sobre de atrás están las de las manos. Impresionantes. Tendremos que encontrar al modelo de estos dibujos.

—¡Maldito cabrón!

—¿Quién?

—¿Quién va a ser? ¿A quién crees capaz de desnudarse para que lo pintara Xiana? Te dije que estábamos tratándola como a una niña. Xiana Alén estaba saliendo con alguien en secreto. Hugo nos lo dijo. Y fuimos tan estúpidos que no nos dimos cuenta de lo que teníamos delante de los ojos. Este es un cuerpo adulto, así que enfila la calle y vamos al chalé del único hombre que estaba en esa casa la noche del asesinato y que podía estar tirándose a Xiana Alén.

—¿Cómo? ¿Fernando Ferreiro? ¿Crees que el novio secreto de Xiana era el profesor? —Santi comprendió al instante que ella tenía razón. Se sintió como un estúpido por no haberse dado cuenta antes.

—Créeme, yo conozco a ese tipo. Lo he visto un montón de veces en la piscina. Y ese cuerpo me encaja bastante con él. Se pasa el día en el gimnasio. Y su mujer también.

—No tienes ninguna prueba. Y para no gustarte el tipo, lo tienes bien inspeccionado.

—Venga, no digas chorradas. Vamos a esa casa a hablar con ellos. Estoy completamente segura. Fernando Ferreiro estaba con alguien. Tú mismo dijiste que su mujer estaba enfadada con él.

—¿Y crees que estaba liado con una chavala de quince años?

—¿Quieres que te cuente lo que hacía yo en el vestuario del instituto con quince años?

Santi se quedó callado, y tras pasar la garita de seguridad se dirigió a la casa de Fernando e Inés.

Les abrió la puerta ella. A Santi siempre le sorprendía su estatura. Se percató de la sorpresa de Ana; no había estado en ningún interrogatorio con ellos.

—Buenas tardes. Esta es la oficial Ana Barroso. Queríamos hablar con usted y con su marido.

—Sí, claro. Ningún problema. Justo ahora le estaba diciendo a Fer que teníamos que llamarlo. Queríamos saber si es cierto lo que dicen los periódicos respecto a la carta de confesión de Amalia Sieiro. Sé que puede sonar terriblemente egoísta, pero comprenderá que estamos deseando continuar con nuestras vidas. Todo este asunto de la investigación ha resultado de lo más desagradable.

Se hizo a un lado para dejarles pasar.

Fernando Ferreiro estaba en la cocina. Salió y los saludó efusivamente. Santi miró a Ana y le hizo una señal con el mentón, invitándola a hablar. Como diciendo «¿Quieres llevar el peso del interrogatorio? Adelante».

—Señor Ferreiro, soy Ana Barroso. Queríamos hablar con ustedes, fundamentalmente de dos temas. El primero es el cuchillo.

—A Santi le extrañó que ella empezase por ahí—. Hablé el lunes a primera hora con su mujer. Tenemos la sospecha de que el cuchillo con el que mataron a Xiana Alén es un cuchillo suyo que su mujer echó de menos.

Ana se sacó el móvil del bolsillo, buscó la fotografía que había hecho el lunes y se la enseñó.

—Es este —le dijo.

Fernando e Inés se quedaron callados. Inés fue la primera que habló.

—Parece el nuestro, no se lo voy a ocultar. Lo que me pide el cuerpo es negarlo, pero lo cierto es que, sin duda, es idéntico al nuestro. Aun así, les aseguro que no tenemos ni idea de cómo llegó ese cuchillo allí.

—Dijo que era un regalo de la lista de bodas. ¿Cuánto hace que se casaron?

—Dos años. El tiempo que llevamos aquí.

—Será fácil de comprobar. Es un cuchillo muy raro.

—¿Y cómo llegaría a manos de doña Amalia? —preguntó Inés.

—Ya lo averiguaremos. La segunda pregunta tiene que ver con estos dibujos.

Abrió el cuaderno y se lo puso delante. Inés palideció. Después la cara se le cubrió de un rubor instantáneo.

—Fernando, estamos convencidos de que usted es el modelo de estos dibujos.

Fernando Ferreiro bajó la vista.

—¿Señor Ferreiro? —insistió Ana.

—¿Fer? —dijo Inés.

Santi decidió que había llegado el momento de intervenir.

—Fernando, si quiere llamar a un abogado está usted en su derecho.

—¿Abogado? Yo soy abogada —dijo Inés—. No necesitamos ningún abogado. Miren, si Fer fue modelo de Lía Somoza o no, no es relevante. Incluso si están pensando que sucedió algo entre ellos, eso no tiene que ver con sus investigaciones. Los periódicos dijeron que Amalia Sieiro dejó una carta de confesión, así que no entiendo...

—Estos dibujos no son de Lía Somoza —le cortó Ana.

Inés miró a su marido. Fernando se sentó en el sofá y se tapó la cara con las manos.

—Estos dibujos —sentenció Ana— son de Xiana Alén.

La última vez

La última vez que hice el amor con Teo estábamos completamente borrachos. Supongo que tenía que ser así. Para cerrar el círculo. Igual que en nuestro primer encuentro.

Era su cumpleaños. No puedo recordar cuánto habíamos bebido. Tan solo recuerdo que yo estaba fatal porque me habían rechazado en una galería de Londres, así que me limité a beber. Me senté en un rincón mientras sus amigos pinchaban música y yo tomaba un *gin-tonic* tras otro. Hubo un momento en que Adrián se me acercó y me sacó a bailar. Recuerdo a Adrián abrazado a mí. También recuerdo la mirada desconcertada de Teo, al otro lado del pub que habíamos cerrado para celebrar su cumpleaños.

Adrián me llevó a un rincón. Estaba oscuro y yo tan borracha que tan solo quería marcharme de allí. Me libré de él como pude y salí a la calle. Caminé hacia la plaza de Galicia para coger un taxi. Teo apareció de la nada y me dijo que tenía el coche en el Campus Sur, que podía llevarme a casa. Seguramente estaba tan borracho como yo. No lo pensé. Lo seguí. Cogida de su mano.

Casi no recuerdo de qué hablamos. Más bien de qué habló él. Yo me limitaba a caminar a su lado, abrazada a él, mirándolo de soslayo. No, no recuerdo qué me contaba, solo recuerdo que se reía. Siempre tuvo una sonrisa preciosa. Lo besé de pronto, sin poder contenerme. Allí, delante de la Facultad de Químicas. Él se echó a reír de nuevo. Reímos los dos. Con esa risa inconsciente e inevitable del que no sabe por qué se ríe. Me llevó a rastras hasta su coche. Me sentó en el capó. Seguimos besándonos. Como dos adolescentes. Demorando el instante de meternos dentro. Saboreando unos besos que sabíamos que serían los últimos.

Esa fue la última vez que me acosté con él. Allí, en el asiento trasero de su coche. Cuando acabamos, permanecimos abrazados. En silencio. Siempre me gustó acomodar mi cabeza en su pecho. Cerrar los ojos. Y después abrirlos para mirar hacia arriba y examinar su perfil. Acariciar su cara para guardar en la yema de los dedos las medidas exactas del contorno de su rostro. Creo que aún hoy podría dibujarlo con los ojos cerrados. Ese es mi último recuerdo de ese día. De esa nuestra última vez. Allí. En el asiento trasero del coche. Medio vestidos. Medio desnudos. Abrazados.

Creo que debimos de quedarnos dormidos. Después despertamos y, sin decir una palabra, nos vestimos. Me llevó a la casa de mis padres, a Bertamiráns. Él volvió a la suya. Con Sara, que no había ido a la fiesta porque Xiana había empezado con la dentición y tenía fiebre.

Barroso y Abad

—¿Cuándo comenzó su relación con Xiana? —preguntó Ana.

—Fer, no contestes. No contestes a nada —dijo Inés.

Fernando Ferreiro se hundió en el sofá.

—No. Quiero hablar. Es casi un alivio. Es solo que... —Dirigió la vista hacia su mujer.

Inés estaba furiosa. Ana se dio cuenta de que estaba a punto de perder el control.

—Fernando, esta conversación puede que no sea del todo cómoda. ¿Le parece que vayamos a la comisaría? —intervino Ana.

Él asintió. Se levantó y se acercó a su mujer.

—Fer, no vayas. ¿Cómo pudiste? Fer, quédate en casa. No deberías ir sin un abogado especialista en derecho penal. Llamaré a Álvaro, un compañero mío de la facultad.

—Está bien. No tengo nada que ocultar. En serio. Yo... yo... lo siento —dijo al tiempo que besaba a su mujer en la mejilla y se dirigía hacia ellos.

—¿Le importa venir en el coche patrulla?

Él negó con la cabeza.

Permaneció callado todo el camino.

Ya en la comisaría, Santi y Ana lo llevaron a una sala de interrogatorios. Santi insistió en que podía llamar a un abogado, y él volvió a rechazar su propuesta. Ana estaba confundida. Por un lado, casi sentía lástima por el tipo. Si lo pensaba mejor, lo que realmente le apetecía era darle una patada donde más le doliera. Xiana Alén no era más que una cría, y él había sido su profesor en el instituto.

Se sentaron los dos enfrente de él.

—Fernando, vamos a grabar esta conversación. ¿Confirma que ha rechazado usted la presencia de un abogado?

—¿Me acusan de algo?

—No.

—Entonces creo que no es necesario.

Ana cogió de nuevo el cuaderno de Xiana y lo abrió delante de él. Fue Santi el que comenzó a hacer las preguntas.

—¿Reconoce usted estos dibujos?

—Sí. Son de Xiana.

—¿Fue usted el modelo?

—Sí.

—Dado el grado de intimidad que se desprende de estos dibujos, ¿nos puede aclarar su relación con la asesinada?

Ana se percató del malestar de él cuando Santi pronunció esa última palabra.

—Tenía algo con ella.

—¿Eran amantes?

Fernando asintió con la cabeza.

—¿Desde cuándo mantenía relaciones con Xiana?

—Desde abril. Ocurrió justo en Semana Santa.

—¿Estaba enamorado de ella?

Él se quedó callado, meditando la respuesta.

—No pensaba en eso cuando estaba con ella. Cada vez que estábamos juntos yo me prometía que sería la última. Era consciente de que era una niña. Y yo..., no se confundan, yo quiero mucho a Inés. Es solo que Xi era tan perfecta... Tan joven... Tan... Era preciosa. Todo en ella lo era. Cada vez que aparecía en mi casa con cualquier excusa, yo intentaba convencerla de que esto estaba mal, pero ella...

—¿Está intentando echarle la culpa de esta relación a una niña de quince años?

—Sé que suena fatal, pero es que no era una niña. Mire esos dibujos. Era muy madura. No sé si fue su relación con Lía la que la hizo madurar tanto. Solían viajar juntas. Este año, sin ir más lejos, la había llevado a París. Y ella estaba obsesionada conmigo. En serio. Aparecía por mi casa todas las tardes en cuanto Inés se iba a la notaría. Primero comenzó a venir con la excusa de que no entendía unos deberes de matemáticas. Después sucedió... y desde entonces ella me buscaba.

Pobrecito, pensó Ana. Recordó la imagen de Xiana Alén, desnuda, encima de una fría camilla metálica, en el depósito de cadáveres, con la garganta abierta. Era una chica hermosísima. Pero era una adolescente, a fin de cuentas.

—¿Estaba enamorado de ella?

—Supongo que sí. O no. No lo sé. Si me preguntan si podría dejar a mi mujer por ella, la respuesta es que no. Era demasiado joven. Si me preguntan si me veía capaz de dejarla..., no sé explicarlo. Era como una droga.

—¿Era la primera vez que le era infiel a su mujer?

—No entiendo qué importa eso.

—Las preguntas las decido yo —dijo Santi— y le estoy preguntando si era la primera vez que engañaba a Inés. Si quiere responde, y si no, se calla.

—No.

—No ¿qué?

A Ana le parecía fascinante cómo Santi iba marcando el ritmo del interrogatorio.

—No era la primera vez. Le fui infiel una vez de casados y dos siendo novios. Ella lo sabe y me perdonó.

—¿Sabía lo suyo con Xiana?

—Sabía que estaba viendo a otra mujer. No sabía que era Xiana.

—¿Está seguro?

—¡Por supuesto que sí!

—¿Qué sabía ella, exactamente?

—Encontró una caja de preservativos en mi chaqueta. Estaba claro que no eran para usarlos con ella. Nosotros aún estábamos intentando tener hijos.

—¿Cuándo sucedió eso?

—No sabría decirle… El mes pasado.

—¿Antes o después de la muerte de Xiana?

—No puede insinuar...

—No insinúo nada. ¿Antes o después?

Fernando se quedó callado. Ana decidió intervenir para calmarlo.

—Fernando —dijo—, estoy segura de que puede recordarlo. ¿Fue antes de la muerte de Xiana?

Él asintió a regañadientes.

—¿Cree que Teo o Sara sabían de su relación con Xiana?

—No. Estoy seguro de que no. Ellos estaban normales conmigo. De hecho, no soy capaz de mirarlos a la cara. Me siento...

—¿Cómo se siente? ¿Culpable?

—Supongo que «culpable» es la palabra. Aunque no sé por qué. Yo no hice nada, se lo juro. Y estoy seguro de que ninguno de los que estábamos en esa casa pudo hacerle nada a Xiana.

—Uno de los que estaban en esa casa mató a Xiana.

—¿Cree que no lo sé? No hago más que repetirme que alguien mató a Xi. Y no puedo dejar de pensar si eso tiene que ver con el hecho de que ella estuviera enamorada de mí. De que yo... Dios, ¡era tan joven!

Fernando comenzó a llorar. Parecía que llevaba esperando semanas para poder hacerlo. Lloraba sin pudor. Ana se sintió violenta.

—Fernando, cálmese. Acabamos enseguida —le dijo—. ¿Qué sucedió con el cuchillo?

—Ella me lo pidió. Sé que no me van a creer, pero fue ella. Una semana antes del día de... Vino a mi casa una tarde. Estuvimos juntos y después me dijo que necesitaba un cuchillo con una hoja larga. La llevé a la cocina y escogió ese. Recuerdo que le dije que tuviera cuidado, porque estaba muy afilado y...

Fernando se calló, consciente de lo que estaba diciendo. Ana se apresuró a continuar con la ronda de preguntas.

—¿Le dijo para qué lo necesitaba?

—No. Solo me dijo que lo necesitaba para un tema artístico.

—Una última pregunta —interrumpió Ana—. Ustedes tienen cámaras en la entrada de su casa. ¿No quedaban registradas las visitas de Xiana?

Él asintió con la cabeza.

—Cada vez que venía me encargaba de borrar el archivo en el que quedaban registradas las grabaciones.

Santi le hizo una señal a Ana para que parase.

—Creo que es suficiente por hoy. Gracias. Y le agradeceríamos que, a partir de ahora, si tiene algo que contarnos, no se lo guarde. Si realmente no tiene nada que ocultar, no hay razón para no comunicar a la policía todo lo que sepa en relación con el asesinato de Xiana.

Fernando asintió y se dirigió hacia la salida.

En cuanto se cerró la puerta, Santi apagó la grabadora.

—¡Uauuuuu! ¡Has estado impresionante! —dijo Ana.

—Sí. Abad y Barroso al ataque.

—Barroso y Abad.

—¿Cómo?

—Siempre te pones delante.

—Me pongo delante porque soy tu jefe. Y me pondré donde tú quieras si salimos de aquí y vienes de una maldita vez a mi casa. Ana y Santi. Santi y Ana. Como te apetezca.

Ella lo miró de soslayo mientras guardaba la grabadora en la funda.

—¿Quieres que te lo pida por favor? —dijo él—. Por favor.

Ella sonrió.

—Me marcho a casa.

Él bajó la vista.

—Voy a coger un par de cosas para mañana y luego me voy a la tuya.

—Disfrutas con esto, ¿verdad? —dijo Santi, alzando la mirada.

—No.

—Vale.

Él dudó de si besarla allí, en la comisaría. Descartó la idea y se separó de ella. Ella cogió sus cosas y se dirigió a la puerta.

Él salió diez minutos más tarde. Se sentía aliviado. La noche anterior no había pegado ojo. Con un poco de suerte, conseguiría, por fin, dormir un poco.

O no.

Bienes gananciales

Teo Alén no lograba conciliar el sueño. No dejaba de pensar que en ese instante estaban los dos solos en la casa. Por la mañana se había acercado a su trabajo y había pedido a su jefe adelantar las vacaciones. La presión era casi insoportable. Los primeros días, sus compañeros de trabajo lo trataban con consideración. Últimamente había comenzado a notar que hablaban a sus espaldas.

Se dio cuenta de que, a su lado, Sara tampoco dormía. El día anterior había hablado con el doctor de Lía. Y después del tanatorio había desaparecido durante un par de horas. No le preguntó dónde había estado. Él se había quedado en el cementerio. Delante de la tumba de Xi. Luego se enteró de que dos cámaras lo estaban grabando.

En los programas de la televisión hablaron de que su matrimonio no pasaba por un buen momento y que él y Sara estaban distanciados. Mostraban imágenes de él en el cementerio. Solo.

Dio una vuelta en la cama. Encendió el móvil: era la una de la madrugada. Aún no le había dicho a Sara que había cogido ya las vacaciones. Se preguntaba si querría ir a Sanxenxo. Ahora que no tenían que cuidar de Amalia, y si cerraban el caso, quizá podrían marcharse a la playa. O incluso al extranjero.

—¿No puedes dormir? —preguntó Sara.

—¿Acaso podemos dormir algún día? —contestó Teo.

Ella encendió la lámpara de su mesilla de noche. Se sentó en la cama.

—Ayer fui a hablar con el inspector Abad.

—¿Ayer? ¿Y no me dijiste nada?

—Es que no sabía cómo decírtelo.

—¿Por qué?

—¿Por qué? Desde el primer momento estás pensando que él anda detrás de nosotros. Creo que debemos tener claro lo que queremos. Y no sé tú, pero yo lo tengo claro: quiero saber quién mató a Xi.

—Tengo miedo.

—¿Miedo de qué?

—Miedo de que se les meta en la cabeza que fuiste tú, o yo, o los dos juntos. O Lía.

—Pues si nosotros no fuimos, no fuimos. Si fue Fer, o Inés, o Lía…, quiero saberlo. Y ahora están a punto de cerrar la investigación. Y no me digas que quieres eso. Porque si quieres eso, es que no querías a Xi.

—¿Por qué no puedes creer que fue tu tía?

—No me vengas con esas. —Sara alzó la voz—. Sé perfectamente cómo era la tía Amalia. Sé lo que me quería y lo que quería a Xi. Ella no lo habría hecho. Ella era de mi familia, ¡por el amor de Dios!

—¿Ella era de tu familia? ¿Y qué es Lía? ¡Lía es tu gemela! Y no te he visto defenderla así.

—¿Qué quieres decir con eso? ¿Estás diciendo que he acusado a Lía?

—¡Vamos, Sara! ¡No me vengas tú con esas! Dos días en la UCI, cinco días en planta y no fuiste a verla. ¿Te crees que soy tonto? Todo el mundo se dio cuenta. Hasta Abad.

—No voy a hablar contigo de Lía. ¿Crees que la conoces bien? ¿Crees que la conoces como la conozco yo? No tienes ni idea de lo que pasa por su cabeza. Ojalá algún día fueras capaz de verla como la veo yo. Pero no eres capaz, Teo. No tienes ni puta idea.

—¿Qué quieres decir con eso? ¿Que crees que lo hizo ella?

—Yo no he dicho eso.

Se quedaron callados, sin saber qué más decirse. Después Sara se calmó.

—No, no creo que fuera ella. De verdad. Es solo que no puedo olvidar que intentó matarse. Y no puedo olvidar la sangre en el baño. La sangre en la habitación de Xi. Y luego está lo de la fotografía. ¿Qué otra explicación hay? Además, hay algo que no te he contado.

—¿Qué?

—Unos días antes de San Juan oí a través de una ventana abierta una conversación entre Xi y Lía. Estaban hablando de comprar sangre para reproducir la fotografía.

—¿Cómo pudiste callarte eso?

—¡Porque no podía decirlo! Si Abad sabe eso, detendrá a Lía. Así que me callé, pero al mismo tiempo siento que necesito que sigan investigando. Sé que no me entiendes.

—¿De qué hablaste ayer con Abad? ¿Le contaste esto cuando fuiste a la comisaría?

—No fui a la comisaría. Lo seguí cuando salió del trabajo. Iba con la mujer, con esa Ana.

—Es normal, son compañeros.

—No, no son solo compañeros.

—Bien, eso no es asunto nuestro. ¿Le contaste la conversación entre Lía y Xi o no?

—No. Solo le pedí que no cerraran la investigación. Y le prometí que le daría toda la información que me pidiera. Teo...

—¿Qué?

—Le voy a contar lo del fideicomiso.

Teo se quedó callado unos segundos.

—¿Crees que es necesario? —preguntó luego—. ¿Qué crees que van a pensar?

—No van a pensar nada. Tan solo diremos la verdad: que hiciste unas inversiones arriesgadas y que el dinero ya está repuesto. Tenemos dinero de sobra. No hay razón para que piensen nada extraño.

—No tenemos dinero. Tú lo tienes.

—Todo lo mío es tuyo. Yo me encargaré de que no lo duden —dijo Sara mientras apagaba la luz y se disponía a no dormir.

Errores

Ana abrió la ventana y encendió un cigarrillo. Santi estaba dormido. No habían hablado. No lo necesitaban. Llevaban cuatro días esperando para estar juntos, negándose a reconocerlo. Le gustó que le hubiera pedido que fuera a su casa, sin más explicaciones. Solo dos palabras: «Por favor». Dos palabras. Solo dos.

Dio una calada profunda. Estaba desvelada. Eran las tres de la madrugada. Lo que le pedía el cuerpo era despertarlo, para nada en especial, solo para sentirlo despierto a su lado. Lo que le pedía el cuerpo era quedarse en la cama al día siguiente, sin pensar en las Somoza, en Teo, en el cabrón de Fernando, en la neurótica de su mujer. Lo que le pedía el cuerpo era cobijarse en él. Acariciarlo. Besarlo.

—¿Qué haces?

Estaba detrás de ella, lo sintió totalmente pegado a su espalda.

—Fumar a escondidas.

La agarró por la cintura.

—Casi que te lo voy a perdonar.

Se quedaron callados, abrazados, sin verse las caras. Ella sabía lo mucho que le costaba hablar y se preguntaba si siempre era así con todo el mundo, o solo con ella. Lo cierto es que era mejor cuando no hablaban.

—¿En qué piensas? —dijo Santi.

«En que eres muy complicado para mí», pensó ella.

—En trabajo.

—¿No vas a dejar de pensar en el caso ni un minuto?

—Ni un minuto —mintió ella.

—La verdad es que no me esperaba lo de Fernando. ¿Cómo demonios podía estar tirándose a una chavala de quince años?

«¿Cómo demonios me he ido yo a la cama con mi jefe?», pensó Ana.

—No lo sé. Realmente era una preciosidad. Pero no sé..., no dejaba de ser una niña. En fin, ¿y ahora qué? ¿Crees que Gonzalo seguirá con la idea esa de fingir que cierra la investigación?

—Puedes apostar lo que quieras a que sí. Los resultados de Grafología han llegado esta tarde. Mañana saldrá a dar una rueda de prensa en la que dirá que la vieja confesó. Que somos la hostia. Que hemos resuelto el caso en menos de tres semanas. Él gana algo de tiempo. Deberá dejar la cosa un poco en el aire, pero la idea es dar a entender que la vieja lo hizo. Que por la mañana disimulemos un poco y que emplee mi tiempo libre en ver cómo reaccionan el resto de los sospechosos. En fin, eso será mañana. Ahora deberíamos dormir. ¿No estás cansada?

—Supongo que se me hace raro estar aquí.

—Anda, ven —dijo él, tirando de ella.

—¿Qué vas a hacer?

—Nada de lo que piensas. Te voy a llevar a la cama. Y voy a hacer que duermas. Mañana tenemos que ir a casa de Sara Somoza.

—¿Le vas a decir lo de Fernando? —dijo ella al tiempo que se metía en la cama.

—¿Te has vuelto loca? ¿Qué harías tú si fueras Teo Alén o Sara y te contaran que tu vecino se estaba acostando con tu hija adolescente a la que han asesinado?

—Imagino que rebanarle el cuello con un cuchillo de quinientos euros. No sé. ¿Crees que lo hizo él? A mí, si quieres que te diga la verdad, me pone bastante peor cuerpo ella.

—¿Inés?

—Pues claro. ¿Quién demonios se casa con un tío que te ha puesto los cuernos dos veces? ¡Y ahí la tienes! ¡Defendiéndolo! Fer, no hables. Fer, no vayas con ellos. Llamaré a mi colega de la facultad especialista en derecho penal. Dios, son una raza aparte. Cuchillos de medio millar de pavos y abogados siempre cerca para limpiar la mierda. No sé. Esa relación es bastante enfermiza.

—¿Qué pasa? ¿Eres de las que no perdonan un error?

—¿Un error? Ese tío se acuesta con todo lo que le pasa por delante. No se trata de un error.

—¿Nunca has cometido un error? Nunca te has despertado por la mañana y has dicho: «¡Mierda! Quiero retrasar el reloj doce horas».

—Alguna vez.

—Cuenta.

«El sábado pasado», pensó ella.

—Vale, te lo cuento, pero me juras que no dices nada. Ni me juzgas. Ni te ríes. Ni una broma. ¿Prometido? —dijo Ana.

—Prometido.

—Hace tres años, en la cena de Navidad de la comisaría...

—No me lo puedo creer. ¿Con quién? —dijo Santi.

—Estaba muy borracha.

—Vale. ¿Con quién?

—Con Javi.

—¡¿Con Javi?! ¡Pero qué *carallo*...!

—Dijiste que ni una sola palabra.

—Ni una sola palabra. Prometido. Voy a cambiar el calendario de guardias de manera que no libre ni un fin de semana hasta fin de año.

Se echaron a reír.

—Es un buen tío. Y por aquel entonces tenía novia. Aquello quedó en nada —dijo Ana.

—Con Javi... —repitió él, asimilando la información—. ¿De verdad?

Ella le puso el dedo índice sobre la boca.

—Ni una palabra. ¿Y tú?, ¿cuál es tu error inconfesable?

«Soy un maltratador. Ya está —pensó Santi—. Es ahora el momento.» Se quedó callado. Se acercó a ella y la abrazó hasta cubrir la espalda de ella con su cuerpo. Le murmuró muy bajito al oído:

—Si son inconfesables, no se pueden confesar.

La abrazó y la besó, esta vez sin delicadeza, como queriendo callarla. No quería darle oportunidad de hablar. De preguntarle. No quería más palabras. Tan solo la quería así, en su cama. Quería su cuerpo. Quería acariciarla. Fundirla consigo. Fundirse en ella. El móvil comenzó a sonar, y de manera instintiva Santi alargó la mano hacia él. Ana se aferró a su cuello. Siguió besándolo. «No, ahora no —le murmuró al oído, con él aún dentro de ella. Gimió en su oreja—. Ahora no.»

Él la apartó con una mano. Se separó de ella. El tono del teléfono se confundía con la respiración agitada de Ana que, incrédula, observaba la espalda de Santi.

La voz, al otro lado del teléfono, les llegó a ambos.

—Santi, soy Sam. Necesito ayuda.

Terapia

Connor contempló a Sara con atención. Si se concentraba tan solo en su rostro, casi podía ver a Lía. Pero Sara estaba mucho más crispada. Esa mujer necesitaba dormir, olvidar, hablar.

—Sara, ¿has dormido algo?

—A ratos.

—¿Estás tomando medicación?

—La tomé los primeros días. Conseguía encadenar unas horas de sueño seguidas, y cuando despertaba me sentía tan culpable de dormir, de descansar, que creo que me encontraba peor que ahora.

—Sara, te lo voy a preguntar solo una vez: ¿de verdad crees que Lía podría matar a Xiana? Tú eres la persona que mejor la conoce. Y si la respuesta es sí, dime lo más importante: ¿por qué?

—Ella es incapaz de esconderme nada. Nada. Desde pequeña sé lo que está pensando a cada instante. Es casi telepatía. Y no puedo olvidar su cara a la puerta de la habitación. Estaba fascinada por la escena. Y después chillaba, como el niño que chilla después de tirar un plato al suelo y verlo estallar en mil pedazos. ¿Por qué? No lo sé, Connor.

—¿Crees que podría tener celos por Teo?

—Fue ella la que dejó a Teo. Eso no tiene sentido.

—¿Eres consciente de la dependencia que siente ella respecto a ti?

—Por supuesto que lo soy. Y yo de ella. Cuando está en Madrid, hablamos todos los días. Es como un ritual. Por la noche me lavo los dientes, me desmaquillo, me pongo el pijama y hablo con ella por teléfono.

—¿Todo a la vez? —preguntó Connor, sonriendo.

—Muy gracioso —dijo Sara.

Connor notó que se relajaba.

—Yo también perdí a una hija —dijo Connor.

Sara levantó la vista, sorprendida. No esperaba una confidencia tan personal. Lo cierto es que Connor tampoco solía hablar de su vida privada, pero por un instante sintió la necesidad de ayudar a Sara. Quizá porque podía entender lo que estaba pasando por su mente. Eso nunca le sucedía con Lía.

—¿Qué pasó?

—Tuvimos un accidente. Hace tres años. Ella tenía cuatro. Conducía yo.

Sara se quedó callada.

—Lo peor es pensar en ese día —dijo ella en cuanto recuperó el habla—. Y no me refiero al momento de verla muerta ni nada de eso. Me refiero a las horas anteriores. A pensar en ese día como en un día normal. A recordar todos los detalles de lo que pasó sin encontrar ni una sola pista de que todo se iba a acabar ahí. ¿Sabes qué recuerdo de ese día? Que se habían acabado los cereales de chocolate. Que Xiana protestó porque no le gustaban mis cereales. Que me pidió una camiseta que aún se estaba secando, y que me dijo que si no la dejaba ir a la fogata de Los Tilos, no contara con que bajase a cenar con nosotros. También recuerdo que cuando la dejé en la entrada del instituto por la mañana, no me dio un beso. Que por la tarde, mientras Inés y yo tomábamos café en el jardín, me dijo que el wifi no iba muy bien. No sé. Alguien debería avisarte de que ese será el último día que vivirás con tu hija. Para poder pasar toda la tarde abrazada a ella y no hablando con un jodido comercial de la empresa de telefonía o en el súper, comprando los putos cereales.

Connor dejó que se serenase.

—Es exactamente así —dijo.

—Gracias —contestó ella.

—Necesito algo de ti.

—Dime.

—Creo que Lía intentó matarse porque sintió que tú rompiste tu vínculo con ella, así que te voy a pedir que este fin de semana estés con ella. Y que habléis. Y que restablezcas ese vínculo, de manera que ella deje de ser un peligro para sí misma. Porque si no lo haces, si dentro de un mes o dos la policía llega a la conclusión de que fue tu tía quien mató a Xi, o descubre que fue otra persona, y en ese tiempo Lía comete otra locura y muere, entonces, créeme, no serás capaz de recuperarte de esto.

—¿Estás intentando decirme que Lía trató de suicidarse porque yo pienso que mató a mi hija? ¿Ya está? ¿Tengo que aguantar eso también? ¿Tengo que cargar con el intento de suicidio de Lía? ¿De verdad estás diciendo eso? Ya puestos, podrías quedar con Abad e investigar quién mató a mi hija. Y cuando lo descubras, igual puedes hacerme responsable a mí también, porque seguramente alguien enloqueció por mi culpa y mató a Xi. O quizá no. Quizá fui yo la que cogió el cuchillo y mató a Xiana. No sé, quizá es todo culpa mía. Por atreverme a ser feliz. A casarme con Teo. A tener una hija. ¡Igual es todo culpa mía! —chilló Sara.

Se levantó de la silla y fue hacia la puerta.

Se volvió tan solo para despedirse.

—No sé si te crees un psiquiatra de primera. Supongo que sí. Pero hoy te has lucido. Por lo que a mí respecta, yo salgo de aquí mucho peor de lo que entré.

Dio un portazo.

Connor pensó que no podía estar más de acuerdo con ella.

Explicaciones

Ana llamó al trabajo y dijo que tenía fiebre. No era cierto. Sí lo era que se encontraba mal. Apenas había dormido un par de horas, y le dolía la cabeza.

Después de la llamada, Santi se levantó de un salto y se vistió a toda velocidad. Las únicas palabras que pronunció no iban dirigidas a ella. «Tranquila, Samanta. Dame un minuto. Ya voy.»

Ella no se movió ni un centímetro. Esperó sus explicaciones. Él simplemente le dijo: «Tengo que marcharme», casi sin mirarla. De pronto Santi no era Santi. No era su jefe, ni el hombre que se estaba acostando con ella. El ceño arrugado, el rictus tenso, la mirada fija. «Tengo que marcharme.» Eso fue lo único que le dijo. Ni una palabra de quién era Sam. La Sam que aparecía en su vida y la apartaba de golpe al otro lado de la cama, sin una mínima explicación. Aún lo sentía dentro, moviéndose rítmicamente. Le dejó un vacío oscilante, una ausencia en movimiento, una insatisfacción pendular.

En cuanto él se marchó, ella también se vistió y fue a la ducha. La gente civilizada folla en la cama y llora en la ducha. Había oído esa frase en alguna parte. No se permitió llorar. No allí. No en casa de Santi. Se marchó enseguida. No se secó el pelo. Se vistió a toda prisa. Hizo la cama, recogió sus cosas y salió a la calle.

Los quince minutos hasta su casa se le hicieron eternos. Se resistió también a llorar en el asiento trasero de un taxi. Una vez en su casa, se quedó en el sofá, tomando Cola Cao caliente y viendo en Netflix la segunda temporada de *Narcos*.

El móvil descansaba encima de sus piernas.

Hasta las siete y media no recibió el primer mensaje.

«¿Dónde estás?»

Ella no contestó.

Esperó una explicación. Permaneció con la vista fija en el móvil durante otras dos horas. A las diez comprendió que no llegaría. Marcó el número de su cuñada para hablar con Martiño. Aún no se había levantado porque habían estado en las fiestas de Muros. Le confirmó a su cuñada que iría el domingo a por él.

Después sí. Después decidió que ya no aguantaba más la cólera, la rabia y la humillación y se cansó de llorar. Se sentía estúpida. Por creer que lo que estaba pasando era algo que merecía la pena. Por creer que él era distinto. No era más que un obseso del trabajo con ganas de echar un polvo y capaz de dejarla tirada en una cama para ir detrás de a saber quién. Una exnovia. Una exmujer. Alguien tan importante como para tatuarse su inicial en la pelvis y hacerlo salir a la calle a las cinco de la mañana sin siquiera despedirse de la mujer con la que se acababa de acostar.

A las once la llamó. No contestó. Después se quedó dormida. Se despertó a las cuatro y media de la tarde. Se dio cuenta de que no tenía nada para comer. Ni hambre. Seguía doliéndole la cabeza. Se puso unas mallas deportivas y una camiseta, se recogió el pelo en una coleta y salió de casa. Necesitaba dar una vuelta. Comenzaba a faltarle el aire.

En cuanto abrió la puerta, lo vio en el pasillo. Estaba sentado en el suelo, mirando el móvil. Se levantó de un salto.

—¡Ana!

Ella retrocedió y cerró la puerta. Sabía que su actitud era infantil.

—¡Ana! —repitió él, al otro lado.

Ella no dijo nada.

—Ana, voy a casa de los Alén. Necesito que vengas conmigo.

Ana abrió la puerta y lo dejó pasar. Él entró y miró a su alrededor. Ana sabía que era una inspección visual inconsciente. Ella también solía hacerlo.

—No creo que a mis vecinos les interese conocer todos los detalles del caso Alén.

—Gonzalo ya ha dado la rueda de prensa y el caso está aparentemente cerrado.

—Vale.

—¡Ana!

—¿Ana? ¿Eso es lo único que sabes decir? ¿Ana? Ya lo has dicho tres veces. Te voy a decir una cosa, Santi. Cuando tenía quince años me quedé embarazada. No hay ni un día de mi vida que no recuerde el momento en que miré el Predictor en el baño de mi amiga Carlota. No dejé el insti. Hice cuarto de la ESO preñada. ¿Sabes lo que supone ir al instituto con un bombo? Te lo digo yo: una mierda. ¿Sabes qué supone que el padre de tu hijo le diga a todo el mundo que sabe Dios de quién es el hijo que él te hizo? Esa fui yo. Pues escucha bien: a pesar de todo eso, nunca, nunca, nunca en mi vida me he sentido tan humillada como esta madrugada cuando has sido capaz de tratarme como una mierda, cuando has sido capaz de dejarme en esa cama sin darme una mínima explicación, decirme adónde ibas o disculparte por no ser capaz de terminar de echar un puto polvo. Nunca en mi vida. ¿Lo has entendido? ¡Nunca!

Santi guardó silencio.

—Así que si te parece, vuelve a la comisaría y ve a tomarte unas birras de machotes con Javi, y brindad. Le puedes decir eso de «¡Hey, tío! Yo también me he tirado a Ana Barroso». Y explícame una cosa: dime si realmente me pediste que te ayudara a atrapar a este asesino porque crees que sirvo para esto, y si es cierta esa charla que me soltaste sobre mi intuición, mis posibilidades de promoción o mi capacidad de percepción psicológica. Porque en este momento lo único que siento es que me soltaste todo eso para acostarte conmigo. Y ni siquiera eso te interesó tanto. ¡A la vista está! Y cuando todo esto acabe, tú te vas a quedar ahí, investigando, hablando con Gonzalo mano a mano, decidiendo si investigas un robo, una agresión sexual o un asesinato. Porque eres tío, eres inspector y nadie va a cuestionar lo que hagas. Y yo seré la idiota que se acostó con su jefe y no me atreveré a levantar la vista de ese ordenador en el que tramito denuncias de chavalas de quince años que han perdido un iPhone 7.

—Ana...

—Si vuelves a repetir mi puto nombre, te juro que no sé qué te hago.

—Lo siento.

Ella se quedó callada. Fue al sofá y se sentó. Totalmente agotada. Él se sentó a su lado. No se atrevió a tocarla.

—La que me llamó era mi exmujer. Estaba detenida en el aeropuerto de Compostela. Llegaba de Marruecos. Ella y su acompañante traían medio kilo de hachís. Supongo que debí contártelo. Yo... me divorcié hace dos años y no había vuelto a saber de ella. En fin. No me porté muy bien con ella entonces y... sentí que tenía que ayudarla. Imagino que debí decírtelo y no huir sin dar explicaciones. No suelo darlas, porque no estoy acostumbrado a que a nadie le importe lo que hago o lo que dejo de hacer. Fue oír su voz y quedarme en shock. No es una historia fácil, ni que se cuente enseguida. Y cuando me dijo que me necesitaba, yo... ¡Mierda! Lo estoy jodiendo más.

Ana sabía que ese discurso era más de lo que se le podía pedir a un hombre como Santi.

Permanecieron mudos, esperando el uno por el otro. Después ella se levantó y se fue a su cuarto. Salió a los diez minutos, vestida con el uniforme.

—Vamos a Las Amapolas.

Santi se levantó y salió detrás de ella. Recorrieron los escasos tres kilómetros en silencio.

Les abrió la puerta Sara Somoza.

—¡Buenas tardes! Pasen por aquí.

El salón de Sara y Teo era enorme. En la pared frontal había una reproducción inmensa del famoso zapato de Aurora Sieiro que Ana ya intuyó en su primera visita. Enfrente de esa pared había un gran cuadro que representaba una fresa gigante, pero con la técnica del zapato. Cubierto de pétalos rojos y con pinchos. Era espectacular. Ana se fijó en que estaba firmado por Lía Somoza. La decoración era toda blanca y roja. Teo Alén estaba sentado en el sofá. Se levantó para saludarlos en cuanto entraron por la puerta.

—¡Hola! Estábamos comentando que ya hemos visto en el telediario la rueda de prensa del comisario Lojo.

—El jefe tiene sus propias ideas. De todas formas, creemos que hay un montón de cabos sueltos que tenemos que aclarar.

—¿Por ejemplo? —dijo Sara.

—Por ejemplo, que sabemos que fue Xiana la que encargó la sangre por internet.

Ana se dio cuenta de que la información no cogía por sorpresa a Teo ni a Sara. No recordaba si Santi se lo había dicho el día anterior a Sara.

—¿Tenían ustedes idea de esto? —preguntó.

Sara y Teo se miraron.

—Recuerde lo que hablamos ayer, Sara.

—El inspector insinuó algo ayer, cuando hablamos. Pero hay más. Oí a Xiana hablar con mi hermana. Estaban hablando de comprar la sangre y reproducir la fotografía de mamá.

Santi elevó la voz.

—¿Y no consideró esa información relevante para nosotros?

—Estaba protegiendo a mi hermana —dijo Sara.

—¿Y usted? —le preguntó Santi a Teo.

—Yo no sabía nada. Me lo contó Sara anoche.

—Ya, entiendo. ¿Cómo está su hermana?

—Creo que mejor. He estado con Brennan esta mañana. Va a venir el fin de semana.

—Es absolutamente imposible que Lía le hiciera daño a Xi —dijo Teo.

A Ana le llamó la atención cómo la defendía. Dirigió la vista al jardín trasero, que se veía a través de la amplia ventana. Era el mismo jardín donde hacía tres días había muerto la vieja.

—Y creo que es necesario que sepan algo —continuó Teo—. Sé que preguntaron por las finanzas de Xiana. Este año invertí cerca de trescientos mil euros en fondos de alto riesgo. Quiero que sepan que esos fondos están ya repuestos por nosotros. Y que desde luego nunca habríamos cogido dinero de Xiana, ni le habríamos hecho daño.

Santi no dijo nada. Era la información que estaba esperando. Imaginaba la conversación que habían tenido esos dos por la noche. Sara Somoza había cumplido con lo prometido. Estaba claro que la comunicación en ese matrimonio no pasaba por un buen momento. Observó a Ana mirando a través del cristal. Aún estaba enfadada. Tardaría en pasársele. Ni siquiera estaba seguro de si se le pasaría.

—Esa cámara que está en la casa de al lado, ¿está orientada hacia aquí? —preguntó Ana de pronto.

Los otros tres miraron más allá del cristal. En el jardín contiguo asomaba una cámara de vídeo.

—Está orientada a la entrada de nuestros vecinos. Imagino que tal y como está no abarca la totalidad de nuestro jardín.

—Pero sí justo el lateral donde estuvieron cenando —dijo Ana.

—Esa parte sí, pero no se ve nada más.

—Santi, ¿podríamos conseguir las grabaciones de esa noche?

—¿Las del jardín? —preguntó Teo.

—Sí. Las del jardín, sí.

—¿Quién vive ahí?

—Paco y Laura. Un cirujano jubilado y su mujer.

—Está bien. Mañana, en cuanto tengamos las grabaciones, hablaremos —cortó Ana.

Estrechó la mano a Teo y a Sara y fue hacia la salida. Santi no se atrevió a llevarle la contraria. Hasta que entraron en el coche no abrió la boca.

—¿El jardín? No la mataron en el jardín —dijo.

—El asesino se ausentó del jardín entre las 21.43 y las 22.25. Podremos comprobar quién se levantó de la mesa en ese intervalo de tiempo. Y no me digas que no es una buena idea porque es la mejor que ha tenido cualquiera de nosotros desde que comenzamos esta investigación.

—Tienes razón.

—Y deja de darme la razón como si fuera tonta.

No volvieron a hablar hasta que Santi la dejó en a su casa. Ella estaba en tensión, pensando que él intentaría subir. No fue así. La dejó delante de su bloque. Cuando estaba abriendo el portal oyó de nuevo su nombre. Ana. Se giró hacia el coche. Él tenía la ventanilla bajada.

—Yo nunca me tomaría una birra de machotes con Javi.

Ella se dio la vuelta y cerró la puerta con toda la fuerza que pudo, esperando que el ruido del portazo llegara hasta el coche patrulla.

Otro viernes de julio

Connor supo que no aguantaría una noche entera en el sofá, con el móvil en la mano, esperando un mensaje de Allison. La imaginó embarazada de nuevo. Sentada en su salón, que antes era de los dos, quizá con aquella camiseta verde que habían comprado en Nueva York. Le llegaba por las rodillas. Era de talla extragrande. Cuando estaba embarazada de Mary, solía ponérsela a todas horas. Sobre todo para dormir. Y ahora la imaginaba sentada en ese salón de ella, ya no de él, al lado de ese entrenador de fútbol. Con su móvil reposando en la mesa, sin dedicar ni un minuto a responder a su único wasap en tres años. «Congratulations.» No era ofensivo. No le decía la verdad. No le decía que la echaba de menos. Que no entendía cómo podía llenar esa casa con otro niño, otro hombre, otra vida. Y cuando ya había decidido irse a la cama, el móvil hizo plinc. El sonido de una gota de lluvia que indicaba que un nuevo mensaje acababa de entrar. Supo que era ella. Una semana para contestarle a una puta palabra. Contestó con dos. «Fuck U.»

En A Rodeira, Lía Somoza contemplaba su imagen en el espejo. Se preguntaba si la policía creería que la tía Amalia había matado a Xi. Estaba segura de que no. Daría media vida por darle descanso a Sara. A Teo. Agarró un cepillo y golpeó con fuerza el espejo, que estalló en mil pedazos. Cogió uno mediano. Lo suficientemente grande para poder sujetarlo con comodidad. Lo suficientemente afilado para rasgar su carne pálida y frágil. Comenzó con una leve incisión en el antebrazo izquierdo. En cuanto la primera gota de sangre cayó en el lavabo y resbaló despacio por la superficie blanca, supo que no podría parar. Comenzó a rascar en el brazo como si fuera una autómata privada de voluntad. Arrancó las vendas y colocó el cristal en el borde de la cicatriz aún fresca. Cogió aire para reunir el valor necesario. Y de pronto recordó a Connor preguntando: «¿Cómo pudiste rendirte? ¿Cómo pudiste renunciar a pintar?». Se echó a llorar. Se quitó la camiseta y limpió con ella el lavabo y el suelo, sin dejar de pensar que era una cobarde. Que ni siquiera eso podía hacer por Teo y por su hermana.

Inés y Fernando estaban en su salón. De nuevo, ninguno de los dos había propuesto ir al cine. Él no le dijo nada de lo que había hablado en comisaría. Ella no le preguntó. En cuanto el comisario salió a dar la rueda de prensa, Inés abrió una botella de cava. Brindó por que ya podían estar tranquilos. Por que ya no había dudas de quién había matado a Xiana. Por que todo había finalizado. Él comprendió entonces que sí, que ya se había acabado. Le asaltó la imagen de Xiana, desnuda en ese salón. Diciendo: «Ven aquí, profe» mientras le desabrochaba, uno a uno, todos los botones de la camisa. Siempre lo llamaba así. «Profe.» «Bésame, profe.» «Tócame aquí, profe.» «Más fuerte, profe.» «Más rápido, profe.» «Te quiero, profe.» Inés supo que estaba pensando en ella. Era la misma mirada que tenía cada vez que esa puta lo visitaba. Cada vez que él se acostaba con ella en ese salón, en el que ella había instalado una cámara adicional sin decirle nada, cuando empezó a sospechar lo que pasaba. Una cámara cuyas grabaciones solo veía ella. Por eso conocía esa mirada. Así que Inés se desnudó totalmente y se abrazó a su marido. Él le dijo que esa noche no, que estaba cansado. Ella, mientras le desabrochaba la camisa, le murmuró al oído, muy bajito: «Házmelo como se lo hacías a ella, profe».

Teo y Sara estaban en la cama. Cada uno leía un libro. Ella pensó en preguntarle si se arrepentía de haberse casado con ella. Quizá si se hubiera casado con Lía, ella habría renunciado a tener hijos. Y Xiana no habría nacido. Y no habría muerto. Desearía reunir el valor para preguntarle si aún quería a Lía. Para preguntarle qué más podía hacer ella. Para preguntarle por qué le apartaba el pelo de la cara cada vez que hacían el amor. Por qué defendía a Lía delante de los policías, pero aún no había dicho que ella, su mujer, no habría sido capaz de hacerle daño a su hija. Por qué decía siempre con orgullo que Xiana tenía los genes artísticos de Lía. Por qué no la quería por sí misma, en lugar de quererla por ser una mera copia de Lía. Le gustaría decirle que en diecisiete años nunca se había acostado con otro ni había mirado a otro. No como él miraba a Lía cuando pensaba que ella no se daba cuenta. Pero no dijo nada. Se le llenaron los ojos de lágrimas. Como tantas noches. Él, como siempre, le preguntó en qué pensaba. Ella, como siempre, contestó: «En Xi».

Ana Barroso salió del trabajo y decidió dar un paseo por la zona vieja. Encontró a Álex y a Javi, que también acababan de salir de la comisaría. Se sentaron en una terraza a tomar una caña. Ellos intentaron sacarle información del caso Alén. Ella solo dijo que creía que Gonzalo había cerrado la investigación en falso, que todos debían seguir atentos, que aún no había nada definitivo. Álex le dijo que Abad había debido de discutir con Gonzalo por ese motivo, porque ese día estaba de un mal humor insoportable. Ninguno de los tres se dio cuenta de que Santi estaba parado a menos de doscientos metros.

Y Santi comprobó que la vida sigue. Que Ana era capaz de tomarse una caña con sus compañeros. Sin contestarle al mensaje de esa mañana. «Lo siento.» ¿Cuántas veces había dicho «lo siento» en la última semana? ¿Cuántas veces podía cagarla sin que ella lo mandara a la mierda? La miró reír, con Álex y Javi. Y sintió una furia sorda. Y la necesidad de partirle la cara a Javi. Sobre todo a él. En lugar de eso, dio media vuelta y se fue a su casa a cambiarse. Llegó al gimnasio cuando estaba a punto de cerrar. Se puso los guantes de boxeo y golpeó con fuerza el saco hasta que le dolieron los nudillos. Golpeó una y otra vez hasta que consiguió calmar toda la furia que llevaba dentro. O eso creía.

Te toca

El móvil despertó a Connor. Estaba desconcertado. No sabía muy bien dónde se encontraba, ni qué hora era pero le bastó un vistazo alrededor para situarse: se había quedado dormido en el salón. Cogió el teléfono a toda prisa. Era Alba.

—Connor, Lía ha tenido un ataque de ansiedad. Ha roto un espejo y se ha autolesionado. Perdona que te moleste a la una de la mañana, pero llevo casi hora y media intentando calmarla. Solo pregunta por ti.

—Tranquila, Alba. Has hecho bien en llamarme —dijo Connor, intentando aparentar normalidad—. ¿Ella está bien?

—Físicamente sí. Pero está tan alterada que no sé si darle un sedante. Me pide irse con Sara. No sé qué ha pasado, no lo vi venir. Estaba relativamente bien. De hecho, estaba encantada de salir mañana de la casa para ver a su hermana.

—Escucha, me visto enseguida. Dentro de cuarenta minutos estoy ahí.

—Gracias.

Llegó en media hora. Esperaba que no hubiera radares a esas horas, porque había excedido con mucho los límites de velocidad.

Lía estaba en la cocina con Alba y Fermín. En cuanto él entró, lo miró y rompió a llorar.

—Connor...

—¿Qué ha pasado?

—Yo... Llévame con Sara, por favor.

Connor miró a Alba y a Fermín, indicándoles con una seña que los dejara solos. Salieron al momento.

Se sentó enfrente de ella, le agarró los brazos y subió las mangas de la chaqueta. Ella se resistió.

—¿Por qué, Lía?

Ella siguió llorando.

—¿No vas a hablar? Esto no va así, ¿recuerdas? Tú pusiste las normas. Una pregunta tú y otra yo. Empiezo yo. Responde a mi pregunta. ¿Por qué, Lía?

—Porque si yo muero, dejarán de buscar un culpable. Porque Sara y Teo tienen que seguir viviendo, y no estarán tranquilos hasta que todo esto finalice.

—Vale. Te toca —dijo Connor.

—¿Por qué no me preguntas si maté a Xiana?

—Porque cuando me quieras contar lo que pasó ese día, no necesitarás que yo te lo pregunte. Me toca a mí. ¿Por qué has parado? ¿Por qué no te has cortado las venas hoy?

—Porque recordé nuestra conversación de la otra tarde. Cuando hablamos de la pasión por pintar. Y porque supongo que soy una cobarde. Y tuve miedo. Me toca. ¿Me puedes llevar ahora a Santiago, por favor?

—Puedo. Pero... ¿quieres despertar a tu hermana? Son las dos de la mañana.

—Por favor... —dijo ella.

—Coge tus cosas. Voy a hablar con Alba, pero esto es a cambio de una promesa.

—¿Qué?

—La próxima vez que quieras ver sangre, me llamas a mí primero.

Ella se quedó callada.

—Anda, ve a por tus cosas antes de que me arrepienta.

Mientras ella estaba arriba, Connor fue a decirle a Alba, que lo estaba esperando en su despacho, que se iba con Lía.

—Pero después de lo que ha pasado, Connor, ¿aún crees que es buena idea que vaya a Santiago?

—Extrañamente creo que ejerzo una buena influencia en ella. La llevaré conmigo. La acomodaré y mañana la acompañaré a casa de Sara. Creo que lo necesita.

—Eso no dice mucho a mi favor.

—Bueno, tú no estás trabajando con ella. Soy yo el que ha generado el vínculo de confianza.

—Menos mal que no ha pasado nada. Aún estoy agobiada.

—Tranquila. Lo que ha pasado no sale de aquí. Además, no ha sido culpa tuya. En todo caso, soy yo quien tendría que haberse dado cuenta de que estaba desestabilizada. Acuéstate y duerme tranquila.

Oyeron a Lía en el vestíbulo. Ella se despidió de Alba. Por el camino apenas hablaron. Eran las tres menos cuarto cuando llegaron a casa de Connor.

—¿Quieres darte una ducha o algo?

—No, gracias.

—Te quedarás en mi habitación. Yo dormiré en el sofá. Mañana te llevaré con Teo y Sara.

—Me sabe mal.

Él estuvo a punto de contarle que estaba durmiendo en el sofá antes de que lo llamase Alba.

—Connor... —dijo ella.

—¿Qué?

—Gracias. Esto excede en mucho lo que se le puede pedir a un psiquiatra.

Él no le contestó. La acompañó al cuarto y cerró la puerta.

Ella se quedó en la cama, pensando que ojalá pudiera retroceder en el tiempo, conocer a Connor en otras circunstancias. Estar con él en esa casa con los brazos limpios de cicatrices.

Él, en el sofá, pensaba que era una lástima que fuera paciente suya. Y sobre todo, que era una lástima que estuviera tan enamorada de Teo.

Abad habla diez minutos

Santi marcó el número de Ana sin pensar muy bien qué decirle. Ese día tenía que acercarse a Las Amapolas para interrogar de nuevo a Lía Somoza, tal como había acordado con Brennan. Sara le acababa de confirmar que pasaría el fin de semana con ella.

«Abad y Barroso —se repitió por lo bajo—. Solo Abad y Barroso.» Estaba convencido de que no lo cogería. Se equivocó. Respondió al segundo tono.

—Ana, voy a ir a Las Amapolas a las doce. Lía Somoza está aquí. No sé si querrás venir. Sé que es sábado, y si no quieres...

—Iré —le cortó ella—. Nos vemos allí a las doce.

—¿Quieres que te recoja?

No contestó. Miró el móvil y vio que ya había colgado. Vale. Era de las que tardan en digerir los enfados. Se lo había dicho ella misma. Él entendía que se sintiera así. Fue oír la voz de Sam y no pensar en nada más.

Sam estaba más delgada. Rubia. Y guapa. Muy guapa. Cuando la tuvo delante, sintió que el tiempo no había pasado. Fueron solo unos segundos. Después se dio cuenta de que ya no era la misma Sam, excepto por la pequeña ancla que llevaba tatuada en la muñeca derecha. Idéntica a la de él.

Santi habló con la policía del aeropuerto. El hachís estaba en la maleta de él, así que consiguió que la dejaran ir. Su novio se quedó detenido. Se ofreció a llevarla a Santiago. Ella no quiso. Después le dio las gracias. Él le repitió que no era molestia, pero ella volvió a negarse. Luego le dijo que lo veía genial y hasta le dio un beso antes de subir al taxi. Él estuvo a punto de pedirle el número de teléfono, pero se percató de que si hubiera querido, ella ya se lo habría dado. Y lo peor era que en la hora escasa que pasó con ella, no pensó ni por un momento en Ana, en que la había dejado sola en casa, sin decir nada, sin avisarla.

Cuando llegó a su apartamento y vio la cama hecha, supo que la había cagado. Que Ana no le iba a perdonar eso. No lo de marcharse. Lo de callarse. Ella le había contado todo lo referente a su vida. El embarazo. Lo del novio que tuvo después de aprobar las oposiciones, y con el que salió tres años, hasta que él le dijo que el niño era un obstáculo muy grande. Lo de Javi, que no había sido más que un polvo. Y él lo único que le había contado era que había jugado en el equipo universitario de baloncesto. No era tonta. La comunicación no podía fluir tan solo en un sentido.

El día anterior, cuando se disculpó, pudo habérselo dicho. Pero no quería que fuera así. No, mientras ella estuviera tan enfadada. Miró el reloj. Eran las diez y media. Volvió a llamarla.

—¿Quieres tomar un café antes de ir para allá? —le dijo él en cuanto descolgó.

Ella guardó silencio tres o cuatro segundos. Santi comprobó que no había colgado.

—¿Voy a poder fumar? —dijo ella.

—¿Tengo opción? —contestó él.

—A las once en el Canaletto, enfrente del Gadis.

Y de nuevo colgó sin despedirse.

Se vistió con más cuidado que de costumbre. Se puso una camisa blanca y los vaqueros más nuevos que tenía. Era bastante desastre para la ropa. Quería que ella se diera cuenta de que le importaba. Le habría gustado ser de esa clase de tíos que compran flores a sus novias y son capaces de sonreír aunque no tengan ganas. No lo era.

Llegó diez minutos antes y pidió un té. Se sentó en la terraza, sabiendo que ella querría fumar.

Ana apareció a las once en punto. En vez del uniforme, llevaba un vestido azul celeste, y el cabello suelto.

Él se irguió y le dio un beso en la mejilla.

—¿Camisa, Abad? Sí que vienes dispuesto a hacer las paces.

—¿Vestido y pelo suelto, Barroso?

—Es sábado. ¿Una infusión? ¿Estás enfermo?

—Muy graciosa. Pensé que irías a Louro a por el niño.

—Voy mañana. La semana que viene lo dejo aquí con mi madre para poder llevarlo a las fiestas del Apóstol.

—Te vi ayer. —Acababa de decirlo y ya se estaba arrepintiendo.

—¿Dónde?

—En la zona vieja. Con Javi y Álex.

—¿Estabas siguiéndome?

—Por supuesto que no.

—¿Y qué pasa? Estaba tomando una caña con unos compañeros —dijo ella, levantando la voz.

—Calma. Déjame hablar. Diez minutos. Sin interrumpirme.

—Tú no eres capaz de hablar diez minutos seguidos.

—He dicho que me dejes hablar.

—Vale, jefe.

—No te estaba siguiendo, pero te juro que de lo único que tenía ganas era de sacarte de allí y llevarte conmigo. Y sabía que la razón por la que no estabas conmigo es porque fui un idiota. Mereces una explicación. Mereces que te cuente qué pasó con Samanta. Es solo que no suelo hablar de mí.

—Te estás acostando conmigo.

—Lo sé. Por eso sé también que tengo que encontrar el momento idóneo y contarte esta historia. Y supongo que la llamada de Samanta me cogió tan de sorpresa que me descolocó. Ella estuvo mucho tiempo en mi vida.

—¿Cuánto es mucho?

—Ocho años. Pero estos no son el lugar ni el momento de hablar de esto. Si te parece, vamos a casa de los Alén, hacemos nuestro trabajo y después vamos a comer, o a donde tú quieras, y hablamos de lo que pasó. Sé que tenías razón, pero no fuiste justa.

—¿Yo no fui justa? —dijo Ana con incredulidad.

—¿Ves? Ya te estás enfadando. Déjame hablar. ¡Después te quejas de que no hablo de nada excepto de trabajo!

Ella se calló.

—Insinuaste que me aproveché del hecho de que soy tu jefe para acostarme contigo. Eso es mentira. Y quiero que lo reconozcas. No fui yo el que fue a tu casa un sábado por la tarde y llamó a tu puerta.

—¿Tú sabes en qué posición me deja a mí tener cualquier tipo de relación contigo? ¿Puedes imaginar lo que dirían mis compañeros si supieran que estamos juntos? Si es que esto que hacemos es estar juntos de alguna manera. A eso me refiero. Si esto se sabe, a mí me va a perjudicar. Y si me va a perjudicar, necesito que por lo menos me compense de algún modo. Si todo el mundo va a decir que me dejas estar en tu caso estrella porque me acuesto contigo, tengo que estar segura de que no es así.

—¡Es que no es así! ¡Tú pediste estar en este caso! Y eso fue al principio. Después de todo lo que llevamos avanzado, creo que te has ganado el derecho a seguir en él. Y si ahora mismo me dices que no quieres comer hoy conmigo, ni volver jamás a mi casa, lo entenderé. Si me pides que olvidemos la última semana, la olvidaré. Me pondré en modo Abad y Barroso y querré que sigas conmigo hasta que cojamos a la asesina de Xiana Alén.

—Barroso y Abad. ¿Y por qué dices «asesina»?

—No sé, me ha salido así.

—¡Bendito subconsciente!

—Si aplicamos una regla de probabilidad, en esa casa había cuatro mujeres y dos hombres.

—Los asesinatos no responden a las leyes de la probabilidad. Pero habida cuenta de tu experiencia y tu instinto, me quedo con que tu subconsciente piensa que este asesinato lo cometió una mujer. Inés, Amalia, Lía o Sara.

—Mi instinto también falla.

—En fin, son menos cuarto. ¿Vamos?

—Vale.

—Voy a pagar —dijo ella.

—De acuerdo —dijo Santi—, pero entonces pago yo la comida.

—Si te empeñas —aceptó Ana.

—¡No has fumado!

—Lo estoy dejando —dijo ella, consiguiendo que Abad sonriera por primera vez en esa mañana.

Reunión en Las Amapolas

Santi se dio cuenta de que Lía iba demasiado abrigada. Llevaba una chaqueta que le cubría los brazos. Su palidez quedaba más patente al lado de su gemela. A Santi no le resultaba nada atractiva esa delgadez casi enfermiza. Sara Somoza, por el contrario, le parecía una mujer muy sugerente. Y peligrosa. No podía evitar sentir eso. No podía entender qué hacía una mujer como ella con un hombre tan pusilánime como Teo Alén. Tampoco podía entender qué veía Ana en él. Un día le había dicho que lo encontraba muy guapo. Seguro que ese doctor era mucho más su tipo. Era un tío atractivo, casi con aspecto de actor o modelo. Y por lo menos ahora estaba más colaborador.

Ana se presentó a Connor y a Lía y saludó a los Alén.

—¿Ya tienen las grabaciones? —preguntó Sara.

—Llegarán el lunes —contestó Ana—. Nos costó contactar con sus vecinos.

—¿Qué grabaciones? —preguntó Lía.

—A la oficial Barroso se le ocurrió revisar las grabaciones de las cámaras de los vecinos. En las de nuestro jardín se ve a Teo haciendo las sardinas, pero no aparecemos nosotros durante la cena, porque teníamos la mesa puesta en el lateral —contestó Sara.

—¿Para vernos cenar?

—Exacto —añadió Ana.

—Lía —dijo Santi—, no queremos importunarla, pero sabemos que usted y Xiana tenían intención de reproducir *Muerte roja*. Xiana compró la sangre. Y también sabemos que ella pidió un cuchillo a sus vecinos, Fernando e Inés.

Sara arqueó una ceja, sorprendida.

—¿Era de ellos? —preguntó.

—Lo era.

—¿Y cómo saben que Xiana se lo pidió? —insistió ella.

—Lo confirmó Fernando Ferreiro —dijo Santi.

—Pero no tenemos por qué creerlo. Quizá él...

—Se lo pidió Xiana. Ella me dijo que conseguiría el cuchillo —interrumpió Lía.

Todos se quedaron callados unos segundos.

—Lía —dijo al fin Ana—, ¿le dijo Xiana que iba a emplear la sangre esa noche?

—No, de verdad que no. Ella había acabado el instituto justo ese día. Habíamos quedado en hacerlo para la semana siguiente.

—¿Cómo pudisteis discurrir algo tan... macabro? —le espetó Sara.

Connor intervino rápidamente.

—Sara, se trataba de un proyecto artístico.

Volvieron a callarse.

—No debí acceder. Ella quería. Ella siempre estaba haciendo planes de ese tipo. Con ocho años ya me pidió reproducir la fresa gigante.

Ana decidió cambiar el rumbo de la conversación:

—¿Podríamos ver el cuarto de Xiana?

—Sí, claro —dijo Sara.

—Es mejor que el inspector y yo subamos solos.

Teo hizo amago de decir algo, pero Sara lo detuvo con la mirada.

Santi y Ana subieron al primer piso y se dirigieron a la habitación del fondo. Ana nunca había entrado en ella. Estaba exactamente igual que en las fotografías. En la mesilla de noche aún había un libro con un marcapáginas. Ana se asomó a la ventana y observó el jardín trasero, el mismo que estaba observando Xiana Alén cuando escribió su último wasap. «Fucking parents.» Ese fue el último pensamiento de Xiana: que odiaba a sus padres por castigarla. La habitación era bastante amplia. Ana calculó a ojo cerca de veinte metros cuadrados. Se dio cuenta de que el asesino debió verter la sangre desde la cama y luego guardar las botellas y el cuchillo en el armario, que estaba muy cerca de ella. Pero había algo que no tenía tan claro:

—¿Cómo salió el asesino sin pisar el suelo? —le preguntó a Santi.

—Bienvenida a mi primera pregunta en este caso. Esa fue la razón por la que Amalia Sieiro no pudo cometer el asesinato.

—Pudo matarla ella, y otra persona verter la sangre.

—Un asesinato conjunto. ¿Con varios cómplices?

—A lo mejor fueron todos. En complicidad. ¿Te imaginas?

—Eso lo leí en una novela. Y si no estuvieran los vecinos, podría comprarte la idea.

—Voy a husmear un poco por ahí —dijo Ana.

—No tenemos una orden.

—Nos han dejado subir. Estamos bajo el paraguas protector de Sara Somoza.

—Ve tú. Yo voy a revolver un poco en estos cajones. Por vigésima vez.

Santi rebuscó en la cómoda de Xiana. Cuadernos de dibujo, fotos de Instagram reveladas en una máquina de esas que hay en los centros comerciales. Chavalas jóvenes, con largas melenas, jerséis gigantes y vaqueros rotos. Eran casi clónicas, aunque Xiana llamaba la atención entre todas. Lo cierto es que era guapísima, aunque de ahí a acostarse con ella... No entendía cómo Fernando Ferreiro había sido capaz de hacerlo. Se preguntó qué sucedería cuando Teo y Sara se enterasen.

Dejó todo como estaba y fue a la habitación de matrimonio. No había nada destacable. Libros en la mesilla. El mando del televisor. No encontrarían nada. Aquello era una pérdida de tiempo.

Ana ya estaba en el pasillo.

Santi la siguió al piso de abajo. Teo, Sara, Connor y Lía estaban tomando un café en el jardín. Era un lugar agradable, pero Ana no podía olvidar la imagen de Amelia Sieiro muerta sobre ese césped. Esa casa estaba llena de muertos. No sabía cómo Teo y Sara eran capaces de seguir viviendo en ella.

—Nosotros ya nos marchamos. Lía, si se nos ocurre algo que preguntarle, llamaremos al doctor Brennan y nos pondremos en contacto con usted —dijo Santi.

Se despidieron de todos y salieron hacia el coche. En cuanto abandonaron la urbanización, Ana abrió el bolso y sacó un cuaderno con tapas de cuero marrón.

—¿Qué es eso?

—El diario de Lía Somoza.

—¿Lo has cogido?

—Sara dijo «sin secretos». Encontrad al asesino de mi hija. No sé si esto nos servirá como prueba, pero me gustaría saber qué pasa por la cabeza de esa mujer. Tranquilo. Lo devolveremos mañana.

—Eres realmente retorcida. Lo sabes, ¿verdad?

—Lo sé. Y ahora, ¿adónde dices que me ibas a llevar a comer?

Algunas verdades. Algunas mentiras

Santi la llevó a un restaurante de la rúa de San Pedro que tenía una terraza en el jardín trasero. Comieron ensalada de quinoa y hamburguesas de tofu.

—Y esta obsesión tuya por la vida sana, ¿viene de hace mucho?

—No es una obsesión. Y hago concesiones. El otro día me comí un bocadillo de jamón asado. Y bebo. No mucho, pero bebo, y no es una costumbre muy sana, que digamos.

—Algo obseso sí eres, ¿no? Quiero decir con el orden, la limpieza...

—¿He ido a topar con la única mujer que protesta porque un hombre limpia y ordena?

—No es eso. Pero me da que eres un poco...

—¿Psicópata?

—No he dicho eso.

Nunca habían estado así. Hasta entonces habían trabajado juntos, se habían acostado, habían discutido, pero nunca habían estado así. Comiendo. Hablando. Conociéndose. Ana estaba recelosa. Como esperando que en cualquier instante algo se torciera. Que él dijera algo inconveniente.

—Mi madre sí murió.

—¿Cómo dices? —dijo ella.

—El otro día, cuando estábamos hablando de fumar, y te dije que mi madre había muerto de cáncer, y después te dije que estaba poniéndote a prueba, para comprobar lo fácil que resultaba engañarte.

—Lo recuerdo. ¿Dices que murió?

—Hace siete años.

—¿Y por qué me mentiste?

—Porque no me gusta hablar de mí. En ese momento pensé que era un comentario demasiado personal. No sé. Es una chorrada.

—Ese es el tipo de cosas que odio de ti.

—Y yo creo que casi te gustan.

—Eres como un puto iceberg. Asomas solo en un cinco por ciento.

—Supongo que tendrás que sumergirte en el agua helada para ver qué hay debajo.

—¿Ves como eres complicado?

—Igual tendrías que buscarte un novio como Teo Alén, tan alto, tan rubio, tan guapo.

—Creo que lo subestimas. Y sí que es guapo, pero no es mi tipo. Demasiado maleable. No sé cómo definirlo... Parece un tío sin opinión propia. Te digo que en esa relación ese hombre es un cero a la izquierda.

—Nunca entenderé que ves en él.

—No veo nada. Solo dije qué es guapo. ¿Estás celoso, Abad?

—Por supuesto que no. Ya sé que es más guapo que yo. Y seguro que mucho más divertido. ¿Sabes lo que me pide el cuerpo?

—¿Una manzanilla?

Se echaron a reír los dos. A carcajadas. Ella nunca lo había visto reír así.

—No. No te enfades, ¿vale? —dijo él.

—Vale. ¿Qué es?

—Me apetece leer ese diario.

—A mí también me apetece —confesó ella—. Muchísimo —añadió.

—¿En serio? Bien, debería haber comenzado antes a salir con policías.

—Quizá sí. Vamos a donde quieras.

—Si digo «mi casa», ¿vas a pensar que quiero acostarme contigo?

—Sí.

—Pues vale. A la tuya.

—¿Quieres venir a mi casa a leer el diario de Lía?

—Me da igual. Vamos a donde quieras.

—¿Y si lo leemos aquí? ¿Pido unos *gin-tonic*?

—Puede ser un terreno neutral.

Ana sacó el diario. Comenzó a leer en voz alta las anotaciones de Lía Somoza. Reflexiones sobre la muerte de Xiana. Sobre su infancia. Su tía. Sobre Teo. Sobre el doctor Brennan. Sobre el talento de Xi. Sobre el arte de Aurora Sieiro. Sobre sus ganas de pintar.

Cuando finalizaron, se quedaron callados.

—Tenemos que devolver ese diario sin que ella se entere —dijo Santi.

—O no, casi me da igual. Creo que quiero volver a leerlo. ¿En ningún momento hace referencia a si fue ella?

—No, pero descubre una relación bastante obsesiva con la hermana. Por un lado, parece que no puede vivir sin ella, y por otro, está ese extraño triángulo que se traían entre ellos. Teo y Lía. ¿Te imaginabas esto? Seguro que Brennan ya lo sabe. Estoy empezando a ver a Teo Alén con otros ojos. Ese tío no me gusta. ¡Con las dos hermanas!

—Suena casi a sueño erótico. ¿No te apetecería?

—No, hija, no. Casi no puedo contigo, no sé qué haría si tuviera que aguantar también a tu gemela.

Volvieron a reír.

—Lo que está claro es que no son tan normales como parecen. Esa familia es enfermiza —insistió Santi—. La vieja se pasó la vida llenándoles la cabeza con historias de brujas. Lía tiene celos profesionales de su madre y de su sobrina, y no descartes que tuviera celos de su hermana por casarse con Teo. Y lo más destacable que sacamos de aquí es que Lía está convencida de que Sara piensa que ella es culpable.

—Sí. No parecen muy normales.

—¿Otra copa? —preguntó Santi.

—¿Intentas emborracharme?

—Sí.

De nuevo rieron.

—Santi...

—Dime.

—Sí que fui injusta con lo que dije respecto a que me habías metido en el caso para acostarte conmigo.

—¿Eso es una disculpa? ¿Tú? ¿Ya estás borracha?

—Sí. A las dos preguntas. Ahora te toca a ti disculparte.

—Ya lo hice. Hablando y por escrito. Y ya puestos, puedo soportar que me riñas pero no aguanto que no me respondan a los wasaps. La tortura del doble check azul.

—No me voy a comunicar contigo a través del móvil.

—Vale. Lo pillo.

—¿No te importa que nos vea alguien aquí?

—No. Si no te importa a ti.

—No me importa. Y ahora, ¿es este el lugar idóneo y el momento correcto para que me expliques qué pasó el miércoles por la noche?

Santi la miró, sin saber qué decir.

—No.

—¿Y ese momento llegará algún día? —dijo ella.

—Es que tampoco tengo mucho que contar. Conocí a Sam al acabar la carrera. Nos fuimos a vivir juntos enseguida. Nos casamos dos años después. Yo solo tenía veinticinco años. Hace dos, ella me engañó. Nos divorciamos. Estuve hecho polvo. Fin.

—¿Ves?, no es tan difícil —dijo Ana

«Sí que lo es —pensó él—. Díselo ya.» Pero no lo hizo. Permaneció callado, pensando que ella era demasiado inteligente para aceptar esa explicación.

Ana se quedó también callada, pensando que no necesitaba preguntarle si aún estaba enamorado de ella. Recordó su rostro cuando oyó su voz. Pensando también que le gustaría no tener que buscar terrenos neutrales entre ellos. Y odiando el hecho de no ser para él más que la compañera de trabajo que llamó a su puerta un sábado por la tarde.

No volvieron a hablar hasta que salieron del restaurante.

Mesa para tres

Connor observaba a las gemelas Somoza mientras hablaban en el jardín. Él estaba en el comedor con Teo, demorando el momento de marchar. Tenía que hablar con Sara. Por un lado, se debatía entre devolver a Lía a A Rodeira al día siguiente, y por otro, estaba casi convencido del bien que le haría quedarse con su hermana. Tenía que hablar con Sara sobre el futuro de Lía.

—¿Cuándo volverá a por mi cuñada, doctor?

—En eso mismo estaba pensando. Estaba esperando para hablar con Sara. No les voy a mentir: estoy realmente desconcertado con los procesos mentales de Lía. Salta a la vista la dependencia vital que tiene de Sara, pero no puedo olvidar que estando con ustedes intentó suicidarse hace dos semanas.

—¿No estará insinuando que nosotros hicimos algo que lo provocase?

—Quizá no directamente, pero sé que Lía percibió que Sara consideraba que ella había tenido algo que ver con la muerte de Xiana.

—Xiana también era mi hija. Si yo tuviera la más mínima sospecha de que Lía le hizo algo, ¿cree que podría estar aquí, con ella, como si nada?

—Pues a Lía debería quedarle claro, porque creo que sin duda este entorno es lo que necesita para recuperarse. La verdad es que estoy bastante contento con su evolución. Lo sucedido anoche es preocupante, pero a la vez estoy satisfecho de que lo frenara ella misma, de que hiciera una reflexión que le impidiera seguir adelante.

—Sara me contó lo de ayer, después de que usted la llamara por teléfono esta mañana. ¿Qué le está pasando a Lía?

—Que siente que ha perdido el apoyo de su referente. Que tiene una obsesión con la sangre que debemos estudiar. Que se siente responsable de la muerte de Xi, aunque eso no quiere decir que yo crea que la mató. Igual es que considera que pudo evitarlo. Y creo que sufre mucho por Sara. Y por usted.

—Dejémonos de formalidades, Connor. Ella te contó que fuimos novios, ¿verdad?

—Ella me ha contado muchas cosas.

—Yo la conozco bien. No tanto como Sara, evidentemente, pero algo sé: Lía quería muchísimo a Xi. Nunca le habría hecho daño.

—¿Quién crees que lo hizo?

—La tía Amalia. Estoy completamente seguro. Sara y Lía la querían mucho, pero había que estar ciego para no darse cuenta de lo trastornada que estaba. Bien es cierto que al principio fueron solo pequeños detalles, pero desde lo de Xi estaba completamente ida. Decía que Xi se le aparecía, hablaba del apocalipsis, de la sangre, de su hermana muerta. Estaba totalmente desquiciada.

—¿Y por qué no lo acepta Sara? El caso está oficialmente cerrado.

—Está obsesionada con que no fue ella. Incluso fue a hablar con la policía para que continúen con la investigación. Ese es el motivo de que hoy estuvieran aquí.

—Ya me extrañó verlos aquí. Pero Lojo salió diciendo que daban credibilidad a la confesión de Amalia. Eso no me cuadra mucho con lo que ha sucedido hoy aquí. En fin, si dejo que Lía se quede, ¿puedo contar con vosotros para que la vigiléis en todo momento? ¿Estáis dispuestos a eso?

—Supongo que sí. Estamos por irnos a Sanxenxo ya. Y yo aún no lo he hablado con Sara, pero quiero vender esta casa. No me veo capaz de seguir viviendo aquí. No puedo.

—Pasará, Teo.

—¿El qué?

—Esa sensación de que nunca más volverás a vivir un día normal, sin pensar en la noche en que viste morir a tu hija. Llegará el día en que consigas vivir un día completo en el que todo sucederá con normalidad. Reirás si algo te hace gracia. Te enfadarás si algo no sale bien. Y esos sentimientos no estarán vinculados al recuerdo de Xiana. Y llegará un día en que consigas recordar algo que te gustaba de ella y sonreír con ese recuerdo.

—¿Y se supone que tengo que creerte?

—Es así —dijo Connor—. La mente genera mecanismos fuertes de autodefensa.

—Quizá deberíamos ir todos a terapia.

—No lo dudes. Puedo poneros en contacto con grupos de ayuda para gente que ha perdido a un ser querido.

—No sé. No te ofendas, pero creo que no arreglaría nada.

—En fin, si te lo piensas, hablamos más adelante. Me voy a marchar. Ya es casi hora de ir a comer. Hablas tú con Sara respecto a lo de que Lía se quede con vosotros. Yo aviso en A Rodeira. Habrá que ir a buscar sus cosas.

—Ya me encargo yo de todo.

—Recuerda que es muy importante que no la dejéis sola.

—Sí, tranquilo.

—Estoy pensando que Fermín seguro que viene a Santiago el lunes. Le pido que me traiga las cosas de Lía y ya me acerco yo a Sanxenxo a llevarlas. Y de paso hablo con ella. Esa es otra, ¿vosotros queréis que siga con la terapia de Lía? Desde luego, podéis llevarla a otro médico.

—No, aunque esa decisión no me compete. Pero imagino que ya que has empezado a tratarla, deberías continuar ahora. Lo consultaré con Adrián.

—Yo me comprometí con él a tratar a Lía. Si lo queréis así, me acercaré a Sanxenxo un par de días a la semana. Si por el contrario encontráis a otro médico más adecuado...

—Hablaré con Sara.

—Está bien. Voy fuera a despedirme.

Connor salió y se despidió de las dos hermanas. Teo lo acompañó a la puerta y después volvió al jardín.

Las observó sin que ellas se percatasen de que lo hacía. Sara estaba sentada frente al sol. Llevaba puestas unas gafas oscuras. Lía, por el contrario, estaba bajo la sombrilla, leyendo el periódico. Vio cómo Lía se mordía el labio con los incisivos superiores. Siempre hacía eso cuando intentaba concentrarse. Sabía que después se pasaría la lengua por los labios. También acostumbraba morderse el pulgar. Conocía todos sus tics. Cuando pintaba solía mirar fijamente el lienzo con la vista perdida, golpeándose con el mango del pincel la palma de la mano, componiendo una melodía casi inaudible, mientras decidía el sentido de los trazos que estaba a punto de realizar. También entornaba los ojos cuando veía algo que quería pintar, como si lo transformara en su mente. Cuando estaba nerviosa, movía la nariz, encogiendo las aletas. Cuando estaba triste, se sentaba siempre abrazándose las piernas. Cuando estaba feliz, solía ponerse de puntillas. Y cuando algo le gustaba mucho, cerraba los ojos y recorría el contorno de las cosas con la yema de los dedos. Como los ciegos.

Desvió la vista y vio que Sara mantenía la mirada fija en él. Teo también sabía lo que estaba pensando ella en ese momento. Esquivó sus ojos y entró en la casa. Cogió el teléfono para llamar a un restaurante de Cacheiras. Pidió mesa a las dos y media. Para tres.

Triángulos

Connor llamó a Adrián en cuanto salió de Las Amapolas. Tenía bastantes dudas sobre si estaba tomando la decisión correcta y sabía que Teo iba a hacer lo que Valiño le dijera. Sabía que era probable que Adrián no estuviese en Santiago. Hacía buen día. Igual se había marchado para la playa. Sin embargo, le contestó enseguida: estaba solo, su mujer se había ido con el niño a casa de su madre en Lugo y él se había quedado para finalizar los preparativos del congreso de septiembre. Quedaron en un bar de San Lázaro, cerca de la casa de Adrián.

Connor sabía que Teo y Adrián eran íntimos, que debía tener cuidado con lo que decía. Adrián estaba al tanto del caso desde una perspectiva ajena a la de él. Conocía a las Somoza y a Teo desde hacía años. Pero también era cierto que era uno de los mejores psiquiatras del país. Necesitaba que le ayudara a despejar dudas.

—¡Hola, irlandés! —le dijo Adrián en cuanto entró en el bar.

—¿Desde cuándo trabajas en sábado? ¿Qué *carallo* haces en Santiago?

—Me marcho de vacaciones dentro de dos semanas. Todo el mes, a Málaga. En cuanto vuelva tengo el congreso encima. Quiero dejar mi conferencia terminada, pero es que por si fuera poco han surgido problemas. El doctor Castells de Barcelona al final no puede venir. Estoy intentando contactar con Cabrera, el de Valladolid. Total, un lío. Que no me quiero marchar a Málaga con esto en la cabeza, vaya. Y tampoco es que me muera por ir un sábado a casa de mi suegra. Son fiestas allí.

—¿Sabes ya lo que pasó con Lía? —le preguntó Connor.

—Me llamó Alba. ¡Tiene un disgusto! Dice que no lo vio venir. Que Lía parecía estar muy relajada, pintando todo el tiempo. No hablaba mucho, pero dice que no se dio cuenta de que estaba tan mal.

—Fíjate que yo creo que ayer Lía mostró el gran avance que he hecho con ella. ¿Sabes que me dijo que no fue capaz de volver a cortarse las venas porque recordó su pasión por pintar? Estuve trabajando en eso.

—Estímulo vital. Bien hecho, Brennan.

—Ya. No es difícil en este caso. No he visto tanta pasión por algo en mi vida. La cuestión es que tengo que hablar contigo porque estoy muy confuso con la situación de esa casa. Necesito que me orientes. Tú los conoces bien, pero necesito que me des tu opinión como psiquiatra y no como amigo.

—Eso no es fácil. Yo solo los conozco como amigos.

—He hablado con Teo hoy. Le he pedido que se queden con Lía. Que la vigilen de cerca, pero no sé... Están por irse a Sanxenxo. Me he ofrecido a ir un par de días a la semana y me ha dado la sensación de que están valorando un cambio de psiquiatra. De ser así, no tengo nada que objetar.

—Me extraña. Lía ha mejorado mucho. ¿Por qué dudas de que estará bien con ellos?

—Porque Sara Somoza sigue pensando que Lía mató a Xiana. Y estoy firmemente convencido de que esa fue la causa del primer intento de suicidio.

—El caso está cerrado. Fue la vieja la que mató a Xiana.

—El caso está cerrado para ti, no para los padres de esa niña. Teo se aferra a esa explicación, pero Sara ha ido a hablar con Abad y no va a dejar dormir el caso. Hoy he estado allí. Estaban él y otra poli haciendo preguntas y registrando la casa por cortesía de Sara Somoza.

—A ver si te entiendo. ¿Dices que crees que Lía mejora anímicamente estando cerca de Sara, pero que al mismo tiempo las sospechas de la hermana despiertan en ella un sentimiento de culpa que aviva sus tendencias suicidas?

—Supongo que ese es mi diagnóstico.

—Sara adora a Lía. Si esto está sucediendo, es porque sabe algo que los demás no sabemos.

—No tiene sentido. Si sabe algo, ¿por qué no lo dice? ¿Para proteger a su hermana? Si la quiere proteger, ¿por qué habla con la policía para reavivar una investigación oficialmente cerrada?

—Igual no puede evitar sospechar de ella, y tiene la esperanza de que la policía encuentre otra explicación.

—Y ahora, ya que estamos hablando, ¿me explicas qué pasa allí? Me da la sensación de que hay un triángulo muy extraño entre ellos.

—No. Nada de triángulo. Teo y Sara llevan un montón de años juntos. El pasado es pasado, te lo puedo asegurar. Tú has visto a esa mujer. Nadie en sus cabales miraría a otra estando con Sara Somoza. Lo que pasa es que Teo tuvo una relación muy especial con Lía. Creo que es la persona, después de Sara, que más la conoce. Le tiene un cariño increíble. Pero ahí no hay nada sexual.

Si me preguntas si alguna vez ha tenido algo con Lía desde que está con Sara, te diré que no.

—Pero es que no es el sexo lo que me preocupa. Es que me da la sensación de que Lía sigue enamorada de él. Sé que ella siente que cambió el rumbo de su vida al dejar a Teo. Y de repente, lo acontecido con Xiana le ha hecho enfrentarse a las consecuencias de esa decisión. Creo que ha hecho el siguiente proceso mental: yo dejé a Teo, eso lo llevó a Sara, por eso nació Xi. Xi murió. Si yo no hubiera dejado a Teo, Xi no habría muerto.

—Eso es absurdo.

—Eso es lo que está pensando ella.

—Tú eres el que está tratándola. Pero es bastante irracional. Lo único que te puedo decir es que Sara y Teo están bien.

—¿Estás seguro? Yo creo que mientras todo el mundo ve a una Sara Somoza segura de sí misma, ejecutiva brillante y con un matrimonio envidiable con Teo Alén, ella siente celos de su hermana.

—Eso es ridículo. Lía es una artista maravillosa, pero al lado de Sara... —Calló de pronto y le acudió a la mente la imagen de Sara Somoza, con su vestido negro, apoyada en la ventana de su despacho, de espaldas a él, diciéndole: «¿Me creerías si te dijese que era yo la que tenía celos de ella?».

—Al lado de Sara, ¿qué? —dijo Connor—. Es una mera cuestión de gustos. No todo es sexo, Adrián. Sara Somoza es una mujer para llevarse a la cama y no salir de ella. Pero yo estoy tratando a Lía. Y te aseguro que si no fuera mi paciente, me encantaría conocerla fuera de esa consulta.

—Voy a pasar por alto ese comentario tan poco profesional.

—No seas estúpido. Sé hacer mi trabajo.

—Ya lo sé. Y sé muy bien a qué te refieres. Lía es muy... muy...

—La palabra que estás buscando es «intensa».

—Eso. En fin, no sé si te he aclarado algo.

—Sí, tranquilo. Me ha gustado compartir impresiones contigo. Pero si Teo te pregunta sobre si yo debo seguir con la terapia de Lía, ¿qué le vas a decir?

—¿Tú qué quieres que le diga?

—Me comprometí contigo a tratarla. Si tengo que seguir tratándola, lo haré. Si crees que otro médico puede hacer más por ella, me reuniré con él y le pasaré todas mis notas.

—No seas tonto. No hay ningún motivo para que dejes de tratarla.

—Yo pienso lo mismo, pero no sé si Teo Alén estará de acuerdo. Igual lo que pasó ayer les hace desconfiar de mi trabajo.

—Eso es una chorrada. Tu trabajo impidió que ayer Lía hiciera una locura.

—Yo creo que sí. En fin, me marcho. Ya invito yo.

—¿Quieres que comamos juntos?

—Pues si quieres... Yo no tengo planes.

—Quizá si dejaras de fijarte en tus pacientes...

—Para con eso. Ya sabes que yo...

—Tranquilo, era una broma. ¿Comemos aquí mismo?

—Por mí está bien —dijo Connor.

Mientras Adrián hablaba con el camarero, Connor notó vibrar el móvil y se acordó de que no había llamado a sus padres. Sacó el teléfono del bolsillo para mandarle un mensaje a su madre y vio el wasap de Allison.

«I'm sorry. I didn't want to say that. Just go on with your life.»

La vida sigue igual

El día que quise morir entré en ese cuarto de baño. Me desnudé. Abrí el grifo del agua caliente. Cogí una cuchilla de afeitar. Me metí en el agua. Sumergí mi cuerpo hasta sentir que el calor penetraba en mis huesos. Supongo que todo el mundo asocia la muerte con la frialdad. Yo no. Ya no. Sentí el agua calentando mi piel. Recuerdo mis músculos relajándose. La caricia del agua en la nuca. Cerré el grifo. Cogí la cuchilla con la mano derecha y presioné el filo cortante sobre la muñeca izquierda. Al principio, suavemente. La primera gota de sangre asomó tímida. Recorrió con lentitud mi antebrazo. Se precipitó sobre la superficie del agua. Plinc. La gota de sangre penetró en la superficie líquida y al instante el color rojo se mezcló con el agua cristalina, diluyéndose. Dibujaba una espiral roja como esas que decoraban las bolas saltarinas que nos compraban cuando éramos pequeñas. Esas que botaban hasta el techo. Siempre venían decoradas así. Volví a abrir el grifo. Después deslicé la cuchilla con decisión. Dibujé una línea sorprendentemente recta. Al instante la sangre salió a borbotones. Sin tiempo para pensarlo, cogí la cuchilla con la mano izquierda y me corté las venas de la muñeca derecha. Y cerré los ojos. Y sentí el calor. Nada más. Solo mi nombre. Lía. Lía. Lía. Y nada más.

Después supe que fue Teo el que pronunciaba mi nombre. El que me encontró. Teo, el que tapó con toallas mis heridas. Lía, me dijo hoy mi hermana cuando me vio parada a la puerta de este baño. Y, como siempre, supo lo que estaba pensando. Me agarró de la mano y me llevó al otro baño. El que solía usar Xiana. Sara dijo que mejor aquí. No hay bañera. Tan solo hay ducha. La ducha de Xi. Y su champú con aroma de vainilla. Todo sigue igual. Sara sigue sabiendo lo que pienso.

Y yo sigo sabiendo lo que piensa ella.

El famoso instinto Abad

Santi decidió que no llevaría a Ana a su casa. Si ella creía que la única razón por la que la llamaba era para acostarse con ella, entonces quizá no estaba de más que ese día se limitaran a tomar algo y a hablar un rato. Así que, tras salir del restaurante, fueron a la terraza del Momo. Santi solía ir a ese jardín a tomar un té helado y a leer un libro. Iba detrás de ella. Estuvo a punto de cogerla de la mano. De hacer algún gesto que fuera más allá de la relación de dos meros colegas de trabajo. «No fui yo el que fue a tu casa un sábado por la tarde y llamó a tu puerta.» Nunca debió decir esas palabras. En cuanto las pronunció, advirtió la expresión de ella. Nunca debió insinuar que él no lo había buscado igual que ella. Como si lo que había pasado no hubiera sido el resultado de la decisión de dos personas adultas. Como si hubiera un culpable de la situación. Como si él no llevase meses mirándola, como sabía que no debía mirarla. Como un hombre, no como un compañero de trabajo. Y ahora ella estaba más callada de lo habitual. Esperando que sucediera algo que estropeara la tarde.

—Un té helado —pidió Santi.

—¿Un té? En fin. Pues yo un café con hielo —pidió Ana.

Eran ya las seis y media. No había mucha gente. Santi no pudo evitar echar un vistazo alrededor por si veían a alguien conocido.

—¿Qué ha sido de esa tarde que prometías, tomando *gin-tonic* y hablando del caso Alén? —preguntó ella.

—Necesito un respiro. Si me emborracho, no pienso con claridad.

—¿Tienes miedo de que te lleve a tu casa y hagas algo que no quieras hacer?

—Yo no he dicho que no quisiera hacerlo. Estás molesta por lo que te he dicho esta mañana, ¿verdad?

—Por supuesto que sí. Resulta que el único motivo por el que pasaste el fin de semana pasado conmigo fue porque llamé a tu puerta. ¿Puedes seguir humillándome un poco más?

—Lo que quería decir es que yo nunca habría intentado liarme contigo si tú no hubieras tomado la iniciativa —dijo Santi—, y el motivo es que soy tu jefe. Nada más. Y deja de pensar que todo lo que hago o digo es para hacerte daño.

Ana bajó la vista, avergonzada. Él estiró la mano por encima de la mesa y le cogió la suya.

—A mí no se me dan muy bien estas cosas, Ana. Me gustas muchísimo, de verdad. Llevo toda la semana volviéndome loco. No sé cómo hablarte en el trabajo. No soy capaz de llamarte aunque sepa que tengo que hacerlo, cuando hay algún asunto de trabajo que comentar contigo. No sé qué decirte para que no pienses una cosa o la contraria. Estaba equivocado. No sé separar el trabajo de esto. No sé.

«Estupendo. Porque yo creo que me he enamorado de ti», pensó Ana. Después sonrió. Un «me gustas muchísimo» era bastante más de lo que se podía esperar de Santi. Un «me gustas muchísimo» era casi un «te quiero». Era suficiente por ahora.

—Creo que los dos nos sentiríamos mejor si consiguiéramos atrapar al asesino de la chica Alén. Y gracias por ser tan sincero. Sé que te cuesta mucho hablar de lo que sientes.

—Sí, supongo que no soy el tío más hablador del mundo, ni el más expresivo.

—Lo sé. En fin. ¿Cómo coño vamos a devolver este diario? ¿Y quién *carallo* escribe un diario en estos tiempos?

—Se lo daré al doctor Brennan. Este diario nos ha dejado igual que estábamos. Tanto puede haberlo escrito la asesina de Xiana como no. Lo que deja claro es que esta mujer está muy confundida. Bien, eso ya lo sabíamos. Estamos hablando de una mujer que intentó suicidarse hace unos días. Es una lástima que el doctor no sea un poco más colaborador y nos dé su opinión respecto a lo que está pasando por la cabeza de Lía. Te aseguro que en este momento él ya tiene claro si Lía Somoza mató o no a Xiana.

—Guíame tú con el famoso instinto Abad —dijo Ana—: si tuvieras que apostar a quién mató a Xiana Alén, ¿por quién apostarías?

—El instinto Abad ha pasado por tiempos mejores. Yo qué sé. De buenas a primeras, diría que por Inés Lozano. Esa mujer tiene el móvil más fuerte. Tú lo dijiste el otro día: esa relación es enfermiza. Y Xiana Alén era una criatura preciosa. Imagino que es fácil que Inés se obsesionase con este asunto. Pero estaríamos hablando de un crimen pasional que en absoluto encaja con la premeditación de la escena del crimen. Tenemos el móvil, pero no me cuadra con el *modus operandi* del asesino. En cambio, puedo imaginar perfectamente a Sara Somoza planificando este crimen hasta el último detalle. Pero me falla el móvil. Y lo más importante: ¿por qué nos pediría que continuásemos investigando si fue ella?

—Eso ya lo pensé, pero siempre estás con la manía de que no se puede descartar a nadie. Y te diré más: esa mujer está sufriendo mucho. Y ese sufrimiento es real. La expresión que tiene no puede ser fingida. Y ahora te pregunto: ¿ni siquiera podemos descartar a la vieja?

—La vieja no pudo hacerlo sola. Pero estaba tan loca que igual se le pasó por la cabeza que Xiana estaba poseída por un demonio o algo así, aunque eso nos llevaría a que actuó ayudada por alguien.

—¿Qué me dices de Fernando?

—Fernando tiene un móvil poderoso. Una chavala encaprichada con él. Una relación que pone en peligro su matrimonio con la notaria que lo mantiene a todo trapo. A ese tipo le gusta la buena vida, y el sueldo de un profe de instituto no da para vivir en Las Amapolas. Y hay algo que me hace pensar en él.

—¿Qué?

—Aparte de Lía Somoza, era el único que sabía que Xiana quería representar la fotografía de *Muerte roja*.

—No lo sabía. Xiana solo le pidió el cuchillo, pero no le dijo para qué.

—Eso fue lo que él nos dijo. Pero, quizá se lo contó todo.

—Tienes razón. Soy una tonta. Después tenemos a Lía Somoza.

—La *number one* en el *ranking* de los sospechosos. Inestable, emocionalmente desequilibrada, conocedora de que la sangre y el cuchillo estaban en la casa. Posiblemente enamorada de su cuñado, tal vez pudo dirigir su odio hacia el fruto del matrimonio de su hermana con Teo. Y además, intentó suicidarse tras el asesinato. Y por si fuera poco, Sara está convencida de que fue ella. Y no solo ella. La vieja Amalia también lo creía. De ahí esos sueños en los que se le aparecía Xiana diciendo que Lía la había matado.

—¿Sueños?

—Claro que fueron sueños. ¿No creerías que se le estaba apareciendo de verdad?

—No, claro que no. Y entonces, ¿crees que fue Lía Somoza?

—No. Reúne todos los requisitos, pero cuando llego a este punto, es justo cuando me doy de frente con el famoso instinto Abad, y te juro que me cuesta un mundo creer que lo hizo ella. Y no sé por qué.

—¿Y Teo? —preguntó Ana.

—Teo tiene cosas que esconder. Cogió ese dinero y su mujer lo repuso. De eso estoy completamente seguro. Pero aun siendo eso cierto, no constituye un móvil para matar a una hija. Si quieres que te diga la verdad, el único móvil que se me ocurre es que haya querido hacer daño a Sara Somoza. Ahora parece la más afectada de los dos. ¿Y por qué razón querría Teo hacerle daño a su mujer? ¿Para que ella lo deje y quedar libre para estar con Lía? No tiene sentido. Cuando un hombre quiere dejar a su mujer, pide el divorcio, no mata a su hija. En Teo no encuentro móvil, ni oportunidad. Y sin embargo, no sé por qué, no aguanto a ese hombre.

—¿Porque es alto, guapo y rubio, como sueles decir?

—Será por eso —dijo él—. Y porque no tiene sangre en las venas. ¿Te das cuenta de lo fácil que es hablar de trabajo cuando estamos relajados?

—Supongo que sí —dijo ella—, pero no hemos sacado nada en limpio.

—Yo no estaría tan seguro —dijo Santi—. Creo que llevamos una hora y cuarto sin discutir.

Como un mimo en el Obradoiro

Connor se fue a su casa en cuanto acabó de comer con Adrián. No tenía mucho que hacer. Él también tenía pendiente finalizar su conferencia para el Congreso de Salud Mental de septiembre, pero septiembre quedaba muy lejos. Todo quedaba muy lejos. Allison. Mary. Dún Laoghaire. Se sentía suspendido en el tiempo. Sin poder mirar atrás. Sin saber hacia dónde se dirigía en el futuro.

Todo era más sencillo para Allison. Solo tenía que limitarse a culparlo a él. Así era fácil. A él también le gustaría tener a alguien a quien culpar. «Just go on with your life.» Sigue con tu vida. «¿Qué vida, Allison?», sentía ganas de contestarle. ¿Qué mierda de vida? Un enfermo. Una conferencia. Un partido de pádel con Valiño. Un viaje a casa de sus padres, esquivando el restaurante donde se habían casado, la playa donde hicieron el amor, la alameda donde enseñó a Mary a andar. ¿Qué vida? No tenía vida. Del hospital a casa. De casa al hospital. La cama en perfectas condiciones por la mañana, sin una arruga, porque había pasado toda la noche en el sofá, mirando el techo o la pared, donde una mancha oscura le recordaba que destrozar una botella contra ella no le ayudaría a olvidar que Mary había muerto. ¿Qué vida, Allison?

Una vida era lo que tenía antes. Cuando despertaba y la besaba, y ella apoyaba el codo en la almohada mientras le contaba que un alumno con dislexia había aprendido a leer. En la vida de ahora, la única presencia de Allison era el doble check azul del WhatsApp. Leído. No contestado.

Por primera vez en tres años se sentía tan solo que estaba paralizado. Totalmente. Se sentía como uno de esos mimos a la puerta de la catedral, en la plaza del Obradoiro. Quieto. Inmóvil. Con el único objetivo de ver pasar la vida de los demás por delante. Nada más. Era lo único que hacía. Quedarse quieto y ver la vida de los demás pasar delante de él. Contener la respiración, el aliento, la vida. Dejar la vida suspendida. Sin pasado, sin futuro. Así se sentía. Agotado. Tan cansado de levantarse, moverse, respirar, trabajar, olvidar, recordar que en ese momento lo único que le pasaba por la cabeza era que era sábado. Que no sabía qué hacer. Que no aguantaba otra tarde en el sofá. O corriendo. O sudando. O recordando.

Así que cogió el teléfono e hizo lo que no debía.

Tres cuartos de hora más tarde esperaba a Lía a la puerta de la casa de su hermana. Teo bajó y le preguntó adónde iba con ella. Mintió. Dijo que creía que le convenía salir, que volverían pronto, que solo iban a ver una exposición.

Ella se montó en el coche y él se dio cuenta de que estaba distinta. Quizá porque se había maquillado. Lía no lo besó al entrar en el coche. Nunca lo hacía. Era su psiquiatra. Tampoco le preguntó por qué había ido a buscarla. Como si todo lo que él hiciera estuviera justificado, porque confiaba en él. Connor sintió que ya no merecía esa confianza.

Ya en el semáforo, ella extendió la mano y le tocó la cara. Deslizó los dedos por el perfil de su rostro, como intentando grabar su fisonomía. Las yemas de sus dedos descendieron por el contorno de la cara hasta quedar suspendidas al borde de sus labios.

Y no hablaron.

Él conducía sin saber adónde iban. Concentrado simplemente en eso. En tener algo que hacer. Sintiéndose un poco culpable de acudir a ella. Siguieron en silencio. Acomodados en esa conversación silenciosa en la que él sabía que ella se sentía bien. Mientras, ella se percató de que algo se había roto dentro de él.

Condujo casi dos horas, sin rumbo fijo. Siguieron sin hablar. Connor sabía que ella estaba muy cómoda así. Sin nada que decir. Apoyaba la cabeza contra el cristal de la ventana ofreciéndole su perfil. Al verla así, calmada, silenciosa y tan tranquila, comprendió el esfuerzo que había estado haciendo esos días para abrirse a él.

A las nueve y media de la noche la llevó de vuelta a casa de su hermana.

—Gracias —dijo él, al parar el coche.

Ella no contestó. Tan solo le sonrió. Después bajó del coche. En cuanto llegó a la puerta dio media vuelta y volvió a donde él.

—Quiero pintarte —dijo, asomando por la ventana del coche.

Él, en silencio, asintió, sin poder apartar la vista de Teo, que los miraba desde la puerta de casa, esperando a Lía.

Otro sábado por la tarde

—Háblame de tu hijo —dijo Santi.

—¿De verdad te interesa? —contestó Ana.

—Ana... —dijo él—. Me estoy esforzando.

—Es que no quiero que te esfuerces, de verdad.

—¿Siempre tiene que ser así? Si no hablo, soy un iceberg. Si me intereso por tu vida, no quieres que me esfuerce. Ana, soy como soy. Y tú ya sabías cómo era.

—No, no sabía cómo eras. Intuía cómo eras. Por ejemplo, no tenía ni idea de que habías estado casado.

Él no contestó. Ella se arrepintió de sacar el tema.

—Martiño tiene once años y ya es casi tan alto como yo —dijo, contestando a su pregunta—. Está en sexto de primaria. Es un poco infantil, inteligente y deportista. Saca buenas notas. No me puedo quejar. Y a pesar de todo lo que te dije el otro día, de lo traumático que fue tenerlo tan joven, hoy pienso que ha sido lo mejor que me ha pasado en la vida. Mira, aquí tengo una foto. Es de ayer, en la playa, en Louro.

Santi le cogió el móvil y contempló la fotografía. Martiño era un chaval alto y delgado. Muy niño aún. Tenía el cabello rubio y los ojos verdes. Usaba gafas y corrector dental. Desde luego, no se parecía en nada a su madre.

—Sé lo que estás pensando. Es idéntico a Toni. La naturaleza tiene un raro sentido del humor.

—¿Toni? ¿Ese es el padre? ¿Qué tal padre es?

—Pues un padre excelente, o eso tengo entendido —dijo Ana—, por lo menos con los hijos que tiene con su mujer.

—¿No tienes trato con él?

—No tengo nada. Ni trato, ni apellidos para Martiño, ni pensión alimenticia. Nunca le reclamé nada.

—¿Nada? ¿Nunca le reclamaste nada?

—No, nunca. Y no me arrepiento. Entre mi madre y yo pudimos con todo. Martiño sabe quién es, por supuesto. Nunca le mentí. No tengo nada de que avergonzarme.

—No, claro. Más bien al contrario. ¿Y no tienes padre? Siempre hablas de tu madre.

—Mi padre murió, pero no vivía con nosotros. No me gusta hablar de eso, ¿sabes? Le dio muy mala vida a mi madre. Bebía. Era un tipo violento. Le pegaba. Murió joven, cuando yo tenía apenas siete años y entonces ya llevaba dos viviendo con una hermana de él. Es desagradable. No acostumbro hablar de esto. Mamá lo pasó muy mal. Es una mujer joven, pero ya no quiso saber nada de los hombres. Sigue sola. No fue fácil para ninguno de nosotros. De hecho, estoy pensando en especializarme en delitos de violencia de género.

Santi se quedó callado. Sacó la cartera y llamó al camarero. Pagó y se levantó.

—No sé tú —dijo él, cambiando de tema—, pero yo he tenido una semana malísima. Han pasado muchas cosas. La vieja se suicidó. Encontramos los dibujos de Xiana Alén. Descubrimos la relación entre Fernando y ella... Ha sido una semana intensa.

Creo que lo mejor que podemos hacer es esperar hasta el lunes y ver qué nos deparan esas grabaciones de la casa de los vecinos de los Alén. Y además, me gustaría acosar un poco a Inés Lozano. Esa mujer no es precisamente un modelo de autocontrol. Si tocamos las teclas adecuadas, es posible que explote. En fin, te llevo a casa.

«No —pensó Ana—. No me lleves a casa.» Se dio cuenta al momento de lo que estaba sucediendo. No era la primera vez que le pasaba. Estaba acostumbrada. Una cosa era decir «tengo un hijo», pero en cuanto los hombres lo veían delante, desaparecían a toda velocidad.

Durante el camino a casa de ella apenas hablaron. Ya estaba todo dicho. En relación con la investigación. En relación con lo que pensaban. En relación con Samanta. Ya no tenían más que contarse. Santi no apartó la vista de la carretera mientras pensaba por qué tenía que ser todo tan complicado. Por qué no podían limitarse a pasar esos dos días igual que el fin de semana anterior. Por qué no podían limitarse a encerrarse en su piso y no hablar. No cuestionar nada.

Pero no era posible. Pesaban muchas cosas. Pesaba la llamada de Sam. Pero sobre todo pesaba esta última conversación. «Mi padre era un tipo violento», había dicho ella. «Yo también», debería decirle.

Un perro se cruzó en el camino y Santi frenó bruscamente. Ana chilló.

—¿Qué ha sido eso?

—Un perro. No ha sido nada. Iba distraído.

—Pues a ver si prestas más atención. Casi nos matamos.

Él se dio cuenta de que ella estaba enfadada. Le gustaría decirle que se moría por quedarse con ella en su casa. O dar la vuelta y llevarla al apartamento de él. No hizo nada. Continuó conduciendo. Más despacio.

Aparcó delante de la casa de Ana. Ella bajó y lo miró. Esperando que él le dijera algo. Ni siquiera hizo amago de despedirse. Ni de besarla. A estas alturas, Ana ya lo conocía lo suficiente para saber que estaba haciendo un ejercicio de contención. Se fue hacia el portal y entró en casa. De nuevo se sentía deprimida. Y estúpida. Por contárselo todo de ella. Por no hacer lo mismo que él, que se comunicaba con mensajes mínimos. Después se limitaba a decir «lo siento», y listo. Ya lo solucionaba todo con mensajes de WhatsApp que sabía que ella no le iba a contestar.

Ya en casa, Ana se dio una ducha y se puso una camiseta blanca y unos *shorts* de algodón con los que solía dormir. No se secó el pelo. Hacía calor. Fue a la cocina y preparó un café con leche. Seguramente le quitaría el sueño, pero le daba igual.

Se sentó en el sofá y encendió el televisor. Torneos de fútbol de verano. Películas previsibles. Tertulias sobre la situación política. Aun así, no la apagó. Buscó en Netflix una serie nueva y se acurrucó.

«¿Qué haces?»

El teléfono se iluminó con el mensaje de Santi.

«Te dije que no iba a hablar contigo por WhatsApp.»

«Pues entonces abre la puerta.»

Ella se levantó y fue hacia la entrada, sin creer que el muy idiota estuviera allí y fuera incapaz de llamar al timbre. Estaba sentado en el suelo, como el otro día.

—Esto ya se está convirtiendo en una costumbre. Tengo vecinos, ¿sabes? —dijo ella, medio en broma, medio en serio.

Él se levantó rápidamente y entró en la casa. Se acercó a ella para besarla. Antes le murmuró al oído las palabras exactas que había ensayado en cuanto dio la vuelta en la carretera. Las que sabía que ella quería escuchar:

—Yo también quiero ser el que llamó a tu puerta un sábado por la tarde.

Poco convencionales

El lunes por la mañana, Santi decidió acercarse al hospital antes de ir a la comisaría para devolver a Brennan el diario de Lía Somoza, tras escanearlo y analizarlo en detalle durante todo el domingo. Había pasado la noche del sábado con Ana y por la mañana ella se había marchado a Louro a buscar a su hijo. Así que él se quedó solo, sin nada mejor que hacer que sumergirse en los pensamientos de su principal sospechosa. Iba preparado para recibir todos los reproches morales de Connor Brennan.

Le hicieron esperar casi media hora. Allí, en la sala de espera, analizó a todos los enfermos que, como él, esperaban a Connor. Intentó imaginar por qué estaban allí. Ludópatas, esquizofrénicos, obsesivos compulsivos, anoréxicos, bulímicos. Maltratadores. Seguro que había alguno. ¿Era él uno de ellos? ¿Tenía un problema? Se había repetido mil veces que lo que había pasado había sido un hecho puntual. Pero también sabía que si volviese atrás, a ese mismo punto, a ese pub, a ese instante en el que Samanta estaba colgada del cuello de ese tío... Si volviese a ese instante, volvería a hacer lo mismo. Lo negaba, pero lo sabía. Sabía que no tendría el control suficiente para no golpearla, para no desahogar toda la rabia, la ira incontenible que sintió en ese momento. Ignoraba que pudiera sentirse así. Ahora ya lo sabía. Sabía que había un punto en el que su mente hacía «boooooom», y algo explotaba llevándose por delante toda la cordura, todo el autocontrol adquirido, toda la sensatez, toda esa cobertura de civilización que tiene todo el mundo para sacar de dentro al otro Santi. Ese otro Santi que él se esforzaba en mantener escondido dentro por siempre jamás.

Una enfermera se acercó a él y le dijo que podía entrar.

—¡Santi! Siento que hayas tenido que esperar. ¿Qué te trae por aquí?

—Tranquilo, no pasa nada. Tan solo quería darte esto. Lo cogimos el otro día en Las Amapolas. Me preguntaba si lo podrías devolver discretamente —dijo Santi mientras ponía encima de la mesa el cuaderno de tapas de cuero marrón.

—¿Esto qué es?

—El diario de Lía.

—¿El diario de Lía? ¿Es que no tenéis ningún respeto por la intimidad?

—Brennan, no te alteres. Este diario pertenece a una sospechosa y fue requisado en el marco de un registro autorizado por la dueña de la casa. No hay intimidades aquí. Y si te sirve de consuelo, no dice nada que incrimine a tu paciente. Ni que la exculpe. Y seguro que todo lo que pone ahí tú ya lo sabes.

—No lo sé. Y no pienso leerlo.

—¿Quizá porque ella ya te lo cuenta todo?

—Ella está haciendo un gran esfuerzo en esta terapia. No te descubro nada si te digo que tiene fuertes tendencias suicidas.

—Es muy afortunada por contar con un psiquiatra tan entregado. Tanto como para pasear con ella en coche un sábado a las nueve de la noche —dijo Santi, mirando de frente a Connor.

El médico se quedó tan sorprendido que no supo qué decir.

—No voy a discutir contigo mis horarios de trabajo —dijo finalmente.

—Bien, porque no me importan. Pero creo que, si estás viendo a Lía fuera de esos horarios de trabajo, igual te estás implicando tanto que tu imparcialidad puede verse afectada de cara a un futuro informe pericial.

—Es una lástima, Abad. Casi estabas empezando a caerme bien.

—Lo que es una lástima es que no me paguen por hacer amigos. Resulta que tengo que encontrar al asesino de Xiana Alén.

—Ese, afortunadamente, no es mi trabajo. Y la próxima vez que me veas puedes saludarme.

—Iba en otro coche. De hecho, casi mato a un perro por miraros a vosotros.

—Tan solo la saqué de la casa un rato. No soy muy partidario de las terapias convencionales —explicó Connor.

—Bien, y yo no soy muy partidario de las investigaciones convencionales. Por eso cogimos el diario. Así que ya ha quedado claro que ninguno va a cuestionar la manera de trabajar del otro. Y en lo que se refiere al respeto por la intimidad de Lía, tengo que decirte que si debo confiar en tu capacidad para mantener tu secreto profesional, no voy a aceptar que dudes de mi capacidad para mantener la discreción que se le exige a un policía.

—Está bien. Devolveré el diario. Pero hasta donde yo sé, esta investigación está cerrada.

—Los padres no lo creen así. Y yo, personalmente, tampoco —insistió Santi.

—Vale. Pues si no quieres nada más, ahí fuera hay un montón de pacientes esperándome.

—Ya los he visto. No te van a llegar las horas del día si los paseas en coche a todos.

—Abad, ¡ya vale!

—Era una broma. En fin, ya sabes...

—Si sucede algo, te llamaré. Creo que ya lo he hecho antes, ¿no?

—La verdad es que sí.

Santi se sentía bastante satisfecho por cómo había manejado el asunto. Connor Brennan podía decir lo que quisiera, pero andar en el coche con Lía Somoza un sábado por la noche no entraba dentro de ninguna terapia. Ni convencional ni no convencional.

Salió de la consulta. Connor le pidió a la enfermera que no le pasara aún a nadie, cerró la puerta, abrió el diario y se dispuso a leer.

Jefes

Santi salió hacia comisaría. Esperaba poder comprobar con Ana las grabaciones de los vecinos. Seguro que ella ya había llegado hacía rato. La había llamado la noche anterior. Ya estaba con el niño en casa. El sábado había estado a punto de echarlo todo a perder. De camino a Santiago se había dado cuenta de que a ella se le iba a agotar la paciencia. Si la dejaba en casa sin una explicación, esta vez no le iba a valer con unas simples disculpas. La conversación con ella lo había dejado aniquilado. Mientras se dirigían a casa de ella no hacía más que pensar que no le podía contar lo que había pasado con Sam. No, después de que ella le hubiera dicho lo de su padre. Pero en el trayecto de vuelta, le dio por recordar esa noche en su casa, hacía exactamente siete días. Ese fin de semana en su apartamento. No podía dejarla así. Y dio media vuelta.

No discutieron en toda la noche. Se dieron una tregua y se limitaron a disfrutar de ella. Por la mañana, abrazados en la cama, Santi se preguntó por qué no podía ser siempre así. Sin preguntas, sin confesiones. Sin suspicacias. Simplemente así. Sin nada más que hacer que respirarse el uno al otro.

Estaba nervioso por verla de nuevo. En efecto, Ana ya se encontraba delante de su ordenador. Él dijo buenos días, y al instante lo llamaron para avisarle de que Gonzalo quería hablar con él. Santi entró sin llamar en el despacho del comisario, preparado para recibir una bronca por no avanzar con el caso Alén.

—Abad, ¿qué horas son estas?

—Si no te preocupa a qué hora salgo, no debería preocuparte a qué hora entro. Y además, vengo de trabajar. Acabo de llegar del hospital, de hablar con Brennan.

—¿Sabes qué día es hoy?

—Lunes.

—Lunes, 17 de julio. Creo que te dije el otro día que yo ya tenía que estar de vacaciones desde el día 1. Y sigo aquí. ¿Y sabes por qué? Porque te estás empeñando en darme por el culo, Santi.

—Yo solo me estoy empeñando en aclarar este crimen.

—¿Se puede saber por qué hablaste con la juez de instrucción a mis espaldas y pediste las grabaciones de la cámara del jardín del chalé número 2 de Las Amapolas?

—No fue a tus espaldas. Es solo que no coincidí contigo. Quedamos en que seguíamos investigando, ¿no? Jefe, puedes hacer todas las declaraciones que quieras a los medios, puedes autoconvencerte de lo que te dé la gana con tal de poder marcharte de vacaciones, pero los dos sabemos que nadie va a creer que esa vieja, sola, pudo matar a Xiana Alén y salir de esa habitación sin dejar un reguero de sangre detrás. En este momento ni siquiera los propios sospechosos lo creen, aunque se esfuerzan mucho en aparentarlo, excepto Sara Somoza. Tu rueda de prensa no se la creyó nadie.

—Santi, no te pases de listo conmigo. Sé que no eres de los que disfrutan perdiendo el tiempo, pero es que no lo tenemos. Quiero un informe exhaustivo de las conclusiones. Sin polvaredas, sin peticiones a la juez de instrucción y sin filtraciones a prensa, ¿entendido?

—Se resume rápido. El vecino, Fernando Ferreiro, tenía una relación con la chavala y llevaba cerca de tres meses acostándose con ella. Su mujer lo sabía y estaba loca de celos. La tía de la niña tiene una extraña pulsión con la sangre, y también tenía celos, pero, en este caso, del talento de la chica. Por cierto, también fue novia del cuñado. La madre de la niña está celosa de ella. El padre desfalcó trescientos mil euros del fideicomiso y la vieja que se suicidó era una fanática religiosa que aseguraba que la niña muerta se le aparecía por las noches acusando a su tía.

—¿Me tomas el pelo?

—No, jefe.

—Así que todos tenían motivos. Quiero todo eso en un informe oficial. Santiago..., hay otra cosa.

Santi sabía que cuando lo llamaba por el nombre completo algo, andaba mal.

—Dime.

—¿Qué *carallo* está pasando entre Ana Barroso y tú?

—Eso no es asunto tuyo, Gonzalo.

—Os vieron comiendo juntos el sábado.

—Será porque comimos juntos.

—Mira, Santi, a mí me la suda si coméis o si os acostáis juntos. Pero metiste a Ana en el caso más importante del año. Y aquí, los equipos de trabajo están bajo mi supervisión. Y si el motivo por el que eliges a un oficial para investigar un caso es que se mete en tu cama, vamos mal, Santiago.

A Santi le entraron ganas de partirle la cara. Hundió las manos en los bolsillos y respiró hondo antes de contestarle. Incluso se permitió contar hasta cinco para no soltarle lo que estaba pensando.

—Gonzalo, elegí a Ana porque sabía que sería de gran ayuda. Ella sola descubrió la fotografía y ella sola descubrió la relación entre Xiana y Fernando Ferreiro. Está trabajando en este caso a destajo y con grandes resultados. Y efectivamente, si como con ella o me acuesto con ella no es asunto tuyo, pero no voy a permitir que la apartes del caso por lo que suceda cuando estamos fuera de la comisaría.

—No entiendes nada, ¿verdad? Si la mantienes en el caso, no le vas a hacer ningún favor. A ti no te dirán nada. Ni a mí. Soy el comisario y tú el inspector. Pero ahí fuera se la van a comer viva.

Santi recordó las palabras de ella el otro día. «¿Tú sabes en qué posición me deja a mí tener cualquier tipo de relación contigo? ¿Tú puedes imaginar lo que dirían mis compañeros si supieran que estamos juntos?» Nunca se había cuestionado que podía estar perjudicándola.

—Está bien. La alejaré del caso —admitió Santi a regañadientes.

—Bien hecho.

—¿Algo más?

—No.

Santi se dirigió hacia puerta.

—¡La verdad es que no tienes mal gusto, Abad!

Santi dio media vuelta y se acercó a él. Se quedó a menos de cinco centímetros de la cara de Gonzalo.

—No te pases ni un poco, ¿entendido?

—¡Calma! —dijo Gonzalo, mostrándole las manos en alto.

Santi volvió a dar la vuelta y salió golpeando la puerta con estruendo.

Ya fuera, llamó a Javi y le dijo que se iban a Las Amapolas. Después pidió a Ana que fuera a su despacho.

Se lo dijo en cuanto cerró la puerta. Sin rodeos.

—Gonzalo me ha pedido que te retire del caso.

—¿Cómo?

—Ya me has oído.

—Pero ¿por qué? ¿Qué he hecho?

«Acostarte conmigo», estuvo a punto de contestarle Santi.

—Alguien nos vio el sábado. A Gonzalo se le ha metido en la cabeza que estás en el caso porque estamos juntos.

—¡Mierda!

—Mira, no pasa nada. No vienes conmigo, pero por las tardes podemos quedar y te pongo al día.

—No quiero las putas migajas del caso. He estado trabajando mucho. ¡Y he trabajado bien! —Ana rompió a llorar de rabia.

Él intentó abrazarla y ella se zafó bruscamente.

—No quiero abrazos. Quiero que entres en el despacho de Gonzalo y le digas la verdad. Que he trabajado duro, que he trabajado bien y que no es justo que me saquen del caso porque cometí el error de salir con mi jefe.

—¿Un error? ¡Vaya, ahora estoy a la altura de Javi!

—No me fastidies, Santi. ¿Qué mierda de jefe eres, si no has sido capaz de explicar en ese despacho todo lo que he hecho en los últimos quince días?

Ana estaba fuera de sí. Se enjugó las lágrimas con el dorso de la mano.

—Voy a hablar con él —dijo.

—No vas a hacer nada de eso —la interrumpió Santi—, te vas a quedar aquí. Es una orden.

—¡Cojonudo! —chilló Ana—, ahora resulta que no tengo un jefe gilipollas: tengo dos jefes gilipollas.

El empellón la cogió desprevenida. Se dio contra la pared. Se quedó quieta. Inmóvil. Tratando de asimilar lo que había pasado.

Santi se quedó también quieto. Sin saber muy bien qué acababa de suceder. En cuanto se dio cuenta intentó abrazarla.

—¡Ana! —dijo él—. Dios, Ana. Perdona. Mierda. ¡Ana!

Ella siguió paralizada.

—¿Te he hecho daño? Mierda. Mierda. ¡Ana!

Ella se apartó de él. Él no paraba de repetir su nombre. Ana no quiso escucharlo. Salió del despacho. Se metió en un cubículo del aseo de mujeres y se sentó en el retrete, con la tapa bajada. Encogió las piernas. Se abrazó a ellas, de manera que desde fuera, por la parte inferior, entre el suelo y la puerta, no se veía si había alguien dentro o no. Después rompió a llorar nuevamente. En silencio.

Y esta vez no era de rabia.

Game over

Santi sabía exactamente lo que tenía que hacer. Lo tenía claro. Se habían terminado los tiempos de las disculpas y de las explicaciones. Se habían terminado las segundas oportunidades. El día anterior se había marchado a casa y no había vuelto por la comisaría en todo día. Había pasado la tarde sentado en el sofá, con el móvil en la mano, pensando en qué decir, en cómo solucionar esto. Hasta que se dio cuenta de que no había solución.

Así que lo primero que había hecho por la mañana había sido ir a hablar con Gonzalo. Después había salido y le había dicho a Lui que en cuanto llegara Ana, la mandara a su despacho.

Llegó tarde. Sobre las nueve y media. Llamó a la puerta y entró sin mirarlo a los ojos.

Él tampoco la miró apenas. Nada más entrar ella, comenzó a hablar. Sin hacer un gesto. Sin darle tiempo a sentarse.

—Hola, Ana. Pasa. Quiero que sepas que vengo de hablar con Gonzalo. Ya le he explicado que no hay motivo para sacarte del caso. Que creo que eres la persona más adecuada para seguir en él. El jefe ha aceptado mis explicaciones. Así que, si tú quieres, puedes continuar.

Ella no dijo nada. Mantenía la vista fija en el suelo.

—Mírame, Ana —dijo Santi.

Ella no se inmutó.

—He dicho que me mires. Escúchame bien: no estoy hablando más que de trabajo, Ana. Tú lo dijiste muy bien ayer. Lo que pasó entre nosotros fue un error. Creo que los dos podremos olvidar estas últimas semanas y concentrarnos en el trabajo.

Ella siguió sin decir nada.

—Ana, si eres la profesional que creo que eres, vas a sentarte en esta silla conmigo y a repasar estas grabaciones. Vas a aceptar mis disculpas como tu jefe que soy por no haberte defendido ante Gonzalo ayer. Y sobre todo, vas a olvidar que soy un gilipollas, como dijiste ayer, porque no me voy a disculpar por nada más. Esta vez no. No hay más «lo siento, Ana». No hay nada que arreglar. Creo que los dos seremos capaces de seguir trabajando sin pensar en lo que pasó entre nosotros. Pero lo que sí tengo claro es que hay un asesino que mató a Xiana Alén y que indirectamente es el responsable de la muerte de Amalia Sieiro. Y creo que mereces seguir en la búsqueda de ese asesino.

Ana se sentó en la silla. Se sentía incapaz de mirarlo. Incapaz de hablar. Incapaz de contestarle.

—Tenías razón —dijo él.

—¿En qué? —dijo ella, finalmente.

—En lo del puto iceberg. Puede que no muestre más que un cinco por ciento. Pero es que no me queda otra, Ana, porque sé que no te iba a gustar lo que hay debajo.

Ella se quedó callada otro rato.

—¿Qué le has dicho a Gonzalo?

—Que te quiero en el caso. Que entre tú y yo fuera de esta comisaría no hay nada que te impida seguir en él. Y que no se confunda, que la única razón por la que seguirás en este caso es porque conoces los pormenores del mismo mejor que nadie.

—¿Y esa es la verdad? —preguntó Ana.

—Por lo que a mí respecta, sí.

Ella asintió y guardó silencio un momento.

—¿Has visto ya las grabaciones?

—Las he visto.

—¿Y qué has sacado en limpio?

—Aquí lo tienes —dijo él, abriendo un archivo de vídeo en el ordenador.

Retrocedió en la grabación hasta las 21.43 horas. En la mesa tan solo estaban las tres mujeres. A las 21.47 aparecieron Fernando y Teo con una fuente de sardinas. Después comenzaron a cenar. A las 21.58 Lía Somoza desapareció. Volvió a aparecer a las 22.02. Llevaba puesto un jersey gris. A las 22.09, Inés Lozano entró en la casa. Regresó a las 22.13. A las 22.20 Lía Somoza volvió a marcharse. A las 22.23 todos entraron corriendo en la casa. No volvieron a salir.

Ana quiso ver de nuevo el vídeo, parándolo en los instantes clave. Cogió un boli y una hoja y anotó las horas.

Luego se levantó.

—Ya hemos visto el vídeo. No me necesitas para sacar una conclusión clara. ¿Ahora me vas a ordenar algo o vuelvo fuera? Tengo trabajo pendiente.

—Creo que por lo menos deberíamos ir a hablar con Inés Lozano.

—¿Vamos a ir ahora o salgo a acabar mi trabajo?

—Ana, no hagas esto más difícil.

Ana sintió que no aguantaba más la conversación.

—¿Que no haga esto más difícil? —dijo, enojada—. ¡Manda huevos, Santi! Es que me tienes que perdonar si a mí no me resulta tan fácil comenzar una relación, mandarla al *carallo*, decir que aquí se acaba todo, que no pasa nada, que olvidamos estas dos últimas semanas, y pasar a modo detective infalible, todo en uno, en menos de diez minutos.

Santi casi se tranquilizó. Esa Ana, la Ana cabreada, lo desconcertaba menos.

—¿Y qué quieres que haga? Ana, esto no funciona. Yo no estoy preparado. No soy capaz de seguir adelante con una relación sin hacerte daño.

—Por ahí, no. Si me estás dejando, no vengas con la mierda esa de «no es por ti, es por mí». Yo ya he pasado por eso antes. Sabía muy bien con quién me iba a la cama. Y tú también lo sabías. Sabías que trabajábamos juntos, en el mismo lugar. Pero eso no debería ser un problema. El problema es que para mantener relaciones adultas, hay que ser adultos. Y para ser jefe, hay que tener carácter de jefe. Y ayer no fuiste ninguna de las dos cosas. Y me diste miedo. Y creo que no me gustó lo que vi. Pero también creo que merezco más explicación que «esto se ha acabado, vamos a por el asesino de Xiana Alén». Estamos hablando de asuntos diferentes. Yo lo tengo claro. Quienes no lo tenéis claro sois vosotros. Ni tú ni Gonzalo. Soy la misma policía que hace dos semanas. No vengas ahora en plan salvador conmigo, Santi Abad. Si no tienes huevos para decirme qué *carallo* pasó ayer en este despacho, no los tienes. Pero esto no tiene nada que ver con la investigación Alén. A ver si eres capaz de cumplir lo que dijiste y no mezclas el trabajo con lo que pasó entre nosotros.

—No te estoy dejando. Y no estoy mezclando nada. Estoy haciendo justo lo contrario. Estoy separándolo todo. Estoy hablando de trabajo.

—No, no estás hablando de trabajo. Estás escondiéndote detrás del trabajo para no hablar de nosotros, que no es lo mismo. Así que responde a mi pregunta: ¿qué *carallo* pasó aquí ayer, Santi?

—No voy a hablar de eso ahora contigo. No, mientras estés tan enfadada.

—Salgo. Tengo un montón de papeleo pendiente. Cuando decidas que quieres decirme algo, me lo dices. Y respecto al vídeo, puedes ir echando a suertes cuál de las dos que entró en la casa mató a Xiana. Yo apuesto por la pintora.

—Deja los papeles. Voy a la notaría de Inés ahora. Respira hondo, cuenta hasta diez y deja de gritar. Te lo voy a preguntar solo una vez. Si dices que no, llamaré a Javi. ¿Quieres seguir en el caso Alén?

—No eres justo.

—¿Sí o no? —preguntó él.

—Ya sabes que sí.

—Pues vamos.

Más sangre

Lo que me pasa es que la belleza es roja como un cuenco de cerezas. Como el atardecer sobre un carballo. Como una gota de sangre que desaparece mientras se mezcla con el agua de la bañera. Como la manzana de Blancanieves. Como un zapato lleno de espinas. Como la lengua de un niño tras lamer un Chupa Chups. Como los labios de Sara el día de su boda. Como esa fresa gigante que pinté para los dos.

Lo que me pasa es que la belleza es roja como el fuego, como una rosa, como el fruto de un acebo. Como un dibujo infantil que representa un corazón. Como la gelatina de fresa a punto de pudrirse.

La belleza es roja. Como la sangre que salía del pescuezo del cerdo los días de matanza. Recuerdo los gritos agonizantes del animal. El cuchillo atravesándolo. La sangre cayendo. Las manos de Concha, la mujer que trabajaba en la casa de los abuelos, removiendo la sangre para hacer las morcillas. El movimiento hipnótico de esa sangre dentro del puchero. Los grumos. Las manos de Concha teñidas de rojo.

La belleza es roja como la sangre que mancha mis bragas y me recuerda que yo no soy la madre de una niña rubia de ojos azules.

La belleza es roja como las esculturas que solía hacer mi madre.

Lo que me pasa es que la belleza es roja. Como la sangre que mezclamos Sara y yo. Cogimos un cuchillo. Hicimos un pequeño corte en la muñeca. Colocamos los pulsos uno sobre el otro. Hermanas de sangre. Prometido. Sangre sobre sangre. Cicatriz sobre cicatriz.

No puedo decirle esto a Connor.

Pero él insiste, y pregunta: «¿Qué te pasa con la sangre, Lía?».

«Que es hermosa como un cuenco de cerezas», podría decirle.

Pero lo veo ahí, frente a mí. Tan seguro de que puede ayudarme, cuando yo sé que nadie puede.

Y no quiero decirle la verdad.

Y abro la boca.

Y digo: «Nada. Con la sangre no me pasa nada».

Recuerdos y pasiones

—Nada. Con la sangre no me pasa nada —dijo Lía.

—Hasta donde yo sé, la sangre ejerce una gran fascinación en ti. Creo que te parece hermosa.

—No es la sangre en sí. Quizá sea el color.

—¿El color rojo?

—Sí. Fue muy importante en la obra de mi madre.

—¿Hasta qué punto sigues dependiendo de la obra de tu madre?

—No es así. Yo la admiro, es lógico. Pero yo soy pintora y ella era escultora. Y me he ganado mi propio prestigio como artista. Hace años que pinto con mi propio estilo. Ahora bien, no puedo evitar tenerla como referente. Aunque no soy dependiente de su obra —dijo ella, alterada.

—Dios. Cada vez que sacas ese coraje, esa pasión, te juro que me entra envidia.

—¿Tú no sientes pasión por tu trabajo?

Connor se quedó pensativo.

—A veces —dijo finalmente.

—Entonces, ¿por qué te hiciste psiquiatra?

—Hubo un tiempo en el que sí sentía esa pasión.

—¿Y qué pasó?

—No estamos aquí para hablar de mí. Estamos aquí para hablar de ti. Siento curiosidad por una cosa.

—Dime.

—¿Alguna vez te arrepientes de no haber seguido con Teo?

—Estás obsesionado con eso. Me resulta violento hablar de Teo ahora. Es mi cuñado. En mi mente, el Teo de hace dieciocho años no es el Teo de ahora.

—Pues cierra los ojos y háblame de ese otro Teo. Olvida que es tu cuñado. Está bien, Lía, recuéstate en este sofá. Tranquila. Cierra los ojos.

—¿Me vas a hipnotizar?

—No, tan solo quiero que te relajes. Que pienses cómo fue ese primer encuentro con Teo en las Galerías de Santiago. Cierra los ojos y piensa que Teo y tú seguís juntos. Fantasea con eso.

Lía se recostó en el sofá de la sala. Estaban en la casa de Sanxenxo. Habían llegado esa mañana. Connor había aparecido por la tarde con sus cosas. Lía cerró los ojos e intentó visualizar el rostro de Teo. Guardaba su contorno en las manos.

—¿Qué piensas? —dijo.

Ella no respondió. Recordó ese primer beso. «Tienes ojos de meiga.» Los ojos de ella eran iguales que los de Sara. Los ojos de Sara eran los ojos de Xi. Los ojos de Xi serían iguales si fuera hija de ella. Pensó en Teo besándola esa otra noche. Allí, delante de la Facultad de Químicas. Recordó la sensación de pegar la cara a su pecho. Sentir los latidos de su corazón. Los labios de él apoyados en el pelo de ella. Recordó no sentir remordimiento. Ni ese día. Ni los siguientes. Porque ese Teo era el suyo. El de tres años antes. El Teo de Sara era otro.

—Pienso que mi Teo no es el Teo de Sara. Mi Teo se quedó en el aeropuerto el día que me despedí de él.

—¿Y no te arrepientes de no haber dado la vuelta? ¿De no haberte marchado? ¿De no haberte quedado? ¿De no vivir con Teo?

—No —dijo ella, abriendo los ojos y levantándose—. No. Entre Teo y la pintura, elijo la pintura. ¿Por qué es tan difícil de entender?

—No es difícil. Es solo que no es común.

—Tú tampoco estás casado.

—Pero lo estuve.

—Pues hasta donde yo sé, ahora estás solo y has perdido la ilusión por tu trabajo. Creo que no eres quién para juzgar mis decisiones.

Connor alzó la cabeza, sorprendido. Ella se dio cuenta de la inconveniencia del comentario.

—Lo siento —se disculpó.

Él miró el reloj. Eran casi las siete de la tarde. Se levantó.

—Es suficiente por hoy. Volveré dentro de un par de días.

—¿Podré dibujarte?

—Será un honor. Pero mientras hablamos.

—¡Qué manía con hablar!

Él sonrió mientras se dirigía a la puerta. Estaba a punto de salir cuando le interrumpió la voz de ella.

—Connor, ¿cómo sabías que conocí a Teo en las Galerías de Santiago?

Solo Abad y Barroso

El silencio en el coche era tenso. Ana tenía la vista fija al frente. Santi hacía esfuerzos para no mirarla de soslayo. «¿Qué *carallo* pasó aquí ayer?», le había preguntado ella. Él querría parar el coche y contárselo. Decirle que tenía miedo de sí mismo. Que necesitaba ayuda. Que lo sabía. No podía contárselo. Cubrirla de su propia mierda. No sería justo para ella. Él tampoco podía pasar página, pero tenía que hacerlo. Ambos tenían que hacerlo. Porque si no seguían juntos en el caso, si no atrapaban al asesino de Xiana, estarían justo en el punto que ella siempre había temido, el punto en el que su relación echaba por tierra la credibilidad de ella en el trabajo. Y él ya le había hecho demasiado daño. No iba a cargar con eso también. Así que siguió concentrado en conducir hasta el despacho de Inés Lozano.

La notaría estaba en Padrón. Aparcaron cerca. Antes de entrar, Ana se dirigió por fin a él.

—¿Me dejas hablar? Quiero probar una cosa con ella.

Santi estuvo a punto de decirle que ya se encargaba él, aunque lo pensó mejor y accedió.

Inés los recibió al momento.

—¡Hola! ¡Qué sorpresa! ¿Ha pasado algo?

—Lo cierto es que sí —dijo Ana.

—¿Algo grave?

—No lo calificaría de grave. Hemos encontrado indicios que nos hacen pensar que Amalia Sieiro no pudo actuar sola. Y además, necesitamos que nos aclare un aspecto importante.

—Pues ustedes dirán —dijo Inés.

Santi se percató de que estaba nerviosa. Comenzó a morderse el labio superior. Un gesto inconsciente que ya le había observado antes, en otros interrogatorios.

—A fecha de hoy, tenemos bastante claro que las condiciones físicas de Amalia Sieiro hacen de todo punto imposible que ella matara a Xiana. El asesino no solo la mató: vertió ocho botellas de sangre, luego escondió las botellas vacías y el cuchillo en el armario y salió casi volando, porque no dejó rastro.

—¿Volando?

—Podemos partir de la premisa de que el asesino vertió la sangre desde la cama y guardó en el armario el cuchillo y las botellas, también desde la cama. Pero después tendría que dar un salto importante hasta la puerta para no pisar el suelo. La vieja Amalia no daba dos pasos sin andador. Yo misma estoy en buena forma y no sé si podría hacerlo.

—¿Y qué tiene que ver eso conmigo?

—Eso quiere decir que estamos en el mismo punto que hace una semana. Uno de los cinco que estaban cenando abajo mató a Xiana.

—Repito que eso no tiene que ver con nosotros.

—O sí. La afirmación de que estamos igual que hace una semana no es del todo cierta: ahora sabemos que usted tenía una razón poderosa para matar a Xiana Alén.

—Vale, ya lo pillo. Han decidido que como la vieja no pudo, yo soy la sospechosa número uno. Pues les va a costar probar que yo maté a Xiana. Primero porque no tenía móvil. Yo no sabía... yo no sabía nada de lo de Fernando.

—Sabía que tenía una amante.

—¡Pero nunca habría imaginado que fuera ella!

—Es que no se trata solo del móvil. Examinamos las grabaciones de la mesa donde estaban comiendo. La única persona que subió después de las 21.43, hora en la que Xiana Alén mandó su último wasap, fue usted.

Santi se quedó sorprendido de la facilidad con la que Ana mentía y con la dureza de su mirada.

—Eso es mentira —dijo Inés. Le temblaba la voz.

—Sabemos que subió apenas un cuarto de hora antes de que apareciera muerta. Y tenemos pruebas de que es así. Así que tiene dos opciones: seguir negando lo evidente o comenzar a hablar. También puede llamar a un abogado. Las grabaciones ya están a disposición judicial.

—Eso no es verdad. Alguien tuvo que subir antes que yo.

—No subió nadie —insistió Ana.

—¡Ya estaba muerta! —chilló Inés.

Después cayó sobre el asiento. No se sentó: cayó de golpe, como si las piernas no la sostuvieran. Hundida en el gran sillón de cuero negro, aún parecía más pequeña de lo que era. Santi y Ana esperaron a que empezase a hablar, sabedores de que acababan de romper todas sus defensas.

—Estaba muerta —repitió Inés—. Cuando subí. Entré en la casa para coger mi móvil. Estaba en el salón cargándose. Después me volví loca. Subí a hablar con ella. Sabía que era ella. Lo sabía desde hacía un par de semanas. No sé qué había pensado decirle. Que dejara a Fer. Que saliera de nuestras vidas. Que no tenía nada que hacer. Que él nunca me dejaría por una chiquilla de quince años.

Inés se quedó callada un rato. Después siguió hablando de manera más calmada.

—Sé que no me van a creer. Cuando llegué al pasillo, la vieja estaba entrando en su habitación. Alcancé a verla. Se lo juro. Esperé a que cerrase la puerta y después fui a la habitación de Xiana. Ya estaba muerta. Tal cual la encontró Lía después. Aún tengo pesadillas. Todo era rojo y blanco. Ella estaba boca abajo, con la cara enterrada en ese gran charco de sangre. Fue horrible.

—¿Horrible? Encontró a Xiana muerta y no dijo nada. Bajó al jardín y continuó cenando como si tal cosa, ¿y ahora pretende hacernos creer que le pareció horrible?

—¿Y qué querían que hiciera? Si yo descubría el cadáver, todas las sospechas de la policía caerían sobre nosotros. Ella estaba muerta. Ya no podía hacernos nada más. Y si quieren que les diga la verdad, lo que sentí cuando la vi allí era que lo merecía. ¿Qué clase de chica se mete en la cama de su profesor? Ella se inmiscuyó en nuestras vidas.

—Habla usted casi igual que su marido. ¿De verdad pueden ustedes culpar a una niña de quince años de la relación con un adulto? ¿Está diciendo que se alegró usted de verla muerta?

—¡Yo no he dicho eso! —chilló Inés—. Yo lo único que he dicho es que sentí que lo merecía. ¡Esa chica estaba acostándose con mi marido!

Rompió a llorar.

Ana no sintió lástima por ella.

—Inés, nos ha mentido usted hasta ahora. No tenemos por qué creerla cuando nos dice que la encontró muerta.

—Yo no he mentido.

—¿No ha mentido? —intervino Santi—. No nos informó de la relación de Xiana con Fernando. No nos contó que había subido a esa habitación. Que la había encontrado muerta. Que había visto a la vieja en el pasillo. No es por nada, Inés, pero creo que se ha callado muchas cosas.

—¿Y qué diablos podía hacer? ¿Pueden imaginar lo humillante que es que tu marido se líe con una niña de quince años? Quince años, ¡por el amor de Dios! Yo soy una mujer madura. Una mujer, a fin de cuentas. ¿Querían que fuese a contarles que fui tan ruin que encontré a Xiana muerta y no hice nada?

—Lo que nos tiene que explicar es por qué no hizo lo que haría todo el mundo. Por qué no avisó a los padres, a la policía, a una ambulancia. Por qué bajó al jardín y continuó cenando como si nada. Nos tiene que explicar si sabía que Xiana tenía la sangre y el cuchillo en su poder. ¿Por qué se calló, Inés?

—Por Fer. Callé por Fer. Me quedé parada a la puerta de esa habitación. Y solo pude pensar que ya se había acabado. Que podíamos seguir adelante. Si nos marchábamos y no se descubría el cadáver hasta el día siguiente, quizá podríamos seguir tranquilamente con nuestras vidas. Olvidarla a ella. Sé que no van a entender mi relación con Fernando. Él me quiere. Y yo necesitaba salir de esa casa sin que todas las miradas se posaran sobre nosotros. Tenía que protegerlo a él.

—¿A él o a usted?

—A él. ¿Creen que un profesor que se acuesta con una alumna podrá volver a dar clase? Teníamos que continuar como si nada hubiera pasado. Pero Lía subió y lo descubrió todo. Y me da igual lo que digan de la vieja: yo la vi de pie. Estaba en el pasillo. Sé que fue ella y, escúchenme bien, podrán probar que subí, podrán probar que Xiana se acostaba con Fer, pero no podrán probar que maté a esa chica. Si todo lo que tienen es que me ausenté cinco minutos de la mesa, no podrán hacer nada. Eso es tan circunstancial que ningún juez de instrucción en sus cabales considerará que existe una prueba fehaciente.

—No es usted la juez de instrucción —la cortó Santi—. Seguiremos en contacto. Avísenos si piensa salir de Santiago.

Inés se quedó callada. Ni se despidió ni los acompañó a la puerta. Ellos tampoco hablaron entre sí hasta llegar al coche.

—Esta sí que ha sido buena. «Sabemos que fue la única que entró en la casa.» ¿Cómo has podido mentir así? —dijo Santi.

—Los dos conocemos el carácter que tiene. Solo había que forzar un poco la situación —dijo Ana—. De todas formas, esta mujer me da un asco infinito. Está totalmente obsesionada con su marido.

—¿Tanto como para cometer un crimen?

—No lo dudes. O como para encubrirlo. En fin, ¿te importa dejarme en casa? Ya he acabado por hoy y no voy a avanzar nada volviendo a la comisaría.

Santi condujo hasta la casa de ella. Ana bajó del coche tras decir adiós. Él la siguió con la mirada mientras entraba en el portal. Después regresó a Santiago.

Ana subió a su casa y se cambió rápidamente. Fue al gimnasio y corrió cincuenta minutos a intensidad máxima.

Hasta que se metió en la ducha y sintió el abrigo del agua que se deslizaba por su rostro, no se permitió llorar.

Informe 48/2017

```
                    INFORME 48/2017
  • Nombre y apellidos: Rosalía Somoza Sieiro
  • Edad: 40 años
  • Fecha de nacimiento: 6 de diciembre de 1976
  • Lugar de nacimiento: Santiago de Compostela
  • Estudios/grado de instrucción: Licenciada en Bellas
    Artes
  • Estado civil: Soltera
  • Cónyuge: - - - -
  • Hijos/N.º: - - - - -
  • Domicilio: Urbanización Las Amapolas, n.º 3.
    Cacheiras - Teo - A Coruña
  • Teléfono/correo electrónico: liasomozas@gmail.com
  • Religión: Católica (no practicante)
```

1. MOTIVO DE LA INTERVENCIÓN

La paciente ingresó el pasado 1/07/2017, después de un intento de suicidio (episodio de autolesiones). Tras cortarse las venas, ingresó en estado grave. Después de dos días en la UCI, pasó a planta y fue dada de alta en el Complejo Hospitalario Universitario de Santiago. El 7/07/2017, es ingresada en A Rodeira por prescripción médica. El 14/07/2017 sufrió un nuevo episodio de automutilación que no ocasionó lesiones de importancia.

2. SITUACIÓN ACTUAL

La paciente ha abandonado A Rodeira y se encuentra actualmente en el domicilio familiar bajo la custodia de sus allegados, determinándose tratamiento médico de carácter ambulatorio por persistencia del riesgo de autolesiones.

3. ANTECEDENTES DEL PROBLEMA

Consta en el historial médico de la paciente episodio de cuadro depresivo, tratado de manera puntual. La paciente ingresa por intento de suicidio, tras sufrir un episodio de violencia límite en el ámbito familiar (asesinato de una sobrina) que está siendo objeto de investigación policial. La paciente está soltera, no tiene hijos y presenta una fuerte vinculación con su gemela. Asimismo, está muy influenciada por la figura materna, artista como ella.

4. TÉCNICAS EMPLEADAS

4.1. ANÁLISIS FISIOLÓGICO

- Análisis de sangre: Los niveles de TSH descartan desarreglo metabólico y descartan hipotiroidismo. Nivel de electrólitos básicos y calcio sérico normales.
- Hemograma: Velocidad de sedimentación globular normal.
- Serología: Negativo para sífilis o VIH.

• No se ha realizado electroencefalograma ni tomografía axial.

4.2. TÉCNICAS PSIQUIÁTRICAS
Entrevista psicológica. Observación conductual. Inicio de terapia dialéctica conductual.

5. OBSERVACIÓN CLÍNICA
La paciente presenta una delgadez extrema. Se toma tiempo para responder todas las preguntas. Elude las preguntas comprometidas. Manifiesta fases de negación sobre hechos probados (pulsión por la sangre). Manifiesta también signos de culpa y remordimiento. Se abstrae de la realidad mediante la observación. Se aprecia un comportamiento obsesivo relacionado con su trabajo. Manifiesta también una dependencia desproporcionada respecto a su hermana.

6. ANÁLISIS E INTERPRETACIÓN DE RESULTADOS
Síntomas constatados: Conducta autodestructiva, conflicto con las relaciones románticas, depresión clínica.
Diagnóstico: Posible trastorno borderline, acompañado de probable estrés postraumático. ¿Trastorno alimentario? (a estudiar).

Santiago de Compostela, 19 de julio de 2017

Doctor Connor Brennan Cabaleiro
Colegiado n.º 1515012589574

Accidentes

Cuando he llegado, Sara estaba haciendo yoga en el salón. La he observado desde la puerta, fascinada por la plasticidad de sus movimientos. Siempre fue así. Yo era torpe. Tropezaba, caía. Ella siempre parecía flotar. Siempre danzaba a mi alrededor. Recuerdo las tardes de nuestra infancia. Mamá en su estudio, la tía Amalia haciendo calceta en el sofá. Papá en su despacho. Yo dibujando en la mesa grande del salón. Y Sara danzando alrededor de nosotros. Con su tutú, con sus zapatillas de ballet. Primero sin puntas. Después con ellas.

Aún no está bien. Mientras se estiraba, advertí su gesto de dolor. Presionó los dientes y siguió estirando. Nunca se recuperó del todo. Nunca volvió a ser la misma tras el accidente. Volvió a hacer vida normal. Caminó. Corrió. Recuperó la agilidad.

No volvió a bailar.

Jamás.

Cogió toda su ropa de ballet, los tutús, chaquetas y zapatillas, y la arrojó a un contenedor de basura.

Nunca me lo echó en cara. Simplemente sucedió. No fue culpa de nadie. Conducía yo. A ella nunca le gustó conducir. Y no fue un accidente grave. Tan solo me salí del carril y chocamos contra un árbol. No corrimos riesgo de morir.

Yo me rompí el brazo derecho y la muñeca; ella, la rótula y el tobillo izquierdos.

Yo seguí pintando.

Ella no volvió a bailar.

Pienso qué habría sucedido en el caso contrario. De seguir ella bailando y quedarme yo con un dolor permanente en la mano que me impidiera pintar. Igual entonces habría sido ella la que hubiera renunciado a Teo.

Pero no fue así.

No sé si yo habría sido capaz de perdonarla, como ella me perdonó. Recuerdo los meses de recuperación. Ese mismo gesto de dolor cada vez que apoyaba el pie en el suelo. Y ella con una sonrisa. «Si da igual. Lo importante es que no nos ha pasado nada.»

Pero no daba igual.

En eso pensé mientras la observaba hacer yoga en el salón, donde ayer Connor me mandó pensar en mí. En Teo. En Xiana. En Sara.

Y cómo duele. Cómo duele su perdón. Mi renuncia. La pérdida de Xiana. Cómo duele todo.

Pero da igual, dice ella.

De eso se trata.

De que ya todo me da igual.

Cuidados intensivos

Santi entró en urgencias casi corriendo. Fue a Información y lo enviaron a Urgencias Pediátricas. La sala estaba a rebosar de niños visiblemente enfermos. Ni rastro de ella. Preguntó a una enfermera, que consultó el libro de registro y lo mandó a la UCI.

Ana estaba sentada con los ojos fijos en la pantalla del móvil. A su lado había una mujer, que imaginó que sería su madre. Le sorprendió lo joven que era. Tendría unos cincuenta años a lo sumo. Se parecía mucho a Ana, excepto en los ojos, que eran claros. Se acercó a ellas.

—¡Hola! Me han contado lo de Martiño.

Tanto Ana como su madre levantaron la vista, sorprendidas.

—¡Santi! ¿Qué haces aquí? —dijo Ana.

—Me han contado lo de Martiño —repitió él—. ¿Cómo está?

—No lo sé. Está dentro —dijo ella.

Estaba sorprendentemente tranquila. O eso parecía.

—Mamá, este es Santi, mi jefe. Ella es Ángela, mi madre.

—¿Cómo ha ocurrido?

—Cruzó la carretera enfrente de casa y un coche se lo llevó por delante. Tiene una fuerte conmoción cerebral. Está en observación.

—¿Cuánto llevas aquí? —le preguntó Santi.

—Llegamos a las once —contestó la madre de Ana.

—Son cerca de las once de la noche. ¿Habéis comido?

—Santi, por favor, ¡mi hijo está en la UCI!

—Ya, pero no sabéis cuánto tiempo vais a quedaros aquí. De hecho, no sería mala idea que una de las dos se fuera a casa.

—No pienso irme de aquí hasta que sepa que Martiño está bien.

Santi dirigió la vista a la madre de Ana.

—Yo tampoco —dijo ella.

—Creo que una de las dos debería marcharse. Ángela, váyase a dormir para cogerle el relevo a Ana mañana. Yo me quedo con ella.

La madre de Ana miró a su hija, que hizo una señal de asentimiento. A Santi le resultaba perturbador que ella no se rebelara. Santi acompañó a la mujer hasta la puerta y mientras esperaban un taxi le prometió que la llamaría si tenían novedades y que procuraría que Ana cenara algo.

Después fue a la cafetería y compró un sándwich, un zumo de naranja y un café. Sabía que Ana no iba a querer comer.

En la sala de espera de la UCI, ella seguía sentada con la mirada fija en el móvil.

—Anda, come un poco.

—No tengo hambre.

—No sabes el tiempo que vamos a estar aquí.

—Tú no tienes por qué estar aquí.

—¡Ana! No soy tan cabrón. Me quedé hecho polvo cuando me lo contaron.

Ella cogió el café. Bebió despacio.

—Gracias —dijo finalmente.

Ya no quedaba nadie en la sala. Las visitas no estaban permitidas por la noche.

—¿Por qué no dejas que te lleve a casa? Te llamarán si pasa algo.

—Es que no puedo. De verdad.

—¿Quieres acostarte en este sillón y dormir? Yo me quedo despierto.

Ella negó con la cabeza.

—¿Hay algún avance en el caso Alén? —preguntó.

Santi se dio cuenta de que ella necesitaba distraer su atención de lo que estaba sucediendo tras la puerta de Unidad de Cuidados Intensivos.

—Nada. Tropecé con las putas grabaciones. A la vista de ellas solo pudieron ser Lía o Inés —dijo Santi.

—O la vieja.

—La vieja no pudo ser. Esa discusión ya la hemos tenido. Y desde las 21.43 solo ellas entraron en la casa.

—Pues nos guste o no, Inés tiene razón. El hecho de que subiera es circunstancial. Necesitas alguna prueba. El móvil no es suficiente.

—Al final llegamos siempre a Lía Somoza. Necesitaríamos algo de ayuda de Brennan.

—¿Familiares de Martiño Barroso?

Ana se levantó de un salto. Dos médicos bastante jóvenes se acercaron a ellos.

—Buenas noches. Martiño ya se ha despertado y sufre una fuerte conmoción. Le hemos hecho un TAC y parece que no hay daños. Pasará las próximas veinticuatro horas en la UCI y, si todo va bien, mañana lo subiremos a planta. Ahora pueden pasar a verlo cinco minutos.

—¿Habla? ¿Está normal? —preguntó Ana.

—No habla, está confuso. Pero en el TAC no se aprecia ninguna lesión ni coágulo. La conmoción es normal en estos casos. Pueden pasar. Pónganse las calzas, el gorro y la bata. Ahí tienen desinfectante para las manos. Solo cinco minutos.

—Ana, pasa tú. Yo espero aquí fuera.

Ella asintió y se dispuso a entrar.

Santi se acomodó en una silla de la sala de espera. Echó un vistazo al reloj de la pared. Eran las doce y cuarto de la noche.

A los pocos minutos salió Ana. Se deshizo del gorro, de las calzas y de la bata y los echó en un cubo de basura.

—¿Cómo lo has encontrado?

Ana comenzó a llorar. Se sentó a su lado. Se abrazó a él y se limitó a llorar bajito. Santi podía notar sus sollozos, sus lágrimas. Se quedó paralizado, sin atreverse a preguntarle de nuevo cómo había encontrado al niño. La dejó llorar. Pasado un rato, ella empezó a hablar.

—Está bien. No me lo puedo creer. Llevo todo el día sentada en esta silla, mirando el móvil, sin saber qué leer, sin saber qué hacer. Solo podía pensar en cosas inútiles. Si debía llamar a Toni si se moría. Qué chorrada, si él nunca se ha preocupado por él. No he pensado más que en chorradas. Que no vería los fuegos artificiales del Apóstol el próximo lunes. Le encantan. Vamos todos los años. Los vemos desde la Alameda. Él siempre quiere verlos en el Obradoiro, pero a mí me dan miedo. Siempre la misma manía. También pensé que no iba a saber qué hacer con los billetes de tren y las entradas que tenía para ir a ver al Madrid en octubre. Que igual podría aprovecharlas mi hermano e ir con mi sobrina. Que debería haberle comprado un móvil. No un iPhone, como quería él. Pero por lo menos un móvil. Estaba insoportable con eso. «Quiero un iPhone, porque la cámara es mejor, para desbloquearlo con mi huella», y yo venga a decirle que era muy pequeño para tener un móvil. Y más aún para uno tan caro. Todas esas chorradas pensé.

Santi se puso rígido. Se apartó de pronto de ella.

—Somos unos idiotas.

Ana se limpió las lágrimas de la cara.

—¿Qué pasa? —preguntó.

—Pasa que somos unos estúpidos. Un wasap a las 21.43. «Fucking parents.» Ya estaba muerta. Tan solo desbloquearon el móvil con el dedo de ella.

—Pero eso es una chorrada. Si vamos a la grabación veremos quién subió a la habitación.

—No. La mataron. Desbloquearon el móvil con la huella de Xiana ya muerta. Le quitaron el patrón de desbloqueo. A las 21.43 el asesino mandó el wasap. Después se limitó a dejar el móvil dentro de la casa. De hecho, no estaba en la habitación de Xiana.

—Demasiado rebuscado.

—Puede. Pero has dejado de llorar. ¡No digas que no soy un crack consolando!

Ella casi sonrió. Le pegó un puñetazo endeble.

—¡Eres idiota!

—Mira, te voy a llevar a casa. Descansa. Mañana por la mañana querrás estar aquí temprano. Y llama a tu madre. Daba lástima verla ir sola en ese taxi.

—No quiero ir a mi casa.

Por un momento él creyó que le estaba proponiendo ir a casa de él. Ella también se dio cuenta y se apresuró a sacarlo de su error.

—He tomado un café y no tengo sueño. Me muero por ir a la comisaría y revisar el vídeo de nuevo. Quiero saber qué estaban haciendo todos exactamente a las 21.43. Tu hipótesis no me parece tan descabellada.

—¿Es en serio? —dijo él.

—Absolutamente, Santi. ¿Qué hacía ese móvil fuera de la habitación de Xiana? Ningún adolescente se separa de su móvil. Si tienes razón, estaremos más cerca que nunca de saber quién mató a Xiana Alén.

Reproches

Lía estaba de pie delante del lienzo. Lo miraba fijamente mientras se golpeaba con el mango del pincel la palma de la mano. Teo la observaba desde la puerta. Llevaba así más de diez minutos. Después cogió un carboncillo y comenzó a dibujar.

Teo la dejó y fue a la cocina. Cogió un vaso de agua. Hacía un calor insoportable. El agua fría le cayó de golpe en el estómago y sintió el sudor resbalándole por la espalda. Sara estaba en la playa. Le encantaba el calor de primera hora de la tarde. Él y Lía no solían bajar hasta las seis o las siete, cuando el sol ya comenzaba a desvanecerse. Salió al jardín y se acostó a la sombra. Despertó una hora más tarde con un ligero palpitar en las sienes. Nunca le habían sentado bien las siestas.

Volvió a entrar en la casa y se dirigió al cuarto que Lía usaba como estudio cuando estaban en Sanxenxo. Lía había abandonado definitivamente su estado de parálisis y dibujaba con trazos pequeños y firmes. Estaba esbozando un rostro masculino. Teo lo reconoció al instante. El flequillo ligeramente largo, cayendo sobre la frente. La nariz recta. Las pestañas largas y un tanto curvadas. La sonrisa incipiente que marcaba unas pequeñas arrugas en las mejillas. La barba descuidada. El rostro de Connor Brennan iba emergiendo de manera natural de las manos de Lía, y Teo sintió que los latidos de las sienes se aceleraban. Se acercó a ella. Sabía por experiencia que daba igual el ruido que hiciera o que la llamara. En ese momento, ella tan solo estaba concentrada en pintarlo. La recordaba en su estudio de la casa de Bertamiráns, pintándolo a él, cuando eran jóvenes. Una, dos, tres... Lo había pintado mil veces. Su rostro. Su torso. Pequeños detalles. El lóbulo de la oreja. Los labios. Era una estupenda fisonomista. También Xiana lo era. Los dibujos de Xi eran menos técnicos y tenían más alma. Pero ambas eran grandes artistas.

—Lía —dijo.

Ella apenas se movió y continuó pintando. A Teo le entraron ganas de cogerla, de girarla, de apartarla de la imagen de ese hombre. De abrazarla, de besarla, de borrarle la imagen de Connor. Perdió por un instante la conciencia de lo que estaba pasando. Se acercó a ella y sin apenas pensarlo, la besó.

Fue Lía quien se separó.

—¡Mierda, Teo! ¿Qué *carallo* haces?

Teo volvió en sí.

—Perdona. Perdona. No sé qué me ha pasado.

Los dos se quedaron callados frente el lienzo.

—¿Qué significa esto, Lía?

—¿Qué significa el qué?

—¿Qué está pasando entre ese médico y tú?

—No está pasando nada. Nada. Solo que yo hablo y él me escucha. Y que me apetecía pintarlo.

—«Me apetecía pintarlo.» Tú y yo sabemos lo que eso significa —dijo Teo.

—¿Y qué? ¿Y qué pasa si me gusta Connor Brennan? ¿Qué te importa? ¿Qué pasa si me da por tener una vida? ¿Una relación? ¿Sabes qué pasa? Que estoy cansada de intentar justificar mis decisiones. De tener que repetirme todos los días las mismas palabras. Hice bien en marcharme a Londres. Hice bien en dejarte. Hice bien en irme por el mundo a pintar. Con Connor no tengo nada que justificar. Para empezar, es el único hombre que conozco con el que los silencios son más placenteros que las conversaciones. Esta es mi vida ahora. Yo no tengo la culpa de que la tuya se fuera a la mierda porque murió Xi.

Teo se quedó con la boca abierta. Nunca la había visto tan enfadada. La miraba como si no la conociera.

—No puedo creer que digas eso, que seas tan cruel. ¿Quién coño eres, Lía? ¿Dónde está mi Lía?

—No hay «tu Lía». Ya no soy tuya. Dejé de serlo hace mucho. ¿Qué mierda es esta, Teo? ¡Eres el marido de Sara!

—¡Solo porque tú lo quisiste! —gritó él.

Un leve ruido los hizo girarse hacia la puerta. Lía soltó el lápiz de golpe. Durante un instante tan solo se oyó eso. El rítmico sonido del lápiz rodando, golpeando la madera del suelo. Sara, apoyada contra la puerta, no dijo nada. El lápiz rodó por el suelo del estudio. Teo, Sara y Lía se concentraron en la imagen del carboncillo girando sobre sí mismo, hasta golpear la pared y quedar completamente inmóvil.

Luego, los tres alzaron la vista y se miraron con miedo, con cólera y con vergüenza.

Rec. Rewind

Era la una menos cuarto de la madrugada cuando llegaron a la comisaría. Santi había insistido en llevarla a su casa, pero Ana estaba obsesionada con ver de nuevo el vídeo. Estaba tan convencida de la hipótesis de Santi que la idea de que Xiana Alén hubiera muerto antes de su último wasap se le antojaba ahora menos improbable.

Entraron en su despacho.

—Pon el vídeo. Sitúate aproximadamente en las 21.20 —dijo Ana.

—En ese momento los dos hombres están fuera de encuadre, porque se encuentran en la parte de atrás de la casa. Adelántalo hasta las 21.43. Ahí lo tienes. Inés Ferreiro habla con Sara mientras bebe una cerveza. Lía está de espaldas. No vemos lo que tiene entre las manos. Y Sara...

—Jodeeeer —dijo Ana.

Los dos observaron a Sara Somoza coger un móvil de encima de la mesa y teclear. Inés seguía hablando. Ana rebobinó el vídeo.

—Siempre dijiste que Sara Somoza tenía la frialdad suficiente para matar a su hija —dijo.

Santi negó con la cabeza.

—No. No tiene lógica. Ella reavivó la investigación. Hemos llegado hasta aquí porque ella nos vino con toda esa historia de necesito saber quién mató a mi hija. Y no olvides lo más importante: no hay móvil.

—Pero, Santi, ¡lo estás viendo con tus ojos! Si Xiana ya estaba muerta, alguien envió ese wasap. ¿Te pongo de nuevo el vídeo? Es Sara Somoza.

—Nos faltan Fernando Ferreiro y Teo. Lía está de espaldas. La vieja, en la habitación. No es concluyente. Todos estamos pendientes del móvil todo el día. Puede ser el de ella.

—Si lo pensamos bien, esta nueva hipótesis mantiene a todos en igualdad de condiciones. Excepto a Inés Lozano, que claramente es la única que se nos muestra sin hacer nada —dijo Ana—, y es una lástima, porque te juro que me parece una mujer tan siniestra que creo que hasta está encantada con lo que le pasó a Xiana.

—Siempre podemos volver a la hipótesis inicial de que Xiana mandó el mensaje a las 21.43 e Inés o Lía la mataron cuando entraron en la casa después de esa hora —insistió Santi.

—Estamos como estábamos —concluyó Ana.

—Vamos a volvernos locos. Te llevo a casa, que mañana a primera hora vas a querer ir a la UCI.

—Cogeré un taxi —se apresuró a decir ella.

—Ana, no voy a intentar subir a tu casa. Estás agotada. Llevas todo el día en el hospital. Te llevo en diez minutos. No seas testaruda.

—Santi, no voy contigo. No es por nada. Es que no me lo pide el cuerpo. Cuando finalice el caso, si es que finaliza, creo que podríamos sentarnos tranquilamente a hablar de lo que ha pasado en estas semanas. Trabajamos juntos. Esto es incómodo. No me refiero a intentar arreglar nada, me refiero simplemente a hablar. Quedar como compañeros de trabajo. Reconocer nuestros errores, sin reproches y ser capaces de continuar trabajando juntos. Pero ese momento no ha llegado todavía.

—Podemos hablar ahora.

—Ahora tenemos un asesino por encontrar. Y no es por nada, pero tuviste todo el tiempo del mundo para hablar cuando estábamos juntos. Creo que podremos esperar unas semanas. Tienes un problema con el hecho de respetar mis decisiones. Tienes que acostumbrarte a escucharme. He dicho que me marchaba en taxi. Y eso significa que me marcho en taxi.

Ana cogió el bolso y salió sin darle apenas tiempo a hablar.

Santi se sentó en su silla con la vista fija en el ordenador. Con la imagen de Sara Somoza congelada con un móvil en la mano. Con Lía de espaldas. Inés con la boca abierta.

Aún tardó una hora en apagar el ordenador e irse a casa.

Verdades

Teo salió a dar un paseo. Como todas las tardes. Sara permaneció en el jardín, sentada en una silla sin molestarse en aparentar que hacía algo. Lía se quedó en el estudio, sentada en un taburete, delante del lienzo, con la vista fija en la faz inconclusa de Connor.

Sabía que tenía que hablar con Sara, pero se veía incapaz de acercarse a ella. Por primera vez en su vida estaba tan avergonzada que sentía que no podía hablarle. Esa sensación de aislamiento de Sara era un sentimiento nuevo y doloroso. O no tan nuevo. Desde que había muerto Xi, Sara la culpaba. No se lo había dicho. No hacía falta. Vivía instalada en esa distancia de seguridad que había impuesto Sara respecto a ella.

Oyó los pasos de su hermana en el pasillo. Supo que se acercaba al estudio y sintió un ahogo en el pecho. Clavó la vista en las cicatrices de sus muñecas, en los arañazos del antebrazo, en proceso de cicatrización.

—Sé lo que estás pensando. No es necesario que te escondas en este estudio —dijo Sara desde la puerta.

—No fue...

—Culpa tuya —la interrumpió Sara—. Nunca es culpa tuya. Mi marido está enamorado de ti. Y no es tu culpa. Mi hija murió y dices que no fuiste tú. Y tengo que creerte, pero te sientes tan culpable, hermanita, tan culpable que no eres capaz de mirarme a los ojos. Como después del accidente en el que me destrozaste la pierna. Igual. Nunca es culpa tuya, Lía. Mi marido duerme a mi lado. Me hace el amor apartándome el cabello de la cara para imaginar que está contigo. Claro que eso no es culpa tuya. Te defiende delante de la policía. ¡Ahora mismo le preocupa más que te consideren culpable que saber quién mató a nuestra hija! Y no es culpa tuya.

—Yo... —dijo Lía.

—No te atrevas a hablar. ¡Estoy harta, Lía! Harta de ser tu sombra. La sombra de la pobrecita Lía. Tan artista, tan delicada, tan sensible… Estoy harta de que seas el centro de mi vida. Yo tenía ya un centro en ella. Y era Xiana. Y ahora vuelves a ser tú. Y no quiero ni pensar que tengas algo que ver con la muerte de mi hija, porque te juro que te podré perdonar que beses a mi marido, que sigas siendo incapaz de vivir tu vida y que no nos dejes vivir las nuestras. Pero si descubro que fuiste tú quien mató a mi hija, más te vale que cojas otra puta cuchilla de afeitar o te arrojes por una ventana, porque en caso contrario no te quepa ninguna duda de que seré yo la que te mate a ti.

Lía rompió a llorar.

—Cómo puedes pensar que yo...

—¡Calla la puta boca —chilló Sara—, pienso lo que me da la gana! Amorodio, hermanita. Todo tu amor desbordante por mí me está provocando tal rechazo que en lo único que puedo pensar es en que cuando discurriste toda esa locura de esa fotografía de *Muerte roja*, debiste morir tú. Que ojalá fueras tú la que apareció con el cuello abierto.

Sara se marchó sin darle tiempo a responder.

Lía lloraba sin control. Todo el cuerpo le temblaba. Apoyó la espalda contra la pared y se fue deslizando suavemente hasta caer al suelo. Se hizo un ovillo. Y deseó ser Xiana. Sentir su sangre abandonando de golpe su cuerpo. Hasta olvidar las palabras de Sara y su mirada furiosa. Hasta dejar de existir mecida por el calor de una dulce muerte roja.

Tercer viernes de julio

Ese viernes, Lía, Teo y Sara tenían invitados a cenar. Adrián y Sabela se habían acercado a Sanxenxo para cenar con ellos. Teo los había invitado a principios de semana. En un primer momento, había pensado en llamarlos para decirles que cancelaban la cena, pero Sara había ido esa mañana a comprar percebes y navajas. Él pensó en preguntarle si quería seguir adelante con la cena, aunque sabía que no le iba a contestar. Como en los días siguientes a la muerte de Xiana, ella se había instalado en un silencio cómodo para los dos, que encubría todos los reproches de ella. Él recogía todos esos reproches por el aire, consciente de que merecía todos y cada uno de ellos. En cuanto llegaron Adrián y Sabela, dispusieron la cena en el salón, porque se había levantado aire y a nadie le apetecía cenar en el jardín. Sara recuperó la voz y se mostró como una anfitriona brillante. Ya en la cama, durmiendo de espaldas, Teo se preguntó cómo era posible que fuese capaz de fingir de esa manera. Y ya de paso, cómo había sido él capaz de fingir tanto y tan bien durante tantos años.

En la habitación de invitados, Lía permanecía con los ojos abiertos y fijos en la imagen de la fresa que había pintado Xiana cuando tenía ocho años. No había bajado a cenar alegando dolor de cabeza. Cerró los ojos. La imagen de Xiana flotando ese charco de sangre acudió a su mente. Todo se había roto ese día. «Sé que fuiste tú», había dicho Sara. Sabía lo que ella quería. Lo sabía desde el primer instante. Sabía que quería que ella pagara por todo. Por alejarla del baile. Por destrozarle la pierna. Por Teo. Por Xi. Lo sabía desde el principio. «Amorodio, hermanita.» Amorodio. Para ella siempre había sido amor. No sabía desde cuándo era odio para Sara. Fijó la vista en el cuadro de Xi. Recordó su cuerpo en la sangre. De nuevo la sangre. Sabía lo que tenía que hacer.

En ese mismo instante, Connor también estaba en la cama. Esa noche había decidido acercarse a Coiro para pasar el fin de semana con sus padres. Maruxa lo recibió encantada y le riñó por no haberla avisado para prepararle algo especial. Él se sintió reconfortado por la presencia de sus padres. Por la ausencia de esa mancha en la pared que le recordaba que Allison estaba esperando un hijo que no era de él. Bajó a Cangas a tomar algo con su primo y se acostó temprano, alegando cansancio acumulado. Y, al igual que Lía, se quedó despierto mirando al techo. Pensando en lo inapropiado de su comportamiento de la semana anterior. Se preguntaba si debía dejar el caso. En esas estaba cuando su móvil vibró en la mesilla. Lo cogió al momento, preocupado por si Lía lo necesitaba. «It's a boy.» La foto de la ecografía inundó la pantalla. «Fuck U, Allison —pensó—. Fuck U.»

Inés y Fernando volvieron al cine, como si nada hubiera pasado. Como si un mes antes él no hubiera estado en el salón follando con una mocosa de quince años, con su rostro de quince años, con su cuerpo de quince años, con su voz de quince años. En eso pensaba Inés mientras Fer mantenía la vista fija en la pantalla. *Dunkerque*. La típica película que elegía él y que a ella no le apetecía ver. Fer estaba pensando que hacía un mes Xiana estaba viva. Y que no podía olvidar su rostro de quince años. Su cuerpo de quince años. Su voz de quince años. Quince años. Por siempre jamás.

Y Ana, en su cama, cogió el móvil. Y sabiendo que no podía hablar con Santi, hizo lo que siempre juró que nunca haría: hablar con él por WhatsApp. Ni siquiera pensó en qué decirle. Escribió sin control. «Hola. Gracias por venir. Por preocuparte por Martiño. Por mantenerme en la investigación. Por creer que puedo servir para esto. Por ser capaz de separarlo de lo que pasó. Tengo que reconocerte que algo de razón tienes. Que nunca debí llamar a tu puerta. Que sabía cómo eras. Que sabía lo que sucedería si iba a tu casa. Que no sé por qué razón crees que no puedo estar contigo. Pero que estoy segura de que es una buena razón. Que fue increíble estar con alguien que entiende tu trabajo. Y que a mí también me toca decir esta vez que lo siento.» Después se dio cuenta de que no era capaz de pulsar el botón de enviar y, sin apenas pensarlo, borró el mensaje.

En su cama, Santi miró el WhatsApp. Ana Barroso. Escribiendo. Puntos suspensivos. Y después, nada. Esperó por el mensaje que no llegó. Así que le escribió él. «Supongo que ya es tarde para hablar, como dijiste. Igual no es tarde para escribir. Me gustas, Ana. Es más que eso. Tú lo sabes. Es solo que quisiera ser otro tío. Un tío que no es tu jefe. Un tío que no trabaja contigo. Un tipo que no pierde los nervios hasta querer matar a golpes a Javi por el mero hecho de que se tome una caña contigo. No me gusta ser ese tío. Pero lo cierto es que lo soy, Ana. Y no sabes cuánto quisiera no serlo.» Y antes de mandar el mensaje, lo releyó y se dio cuenta de que no le decía que la quería. Aunque quizá ella ya lo sabía. O no. Él nunca se lo había dicho. Tampoco ella a él. Tan solo le había dicho que no se iba a comunicar con él a través del móvil. Así que presionó con el dedo sobre la tecla de borrado hasta que el mensaje desapareció.

Frío

«Debiste morir tú.» «Estoy harta de ti.» «Sé que fuiste tú.»

Cierro los ojos y Sara escupe todo su amorodio sobre mí. Y de repente, siento una náusea. Y un frío que me nace de dentro. Del estómago.

Recuerdo de pronto aquella tarde, con nueve años. «Hermanas de sangre», había dicho ella con el cuchillo en la mano. Rajó mi antebrazo. El suyo. Colocó el suyo encima del mío hasta que mi sangre y la suya se mezclaron. Hermanas de sangre. Entonces solo era amor. Sara, con su cara como la de Lía, sus ojos como los de Lía, que mira mi cara como la de Sara, y mis ojos como los de Sara. Y nos unimos en una fusión perfecta. Hermanas de sangre. Juntas por siempre jamás.

Que ya tenía un centro en su vida, dijo. Y que ese centro era Xi.

Mentira.

Teo.

Siempre fue Teo.

Y yo acabé con todo. Fue culpa mía. Lo sé. No necesito decírselo. Ella lo sabe.

Comienzo a temblar, ahora ya de manera incontrolada.

Y pienso en la bañera.

En el grifo.

En el agua caliente.

En la cuchilla.

En el corte longitudinal en la muñeca.

En la sangre.

En esa gota que dibuja espirales como las que decoraban las bolas saltarinas de nuestra infancia.

Y cierro los ojos de nuevo. Y pienso que soy yo la que está harta. Que ojalá pudiera dejar de pensar. Ojalá.

Hablando claro

Teo contempló la espalda de Sara. Su cabello largo derramado sobre ella. Su camisón de seda negra. Sintió necesidad de alargar la mano y acariciarlo. Se acercó poco a poco y pegó su cuerpo al de ella. Estaba caliente, pero Teo notó que temblaba. La abrazó. Ella se dio la vuelta, hasta quedar completamente frente a él. Teo observó sus ojos azules y profundos. Estaban secos. Él esperó que ella lo besara. Siempre era así. Siempre finalizaban sus discusiones igual: haciendo el amor. Consumidos el uno en el otro. Sara siempre resolvía todos sus problemas del mismo modo.

Esperó su cuerpo, su boca. Intentó besarla. Ella escondió la cara en la almohada.

—Sara, no fue lo que piensas.

Ella no se inmutó.

—No sé qué me pasó.

Ella levantó la vista.

—¿«No fue lo que piensas»? Eso es todo lo que tienes que decir. Llevamos diecisiete años juntos. Esta cama es un maldito experimento de física. Somos como esos vasos comunicantes. Cuando tú subes, yo bajo. No hago más que intentar encontrar un equilibrio entre lo que sientes y lo que siento. Y no lo encuentro.

No necesito que me expliques lo que pasó ahí abajo. Sé lo que pasó. El problema es que tú no lo sabes.

—No te entiendo.

—No me entiendes. Nunca me has entendido. Pero eso no es lo grave. Lo grave es que yo sí te entiendo a ti. Eres totalmente transparente. Sé cómo miras a Lía. Sé cómo miras a Brennan. Sé lo que piensas en cada instante.

—Sara, no es así.

—Es exactamente así. Dime que no.

—Tú eres mi mujer.

—Lo sé. No es eso lo que te he preguntado. Dime que no sientes celos. Dime que no la quieres.

—Es tu hermana.

—¡Deja de repetir cosas que ya sabemos los dos! —chilló Sara, incorporándose de golpe, hasta quedar sentada en la cama—. «Tú eres mi mujer.» «Ella es tu hermana.» Dime algo que no sepa. Échale lo que hay que echarle, Teo. Ya no tenemos a Xi. Eso te hace más libre, ¿no? Ya no te ata nada a mí. Puedes hacer lo que llevas años deseando hacer. Mírame y dímelo a la cara. Dime que la quieres y acabemos con esto. Pero créeme, yo la conozco. Y sé de lo que es capaz. Fue capaz de lo que estás pensando. Fue capaz de coger ese cuchillo. Fue capaz de matar a nuestra hija. De desparramar toda su sangre por el suelo.

—Estás completamente loca. Lía nunca le habría hecho daño a Xi. ¿Para qué? Contesta a eso. ¿Para qué?

—¿Para qué? ¿Aún no lo ves claro? Estamos aquí sentados en nuestra cama discutiendo como nunca lo hemos hecho en años. No me besas, no hacemos el amor, no entiendes mi sufrimiento. Estamos aquí, en nuestra cama, hablando de si la quieres a ella.

Acabo de proponerte que me dejes, que te marches con ella. Creo que una de las dos ha salido ganando mucho con la muerte de Xi. Y está claro cuál de las dos ha sido.

—No puedes estar diciendo esto en serio.

—¿No? ¡Míranos, por el amor de Dios!

—Las cosas son mucho más sencillas. ¿Qué necesidad había de matar a Xi? ¿Para estar conmigo? No era ese el camino.

—Esa era la cuestión, Teo. Que había un camino posible entre ella y tú.

—Estás trastornada.

—Claro, échame a mí la culpa. Tú la besas en mi casa, delante de mí, y soy yo la que está trastornada.

Se quedaron en silencio, completamente exhaustos. Él creía que ella comenzaría a llorar. No sucedió. Notó lo enfadada que estaba por cómo retorcía las sábanas entre las manos. Se acercó a ella. Fue él el que la besó. Ella se dejó besar con unos labios rígidos y fríos que le eran ajenos. Se alejó rápidamente de ella.

—Tienes razón. No sé qué me pasó. Lo que hice fue una falta de respeto hacia ti —confesó él finalmente.

Sara alargó la mano y la posó sobre la mejilla de él.

—No me pidas perdón. Sácame de aquí. Solo mañana. Llévame a Santiago. Llévame a la tumba de Xi. Vayamos juntos.

—Hasta ahora has sido tú la que no quería ir conmigo. ¿Qué ha cambiado, Sara?

—Ha cambiado que esto tiene que unirnos. Si no estamos juntos en esto, el asesino de Xi, ya sea Lía o no, habrá vencido.

Él estuvo a punto de decirle que dejara de decir que Lía había matado a Xi. Abrió la boca para decírselo, para defender a Lía. Se colgó de nuevo de los ojos de Sara. Que eran los de Lía.

Y los de Xiana. Y después cerró los párpados al tiempo que apagaba la lámpara de la mesilla de noche. Estrechó a su mujer entre los brazos y le murmuró bajito, al oído: «Mañana iremos juntos a ver a Xi».

Reflexiones de autopista

Connor se levantó de golpe y miró a su alrededor sin reconocer el cuarto donde se encontraba. La luz se filtraba por las persianas dibujando guiones de un código morse indescifrable. Reconoció los muebles de la casa de Coiro y, al instante, recordó su escapada a la casa de sus padres. Echó un vistazo al móvil que estaba en la mesilla. Casi las diez. No recordaba haber dormido tanto en meses. Se levantó y se puso unos vaqueros.

Maruxa estaba en la cocina tomando café.

—Hola, hijo. Has dormido, ¿eh?

—He dormido —contestó él mientras se servía una taza.

—¿Y cuánto hace que no dormías así?

—Mamá...

—Connor, tienes que acabar con esto. Sé que me dirás que el médico eres tú. Pero es que creo que no eres capaz de darte cuenta de lo mal que estás. Sé que piensas que no te puedo entender. Nosotros también perdimos a Mary. Era nuestra nieta, pero es que a veces tengo la sensación de que no solo perdí a Mary en ese accidente.

—No lo digas así.

—¿Así cómo?

—Como si hubiera sido un mero accidente. Tú sabes que fue mi culpa. Lo sé yo. Lo sabe Allison. Y el hecho de que nos quedemos todos callados no cambiará la realidad de que no la até. De que había bebido. De que no iba atento.

—¡Por supuesto que fue así! —gritó Maruxa—, pero por mucho que lo repitas una y otra vez, eso no hará que Mary vuelva.

Los dos se quedaron callados. Connor tomó el café despacio. Observó por la ventana un cielo gris que no parecía de julio.

—Hijo...

Connor alzó la vista y miró a Maruxa.

—Ya basta, *mum*. Ya basta.

Maruxa asintió y salió dejándolo solo en la cocina. Connor volvió al cuarto, comenzó a recoger sus cosas. No se sentía con fuerzas para quedarse en Coiro. Cogió el móvil para comprobar que no tenía llamadas. Volvió a abrir el WhatsApp. Miró la foto de perfil de Allison: el contorno del embrión en blanco y negro. Un niño. Un niño de ella y de ese tipo de Monkstown que tenía pinta de ser un tío bastante agradable. Seguro que lo era.

Buscó el contacto de Sara. No sabía nada de Lía desde hacía tres días. Si salía ya, podía llegar a Sanxenxo en menos de una hora. Visitar a una paciente era una excusa como otra cualquiera para marcharse sin dar más explicaciones.

«¿Cómo va todo por ahí, Sara? Voy a pasar cerca de Sanxenxo. He pensado en visitar a Lía.»

Mientras metía la ropa en un bolso, no quitó ojo al teléfono. Fue a la cocina a despedirse de sus padres. El teléfono seguía en silencio.

Maruxa y Will estaban esperándolo. En un primer momento pensó en decirles que le había surgido una urgencia, pero el silencio del móvil en su bolsillo lo invadió todo y se sintió incapaz de mentir más. De mentirse a sí mismo. Así que besó a su madre y dio un abrazo a Will.

—Volveré la semana que viene —se limitó a decir.

Condujo en silencio. Pasó de largo por el desvío a Sanxenxo y continuó hacia Santiago.

Le dio por pensar en el sábado anterior. En Lía a su lado durante dos horas en completo silencio. Recordó sus dedos recorriendo el perfil de su rostro, como el ciego que contacta con el mundo a través de sus manos. En cierto modo, Lía era así. Una ciega. Incapaz de ver el mundo a través de sus ojos, pero guardando cada detalle en su imaginario artístico. Al instante le asaltó la imagen del inmenso carballo que había dibujado en A Rodeira. Sangre. ¿En qué medida la sangre estaba presente en su vida? ¿Y en la de su madre? No hacía falta ser psiquiatra para darse cuenta de la obsesión de las Somoza por la sangre. Incluida Xiana.

Descartó el pensamiento. No quería pensar en Lía como en una asesina. Principalmente, porque ese no era su trabajo. ¿Y si lo fuera? Qué más daba que lo fuera. Se tocó los labios, al igual que se los había tocado ella el sábado anterior. Todo sería más sencillo si se enamorara de ella. Si dejara el caso y la invitara a salir sin mentiras, sin excusas. Pero no estaba enamorado de ella. Se sentía como un niño frente a un enorme rompecabezas. Deseando encajar las piezas pero incapaz de hacerlo solo. No, no estaba enamorado de ella. Estar enamorado era otra cosa. O acaso ya no recordaba lo que se sentía al estarlo. Quizá debería preguntarle a Allison qué se siente al querer a otra persona. O lo que no se siente. Quizá se trataba de eso. De dejar de sentir. De dejar de sentir lástima, tristeza o cólera y sustituirlo por algo a lo que se le llamaba amor pero no lo era.

No, no estaba enamorado de Lía porque no era más que su psiquiatra. Aunque a veces resultara tentador olvidarlo.

Ya había pasado Padrón cuando notó el móvil vibrar en el bolsillo. No lo cogió hasta que paró en el peaje. Con una mano le tendió un billete de diez euros al hombre de la cabina y con otra cogió el móvil y le echó un vistazo rápido.

«Todo OK, Connor. Nosotros en Santiago, en el cementerio. Lía se ha quedado bien. Ven el lunes si quieres.»

Lía se ha quedado bien.

Sola.

Se quedaba sola.

Estaba sola.

Connor cogió mecánicamente la vuelta que le entregaba el empleado del peaje. Después pisó a fondo el acelerador hacia el primer cambio de sentido.

Sacrificio de sangre

Hay días mejores que otros. Días en los que te levantas olvidando casi quién eres. Sin más ansia que salir de la cama, ponerte una camiseta vieja y unos vaqueros y bajar al estudio. Coger un pincel y cerrar los ojos manteniéndolos abiertos. Descomponer el mundo en un caleidoscopio de colores. Porque el lienzo es lo único que importa. Lo único que da sentido a todo. Una superficie blanca y lisa que llenas con todo lo que te sobra dentro. Porque en una superficie de setenta y cuatro por noventa y dos centímetros cabe la noche estrellada de Van Gogh. Nadie imagina lo que cabe dentro de un lienzo en blanco. Y solo yo sé lo que no cabe. No cabe todo lo que te hiere, esa conciencia latente de lo que hiciste, y que te recuerda el ser imperfecto que eres cuando no estás delante de un caballete.

Por eso son buenos los días en los que te levantas sin nada más en que pensar que en enfrentarte a un lienzo y un pincel. Y en los días como esos, en los que lo único que importa es cerrar los ojos al mundo de verdad, uno es capaz de olvidar la puta mierda de vida que le toca vivir. Es capaz de olvidar que a veces la existencia le coloca en una encrucijada, en la que la decisión que tome cambiará el curso de su vida. De la vida de los demás. Es curioso pensar cómo en tus manos se dibujó el futuro de toda la gente que amas.

Y hoy no es uno de esos días.

Hoy es un día de los otros. Un día en los que toca tomar conciencia de los errores que cometí. De las consecuencias de esos errores. Y vuelvo mentalmente a ese aeropuerto. A Teo, abrazado a mí. Entierro de nuevo mi cara en su cuello. «Prométeme que volverás.» Y me doy cuenta de que ese es el momento exacto que cambió nuestras vidas. Y me pregunto qué habría sucedido de haber cumplido mi promesa. De haber regresado junto a Teo. Decidí yo. Por todos. Por Teo. Por Sara. Creé a Xi. La destruí. Si volviera atrás, Xi no habría nacido. Nada sucedería. Yo estaría aquí, con Teo. Y la imagen de Xi nadando en un mar de sangre no existiría.

Pero no se puede volver atrás.

Así que fue culpa mía. «Pobrecita Lía. Tan artista, tan delicada, tan sensible...» Oigo el desprecio en la voz de mi hermana.

«Debiste morir tú.»

«Ojalá fueras tú la que apareció con el cuello abierto.»

Así que hoy no es uno de esos días en los que mi único deseo es pintar. Hoy es uno de esos días en los que sé que no hay lienzo en el mundo que me haga olvidar que Sara y yo ya no somos una. Que algo se ha roto y ya no hay manera de arreglarlo. Por mi culpa. «Amorodio.»

Hoy es uno de esos días, así que sé que tengo que pasar de largo frente a la puerta del estudio. Ir al baño y buscar una cuchilla. O a la cocina a coger cualquier cosa que me permita hacer lo que sé, sin duda, que tengo que hacer. Para cerrar el círculo.

Sacrificio de sangre.

Cierro los ojos y puedo imaginar a mamá llenando el suelo de pintura. Y a la tía Amalia, con su camisón blanco, tirada en el suelo. La cámara de fotos de mamá.

Sangre.

Recuerdo a Sara llevándome de la mano hasta la casa. Hasta la cocina. Coger un cuchillo. Hendir el cuchillo en el brazo. «Ahora tú.» Recuerdo quedarme paralizada de miedo. «Tienes que hacerlo.»

Y lo hice.

Juntamos nuestras sangres. Sangre. Como la del ataúd rojo en el que se acostó la tía Amalia.

El mismo que el de Xi.

Cojo la cuchilla.

Y de nuevo la voz de Sara, llenándolo todo. Cierro los ojos y miro sus labios repitiendo las mismas palabras una y otra vez. «Sé que fuiste tú.» «¿Me lo prometes?» «Si descubro que fuiste tú quien mató a mi hija, más te vale que cojas otra puta cuchilla de afeitar.» Su voz rebota en las paredes de la habitación. Todas sus palabras reducidas a una sola.

«Hazlo.»

«Hazlo.»

«Hazlo.»

Cataclismo

Ana contempló a su hijo de soslayo. Llevaba toda la mañana durmiendo. Su inmovilidad resultaba inquietante. El doctor le había dicho que era normal que durmiera. Ella aún sentía el miedo dentro. Nada más recibir la llamada de teléfono de su madre, supo que algo malo había pasado.

«No hay una palabra en el diccionario para quien pierde a un hijo.»

Las palabras de Sara Somoza la asaltaron mientras iba hacia el hospital sin saber cómo encontraría a Martiño. Al instante, la recordó llorando, impávida, en la casa de Santi. Rogándoles que no cerraran la investigación de la muerte de Xiana.

Perder a un hijo.

Perder a Martiño.

Extendió la mano y le acarició la cara. Al segundo le volvieron mil recuerdos de él de niño. Lo testarudo que era. Siempre decía a todo que no. Esa fue la primera palabra que dijo: «No.» Siempre era no a todo. Le apartó el flequillo de la frente y fijó la vista en la nariz, idéntica a la de Toni.

—¿En qué piensas?

La voz de su madre la sacó de su ensimismamiento.

—Estaba pensando en lo duro que debe de ser perder a un hijo. Pensaba en el caso que estamos llevando. Hasta ahora solo pensaba en atrapar a ese asesino, pero ahora no hago más que pensar en esos padres, en cómo deben de sentirse.

—¿Quieres ir a la comisaría? El niño está dormido. Cualquier cosa, te llamo.

—Pues no sé. Es sábado. No sé si sacaré algo en limpio. Pero casi que me voy a acercar un rato.

Besó al niño y salió por la puerta. Le entraron ganas de llamar a Santi. Sabía que tenía que llamarlo, pero no se sentía capaz. Estaba agotada mentalmente. Cansada de esforzarse por normalizar algo que era cualquier cosa menos normal.

Salía por la puerta cuando el móvil comenzó a vibrarle en el bolso. Santi. Inspiró hondo y contestó sin darle tiempo a hablar.

—Estoy yendo hacia comisaría. ¿Estás ahí? ¿Ha pasado algo?

—Sí. Acaba de llamarme Brennan, desde Sanxenxo. Lía Somoza se ha cortado las venas otra vez.

—Pero ¿está bien?

—No lo sé. Voy a ir al hospital del Salnés. ¿Te recojo y vienes conmigo? ¿O prefieres quedarte con Martiño?

—Martiño está bien. Descansa. Mi madre está con él. No nos han dado el alta porque es fin de semana. ¿Me recoges aquí, en el hospital?

—Dame cinco minutos.

Ana esperó a la puerta del hospital. Santi llegó enseguida. Lo encontró cansado y muy serio, aunque no se iba a permitir sentir lástima por él. Lo saludó con una señal.

—Hola. ¿Todo bien? ¿El niño bien?

—El niño bien —contestó Ana—. ¿Cómo ha ocurrido?

—No sé mucho. Me ha llamado Brennan desde la ambulancia en la que la trasladaban. Seguía viva. Estaba enfadadísimo. Parece ser que dejó a Lía con Teo y Sara, con la condición de que no la perdieran de vista. Pero algo ha debido de pasar ahí. Sara y Teo se vinieron a Santiago y Lía se quedó sola. Te digo que más vale que no muera o Sara Somoza va a cargar con el peso de la muerte de la hermana lo que le resta de vida.

—¡Venga ya! ¿Qué mierda es esa de cargar con las culpas ajenas? ¡A esa mujer ya le han matado a su hija! ¿Dejó alguna nota? ¿Algo?

—No sé. No estaría de más que pasáramos por la casa antes de que lleguen Sara y Teo.

—¿Tienes la dirección?

—Me la dio Brennan el otro día. Podemos ir allí en lugar de al hospital. En serio que Brennan estaba fuera de sí. No sé muy bien qué tipo de relación tienen esos dos.

—¿Cómo que qué tipo de relación?

—No te lo dije. El sábado pasado, cuando íbamos hacia tu casa, nos cruzamos con ellos en coche. Eran las nueve y pico de la noche de un sábado. Eso no es una terapia normal. El lunes fui a hablar con Brennan, y se puso muy nervioso. Te digo que tienen algo.

—¿Algo? ¿Están liados? ¡Es su paciente! ¿Y no consideraste que esa era una información importante que tenías que compartir conmigo? Joder, Santi, ¡ha pasado casi una semana! ¿Alguna vez vas a dejar de ocultarme cosas? ¿De decidir qué es importante que yo sepa y qué no lo es? Yo no trabajo así. ¡Con cada descubrimiento lo primero que hago es ir a contártelo!

—¡Porque soy tu jefe!

—¿Puedes dejar de repetir eso de una maldita vez? ¿Es ese tu mantra para todo? ¿Recordarme que eres mi jefe?

—Ya basta, Ana. Estás aquí. Di la cara por ti delante de Gonzalo. Te he llamado en cuanto me llamó Brennan. ¡No pienso justificarme más!

Ana se dio cuenta de que estaba enfadado. No estaba simplemente enojado. Apretaba con fuerza el volante, tenía las mandíbulas tensas y no apartaba la vista de la carretera. Deseó poder volver atrás y no haber comenzado a discutir con él.

—Si es cierto lo que dices —dijo, intentando retomar la conversación—, si Brennan tiene una relación personal con Lía Somoza, ¿cómo podremos fiarnos de él?

—Tampoco es que estemos teniendo una gran comunicación. Me pensaré mucho lo de pedirle una pericial a él.

—Igual ya llegamos tarde para una pericial —dijo Ana.

—Y si muere, ¿tendremos claro que fue ella?

—Si muere, habremos fracasado. Nunca sabremos qué le pasó por la cabeza para haber matado a su sobrina.

—Sabe Dios, tal vez su única intención era fastidiar a Teo. O a Sara.

—¿Fastidiarlos? ¿Por qué? —Ana se volvió de pronto hacia Santi—. Espera un momento. ¿Y si tienes razón? ¿Y si el asesino no quería matar a Xiana Alén? ¿Y si el asesino tan solo quería provocar un cataclismo en esa familia?

—Y está claro que lo consiguió. Pero ¿quién de los seis haría eso?

—No lo sé, pero quiero echar un vistazo a la casa de Sanxenxo antes de que lleguen los Alén. Y no me vengas con que no tenemos una orden. Quiero llegar allí y ver qué *carallo* escribió Lía Somoza en su famoso diario.

Constantes vitales

Connor observó la cara de Lía y luego desvió la vista hacia el monitor que mostraba sus constantes vitales. Sabía que estaba muy débil. Solo tardarían unos minutos en llegar al hospital, pero se le estaban haciendo eternos.

Sentía dentro una rabia incontrolable. Deseaba tener delante a Teo Alén y partirle la cara. Si Lía moría, sería porque ellos no habían estado a la altura, porque habían olvidado que su prioridad era proteger su vida.

La ventanilla de la ambulancia le devolvió su propia faz y contempló su gesto de impotencia y rabia.

«Devuélveme a mi hija.»

Al momento recordó a Allison, entrando por la puerta del hospital donde llegó con la pequeña Mary. Se abrazó a ella y, al instante la mano de ella se apoyó en su pecho y lo separó. La conciencia de esa mano, separando sus cuerpos, deshaciendo el abrazo, era el recuerdo más real de aquella noche. Lo demás no era real. La lluvia. El limpiaparabrisas. El cuerpo de Mary sobre el asfalto. Las luces del otro coche iluminando la escena, como los focos de un teatro. La ambulancia. La camilla. Los médicos de urgencias. La certeza de que su corazón no latía cuando llegaron al hospital.

Todas esas imágenes eran irreales. Pero la mano de Allison separándolo de ella era fría y fuerte. Era de verdad. Y su furia también lo era. Igual que era real esa misma cólera que sentía él ahora. Porque era incapaz de entender qué había pasado por la mente de Sara y Teo para abandonar así a Lía. Porque si Lía moría, ellos serían los responsables de no haberla protegido.

Al igual que él tenía que haber protegido a su Mary. Pero ya era tarde. Cogió la mano de Lía. Los médicos ya le habían vendado las muñecas, cuyas heridas él había taponado previamente con una toalla.

La encontró en el estudio.

En cuanto llegó a la casa, no lo dudó. Rompió una ventana con una silla del jardín. No fue consciente de que se cortaba los brazos con los cristales al abrir la ventana a toda prisa. Entró de un salto mientras gritaba el nombre de Lía, cada vez más alto.

«¡Lía, Lía, Lía, Líaaaaaaaaaaaa!»

(«¡Mary, Mary, Mary, Maryyyyyyyy!»)

Connor se percató de que su camisa blanca estaba llena de sangre. No sabía si era de ella o de él. El médico de urgencias había intentado examinarle los cortes y él se había negado, diciendo que eran poco profundos. Sentía latir su pulso en la herida del antebrazo izquierdo.

Se concentró en el monitor. Necesitaba que viviera. Para reparar los errores. Para no dejarla sola. Para mirarla a los ojos y decirle: «Cuéntame qué pasó la noche de San Juan. Dime si la mataste tú. No se lo contaré a nadie». Subirla a su coche y conducir en silencio hasta que ella se sintiera segura. Nunca debió dejarla con ellos.

De pronto, el monitor comenzó a pitar.

La línea blanca se extendió frente a Connor. Recta (como la carretera en la que murió Mary). Los latidos del corazón de Lía se detuvieron (como el pequeño corazón de Mary). El médico de la ambulancia cogió el desfibrilador. Y Connor bajó los ojos, sabiendo lo que sucedería cuando tuviera el valor de volver a levantar la vista.

Muerta.

Como Mary.

Pequeña puta

El día no invitaba a ir a la playa, pero Inés había decidido que no se quedarían ni un minuto más metidos en casa, como topos en la madriguera. Así que se lo soltó como si nada, así, mientras tomaban el café. «Podríamos ir hasta playa.» Los dos sabían que lo que realmente quería decir es: «Podríamos dejar de pensar en lo que pasó».

Así que ahora ella estaba en el sótano de la casa, buscando una sombrilla, dos sillas de playa y una nevera portátil con publicidad de Coca-Cola que le habían regalado en el súper el año anterior, mientras Fer iba a comprar algo de bebida y unos bocadillos. No les gustaban las playas con chiringuitos.

Por un instante pensó en quedarse en casa. Pero esa casa estaba llena de Xiana Alén. Valoraba la posibilidad de mudarse. Marcharse a Pontevedra. Él podía participar en el siguiente concurso de traslados y conseguir una plaza en otro instituto.

Necesitaban eso. Otro instituto. Otra urbanización. Otros vecinos. Un salón en el que la presencia de Xiana no lo envolviera todo. Esa puta de Xiana. Pensó que todo pasaría, estando ella muerta. Pero no. Esta vez no era como otras veces. Cuando se había acostado con aquella profe de biología de su anterior instituto cuando eran aún novios, y con aquella chica que había conocido en el gimnasio. Él había vuelto avergonzado. Y ella lo perdonó porque sabía que por encima de esas mujeres estaba ella. Y ya de casados, cuando lo había liado la monitora esa del gimnasio, él había vuelto a casa, pidiendo perdón, como un perro desvalido.

Y esta vez, ella pensaba que sería igual.

Pero no.

Eran pequeños detalles.

La manera en que se quedaba callado mientras comían. Antes siempre hablaban. Del instituto. Del gimnasio. De cine. De libros. Ellos nunca habían tenido problemas de comunicación. No eran de esas parejas que uno puede ver en los bares, mirando cada una su respectivo móvil. Y ahora, ni siquiera eso hacían. Ni siquiera la excusa de mirar en una aplicación del iPhone qué tiempo haría justificaba ese silencio lleno de Xiana que le salía por los ojos a su marido. Ahora él se quedaba con la mirada perdida, llena de esa puta. Inés también pensaba en ella. La única imagen de Xiana que ella recordaba con gusto era la de su cara sumergida en la sangre.

Y había más cosas.

Fer había dejado de ir al gimnasio. Se pasaba las tardes en el sofá. Y bebía. Él nunca había sido de beber a diario. Y ahora, cuando llegaba, lo encontraba bebiendo, sentado en el salón, siempre en el salón, con un libro en las manos que estaba, cada día, en el mismo punto exacto. En la misma página 217.

Porque él se había quedado colgado en esa página. Se había quedado colgado de ella.

Y en la página 217, a modo de marcador, una fotografía de una fiesta de disfraces en casa de los Alén. Xiana no estaba. Tan solo aparecían los cuatro. Teo, Sara, Fer y ella. Vestidos de hippies. Y al principio no se había dado cuenta de por qué la tenía. Hasta que de pronto lo vio claro. El rostro de Sara, enmarcado por una larga peluca rubia, se parecía mucho al de la pequeña puta.

Así que esta vez no era igual.

Esta vez no era cuestión de continuar con sus vidas.

Lo oyó en el piso superior. Cogió las cosas en el sótano y las metió en el coche. Después subió a cambiarse. Se miró en el espejo con su minúsculo bikini. Se sentía así. Minúscula. Pequeña. Insignificante.

Y enfadada.

Conforme pasaban los días, sentía que estaba cada vez más enfadada. Aún más que cuando había descubierto lo de la pequeña puta.

Se puso un vestido de gasa hasta los pies. Se miró de arriba abajo en el espejo.

Pequeña.

Cogió las toallas y bajó al garaje. Fer ya lo tenía todo preparado.

Condujo en silencio hacia la misma playa a la que iban antes de lo de Xiana. Antes de ese silencio en el coche. Y a ella le entraron ganas de gritar. Se imaginaba así. Hablando en mayúsculas: «YA ESTÁ MUERTAAAAAAAA».

Pero no estaba muerta. No en la mente de él. En su mente, Xiana seguía diciéndole al oído: «Házmelo de nuevo, profe».

Así que Inés cogió todas sus mayúsculas y las tragó despacio, sintiéndolas bajar por la garganta hasta caer a plomo en su estómago.

Y se pasaron el día sin hablar. Acariciados por los escasos rayos de sol que luchaban por atravesar las nubes que, cada vez más, iban cubriendo el cielo, confirmando lo que ellos ya sabían desde el principio: que no era día de playa.

Y en el camino de vuelta escucharon el mismo CD que en el de ida. Y a ella le dio por pensar que podrían pasarse toda la vida en esa carretera y nada cambiaría. Escucharían las mismas putas doce canciones de ese grupo británico, el CD que había comprado él el mes pasado. Una. Dos. Tres. Cuatro. Cinco. Seis. Siete. Ocho. Nueve. Diez. Once. Doce. Y vuelta a empezar. Y la misma carretera. Y las casas que antes quedaban a la izquierda discurrían ahora por su lado. De manera que la vida se había convertido en un plano simétrico que se podía plegar hasta hacer coincidir sus figuras exactamente. Y no habría diferencia. Exactamente igual que en la ida. El coche. La música. Fer. Ella. La presencia de la pequeña puta.

Ya en casa, tras ducharse y cenar, ella lo esperó en la cama. Lo oyó en el piso de abajo. Y al rato, se quedó dormida. Y no soñó. Porque ya hacía tiempo que no soñaba. O que no recordaba los sueños. Que era la misma mierda. Despertó cegada por la luz del sol, que, ese día sí, recordó que era un domingo de julio, que le tocaba mostrarse sin pudor. Que a cada uno le toca lo que le toca. Igual que ella sabía que tocaba hablar con Fer. E instintivamente extendió la mano y se encontró con su ausencia en su lado de la cama.

Y se levantó, inquieta, sabiendo que algo estaba pasando. Y al instante se fijó en que las puertas del armario estaban abiertas. Y los estantes de Fer, vacíos, le confirmaron lo que ya sabía.

Bajó las escaleras, corriendo, mientras se repetía que estaría abajo. Sentado en el sofá, como todos esos días.

Y llegó a ese salón, que olía a Xiana, que estaba lleno de la pequeña puta, y lo encontró igual de vacío. Perfectamente ordenado. En la mesa, el mismo libro que hacía un mes. Lo abrió por la página 217. Pero la fotografía ya no estaba.

Desvió los ojos hasta un sobre blanco, encima de la mesa. Era una nota que no leyó, porque ya sabía lo que diría.

Y sintió que las palabras que se había tragado el día anterior le volvían a subir desde el estómago a la garganta. Y salieron todas a borbotones. Primero en mayúsculas.

«YA ESTÁ MUERTAAAA. YA ESTÁ MUERTAAAA.»

Y lo repitió una y otra y otra vez.

Hasta que las palabras se hicieron pequeñas y se volvieron minúsculas.

«ya está muerta. ya está muerta. ya está muerta. ya está muerta. ya está muerta. ya está muerta. ya está muerta.»

Lo dijo así.

En minúsculas.

Así se sentía ella.

Minúscula.

Todo encaja

La casa de las hermanas Somoza en Sanxenxo no era en absoluto como Ana esperaba. Quizá la conciencia de que la habían heredado de sus padres había hecho que la imaginara como una casona anticuada. Por supuesto, no era así. «No, tratándose de las Somoza», pensó. Las hermanas habían llevado a cabo una labor de reforma importante. «Y por si fuera poco, casi pegada a la playa.»

La casa era más grande que la de Las Amapolas, un chalé de dos pisos en piedra, con una moderna carpintería metálica de color teja, que contaba con una imponente balconada superior, un jardín de considerables dimensiones y una piscina de reciente construcción. A pesar de tener el portalón cerrado, el acceso a la finca había sido relativamente fácil, saltando por encima de unos setos que la circundaban.

En cuanto entraron se dieron cuenta de que la ventana de la cocina estaba abierta. Seguro que Brennan se había colado por ahí. Aún no tenían noticias de él. Santi lo había llamado dos veces, pero su teléfono estaba apagado. En cuanto echaran un vistazo a la casa irían al hospital.

Entraron por la ventana, sin dificultad. La cocina estaba en perfecto orden, excepto por los cristales desparramados por el suelo.

Hasta que llegaron al pasillo no encontraron indicios de lo que acababa de ocurrir. Sobre las baldosas blancas, la sangre marcaba el camino hasta la puerta del fondo. Ana esperaba que fuera un baño, pero resultó ser el estudio de Lía. Había un lienzo dibujado a carboncillo que representaba a un hombre, y otro que representaba un árbol enorme de color rojo. Sintió un escalofrío. Tirada en el suelo, la cuchilla.

—¿Tú crees que habrá llegado viva al hospital? ¡Mierda! ¿Cuánta sangre hay aquí? —preguntó Ana.

—Menos de la que había en el cuarto de Xiana Alén.

—Mira ese lienzo. Es Brennan.

—Ya te he dicho que estos tienen algo.

—Voy arriba a buscar el diario o a ver lo que puedo encontrar —dijo Ana.

—Yo voy fuera, que aquí no hay cobertura. Necesito hablar con Brennan para ver si sigue viva. Y si es así, esta vez pienso sacarle toda la verdad a esa pintora tarada aunque tenga que pasar por encima del jodido irlandés.

—Menos lobos, Abad. Voy a subir, acabo enseguida. Solo quiero el diario y echar un vistazo en general. No entiendo cómo no hemos venido aquí antes.

—Pues también tienes razón —dijo él mientras salía por la puerta principal.

El piso de arriba era exactamente como imaginaba. Habitaciones amplias y soleadas, con vistas al mar unas y con vistas a la piscina otras. La de Xiana parecía estar esperándola. Libros, un corcho lleno de fotos. Un bikini rosa y un sombrero de paja en una silla, como si en cualquier momento Xiana fuera a entrar por la puerta para prepararse para un baño en la piscina. En la mesilla de noche había un cuaderno de espiral. Ana lo hojeó. Varios retratos. Principalmente, de la vieja Amalia. La chica tenía talento. Al lado del cuaderno, un inhalador de los que usan los asmáticos. Recordó que Xiana era alérgica a los ácaros. No había nada especial en el cuarto.

Fue al de invitados, donde dormía Lía. Buscó el diario y lo encontró enseguida, en el primer cajón de la cómoda. Lo abrió y leyó rápidamente.

—¿Qué nos cuenta la gemela loca?

La voz de Santi la sobresaltó.

—No la llames así. Esta mujer me da una pena infinita. Está completamente trastornada con la muerte de la niña y muy obsesionada con la hermana.

—¿Hasta el punto de matarle a su hija?

—Yo qué sé, Santi. Lee aquí. Amorodio. ¿Qué clase de relación tenían? Nos vendieron la moto de que eran inseparables cuando en realidad no se soportan. Sin olvidar el hecho de que ambas están enamoradas de Teo Alén.

—¿Eso crees? ¿Y Brennan?

—Una cosa no tiene que ver con la otra. Pero esa relación marca la deriva de este caso. Ese triángulo es la clave.

—¿Ese triángulo? ¿Cuál de ellos? ¿El triángulo entre Fernando, Inés y Xiana? ¿El triángulo entre Teo, Sara y Lía? ¿El triángulo entre Teo, Lía y Brennan? Son muchos triángulos, ¿no?

—Mi intuición me dice que la relación entre las hermanas no es sana.

—Alrededor de un asesinato siempre hay pocas cosas sanas.

Ana asintió a regañadientes. Salió del cuarto sin contestarle y fue al de los Alén. Abrió los armarios, sin saber muy bien qué buscaba, pero con el presentimiento de que no encontraría nada más que ropa cara, y bolsos y zapatos de marca.

Salía ya del cuarto cuando su mirada se posó en una foto que había en el aparador. Teo, Sara, Fernando e Inés disfrazados en el carnaval. Reían distendidos, sin imaginar que al cabo de apenas unos meses casi no se hablarían. Recordó que Xiana y Lía habían pasado las vacaciones de carnaval en París. Se acercó a coger la fotografía. Se dio cuenta de que Sara Somoza era, con esa peluca rubia, una réplica exacta de Xiana Alén.

Dejó la fotografía en el aparador y salió de la habitación. Miró la de la vieja desde la puerta, sabiendo que el cuarto sería un calco del de la casa de Las Amapolas. En efecto, era tremendamente austero. Una cama y una mesilla con una Biblia encima. Recordó a la vieja recitando los pasajes. En esa familia estaban todos locos. ¿De qué había hablado aquel día? De la sangre derramada. De Caín y Abel. De la pequeña Xiana, que se le presentaba por las noches para...

Ana se detuvo en la puerta, convencida de que algo se le pasaba por alto. Entró en la habitación y abrió la Biblia, por el primer libro.

Leyó con ansiedad.

Oyó la voz de la vieja repitiendo las palabras de esa Xiana que se le presentaba por las noches: «Tita Amalia, ¿por qué me hizo esto mi madrina?».

Ana salió corriendo bajó las escaleras de dos en dos.

Santi había vuelto al jardín.

—Santi, date prisa, tenemos que ir al hospital. Tenemos que llegar lo antes posible.

—Estoy intentando hablar con Bre...

—Deja eso. Tenemos que irnos. Mierda. Todo encaja. Tengo que hablar con él. Y con Lía. Sé quién lo hizo, Santi. Lo sé.

Tan solo tres palabras

—¿Una semana?

La voz de Sara sonaba cansada y rutinaria. Teo se acercó a ella y la abrazó. Estaban en Las Amapolas. Tras la llamada de Brennan, Sara se había negado en redondo a volver a Sanxenxo.

Estaban en el cementerio cuando Brennan llamó. «Lía está muerta.» Lo había dicho así. Sin contemplaciones. Sin prepararlos para la noticia. Tan solo esas tres palabras. Y qué más daba, porque nada cambiaría el hecho de que Lía, al igual que Xi, estaba muerta. Y que de nuevo, muerta, estaba entre los dos, como siempre.

Antes de esa llamada, todo estaba empezando a enderezarse. O por lo menos, así lo sentía Sara. Por primera vez estaban allí. Solos. Delante de la tumba de Xi.

Xiana Alén Somoza
(2002-2017)

Parecía increíble cuánta vida cabía dentro de esos dos paréntesis, y cuánta muerte alrededor de ellos, en ese cementerio, en esas flores, ya secas, a los pies de la tumba de Xi. Por primera vez desde que había muerto Xi, Teo había sentido que esa tumba los unía en lugar de separarlos. Porque la muerte de Xi tenía que servir, al menos, para eso. Tenían que buscar un sentido al hecho de que ya no estuviera.

Y para eso tenían que limitarse a estar juntos. Y solos. Como en ese instante, breve e íntimo, en el que ella había apoyado la cabeza en el hombro de él y se habían quedado callados contemplando el nombre de su hija.

Un instante. Eso duró la tregua entre ellos. Un instante.

Después sonó el teléfono y Brennan soltó las tres palabras que estallaron entre ellos. Y ahora, veinticuatro horas después, las tres palabras flotaban entre ambos, impidiéndoles volver a ese instante anterior y perfecto.

—Lía está muerta —repitió Sara en voz alta—. ¿Para qué demonios necesitan el cuerpo una semana? Quiero verla. Necesito comprobar que es cierto que está muerta.

—Bien, ya sabes, tienen que hacer la autopsia. Y parece que están esperando a unos peritos forenses, que vienen de Madrid y no llegarán hasta el jueves.

Sara comenzó a llorar y se abrazó a él. Él la dejó llorar, envidiándola. Él no podía. Desde que Brennan había soltado esas tres palabras, no paraba de pensar en Lía. Ni de pensar en hasta qué punto ellos dos eran responsables de su muerte. Hasta qué punto él no creía que la muerte de Xiana los hubiera devuelto a él y a Lía al punto de inicio de su relación. A ese año que habían pasado juntos. A esas tardes en el estudio de Bertamiráns. A su cuerpo casi anémico, frágil, infantil y necesitado de protección. Hasta qué punto él no había forzado la situación para hacerle creer que era posible volver atrás, a ese aeropuerto, a esa noche en la que habían olvidado a Sara y a Xiana por unas horas y habían retomado de nuevo lo que nunca había finalizado entre ellos. Y desde luego, hasta qué punto el desprecio de Sara no había llevado a Lía hasta ese hospital, en el que un médico forense, que tardaría cuatro días en llegar, la iba a abrir, para rebuscar dentro de ella, intentando encontrar sabe Dios qué.

Así que tras ese instante de unión en el cementerio, ahora tenían por delante siete días hasta un nuevo funeral, más condolencias, abrazos, palabras de pésame. Otra vez volverían al mismo tanatorio, a encontrar a los periodistas apiñados a las puertas, aguardando una fotografía de él o de Sara.

—Quiero hablar con Abad —dijo Sara.

—¿Para qué?

—¿Cómo que para qué? Yo lo obligué a continuar investigando. Yo fui la que le dijo que no parara. Y ahora Lía está muerta. Necesito que me diga que fue ella. Porque si fue ella, cuando pase esta semana, cuando pase la polvareda de la muerte, podremos seguir con nuestras vidas. Pero si no fue ella, no podremos parar. Tendré que saber si fue Fernando o Inés.

—O yo. Dilo. Nunca me lo has preguntado.

—Estás histérico. Por supuesto que nosotros no matamos a Xi. Y los dos sabemos que el equilibrio mental de Lía era como era.

—No fue Lía. No sigas diciendo eso.

Sara se irguió del sofá y quedó enfrente de él.

—¿Por qué no, Teo? ¿Por qué tu maravillosa Lía no pudo volverse loca del todo y matar a Xi para acabar con nuestro matrimonio? A fin de cuentas, ya se había llevado mucho por delante sin quererlo, ¿no? Destrozó mis piernas hasta el punto de que no volví a bailar. Consiguió que mi hija la adorara y quisiera marcharse con ella. Consiguió que mi marido no la olvidara nunca. Consiguió que tú creyeras que yo maté a Xi.

—¡Yo nunca he dicho eso! —dijo Teo.

—¡Claro que no! ¿Sabes cuántas veces has dicho en el último mes: «Lía nunca le habría hecho daño a Xi»? ¿Te lo digo? Docenas. ¿Sabes cuántas me has defendido a mí? Ninguna. Así que si quieres, pregúntamelo ahora.

Teo permaneció callado, evitando su mirada.

—¡Te estoy diciendo que me lo preguntes! —chilló ella.

Teo se levantó y quedaron a la par.

—¿Fuiste tú?

Sara hizo una señal de asentimiento.

—¿Ves? No era tan difícil. No tenías que tardar un mes exacto en preguntármelo. Todo este tiempo intentando encontrar el valor para preguntármelo. Era fácil, ¿no? Y te respondo rápido: no, no fui yo. Pero que lo pensaras es más doloroso que la muerte de Xi. Que lo pensaras ha sido lo que me ha estado matando todo el mes.

Teo se dejó caer en el sofá, golpeándolo con la fuerza de su cuerpo. Comenzó a hablar despacio.

—Yo siempre la quise, pero eso no tenía que ver con nosotros. Ella era como tu reverso. A veces eres tan avasalladora, Sara... Ella era tan sutil, tan endeble, tan..., no sé. Supongo que necesitaba protegerla. Con ella siempre me sentí más hombre. Tú tienes esa capacidad de hacerme invisible... Tú siempre has sido tan fuerte... Lía, por el contrario, siempre necesitaba un apoyo, y yo lo fui durante el tiempo que estuvimos juntos. Nunca más he vuelto a sentirme así. Y ahora, ella está muerta.

Sara se sentó a su lado.

—Es casi un alivio oírtelo decir, después de todos estos años negándolo. ¿Qué más me puede pasar ya, Teo? Mi hija ha muerto. Mi marido está enamorado de mi hermana muerta. Y aún no sé quién mató a mi hija.

—No fui yo —la interrumpió Teo.

—¡Por supuesto que no fuiste tú! Esa es la diferencia entre tú y yo: que yo te conozco lo suficiente para saberlo. Y lo que es una lástima es que tú no fueras capaz de...

El sonido del teléfono los interrumpió.

Sara se apresuró a cogerlo. Apenas habló. Colgó enseguida.

—¿Quién era?

—Abad. Dice que mañana tenemos que ir a comisaría. Que tiene algo que decirnos.

Ambos guardaron silencio, sin saber muy bien qué decirse. Y de nuevo las tres palabras de Brennan lo volvieron a invadir todo.

«Lía está muerta.»

Y sin embargo, Sara la sentía más viva que nunca.

Una nueva vida

Cuando Fer entró en la casa, ya empezaba a anochecer. Vio que Inés estaba en el salón, y fue directo hacia ella.

Inés se levantó de un salto y se abrazó a él, pero Fer la apartó con suavidad.

—Inés, no.

—Pero...

—He dicho que no. Solo vengo para decirte que mañana tenemos que ir a la comisaría. Me ha llamado Abad.

—Pero ¿qué ha pasado? ¿Por qué te vas? ¿Qué ha cambiado?

—Lo sabías. Lo supiste todo el tiempo. Antes de ayer llamó el técnico de la empresa de seguridad. Quería preguntar si estábamos satisfechos con la cámara adicional que instalaste en este salón.

Ella suspiró, casi aliviada.

—Así que era eso. Pero, Fer, mi amor, yo necesitaba saber...

—¡Lo sabías! Sabías que era ella. Y entraste en la casa. Entraste justo antes de que la encontraran muerta. ¡Dime que no subiste a ese cuarto!

—No pensarás que yo pude...

Fer la miró con desprecio.

—¿Mentirme? ¿Hacerme creer que no sabías nada? ¿Darle tu pésame a Sara y a Teo? ¿Hacerme creer que no sabías con quién me estaba acostando? ¿Fingir que sentías su muerte?

Inés comenzó a reír, con una risa histérica.

—¿De qué sirve que esté muerta? Sigue paseándose por este salón, metiéndose dentro de tus pantalones como una pequeña puta...

—No la llames así. ¡Está muerta! Y Lía también.

—¿Cómo? ¿Qué coño dices? ¿Qué quieres decir con que Lía está muerta? Pero eso es...

—¿Una maravilla? ¿Es genial? Dilo, no te cortes. ¿Te das cuenta de lo loca que estás?

Inés se colgó de él. Comenzó a escupir palabras a toda velocidad. Caso resuelto. Una nueva casa. Una nueva vida. Concurso de traslados. Un nuevo instituto. Comenzar de nuevo.

Fer se separó de ella y se dirigió a la puerta.

Antes de salir, se volvió hacia ella.

—Solo he venido para avisarte de lo de mañana. Nos vemos en la comisaría.

Cerró la puerta con un estruendo.

Inés se sentó en las escaleras del vestíbulo. Murmurando por lo bajo las mismas palabras. Una nueva vida. Un nuevo instituto. Una nueva casa. Una nueva vida. Un nuevo instituto...

Quién mató a Xiana Alén

La misma comisaría. La misma sala de interrogatorios. La misma mesa. Sin embargo, Sara pensó que ahora parecía más pequeña. Todos estaban sentados en torno a la mesa circular, esperando a Abad. Apenas habían cruzado un saludo seco. Fer le había dado el pésame a Sara solo con dos palabras: «Lo siento».

Sara miró de soslayo a Teo y se dio cuenta de que estaba nervioso. Se mordía el pulgar derecho. Recordó a Lía haciendo ese mismo gesto. Se percató de que Fer no miraba a Inés. Estaba con la vista fija en el móvil y le entraron ganas de preguntar por el tiempo, como si estuvieran en un ascensor. Casi le dio la risa, por lo absurdo de la situación. Se preguntó con qué cara la miraría Abad si la encontraba riéndose, apenas cuarenta y ocho horas después de morir su gemela.

En cuanto se abrió la puerta, los cuatro dirigieron la mirada hacia ella.

Abad entró solo. Sara se sorprendió de que Ana Barroso no lo acompañara. Llevaba dos carpetas grandes bajo el brazo.

—Buenos días. Gracias por venir. La oficial Barroso se incorporará a esta reunión en breve. Está esperando al doctor Brennan.

Teo alzó la vista, como si acabara de despertar.

—¿Brennan? ¿Y qué se supone que viene a hacer aquí? —dijo, con un tono levemente irritado.

—El doctor Brennan trató a Lía en sus últimos días. Creo que las conclusiones que sacó podrán ayudarnos a esclarecer el caso.

—¿Esclarecer el caso? —interrumpió Sara—. ¿Está diciendo que ya tienen claro quién mató a nuestra hija?

Abad se dejó caer en la silla, con cansancio. Fer sintió ese cansancio como propio. De pronto, toda la presión, toda la fatiga y todo el agotamiento disimulados de las últimas cuatro semanas se desplomaron sobre él. Miró a su alrededor, comprobando que, en efecto, todos estaban en tensión. Cansados. Terriblemente cansados.

—Se sorprendería al saber lo claras que se ven las cosas cuando uno las mira desde otro punto de vista —contestó Abad.

Teo, de nuevo, pareció despertar de un sueño. Sacudió la cabeza y alzó la voz.

—¿Me está diciendo que lo saben? ¿Saben quién mató a Xi?

Abad lo miró de frente.

—Espere a que lleguen Barroso y el psiquiatra y hablaremos del asunto. Todos ustedes, los cuatro, necesitan saber la verdad para poder continuar con sus vidas. Hace apenas unos días, tras el fallecimiento de Amalia Sieiro, Sara Somoza vino a mi encuentro para pedirme que no cerrara la investigación.

—Cierto —le interrumpió Sara.

—Y en ese momento le pregunté qué sucedería si la verdad que descubríamos no era de su agrado.

—¿De mi agrado? ¿Qué puede ser de mi agrado a estas alturas? Mi hija ha muerto. Todos los miembros de mi familia y dos personas a las que consideraba mis amigas son sospechosos de matarla. La mujer que me crio y mi gemela se han suicidado. Puede que incluso mi gemela asesinara a mi hija. Y aun así, sobre nosotros todavía pesa el hecho de no saber quién mató a Xi. ¿Sabe qué, Abad?, creo que ya no me importa quién mató a Xi. Saberlo no me devolverá a mi hija ni a mi tía ni a mi hermana.

Inés se revolvió en su silla, incómoda. Abrió la boca para hablar, pero justo entonces Barroso y Brennan entraron en la sala, interrumpiendo la conversación. Brennan se dirigió en primer lugar hacia Sara y le dio el pésame. Después saludó a Teo, estrechándole la mano. A los demás se limitó a saludarlos con un gesto.

—¡Ya estamos todos! —dijo Abad.

—¿Podría dejarse de tanto cuento y decirnos de una vez lo que sucedió?

—Lo que sucedió es que Lía Somoza mató a su sobrina y se suicidó después. Sucedió que todos lo tenemos claro y necesitamos seguir con nuestras vidas, olvidando este horrible incidente de una vez —dijo Inés.

—¡Cállate la puta boca! —gritó Fer.

Todos se quedaron sorprendidos por la violencia de su respuesta.

—Fer... —musitó Inés.

—Fernando —intervino Ana—, no perdamos los nervios, por favor.

—¿Qué está sucediendo aquí? —preguntó Teo.

Sara miró a Fer y a Inés alternativamente.

—Pasa que como todos los que estamos aquí, Fer e Inés se están callando algo que nos afecta a todos. Y seguramente Abad y Barroso ya lo saben. ¿Me equivoco? —dijo Sara.

Abad no pudo menos que admirar la frialdad de Sara y su capacidad para enterarse de todo lo que sucedía a su alrededor.

—Supongo que sí, Sara, pero quizá este no es el momento para contar según qué cosas —contestó Santi.

—Estábamos enamorados.

La voz de Fernando sonaba casi liviana, como si estuviera soltando un lastre pesado.

Teo enfrentó su mirada.

—¿Qué coño estás diciendo, Fer? ¿Cómo fue? No lo puedo creer. Ella nunca se enamoraría de un tipo como tú. Se lo habría contado a Sara. Lía jamás...

—No está hablando de Lía —dijo Inés.

—¿Sara? —murmuró Teo, dirigiendo la vista a su mujer.

Sara abrió la boca y la volvió a cerrar. Santi se dio cuenta de que ella acababa de entenderlo todo. Decidió intervenir.

—Fer, no sé si este es el momento.

Fer asintió con la cabeza.

—Yo estaba enamorado de Xiana. Teníamos una relación. E Inés lo sabía. No sé si Inés tiene algo que añadir. Yo ya no sé nada. Solo sé que me enamoré de ella, a pesar de sus quince años. Y ahora ella está muerta. Y siento que soy culpable de su muerte como si hubiera subido a su habitación esa noche y la hubiera matado. Y necesito saber quién la mató. Saber si es culpa mía, directa o indirectamente. Yo también necesito saber la verdad, Sara.

Teo se quedó paralizado. Como si lo acabaran de golpear. Sara comenzó a reír, con una risa gutural y tan antinatural que Ana sintió escalofríos.

—¡Maldito degenerado cabrón! —chilló Teo, levantándose de su silla de pronto.

Santi saltó al mismo tiempo que él y lo detuvo con una mano.

—Tranquilidad, Teo. Calmémonos. Ya tendremos tiempo de hablar de esto. Le voy a pedir paciencia. Ahora sí, estamos todos. Creo que ya podemos empezar a hablar del caso —dijo Santi—, así que voy a ceder la palabra a la oficial Barroso.

—Buenos días a todos. Voy a ser muy breve. A estas alturas, todos tenemos claro que necesitamos saber quién mató a Xiana. Y lo primero que el equipo de investigación hizo para averiguarlo fue examinar las peculiaridades de la escena del crimen. Sangre artificial. Lo primero que tuvimos que hacer fue buscar las causas por las que Xiana Alén apareció sumergida en un mar de sangre. Como saben, el escenario del crimen fue una reproducción exacta de una fotografía de Aurora Sieiro, abuela de Xiana. En un primer momento, eso nos llevó a ceñir las sospechas a los cuatro miembros de la familia de la niña.

—Lo que siempre dije —la interrumpió Inés.

—Supongo que sí. Que ese era el primer pensamiento natural, pero cuando descubrimos, gracias a la colaboración del doctor Brennan, la relación entre Fernando y Xiana, nos enteramos de que él conocía el plan de Xiana de recrear la escena de la fotografía. Porque ese fue el segundo detonante de nuestra investigación: saber que Xiana Alén había planeado el escenario de su muerte, de forma que el asesino tan solo tuvo que aprovechar todos sus preparativos para matarla y recrear esa *Muerte roja* de Aurora Sieiro. Y eso pudieron hacerlo todos ustedes.

—¿Para qué? —interrumpió Teo.

—Eso también nos lo preguntamos nosotros. Porque, analizada la situación, todos ustedes tenían o podían tener algún motivo para matar a Xiana Alén. Pero dos personas por encima de todas fueron nuestros principales sospechosos: Inés Lozano y Lía Somoza. Las dos que subieron a su habitación entre las 21.43, hora del último wasap de Xiana, y las 22.25, hora en que apareció muerta.

—Eso no prueba nada —protestó Inés.

—Déjenme hablar, por favor. Por supuesto que eso no prueba nada. Tenemos a una mujer engañada por su marido y su amante muerta. Tenemos el móvil y la oportunidad. El móvil de Lía Somoza era mucho más difuso. Y cederé ahora la palabra al doctor Brennan para que nos aclare qué conclusiones sacó él del estado mental de Lía Somoza. Pero también tenemos que decir que, para tranquilidad de Inés, pronto nos dimos cuenta de que el tema del último wasap no resultaba determinante, ya que nada impedía que lo hubiera enviado el asesino. Y en este último contexto, examinadas las grabaciones del jardín, todos, excepto Inés, pudieron enviar ese mensaje. Así que tras todas nuestras pesquisas, finalizamos como empezamos, con seis posibles sospechosos. La muerte de Amalia Sieiro con una confesión inverosímil, con su incapacidad física para llevar a cabo el asesinato, no hizo más que reafirmarnos en nuestra necesidad de mantener abierto el caso.

Santi no podía apartar los ojos de Ana. En los dos últimos días habían acordado que esta era la manera de cerrar la investigación. Reunirlos a todos. Analizar los detalles. Desmenuzarlos al por menor. No tenían nada. Y lo tenían todo.

Santi envidió su capacidad para transmitir. Su entusiasmo. Si él tuviera que hablar, no sería capaz de centrar el caso, de ir diseccionándolo paso a paso. Recordó la petición de Gonzalo de que la retirara del caso y le entraron ganas de llamarlo para que la viese en ese momento. Encarando los hechos. Enfrentándose a todos.

—Porque lo desconcertante de este caso fue que, desde el principio, tuvimos claro que tan solo seis personas pudieron matar a Xiana Alén. Y todos, absolutamente todos pudieron hacerlo, y lo peor, todos tenían motivos.

—¿Motivos? ¿Nosotros también? —dijo Sara.

—Todos, Sara. Teníamos a su hermana, con un desequilibrio psicológico patente que ahora analizará el doctor Brennan. A un hombre enamorado de una niña de quince años que podía acabar con su matrimonio y con su carrera profesional. A una mujer celosa al límite. Y a unos padres que simulaban tener una vida perfecta pero que escondían una relación matrimonial tormentosa. El doctor Brennan hablará después de esto. Y no hay mejor manera de fastidiar a un cónyuge que disparar a la línea directa de la estabilidad matrimonial: un hijo.

—Esto es un verdadero despropósito —dijo Teo.

—Puede que sí, pero es real —dijo Ana—. Y por favor, cállense sus argumentos y disculpas. Estoy hablando de probabilidades. Y lo cierto es que llegó un punto en que solo teníamos una asesina confesa de Xiana, y el convencimiento absoluto de que era imposible que Amalia Sieiro fuera esa asesina. Esa fue nuestra realidad. Hasta hace unos días.

—¿Hasta la muerte de Lía? —dijo Sara.

—Exactamente. La muerte de Lía nos mostró con una claridad meridiana lo que había sucedido. Lo teníamos delante.

—¡Lía no fue! —dijo Teo.

—Voy a ceder la palabra al doctor Brennan —dijo Ana, haciendo caso omiso de Teo.

—Gracias, Ana —comenzó Connor—. Antes de nada, quiero expresar mis condolencias por la muerte de Lía. Como su psiquiatra no puedo más que decir que cometí el error de bajar la guardia, de creer que esto no sucedería. Me confié. Lía era una persona muy frágil. Entrar en su mente fue complicado, en la medida en que ella vivía en su dimensión paralela. Una dimensión artística. Y además, era consciente de eso. Ella supo siempre que tenía que elegir entre lo que ella denominaba un mundo real, en el que vivir una vida común, o ser la artista que siempre quiso ser. Una artista que siempre vivió a la sombra de su madre, y que pronto se percató de que estaba a punto de ser superada por su sobrina. Eso la desequilibró. Pero Lía Somoza tenía un mecanismo para tomar tierra, para ser una persona normal. Y ese mecanismo se llamaba Sara Somoza. Sara era el contrapunto real de Lía. Sara se casó con el hombre que Lía había elegido, vivió su vida normal. Tuvo la hija que Lía no tuvo y que incluso heredó la vena artística de Lía. Sara Somoza hablaba todas las noches con Lía. Era la otra parte de Lía. La parte real. Y había sido así desde niñas. Lía se sentía «una» con su hermana. Amaban al mismo hombre. Sí, Teo, eso es así. Ella lo negaba, pero claramente no se molestó en desvincularse de ti. Construyó una vida en la que lo tenía todo. Su arte. A Teo cerca. A Sara viviendo por las dos su vida real. Y a una niña que la adoraba. Un álter ego. Una hija que no lo era, pero que ella asumió casi como suya, erigiéndose como su pigmalión. Haciendo que fuera casi tan hija de ella como de Sara.

—¡Xi era mi hija! —gritó Sara.

—Por supuesto que sí —replicó Connor—, biológicamente. Pero a estas alturas nadie puede negar el vínculo afectivo y casi filial entre Lía y Xiana. El vínculo entre Lía y Teo. Pero el más importante: el vínculo entre tú, Sara, y Lía. Y la muerte de Xiana rompió una relación que había sido el eje de la vida de Lía Somoza. La muerte de Xiana rompió el vínculo de amor, confianza y dependencia que sostenía el equilibrio mental de Lía Somoza, porque acabó con su sostén emocional. Con la muerte de Xiana, Sara Somoza alejó a Lía de su vida. Y esa fue la causa de la muerte de Lía Somoza. Esa, y mi error al no saber ver que confiar la vida de Lía a Teo y a Sara acabaría por matarla.

—¡No puedo creer que esté culpándonos a nosotros de la muerte de Lía! —dijo Sara—. Lía murió porque nunca supo afrontar las consecuencias de sus actos. Ella mató a mi hija. Lo sé desde el primer momento en que la vi a la puerta de ese cuarto. Con esa cara de «no estoy en este mundo» que ponía cuando entraba en ese trance. No pudo asumir que mató a mi hija para separarnos a Teo y a mí. Y no voy a consentir que se me culpe de no ser el guardián de mi hermana.

—«Yavé dijo a Caín: "¿Dónde está tu hermano Abel?" Contestó: "No sé. ¿Soy yo acaso el guardia de mi hermano?" Replicó Yavé: "¿Qué hiciste? Se oye la sangre de tu hermano clamar a mí desde el suelo".»

La voz de Santi Abad sonó sobre la de Sara Somoza.

—Esas fueron palabras de su tía. *Muerte roja* representaba la muerte estética de Amalia Somoza, a manos de su hermana. Y tiene razón la oficial Barroso —continuó Santi—: la muerte de Lía nos mostró claramente lo que estaba sucediendo aquí. Porque perdimos un mes buscando al asesino de Xiana Alén mientras que la realidad de este caso es que el asesino no quería matar a Xiana Alén.

Las miradas de todos se clavaron en Abad.

—¿Está usted loco? ¿El asesino no quería matar a Xiana? ¿Se confundió? ¿Qué tontería es esa? —dijo Sara con voz irritada.

Ana se colocó frente a Sara.

—No es ninguna tontería, Sara. El asesinato de Xiana solo sirvió para lo que el asesino quiso desde el primer momento: desequilibrar a Lía Somoza. Fue el pretexto para romper el vínculo con su hermana, Sara. Fue el inicio de una campaña de acoso y derribo a la estabilidad mental de Lía. Era casi perfecto. Desde pequeñas fue así, ¿no? Ella hacía todo lo que le mandaba, ¿verdad? Y le hizo creer que usted estaba convencida de su culpabilidad. Y se disfrazó de Xiana para hacérselo creer a Amalia, e indirectamente a todos nosotros. Claro que no podía adivinar que eso llevaría a su tía a matarse para protegerlas a las dos. Eso no lo esperaba, ¿verdad? Eso la obligó a pedirnos que mantuviéramos la investigación abierta, para seguir acosando a Lía. Para que Lía se sintiera acosada y acusada. Y de hecho, eso fue casi brillante. Su insistencia en pedir que mantuviéramos abierta la investigación hizo que, por primera vez, creyéramos en su inocencia.

—No van a poder probar nada de eso. Están locos —dijo Sara, con voz calmada. Después volvió la vista a Teo—. No creerás ni una palabra, ¿verdad?

—Bien, el caso es que no hemos dicho toda la verdad. Lo cierto es que la grabación del jardín permite probar que usted mandó un mensaje con el móvil de Xiana. Fue fácil, ¿no? Subir hacia las nueve de la noche. Encontrarla en la habitación. Acercarse a ella, que, enfadada, le dio la espalda. Matarla con el cuchillo que había preparado y que usted había descubierto. Disponer el cuerpo, de manera que la fotografía de Aurora Sieiro quedara perfectamente recreada, para que todas las sospechas se dirigieran hacia Lía. Verter la sangre desde la cama. Esconder las botellas en el armario sin bajar de la cama. Y después salir dando un gran salto desde la cama hasta la puerta. Un salto largo, pero fácil para alguien con años de práctica en ballet. Bajar al jardín. Seguir cenando y esperar simplemente a que refrescase y sugerir a Lía que subiera a por una chaqueta. Y al ver que no había descubierto el cadáver, pedirle por segunda vez que subiera a decirle a Xi que bajase a cenar con ustedes. Y a partir de ahí, comenzar a minar la voluntad de su gemela.

—No van a poder probar nada. —La voz de Sara comenzó a quebrarse.

—¿Sara? —Teo se encaró con su mujer—. Sara, mírame. Sara...

—Teo, tú no creerás... que yo... Xi era mi hija...

Teo rechazó la mano que Sara le tendía y la miró fijamente, enfadado.

—Siempre la odiaste. Siempre. ¿Cómo pudiste? ¡Era tu gemela! ¡Nuestra niña! Estás loca. Cómo pudiste, Sara...

—Teo, yo no... Teo, ella estaba loca, fue ella. Me lo dijo. La encubrí. Tienen que creerme. Brennan..., díselo.

—La dejamos sola porque tú me lo pediste. Me pediste ir al cementerio. Nosotros la matamos.

—Se suicidó. Fue ella. —Sara se puso en pie. Su voz sonaba aguda, casi deforme—. No me puedes dejar, Teo. No por ella. Ya murió. Ella mató a Xi. Merecía morir...

—Sara, tenemos el vídeo del mensaje, el informe pericial de Brennan y un diario de Lía en el que anotó el acoso psicológico al que la sometió.

—Eso no prueba nada. Lo repito: nada.

Brennan se acercó a ella y le musitó algo al oído. La faz de Sara Somoza cambió de pronto.

—No puede ser. No. No...

Ana se acercó por detrás y le puso las esposas. Sara se dejó caer en la silla, mientras sus negativas sonaban como un eco remoto.

No. No. No.

Último viernes de julio. Connor

En cuanto Connor abrió los ojos, decidió que no iría a trabajar. Le debían un montón de días. Mandó un mensaje a Valiño para decirle que se cogía ya las vacaciones. Y para recordarle que ahora le tocaba a él devolverle el favor.

Se levantó enseguida y preparó la maleta. Se permitió silbar. Frente al espejo se fijó en que llevaba prácticamente todo el mes sin afeitarse. Se demoró en un afeitado que le devolvió la imagen de un Connor que tenía ya olvidada. Del Connor que vivía con Allison. Del Connor que fue antes de la muerte de Mary. Sin pensarlo mucho, fue al salón y marcó el número de Alli.

No habló apenas. Lo suficiente para decirle unas cuantas verdades no amargas. Que ojalá ese niño viniera bien. Que la echaba de menos, pero que ya podía vivir sin ella. Que el entrenador tenía pinta de ser un buen tío, pero aburrido. Y que no lo engañara, que a ella nunca le había gustado el fútbol. También le pidió que le mandara alguna foto de Mary. Que el año siguiente quizá se le ocurría dar una vuelta por Irlanda. Y la oyó reír. Y darle las gracias por haberla llamado.

El trayecto hasta el hospital se le hizo corto mientras escuchaba música.

Ella lo esperaba ya vestida, con la ropa que le había llevado el día anterior. Había sido un día difícil. Pero, al contrario de lo que pensaba, había asimilado bien todas las noticias.

En cuanto entró en el cuarto, ella alzó la vista.

—Ya estoy aquí. ¿Qué tal has dormido? ¿Amaneciste bien?

Lía le sonrió lánguidamente.

—Pues todo lo bien que se puede dormir en un hospital.

—¿Te parece si nos marchamos ya? He tenido una idea. No te voy a llevar a A Rodeira.

—¿No? ¿Y adónde me llevas?

—Es una sorpresa.

Lo siguió hasta el coche.

Durante el trayecto, mientras conducía, Connor la observó de soslayo. Seguía muy pálida, y sabía que aún era temprano para darle el alta, pero tras contarle lo de Sara, sabía que podía ayudarla más fuera que dentro del hospital.

—¿Podré verla? —preguntó Lía.

—No es buena idea. ¿Tú entendiste todo lo que te dije ayer? ¿Entendiste que intentó matarte?

—Connor, no soy estúpida. Sé que ella me quería muerta. Lo sé desde hace tiempo. La conciencia de su odio me hizo desear morir. Y sé que tengo que luchar contra esto. Si pienso lo que me odiaba..., lo que me odia, siento que ya no me queda nada, Connor.

—Lía, realmente creí que no salías viva de esa ambulancia. Sé que ahora crees que no hay vida más allá de Sara, pero créeme, la hay. Yo mismo, hasta hace unos días, creía que no había vida más allá de las paredes del servicio de psiquiatría. Pero conseguimos que vivieras. Y tuvimos que decir que estabas muerta para protegerte. En cuanto Barroso y Abad compartieron sus sospechas conmigo, entre todos discurrimos este engaño. Estás en deuda con toda la gente que mintió para salvarte la vida. Con el personal de este hospital, con la poli. Con todos. Así que ahora tienes el deber moral de venir conmigo y tratar de olvidar lo que sucedió. Y de intentar vivir.

—Nunca lo olvidaré —dijo Lía.

—No, nunca lo harás. Nunca se olvida, Lía. Esa es la gran putada. Pero aprenderás a vivir con los recuerdos. Eso es lo único que te puedo garantizar.

Se quedaron callados un buen rato.

—¿Adónde vamos?

—Sorpresa —contestó Connor.

—¿Y cómo es la luz en ese lugar al que vamos?

Connor sonrió, satisfecho por la pregunta, y contestó con la única respuesta posible:

—Perfecta para que pintes, Lía.

Llegaron a la casa cerca del mediodía.

Connor cogió su maleta de detrás. Lía no llevaba apenas nada. Al día siguiente bajarían a Cangas a comprar lo imprescindible para ella.

Entraron en la vieja casa de piedra, y Connor gritó, llamando a su madre.

Maruxa salió del comedor y se dirigió a Lía. Le dio un abrazo y comenzó a hablar a toda velocidad. «Que sí, hija, qué alegría. Un mes entero con Connor en la casa. Aún no me lo creo. ¿No traes maleta? ¿Te gusta el churrasco? ¿Cómo te encuentras? ¡Ay, hijita!, qué delgadita me estás. Eres muy guapa, claro que Connor ya me lo había dicho. ¿Quieres ver tu cuarto?»

Connor observaba a Lía mientras ella, desconcertada, apenas podía contestar a todas las preguntas de Maruxa.

Reparó en que su madre no le había hecho caso. Que la foto de la pequeña Mary seguía encima del aparador.

Cuando Will entró en el comedor, Connor aún sonreía.

Último viernes de julio. Ana

Ana extendió la mano y tropezó con el cuerpo de Santi, que dormía boca abajo. Cogió el móvil para comprobar que no tenía ningún mensaje de su madre, que estaba con el niño. Santi dormía profundamente. Repasó los mensajes que se habían cruzado el día anterior. Tras semanas de negarse a hablar con él por WhatsApp, al final solo habían sido capaces de hablar así, a través del móvil. Todas las palabras que había esperado durante ese mes y no habían salido de la boca de Santi estaban allí, en su móvil. «Eres el detective que yo siempre quise ser.» «Debí decir te quiero, en lugar de lo siento.» «Debí hablar contigo en persona, es solo que estoy mejor aquí, sentado a tu puerta, escribiéndote todo lo que quieres oír.»

Ese era el problema: él estaba siempre más que cómodo si interponía una barrera entre ellos. El móvil. Una puerta.

No lo pensó. Abrió la puerta y lo dejó pasar. A su casa. A su cama. A su vida.

Hablaron mucho. Sobre todo de trabajo, sabiendo que ese era el terreno neutral que precisaban para ir curando heridas. Callaron mucho. Santi esperó sus preguntas. Ella esperó sus explicaciones. Y a falta de unas y de otras, acabaron como siempre: hablando del caso Somoza. Repasando sus conclusiones y los errores cometidos.

Y por supuesto, terminaron en la cama. El lugar donde era más fácil ser Ana y Santi. El lugar donde era más fácil callar. Donde el silencio era bienvenido.

Santi se revolvió en la cama y abrió los ojos.

—¿Qué hora es?

—Las siete y media. ¡Arriba! No podemos llegar tarde a trabajar. Y sobre todo, no podemos llegar juntos —dijo Ana.

—Pues deberíamos.

—¿Te has vuelto loco?

—No. ¡Qué *carallo*! No tienes nada que demostrar. Resolviste el puto caso tú sola. No le hacemos daño a nadie. ¿Que quieren hablar? ¡Que hablen! Si nos escondemos, hablarán más.

—¡Calma, Abad! Tengo un hijo, ¿sabes? No vamos a perder el tren por ir más despacio.

—Por el amor de Dios, acabamos de dormir juntos. ¿Cuál es tu idea de ir despacio, Ana?

—¡Está bien! Deja pasar el mes de vacaciones, ¿vale? Y la polvareda del caso. Veamos si somos capaces de llevar una relación normal.

Normal. Santi odiaba esa palabra, «Normal». Los hombres normales no pegaban a sus mujeres. Descartó el pensamiento. Se levantó y comenzó a vestirse.

—¿Me vas a decir qué estás pensando? —le preguntó Ana.

—Algún día —dijo Santi.

—Algún día —repitió Ana por lo bajo.

Último viernes de julio. Sara

Solo tres palabras.

De nuevo tres palabras.

«Lía está viva.»

Supo al instante que Brennan no le estaba mintiendo. Le había ganado la partida. Desde el primer momento supo que Brennan iba a arruinar su plan. Se interpuso entre Lía y ella. Hasta entonces, ella siempre había sido capaz de manejar a Lía a su antojo, y ese era su único consuelo. Todo lo demás era de ella. El talento, la capacidad de ser amada sin esfuerzo. Ella siempre había sido la favorita de su padre, de su tía. De Xiana. Y Teo. Lo de Teo era lo que más dolía. Ella siempre supo que él seguía enamorado de ella. Y era hasta casi gracioso que él no lo supiera. Él vivía en esa burbuja que ella había construido a su alrededor. Pero no era suficiente. Lo quería entero.

Y después llegó Brennan, para arruinarlo todo. Para interponerse entre ella y la voluntad de Lía. Esa voluntad que ella siempre había sido capaz de dominar. Y no solo eso: también hizo que Teo se pusiera celoso. Le hizo tomar conciencia de nuevo de lo que sentía por ella. Le mostró que Lía podía hacer su vida más allá de él.

Por eso supo que era verdad. Tan solo Brennan podía desbaratar el plan en el que ella conseguía que Lía se borrara por siempre jamás y hacía que Xiana pagara por su traición, con Lía.

«¿Cómo fuiste capaz de matar a nuestra hija?» Eso fue lo último que le dijo Teo. ¿Qué contestarle? Que no era de los dos. Que era solo de él. Que ella nunca la había sentido suya. Que Xi, como todos, prefería a Lía. Que la presencia de Xi le recordaba que ella no era lo bastante buena. Ni para ella ni para Teo.

Era un plan tan brillante. Claro que lo era. Matar a Xi. Culpar a Lía. Borrarla. Hacer que Teo la odiara como la odiaba ella. Quedarse juntos y solos. Y después llegó Brennan, que como todos se puso del lado de la pobrecita Lía. Y nada salió como tenía que salir. Esa era una sensación nueva y frustrante. Desconocida para ella, la brillante abogada, la mujer a la que todos los hombres, excepto el suyo, deseaban. Nada salió como ella había planeado porque Brennan se había adelantado.

Pero lo que dolía era Teo. Eso era lo que dolía de verdad.

La conciencia de que nunca más sería de ella.

En la oscuridad de la celda, cerró los ojos y recordó el día que lo conoció. Los presentó Adrián. Porque ella se lo había pedido. Porque Lía le había contado que no iba a volver de Londres. Porque esa era su oportunidad de arrebatarle algo por primera vez en la vida. Como ella se lo había arrebatado todo antes. Todo. Hasta la posibilidad de bailar. Y cuando conoció a Teo, solo tuvo que esforzarse en mostrarle todo lo que en ella había igual a Lía. Y ocultarle ese lado turbio que la separaba de ella.

En la oscuridad de la celda, imaginó a Teo a su lado. Se tocó los labios, los pechos, descendió con la mano derecha hacia su sexo, consciente de la ausencia de Teo en esa celda, en la que nunca estaba sola a causa del protocolo antisuicidio que le habían aplicado. Sintió que las lágrimas le quemaban los ojos. Lágrimas de cólera.

Solo tres palabras: «Lía está viva».

Solo una: «Amorodio».

Último viernes de julio. Inés

Camino de Padrón, Inés se dio cuenta de que no podía ir a trabajar. No podía entrar en ese despacho. No podía soportar los montones de papeles que se habían convertido, de pronto, en su único mundo.

Dio la vuelta hacia su casa, y supo que tampoco podía volver allí.

Otra casa. Otra vida. Otro instituto. Una nueva oportunidad. Se lo había repetido a Fer insistentemente, convencida de que se le pasaría. Aun ahora mantenía la esperanza de que volviera.

Entró de nuevo en Las Amapolas. Pasó delante de la casa de Teo y Sara. Aún no podía creer lo que había sucedido. Locas. Estaban todas locas. Las Somoza. Todas locas. La vieja. Sara. Lía. La pequeña puta. Que estaba muerta. Y qué más daba ya. Ahora, muerta, la separaba de Fer más que cuando estaba viva. Ya nunca podría competir con ella. Tan perfecta. Con sus eternos quince años por siempre jamás. A la puerta de su casa, sin detener el coche, aceleró, salió de la urbanización y se dirigió al único sitio donde podía encontrar a Fer.

Le costó localizar la tumba de Xiana. Ni rastro de las coronas y de los numerosos ramos de flores que se amontonaban al pie de la lápida los primeros días.

Xiana Alén Somoza
(2002-2017)

Los eternos quince años de Xiana refulgían sobre la piedra de manera insultante. Comprendió en ese momento que no había nada que hacer. Que Xiana siempre sería joven. Que Fer nunca la olvidaría. Que a ella nunca la había querido. Que Xiana había ganado. Y como siempre que pensaba en la pequeña puta, se sintió infinitamente pequeña.

Muy pequeña.

Minúscula.

Último viernes de julio. Teo

Recorrió el hospital hasta la habitación de Lía. En el espejo del ascensor, Teo observó su cara. Hasta el martes anterior, pensaba que ya no podía sucederle nada peor en la vida. Su hija había muerto. Pensaba que Lía había muerto.

Se equivocaba.

Y aún había algo peor que saber que Sara había sido capaz de matar a Xiana. Ese algo era la conciencia de saber que estaba muerta por su culpa. Por vivir ciego. Por ser ese elemento inútil en la vida de Sara que no se enteraba de nada. De nada. Ni del desequilibrio mental de Sara. Ni de su amor por Lía, que él mezcló con su relación con su mujer, de manera inconsciente. De su incapacidad para ver a las claras que no eran más que muñecos en las manos de Sara. Se sentía un estúpido, y necesitaba volver a ser un hombre. Y solo había una persona en el mundo que lo hacía sentir así.

Culpa. La culpa no era un sentimiento fácil de gestionar. El dolor por la pérdida de un ser querido era comprensible. La culpa no. La culpa era un gusano que te iba royendo poquito a poco. Comiéndolo todo. Provocando un vacío dentro que no se podría llenar jamás.

Debería haberse dado cuenta. Hacer algo para salvar a Xi. Culpa. Se sentía culpable de querer a Lía. De que Sara lo supiera.

Se observó en ese espejo, mirando el rostro que Lía había pintado mil veces.

Eso era lo que le diría. Que seguía siendo el mismo. Que estaba deseando que lo pintara otra vez. Que no era tarde.

De nuevo se confundió. En cuanto entró en la habitación y vio la cama vacía, comprendió que, como siempre en su vida, era tarde. Muy tarde.

Último viernes de julio. Fer

Fer entró en el local como en trance y le sorprendió ver que, a pesar de ser apenas las cuatro de la tarde, allí había una media docena de hombres, todos ellos acompañados por mujeres. Fue a la barra y pidió una cerveza. Sacó un billete de la cartera y pagó sin enterarse de lo que le estaban cobrando. Al momento se le acercaron un par de mujeres. Fer se preguntó qué estaba haciendo allí. Una mujer de color comenzó a hablarle al oído. La otra se sentó a su lado. Sintió una náusea. Se puso en pie, sin decir nada, con intención de abandonar el local. «¿Adónde es que vas, papito?» Las ganas de vomitar lo asaltaron de nuevo. Casi empujó a la mujer y se dirigió a la salida. Antes de llegar a la puerta, una mano lo agarró del brazo. «No tan deprisa.» Alzó la vista y tropezó con los ojos azules de la mujer. Tendría unos veinte años. Fer detuvo su mirada en su cabello rubio. Largo. Más largo que el de Xi. Sus pechos eran más menudos. Era tan alta como ella.

Dejó que lo arrastrara hasta una mesa. «¿Cómo te llamas?», dijo ella con un fuerte acento extranjero. Fer entrecerró los ojos, moldeando su imagen a sus deseos. La besó en los labios y le dijo muy bajo: «Llámame profe».

Último viernes de julio. Lía

La belleza es roja como un cuenco de cerezas. Si cierro los ojos, recuerdo lo primero que sentí cuando vi a Xi en el suelo. Ese fue el primer pensamiento que me vino a la mente al verla. El segundo fue que había sido Sara. Y el tercero, que había sido por mi culpa. «Sé que fuiste tú», había dicho.

Si cierro los ojos, recuerdo aquellos días en los que dormía cobijada por el cuerpo de Sara. Y pienso en sus mentiras. En todos los años en los que me hizo creer que éramos dos mitades que encajaban perfectamente.

Si cierro los ojos, tengo que repetirme una y otra vez que no pude evitarlo. No pude adivinar lo que iba a hacer hasta que lo hizo. Y cuando vi a Xi, en el suelo, supe que había sido ella. Y me negué a vivir en un mundo en el que Sara había sido capaz de hacer eso.

La belleza es roja. ¿Cuántas veces le oí decir esas palabras a mamá? ¿Qué hay de hermoso en el mero esteticismo? ¿En una mera composición de volúmenes? ¿En la proporción? No lo sé. Solo sé que ese sentimiento estético me produce serenidad. Paz. Y pienso que ojalá Sara hubiera encontrado esa paz en la belleza. Pero para ella solo estaba Teo. Teo. ¿Cuándo dejé de amarlo? Cuando me cansé de pintarlo.

Si cierro los ojos, pienso en la luz azul que cae sobre la ría. En el mar de Cangas. Pienso en el contorno de la cara de Brennan. Pienso que me muero por volver a pintar. Por pintarlo.

Último viernes de julio. Santi

Recogió toda la documentación del caso Alén y la colocó ordenada alfabéticamente en las dos carpetas. Gonzalo había vuelto de sus vacaciones para dar una rueda de prensa en la que desveló los detalles del caso Alén. Santi había conseguido escapar de los reconocimientos oficiales. Le resultaba increíble cómo se había desenvuelto Ana en la investigación. Se sentía orgulloso de ella.

Miró el reloj. Las tres y cuarto. Viernes. Y todo un mes de vacaciones por delante. De repente, los viernes recuperaban su significado. De pronto, la vida fuera de la comisaría alcanzaba una nueva dimensión, en la que todo giraba alrededor de Ana.

Al final había logrado acercarse a ella, decirle las cosas que sabía que ella quería oír. Calló lo que sabía que tenía que seguir callando. Hasta que pudiera contárselo. Cuando lo conociera más.

«Un puto iceberg.» Así lo había llamado ella. ¿Cómo explicarle que ella estaba consiguiendo rebajar su línea de flotación? El Abad de finales de julio no se parecía en nada al hombre de principio de mes.

Silbó contento, sabiendo que en apenas un cuarto de hora saldría por esa puerta y comenzaría una nueva etapa con Ana. Una etapa en la que ambos podrían estar relajados. Sin el caso Alén interponiéndose entre ellos.

Salió del despacho, echando un último vistazo para comprobar que todo quedaba en perfecto orden.

El silbido se le cortó en cuanto las vio a la puerta de la comisaría.

Sam estaba de espaldas él. Hablaba haciendo grandes señas. Como acostumbraba hacer siempre. Ana estaba de cara a él.

Sam se giró hacia Santi. Lo miró fijamente. Santi comprendió que ella llevaba dos años esperando ese momento.

Santi buscó la mirada de Ana. Lo vio todo en ese vistazo. El horror. La incomprensión. El asco. El dolor. Permanecieron así un instante. Con las miradas fijas uno en el otro. Después Ana retrocedió lentamente, hasta desaparecer de su campo de visión. Él sintió ganas de seguirla.

Y de nuevo, como aquel día en la consulta del psicólogo, se quedó inmóvil. Paralizado. Clavado al suelo.

Agradecimientos

Antes de nada, gracias. Gracias a todos los que no estáis en los párrafos de abajo, pero estáis cada día en mi vida. No me cabéis en estas líneas pero vosotros sabéis quiénes sois. Gracias por aguantarme, consolarme, escucharme, publicarme, leerme, animarme, regalarme amaneceres, cuidarme y hacerme sentir querida. Va por todos vosotros.

Y en este párrafo unos cuantos nombres: Dori, Lui, Celeste, Ana, Mar y Ángela, mis Meopremas: este libro es más vuestro que mío. Os quiero. Inma, Merce y Susana: gracias por ser consentidas y bastardas a mi lado. Sois las mujeres que yo hubiera querido ser, pero sois irrepetibles. Vicente, gracias por sentirme pequeñita y por sentarte conmigo en una escalera. Eva, Manuel, Juan, Bea, Yolanda, escribir valió la pena solo por haberos conocido. Sabela Barroso, gracias por estos veinte años. Gracias, Chus. por prestarme el apellido de esa gran mujer que fue Matilde. Gracias, Salva. por hacerme una autopsia y por vestir siempre la camiseta de mi equipo. Pedro, Luisa, Raquel, y Pablo, familia ornitorrinca, porque no necesitamos un crucero mientras haya filloas y los corazones latan fuerte.

Y finalmente, gracias a ti, Nando. Por querer a la mujer que hay dentro de esta escritora. Por demostrarme cada día que todo pasa por algo.